W0319416

DROEMER

Von Corinna Mell ist bereits folgender Titel erschienen:
Marienfelde

Über die Autorin:
Corinna Mell wurde Ende der Fünfzigerjahre in der Nähe von Osnabrück geboren. Ihre berufliche Laufbahn begann im Einzelhandel, und ihre ersten Versuche im kreativen Schreiben machte sie mit knapp 30 Jahren während der Schwangerschaft mit ihrer Tochter. »Damals in Berlin« ist nach »Marienfelde« der zweite Roman der Autorin. Corinna Mell lebt als freie Autorin in Berlin und in der Nähe von Köln.

Corinna Mell

DAMALS IN BERLIN

Roman

DROEMER

Besuchen Sie uns im Internet:
www.droemer.de

FSC
www.fsc.org
MIX
Papier aus verantwortungsvollen Quellen
FSC® C014496

Originalausgabe Januar 2020
Droemer Taschenbuch

Ein Imprint der Verlagsgruppe
Droemer Knaur GmbH & Co. KG, München

Redaktion: Dr. Clarissa Czöppan
Covergestaltung: NETWORK! Werbeagentur, München
Coverabbildung: © akg-images / ddrbildarchiv.de / Manfred Uhlenhut;
© AR Pictures / Shutterstock.com
Satz: Adobe InDesign im Verlag
Druck und Bindung: GGP Media GmbH, Pößneck
ISBN 978-3-426-30723-6

2 4 5 3 1

SALON EBELING

Wenn unser *Leo* reden könnte!«, sagten die Leute im Wedding. Ja, der Leopoldplatz hätte viel zu erzählen. Im 19. Jahrhundert hatte der große Baumeister Schinkel hier die Alte und die Neue Nazarethkirche errichten lassen, denn immer mehr Neuberliner brauchten eine Bleibe für ihren protestantischen Glauben. Doch selbst die Gotteshäuser auf dem Platz konnten nicht den Mord an einem siebenjährigen Kind verhindern. Als Täter verdächtigte man einen Serienmörder, der wohl etliche Frauen und Mädchen auf dem Gewissen hatte. Wie viele genau, hatte er selbst nicht mehr gewusst.

Auch Ilse Ebeling kannte diese Geschichte, als sie 1950 am Leo nach geeigneten Gewerberäumen suchte.

»Kann man sich ja kaum vorstellen«, meinte sie beim Blick durch das Schaufenster hinaus auf die Straße und weiter auf den Platz. »Links eine olle Kirche von Schinkel, rechts eine olle Kirche von Schinkel, drumrum schönes Grün und dazwischen ein gemeucheltes Kind.«

Zur Besichtigung der Räume hatte Ilse sich Verstärkung mitgebracht. Ihr Bruder Karl und seine vierzehnjährige Tochter Monika begleiteten sie.

Auch Monika kannte die Geschichte vom Mord an dem Schulmädchen auf dem Leopoldplatz. »Ach, Tante. Das ist doch schon so lange her.«

Genauso sah es Monikas Vater: »Lass die alten Zeiten ruhen, Ilse. Das war letztes Jahrhundert. Da hat Kaiser Wilhelm der Erste noch regiert. Du musst hier nicht in die Kirche gehen, und ermorden will dich auch keiner. Es sei denn, du drehst den Frauen die Locken falsch. Nimm diese Räume, die Lage ist jedenfalls bestens.«

»Na schön. Aber wenn ich hier pleitegehe, seid ihr schuld.«

Doch Ilse ging nicht pleite, als sie kurz darauf am Leopoldplatz ihren Damensalon eröffnete. Im Gegenteil: Nach kaum einem halben Jahr hatte sie sich einen festen Stamm von Kundinnen aufgebaut. Und siebzehn Jahre später, am 20. Mai 1967, einem Sonnabend, feierte Ilse ihren beruflichen Abschied.

Die neue Chefin des Salons, Friseurmeisterin Monika Ebeling, schob ihre Tante durch den Flur in den Kassenraum. Die Registrierkasse stand allerdings in der Ecke, Monika hatte den Verkaufstresen zweckentfremdet. Wo sonst ihre Kundinnen die neue Wasserwelle bezahlten oder sich ein Parfum aussuchten, sollten heute süße Köstlichkeiten die Augen und Gaumen der Gäste erfreuen.

Sie beugte sich zum Rollstuhl hinunter. »Und? Was sagst du?«

Vor vierzehn Jahren war Ilse an Nierenversagen erkrankt, seitdem musste sie mehrmals wöchentlich zur Blutwäsche. Vierzehn Jahre, damit hielt sie am Städtischen Krankenhaus Wedding den Rekord. Sieben Patienten hatten im Sommer '53 mit der Behandlung angefangen, von diesen sieben lebte nur noch Ilse. Doch nun werde es auch mit ihr bald zu Ende gehen, sagten die Ärzte. Jeden Tag baute sie weiter ab, vor allem die Arterienverkalkung im Gehirn wurde schlimmer.

Monika strich ihr über die Wange, die blassgraue Haut fühlte sich an wie dünnes Papier. »Na, das ist doch wohl ein Prachtbüfett. In der Mitte haben wir Platz gelassen, Karin bringt gleich noch vier Torten mit.«

Ilses Blick schweifte über die süße Verführung. »Vier Torten noch? Die passen da doch gar nicht mehr drauf.«

»Die stellen wir übereinander, auf eine Etagere. Du weißt doch, Karin hat eine große Bäckerei. Mit neun Läden.«

Ilse schien sich zu erinnern. »Und wann kommt Karin?«

»So in einer halben Stunde. Und sie kommt nicht allein. Sonja und Silke kommen auch. Und dann noch Dörthe und Margit, alle in Sonjas Käfer. Sonja und Silke fahren in Zehlendorf los und holen die anderen in Charlottenburg ab, und dann kommen alle fünf zu uns. Und die vier Torten bringen sie mit.«

Die Tante zögerte. »Das hast du alles schon mal erklärt, oder?«

»Macht ja nichts. So viele Namen, das ist eben kompliziert.«

»Du machst alles so gut!« Ilse griff nach Monikas Hand und drückte sie sich an die Wange. »So gut. Ihr gebt euch solche Mühe mit mir. Ihr wollt das nie hören. Aber ich sage das trotzdem. Weil das so lieb von euch ist, was ihr für mich tut.«

»Ach du …« Monika schlang beide Arme um Ilses Schultern. »Du hast doch auch so viel für uns getan. Und jetzt freuen wir uns, dass wir alle mit dir feiern dürfen. In deinem Salon. Den du ganz allein aufgebaut hast, trotz der schweren Zeit damals.«

»Ja, Kind. Schwer war das wirklich.« Ilse seufzte. »Und wann kommen die noch mal? Die im Käfer? Deine Freundin und die anderen? Mit den vier Torten?«

»Ungefähr in einer halben Stunde. Möchtest du rausgucken?«

»Ja!« Ilse wies zur gläsernen Eingangstür. »Dann bitte auf meinen Abstellplatz.«

Was Ilse ihren Abstellplatz nannte, war eher ein Aussichtsposten. Seit sie im Salon den Rollstuhl brauchte, konnte sie in den schmalen Kabinen nicht mehr helfen, dort hätte sie Monika und die anderen Friseusen bloß behindert. Also saß sie im

Kassenraum vor der Glastür und beobachtete das Treiben auf der Schulstraße und dem angrenzenden Leopoldplatz. Wenn Kundinnen vorbeigingen, winkte sie ihnen zu, und wer hereinkam, den empfing Ilse aufs Herzlichste.

Gerade wollte Monika die Tante zur Tür schieben, da betrat freundlich grüßend ein dunkelblonder junger Mann den Salon, im Arm einen großen Strauß gelber Rosen.

Oh!, fuhr es Monika durch den Kopf, und sie biss sich auf die Lippen. Wohl nicht nur wegen der Blumen.

»Och!«, sagte Ilse umso lauter und mit unüberhörbarer Begeisterung. Monika legte ihr beruhigend eine Hand auf die Schulter.

»Guten Tag, der Herr«, Monikas Gruß klang wie eine Frage. Hatte sie ihn schon einmal gesehen? Nein, sicher nicht. Wie alt mochte er sein? Zweiundzwanzig? Oder erst zwanzig? Er trug zum schwarzen Rollkragenpulli eine schwarze Gabardinehose. Wie ein Blumenbote sah er nicht aus. Eher wie ein Student. Bei denen waren solche Sachen ja in Mode.

»Entschuldigen Sie bitte die Störung, die Damen, Sie haben vor der Feier ja bestimmt viel zu tun.« Sorgfältig schloss er die Tür hinter sich. »Jens Redecker mein Name. Meine Großmutter lässt vielmals grüßen und bedankt sich für die Einladung. Sie kann aber leider nicht dabei sein, darum dies als kleine Aufmerksamkeit, Frau Ebeling. Mit den allerbesten Wünschen, vor allem für Ihre Gesundheit, und dass Sie doch noch ab und zu in den Salon kommen, meine Großmutter würde Sie so gern mal wieder sehen.«

Schön hatte er das gesagt, dachte Monika. Fast schon poetisch. Und wie gut er sich benehmen konnte: Mit einer Verbeugung hielt er Ilse die Rosen hin, doch statt den Strauß entgegenzunehmen, sah sie fragend den jungen Mann an. Seine Ansprache hatte sie offenbar überfordert.

Monika sprang ein. »Tante Ilse, das ist der Enkel von Frau Redecker, unserer netten älteren Kundin mit dem schönen grauen Haar. Und die Blumen sind für dich.«

»Ach so? Ach, Entschuldigung«, mit der flachen Hand schlug Ilse sich gegen die Stirn. »Ich dachte, da kommt ein junger Mann, und der bringt Rosen. Also will er zu einer jungen Frau«, sie wies auf Monika, »zu meiner Nichte.«

»Die sind für Sie, Frau Ebeling, zu Ihrem Abschiedsfest. Bitte schön.« Lächelnd legte er ihr den Strauß in den Arm.

»Och Gott. So was Schönes für mich. Vielen, vielen Dank.« Gerührt strich sie über die Rosenblüten, und für einen Moment sah es aus, als würde sie gleich weinen. Doch Ilse begann zu kichern. »Ich uralte Schachtel. Kriege so was Schönes. Von so einem freundlichen jungen Mann.«

Er verbeugte sich schon wieder. Offenbar hatte er Übung im Umgang mit älteren Damen. »Sehr gern, Frau Ebeling. Und wie gesagt: Die Blumen sind von meiner Großmutter. Elsbeth Redecker, Ihrer Stammkundin. Und sie lässt Sie sehr herzlich grüßen.«

»Ja, ja, von Ihrer Großmutter, das habe ich ja nun verstanden«, sie runzelte die Stirn. »Aber von Ihnen sind die Blumen auch, Sie haben die ja schließlich gebracht. So nett, dass Sie gekommen sind.«

»Wirklich gern«, beteuerte er. »Und wenn Sie das so sehen: Ja, dann sind die Rosen natürlich auch von mir.«

»Sage ich doch!« Ilse strahlte ihn an.

Oh, bitte nicht! Monika konnte nur hoffen, dass der junge Mann von Ilses Arterienverkalkung wusste. Bevor die Situation noch peinlicher wurde, griff sie ein.

»Entschuldigen Sie, Herr Redecker, meine Tante ist ja krank. Und im Moment ist sie ganz aufgeregt. Gleich kommen doch die vielen Gäste.«

Er zeigte nicht nur Humor, sondern auch Verständnis: »Machen Sie sich um mich keine Sorgen, Fräulein Ebeling. Ich bin hier nun auch einfach so reingeplatzt.«

Monika spürte, wie er ihren Blick suchte. Sie wich aus.

»Und die Blumen sind wirklich ganz wunderbar. Aber was ist denn mit Ihrer Oma?«

»Zum Glück nur eine Erkältung mit leichtem Fieber, aber sie möchte hier niemanden anstecken. In ein paar Tagen ist sie bestimmt wieder auf dem Damm.«

Gerade wollte Monika beste Genesungswünsche ausrichten, da reckte Ilse den Zeigefinger.

»Ja, ja. Dass sie bald wieder ganz gesund ist. Das wünschen wir Ihrer Oma. Also grüßen Sie sie schön. So wunderbar dickes Haar hat die nette Frau Redecker. Da brauchen wir beim Hochstecken gar kein Knotenpolster.«

Sieh mal an! Woran Ilse sich plötzlich erinnerte! Die erstaunten Blicke von Monika und Jens Redecker trafen sich, sie bemerkte seine grüngrauen Augen.

»Das ist ja schön, Tante Ilse, dass du das noch weißt.«

»Na sicher«, kam die prompte Antwort. »Ihre Oma hat doch so viel über Sie erzählt. ›Unser lieber Jens‹, hat sie immer gesagt. Ja, Sie sind unser Jens. Ich darf doch Jens zu Ihnen sagen?«

»Tante Ilse!«

Doch er lachte. »Natürlich, Frau Ebeling.«

Sie kicherte wieder. »Siehst du, Monika? Ich darf das. Und Ihre Oma hat noch mehr erzählt, Jens. Dass Sie Student sind. Und Sie wollen Lehrer werden? Sogar Studienrat. Ist doch so, oder?« Was sie sagte, stimmte. Offenbar brachte der Gast Ilses Hirnzellen heftig auf Trab. »Wir freuen uns über Ihren Besuch. Sie waren ja noch nie hier im Salon.«

»Leider. Ich habe meine Oma zwar schon oft gebracht und

abgeholt, aber immer im Auto gewartet.« Er zeigte auf die beleuchteten Glasregale mit den Parfum-Flakons. »Elegant haben Sie es hier. Alles sehr geschmackvoll. Meine Oma hat schon davon erzählt, aber so chic habe ich mir das dann doch nicht vorgestellt.«

Sein Kompliment schien Ilse weiter zu beflügeln. »Danke, danke. Ist ja eine besondere Ehre.«

Die Situation wurde immer absurder, fand Monika, doch sie musste zugeben: So strahlend und zufrieden hatte sie Ilse lange nicht erlebt. Sie wirkte um Jahre verjüngt – innerlich wie äußerlich. Am Vormittag hatte Monika ihr den grauen Haaransatz kastanienbraun nachgefärbt und beim Ankleiden geholfen: der rosa Friseurkittel zum weinroten Rock, die Firmenfarben des Salons. Und dazu nun die gelben Rosen. Wäre Ilse statt neunundvierzig erst neunzehn Jahre alt gewesen und hätte sie den Strauß von ihrem Bräutigam bekommen – sie hätte kaum glücklicher aussehen können.

»Dann will ich Sie nicht länger stören, Ihre Gäste kommen ja gleich.« Jens Redecker wandte sich zur Tür, da hielt Ilse seine Hand fest.

»Moment, Jens. Sie sind doch gerade erst gekommen. Jetzt erzählen wir uns erst mal was. Sie studieren also Deutsch und Geschichte?«

Er blieb geduldig. »Das stimmt. Vier Semester habe ich noch vor mir, danach kommt erst das Referendariat.«

»Ach, das bisschen. Das schütteln Sie doch bloß so aus dem Ärmel.« Ilse fuhr mit dem Zeigefinger durch die Luft. »Und ich weiß noch mehr über Sie. Sie mögen die Beatles. Das kann man ja auch sehen. Nämlich an Ihrem Pilzkopf!«

»Tante Ilse!«

»Kind!« Ilse machte eine abwehrende Bewegung in Monikas Richtung. »Das habe ich doch gleich gesehen, dass Jens die

Beatles mag. Mit dieser Frisur. Das hast du doch auch gedacht, Monika, oder? Als Jens eben reinkam? Dass er die Beatles mag, oder?«

»Nein, Tante Ilse, das habe ich nicht gedacht. Für so eine Frisur muss man nicht unbedingt Beatles-Fan sein. Dieser Schnitt ist bei jungen Männern doch ganz allgemein in Mode.«

»Da hast du recht, Kind. Ach, diese moderne Musik. Davon habe ich doch keine Ahnung, ich höre lieber Rudolf Schock.«

Jens Redecker nickte. »Den mag meine Oma auch. Und ich finde ihn immer noch besser als Heintje.«

»Das stimmt«, Ilse kicherte, »da trieft das Schmalz ja eimerweise raus. Darf ich Ihnen denn noch was sagen, Herr Redecker?«

Er lächelte. »Ich weiß schon: Ich sollte endlich mal wieder zum Friseur. Weil die ausgefranst sind. Ein ordentlicher Pilzkopf braucht viel Pflege. Das sagt meine Mutter auch immer.«

»Genau! Sie müssen nämlich wissen, Herr Redecker: Hier kommen neuerdings auch öfters Männer in den Salon«, sie wandte sich an Monika. »Kind, erzähl doch mal, was die von uns Damen hier alles so wollen.«

Monika überging die Anzüglichkeit. Sachlich sagte sie: »Diese jungen Männer möchten sich lieber bei uns im Damensalon schneiden lassen. Weil wir mit längerem Haar mehr Erfahrung haben. Und manche Herrenfriseure sagen, ein Mann mit langen Haaren ist ein Gammler. In meinem Salon will ich den nicht haben, so einer vergrault mir ja die anständige Kundschaft.«

Ilse nickte heftig. »Das muss man sich mal vorstellen: Die schicken ihre Kunden mit den langen Haaren dann einfach weg. Einfach so. Wenn ein Mann keinen Fassonschnitt will, dann wird er einfach nicht bedient. So was ist doch ungerecht!«

»Ja, Frau Ebeling. Solche schlimmen Vorurteile gibt es leider überall. Mein Friseur schneidet zum Glück auch Pilzköpfe. Neulich haben wir uns dazu ganz interessant unterhalten. Lange Haare sind ja keine neue Erfindung. Wenn man nur mal an Jesus von Nazareth denkt. Oder an die Romantik: Robert Schumann. Oder auch noch später in der Gründerzeit, Karl Marx zum Beispiel.«

Donnerwetter! So gern Monika den Gast auch verabschiedet hätte, sie musste zugeben: Er beeindruckte sie. Wie gut er sich ausdrücken konnte und dabei so charmant und gar nicht überheblich. Und wie geschickt er mit Tante Ilse umging.

»Ach, wie schön, was Sie alles wissen!« Ilse in ihrem Rollstuhl straffte die Brust, legte die Rosen in ihrem Schoß ab und streckte dem Gast beide Arme entgegen. Zum Glück stand er weit genug weg, sie ließ die Arme wieder sinken. »Aber Sie wollen ja auch Lehrer werden. Jedenfalls: Wir schicken diese Männer auch alle wieder weg. Aber nicht, weil wir denken, das sind Gammler. Sondern weil wir eben ein reiner Damensalon sind. Wir hätten gar nicht genug Platz für zwei Abteilungen. Männer und Frauen in einer Abteilung! Vielleicht noch direkt nebeneinander!« Sie blickte gen Himmel. »So weit kommt's noch. Das will doch wohl nun wirklich keiner. Irgendwo muss es doch noch so was geben wie gute Sitte und Anstand«, ihr Kichern ging über in lautes Glucksen.

Monika gab sich alle Mühe. »Du hast bestimmt recht, Tante, aber nun wollen wir Herrn Redecker nicht aufhalten. Und wir bedanken uns noch mal herzlich für die Blumen.«

»Und wie!« Ilse hielt den Strauß in die Höhe wie einen Pokal. »Dafür muss ich mich bedanken, Monika. Darum schneidest du unserem Gast jetzt die Spitzen.«

»Tante!« Monika hob die Stimme, und es wäre der ideale Moment gewesen, Jens Redecker zu verbschieden. Er musste schließlich merken, wie er die Tante verwirrte, und er wusste, dass gleich die vielen Gäste kommen würden. Doch etwas in ihr hinderte sie daran, sich durchzusetzen, sie ließ Ilse gewähren.

Die Tante reagierte wie erwartet. »Nun reg dich doch nicht auf, Kind. Das geht doch ganz fix. Und das machen wir natürlich kostenlos. Also, Herr Redecker: Darf meine Nichte Ihnen jetzt die Haare schneiden?«

Er trat einen Schritt zurück und verbeugte sich. »Liebe Frau Ebeling, das ist wirklich nicht nötig. Ich habe doch meinen Herrenfriseur.«

Schuldbewusst zog Ilse ihre Hand zurück, aber umstimmen ließ sie sich nicht. »Heute ist mein Abschiedstag, da darf ich mir was wünschen, und das wünsche ich mir. Wirklich nur die Spitzen. Das geht doch ganz fix«, sie überreichte Monika die Rosen. »Stell die bitte ins Wasser, und dann schieben wir rüber.«

Herr Redecker nickte Monika zu. *Tun wir Ihrer Tante den Gefallen,* hieß sein Blick. *Das ist am einfachsten, und sie freut sich.*

Monika fügte sich in ihr Schicksal. Sie stellte den Strauß ins Wasser und schob den Rollstuhl samt Tante zu den Frisierkabinen. Ihr Gast folgte.

»Am besten gleich hier«, Ilse wies auf die erste Kabine. »Den Vorhang lassen wir offen. Setzen Sie sich, Jens. Bei meiner Nichte sind Sie in den besten Händen.«

»Das weiß ich doch. Aber Sie sollen sich keine Umstände machen.«

»Wenn schon, denn schon, Herr Redecker. Jetzt kriegen Sie erst mal einen schönen weißen Kragen. Wie der Pastor in der Kirche. Und dann einen Umhang. Aber keinen schwarzen.«

Monika verstand, worauf die Tante anspielte. Während sie

ein weißes Kreppband um Redeckers Hals legte, musste sie mitkichern. »Sie denken bestimmt, wir sind alberne Hühner, aber wie meine Tante schon sagte: Dies ist ein reiner Damensalon. Und das haben Sie nun davon«, sie griff zum rosaroten Frisierumhang.

Nun musste auch Jens Redecker lachen. Er streckte die Arme durch die Öffnungen im Umhang und hob die flachen Hände. »Ich ergebe mich. Ich bin Ihr wehrloses Opfer, nur bitte, bitte machen Sie jetzt kein Foto von mir.«

»Schade«, Monika faltete das Kreppband um den Halsausschnitt. »Dieses Rosa steht Ihnen doch.«

»Und wie!«, frohlockte Ilse. »Richten Sie das Ihrem Herrenfriseur ruhig aus.«

»Lieber nicht, Frau Ebeling. Sonst macht der Ihnen noch Konkurrenz.«

»Auch wieder wahr«, sie wandte sich an ihre Nichte. »Also schneid los, Kind. Einen Pilzkopf, dass die Beatles vor Neid keinen Ton mehr rauskriegen.«

Monika machte sich ans Werk. Sein Haar fühlte sich weich an, fast wie von einem Kind, doch die gleichmäßige Dichte seiner Bartstoppeln verriet den erwachsenen Mann. Wenn er nicht nur morgens, sondern auch abends gepflegt aussehen wollte, musste er sich bestimmt ein zweites Mal rasieren. Ob er Monikas Gedanken erriet? Im Spiegel trafen sich ihre Blicke, er schmunzelte, sie schmunzelte zurück. Für den Pony griff sie zur Sprühflasche. »Nur Wasser.« Sie kämmte ihm die feuchten Haare über die Stirn und begann zu schneiden.

»Wie fühlen Sie sich denn so?«, kam Ilses Frage von hinten.

»Ganz fantastisch, Frau Ebeling. Da merkt man gleich, dass Ihre Nichte viel von Ihnen gelernt hat.«

Eine charmante Antwort, fand Monika.

Bei aller Sorgfalt ging ihr die Arbeit rasch von der Hand, die feuchten Spitzen föhnte sie über einer Rundbürste trocken und rasierte den Nacken aus, dann befreite sie den Gast vom rosaroten Umhang, er bedankte sich. Mit den gesäuberten Konturen sah er ja wirklich gleich viel gepflegter aus.

Er wollte sich verabschieden – doch wieder hatte er die Rechnung ohne Tante Ilse gemacht.

»Wenn Ihre Oma nicht selbst kommen kann, dann nehmen Sie ihr wenigstens was mit. Monika, wir machen bitte einen Teller fertig. Suchen Sie sich was aus, Jens.«

Er gehorchte. In der Teeküche bespannte Monika seine Tortenauswahl mit Frischhaltefolie.

Als sie den Teller zurück in den Kassenraum brachte, kicherte Ilse immer noch.

»Rate, was passiert ist, Kind! Ich habe gerade gesagt: Wenn ich dreißig Jahre jünger wäre, dann würde ich sofort mein Herz verlieren. Und Jens würde mich wohl nehmen.«

»Gute Idee. Meine Tante ist nämlich sehr pflegeleicht, Herr Redecker, die können Sie ruhig heiraten. Die schieben Sie im Rollstuhl in irgendeine Ecke und machen die Tür hinter ihr zu.«

»Ha!« Ilse gab sich empört. »Da sehen Sie's, Jens. Meine Nichte hat ihre Haare sogar auf den Zähnen. Und eine richtig spitze Zunge!«

»Ja, Tante Ilse, das brauchte ich nämlich zum Überleben. Mit zwei großen Brüdern und zwei kleinen Schwestern. Ganz zu schweigen von meiner Tante hier.«

Er nickte. »Ich merke schon: Wenn ich einheirate, werde ich mich sehr wohlfühlen in Ihrer Familie.«

Monika lachte, Herr Redecker lachte mit, doch dann entschied Ilse unerwartet ernst: »Und jetzt dürfen Sie gehen, Jens. Nicht, dass Sie Ihrer Oma noch erzählen, wir hätten Sie hier festgehalten. Und vielen Dank noch mal für die wunderschönen Rosen.«

»Ich habe zu danken. Den Teller bringe ich nächste Woche zurück.«

»Das eilt nicht«, beruhigte Monika und setzte schnell hinterher: »Aber wenn Sie hier in der Gegend sind, freuen wir uns natürlich, wenn Sie den Teller kurz reinreichen.«

Die Tür fiel hinter ihm ins Schloss, Ilse sah ihre Nichte herausfordernd an. »Nun sag mal, Mädchen. Ist das nicht ein netter Kerl? So höflich und aufmerksam. Richtig schade, dass der nicht zehn, zwölf Jahre älter ist. Dann wäre er wenigstens was für dich.«

Monika schüttelte den Kopf. »Was du immer redest, Tante.«

»Ist doch wahr, Kind!«

»Nein, ist es nicht!«

Bis eben war Monika geduldig geblieben, nun überwog der Ärger. Im Moment war Ilse geistig doch offenbar voll auf der Höhe. Warum redete sie dann trotzdem so einen Unsinn?

Monika suchte noch nach einer passenden Antwort für ihre Tante, da betrat Lehrmädchen Lydia den Salon, in den Armen einen Pappkarton. »Bitte sehr, alles wie bestellt. Rechnung kommt nach, sagt der Florist.« Sie stellte den Karton ab und stemmte mit gespielter Empörung die Hände in die Hüften. »So, so. Da habe ich ja gerade was Schönes gehört: Als junger Mann muss man bloß ein bisschen nett sein, dann wird man hier von den Chefinnen verwöhnt. Mit kostenlosem Haarschnitt und einem Riesenteller Kuchen.«

»Das weißt du also schon? Du hast den eben noch getroffen? Den Enkel von Frau Redecker?«

»Klar. Ich habe doch schon von Weitem gesehen, wie er hier rausgekommen ist mit einem Teller in der Hand, und er kam zufällig auf mich zu. Dann habe ich unsere Torte erkannt und ihn vorsichtig angesprochen.«

»Ah!« Ilse frohlockte. »Und da hat er dir alles erzählt?«

»Ja. Vor allem, dass Sie sich an ganz viel erinnern können, Frau Ebeling. Obwohl es Ihnen erst mal nicht so gut ging. Aber als Sie die Rosen von Frau Redecker im Arm hatten, sind Sie wohl so richtig aufgeblüht.«

»Aufgeblüht! Genau! Ich bin aufgeblüht! Das ist das richtige Wort. Na ja, wenn so ein netter junger Mann reinkommt.«

»Erzähl doch ruhig noch mehr«, feixte Monika. »Dass ihr zwei bald heiraten wollt.«

»Genau! Wir heiraten! Aber die Flitterwochen mit so einem jungen Kerl sind bestimmt anstrengend. Dann kippe ich vom Brautbett direkt in den Sarg. Zur Freude der kichernden Erben.«

Lydia prustete los, Ilse und Monika lachten mit. Nachdem sie sich beruhigt hatten, konnte Ilse endlich ihren »Wachposten« an der Tür einnehmen.

»Ein Mädchen, vier Frauen und vier Torten im hellblauen Käfer. Wenn die auftauchen, gebe ich Meldung.«

Monika ging mit Lydia nach nebenan.

Bei der Auswahl ihrer Lehrlinge hatten Ilse und Monika stets ein gutes Händchen bewiesen. In siebzehn Jahren hatte jedes Mädchen die Friseurlehre in der regulären Zeit und mit Bestnoten abgeschlossen. Das lag selbstredend nicht nur am Fleiß und Talent der jungen Frauen, sondern auch an den guten Lehrherrinnen. Doch bei all den Mädchen, die Ilse und Monika ausgebildet hatten, war Lydia Kleinschmidt ein besonderer Glücksgriff. Mit gerade mal fünfzehn Jahren zeigte sie viel Sachverstand, Umsicht und Geschick. Ein glücklicher Zufall hatte sie zusammengeführt – besser gesagt: Veränderungen im Leben von Monikas bester Freundin Sonja Vogt. 1961, kurz nach dem Bau der Berliner Mauer, hatte Sonja auf tragische Weise ihren Mann Jürgen verloren. Ein paar Jahre später heiratete sie erneut. Mit Silke und Andi, ihren beiden

Kindern aus erster Ehe, zog sie nach Zehlendorf zu ihrem zweiten Mann Clemens, einem Frauenarzt. Sonjas bisherige Wohnung in Charlottenburg übernahm die Witwe Dörthe Kleinschmidt mit ihrer kleinen Tochter Lydia. Dort lebten sie Tür an Tür mit Karin, Jürgens lediger Schwester, ihr gehörte das Haus. Karin und Dörthe – Mieterin und Vermieterin – freundeten sich an, und auch Sonja empfand Sympathie für Dörthe und ihre aufgeweckte Tochter Lydia. Als Sonja erfuhr, dass Lydia nach der Schule gern Friseuse lernen wollte, vermittelte sie den Kontakt zu Monika.

Schon beim Bewerbungsgespräch stellte Lydia unter Beweis, dass sie höflich, aber nicht schüchtern war. Sie löste ihren Pferdeschwanz und strich sich die feinen dunkelblonden Haare glatt. »Wenn ich jetzt bei Ihnen in die Lehre darf, sollten Sie gleich was wissen: Meine alte Frisur mag ich gar nicht mehr, die sieht so nach Schulmädchen aus. Am liebsten hätte ich so einen ganz modernen Schnitt wie von Vidal Sassoon. Wo man diese fünf Punkte am Kopf bestimmt und die dann beim Schneiden genau beachtet. Und dann muss die Kundin das Haar nach dem Föhnen nur kurz schütteln, und es sitzt perfekt. Könnten Sie mir das so schneiden, Frau Ebeling? Also, falls Sie nichts dagegen haben.«

Monika gefiel Lydias Unbefangenheit, und sie war mit der modernen Frisur gern einverstanden, trotzdem konnte sie den Wunsch nach dem Schnitt nicht gleich erfüllen: »Bei uns wollen die Frauen meist Dauerwelle oder Wasserwelle. Oder höchstens mal einen auftoupierten Bubikopf«, und weil sie Lydias Enttäuschung spürte, setzte Monika nach: »Die Schnitttechnik von Sassoon ist sehr anspruchsvoll, das kann ich mir nicht selbst beibringen. Ich habe schon überlegt, ob ich mal einen Wochenendkurs mache. Wenn du danach mein Versuchskaninchen bist, melde ich mich an.«

Man wurde sich schnell einig, nicht nur über ihren Lehrvertrag, den Mutter Dörthe gleich unterschrieb, sondern auch über Lydias neue Frisur. Und von Versuchskaninchen konnte keine Rede sein. Nach dem Kurs schnitt Monika die geometrische Kurzhaarfrisur so perfekt, als hätte sie mit der neuen Technik schon jahrelang Übung. Seitdem galt Lydias moderne Frisur auch als Aushängeschild für den Salon. Sogar im tiefsten Wedding bekam man einen Haarschnitt wie im Swinging London.

Was Lydia in Angriff nahm, erledigte sie mit Köpfchen und Geschick. Das fand Monika auch jetzt wieder, bei den Vorbereitungen für Ilses Fest. Praktischerweise war der Warteraum des Salons über eine breite Schiebetür mit dem Personalraum verbunden. Am Morgen hatten sie acht Campingtische aufgestellt und eingedeckt, nur die Blumen fehlten noch. Im Karton, den Lydia gerade abgeholt hatte, versteckten sich zwischen Packpapier vierundzwanzig kleine Gestecke mit Gerbera-Blüten in Rosa und Dunkelrot. Monika und Lydia verteilten sie auf den Tischen.

Vierzehn Uhr zwanzig. Die Frauen mit den Torten waren noch nicht da. Bestimmt standen sie irgendwo im Stau. Bald zwei Jahrzehnte hielt nun schon das deutsche Wirtschaftswunder an, auch in Westberlin leisteten sich immer mehr Menschen ein eigenes Auto. Zwar ließ die Senatsverwaltung sämtliche Hauptstraßen verbreitern, doch wegen der vielen Baustellen geriet der Verkehr nun erst recht ins Stocken.

»Die kommen bestimmt gleich, sonst hätte Sonja schon angerufen. Telefonzellen gibt's ja genug auf der Strecke.« Monikas Blick glitt von Tisch zu Tisch. »Aber so richtig ordentlich ist das ja noch nicht.«

Sie legten letzte Hand an. Die zu Schmetterlingen gefalteten Servietten mussten kerzengerade auf den mittleren Zinken der Kuchengabeln thronen, die Blumengestecke in einer Reihe stehen. Der Friseursalon Ebeling arbeitete stets akkurat – auch bei der Dekoration zu Ilses Abschiedsfest.

Während sie die Stühle gerade rückten, fragte Lydia: »Darf ich Sie auf was ansprechen, Chefin? Wegen diesem Enkel von Frau Redecker?«

Monika grinste. »Ob er meine Tante tatsächlich heiraten will?«

»Ach was, nein. Ich meine was Ernstes. Weil er doch Student ist, oder?«

»Ja, er will Lehrer werden. Fürs Gymnasium, Deutsch und Geschichte.«

»Genau. Auch für Geschichte. Deswegen habe ich nämlich was überlegt. Die Studenten, die hier immer protestieren, die sagen ja: Die Menschen in Westdeutschland haben kein gutes Bewusstsein für ihre Geschichte. Die haben noch gar nicht richtig begriffen, was Hitler hier angerichtet hat, und viele hätten Hitler ja am liebsten wieder zurück, weil er angeblich doch auch so viel Gutes getan hat. Und jetzt in Vietnam, wo Amerika sich so stark in den Krieg von einem anderen Land einmischt. Dass es so was in der Geschichte noch nie gegeben hat, und deswegen sind die Studenten auf der Seite von Nordvietnam, also gegen die Amerikaner.«

Es war klar, worauf Lydia hinauswollte: ob Jens Redecker auch zu den vielen Proteststudenten gehörte. Monika hatte darüber eben auch schon nachgedacht, aber das brauchte sie dem Lehrmädchen ja nicht auf die Nase zu binden. Also sagte sie: »Ach so? Und weil Jens Redecker doch Geschichte studiert, denkt der das also auch? Über den Vietnamkrieg und Amerika?«

»Kann doch sein. Hat er denn was dazu erzählt?«

»Nein. Und das hätte auch gar nicht gepasst. Meine Tante

hat uns die ganze Zeit rumgescheucht und gekichert. Du hast ja eben noch gesehen, was mit ihr los ist.«

Lydia nickte und schien zu überlegen. »Glauben Sie das denn, Chefin? Dass Jens Redecker ein Krawallstudent ist?«

»Nein«, erwiderte Monika entschieden und wohl etwas zu laut. »Vermutlich ist er gegen den Vietnamkrieg. Aber krawallig ist er bestimmt nicht. Allein, wie höflich er eben die Rosen von seiner Oma überreicht hat. Mit sehr gewählten Worten. Darum war meine Tante ja gleich so angetan von ihm.«

»Also würde der keine Eier werfen?«

Lydia fasste ein heißes Eisen an. Im Februar 1966 hatte es in Westberlin eine Demonstration gegen den Vietnamkrieg gegeben. Der Protestzug war zunächst friedlich verlaufen, doch dann hatte eine Gruppe von Studenten rohe Eier gegen die Fassade des Amerika-Hauses geworfen. Spätestens seit diesem Ereignis gärte es in der westdeutschen Gesellschaft. In letzter Zeit hatte der Sozialistische Deutsche Studentenbund immer öfter zu Protesten aufgerufen. Es ging um mehr Mitbestimmung an den Universitäten und das Ende des Vietnamkriegs. Viele Menschen sprachen schon von einer Spaltung der westdeutschen Gesellschaft: die normalen Bürger auf der einen Seite und die Krawallstudenten auf der anderen. Nach dem Weltkrieg hatten die USA als alliierte Schutzmacht dem zerbombten Deutschland beim Wiederaufbau geholfen, man denke nur an die grandiose Berliner Luftbrücke. Die Amerikaner hatten Europas Westen vor der Stalin-Diktatur bewahrt und wollten nun auch Südvietnam vor dem Kommunismus retten – in einem immer brutaleren Krieg. Aber hatten deutsche Studenten das Recht, dagegen zu protestieren?

»Jens Redecker wirft Eier? Nein, das kann ich mir nicht vorstellen, der protestiert bestimmt ganz friedlich.«

»Gegen den Krieg ist er mit Sicherheit. Alle linken Studenten sind dagegen. Und dass er links ist, sieht man doch an seinen Sachen. Wer läuft denn sonst mit einem schwarzen Rollkragenpulli rum? Und dann noch die schwarze Hose. Ende Mai bei strahlendem Sonnenschein.«

Sieh an, dachte Monika. So weitreichende Gedanken machte sich das Lehrmädchen also.

»Ja, Lydia, das ist mir auch aufgefallen. Aber viele Studenten tragen ja immerzu Schwarz. Weil es bei denen eben modern ist.«

»Und wissen Sie auch, warum, Chefin? Wegen Jean-Paul Sartre. Dem französischen Philosophen.«

»Ach so?« Monika staunte. »Da weißt du mehr als ich.«

»Das habe ich neulich im Radio gehört. Sartre ist nämlich Existenzialist. Der sagt, jeder Mensch wird in die Welt geworfen. Keiner sucht sich aus, ob er geboren wird oder nicht. Oder in was für eine Familie er geboren wird oder in welche Gesellschaftsschicht oder welches Land oder welche geschichtliche Zeit. Jeder muss mit seiner Existenz irgendwie fertigwerden. Egal, was das Leben bringt, und als einziger freiwilliger Ausweg bleibt der Selbstmord. Aber auch, wenn man leben will, kann man schließlich nicht dem Tod entrinnen. Das ist ernst und traurig, und Äußerlichkeiten sind ganz unwichtig. Deswegen tragen die Existenzialisten immer Schwarz.«

»Lydia!« Monika konnte nur staunen. »Das sind aber heftig tiefe Gedanken. Und wie gut du dir das alles gemerkt hast.«

»Ach, danke, Chefin. Aber so schwierig finde ich das nicht. Ich kenne ja nicht viele Studenten. Also, nicht persönlich. Aber ich sehe mir eben manchmal diese Berichte an, von den Proteststudenten. Und manche von denen sind ganz schön hochnäsig oder besserwisserisch. Was glauben Sie denn, Chefin? Ist der Enkel von Frau Redecker auch so? Weil er doch Studienrat werden will?«

Ach so, dachte Monika. Daher wehte also der Wind: Lydia zeigte ein ungeahntes Interesse an Jens Redecker, vermutlich hatte sie sich in ihn verguckt.

»Ob er ein kleiner Klugschieter ist? Nein, so kam er mir jedenfalls nicht vor.« Monika sah das Lehrmädchen von der Seite an. »Du machst dir ganz schön viele Gedanken um ihn.«

»Ich fand ihn einfach bloß sympathisch. Und wir haben ja auch nur kurz gesprochen.«

Monika lächelte. »Kann man doch verstehen. Wenn ich eine Tochter hätte und sie würde sich so einen aussuchen, dann sollte ich als Mutter nichts dagegen haben.«

Lydia staunte – und freute sich. Mit so einem Zugeständnis aus dem Mund der Chefin hatte sie offenbar nicht gerechnet.

»Und Ihre Tante mochte ihn ja auch gleich. Das muss man sich mal vorstellen: Er bringt bloß einen Blumenstrauß von seiner Oma, und plötzlich ist unsere Senior-Chefin nicht mehr tüdelig, sondern klar im Kopf, und er kriegt sogar einen kostenlosen Schnitt. Wo wir hier sonst nie Männer bedienen. Also muss er doch irgendwas an sich haben. So was Gewisses. Als Mann eben.«

»Aha. Was Gewisses als Mann«, amüsierte sich Monika. »Und du denkst, das kannst du schon beurteilen mit deinen fünfzehn Lenzen?«

»Na ja, Chefin. Natürlich bin ich mir da noch nicht sicher. Auch wenn ich noch keinen festen Freund will: Ein paar Gedanken darf ich mir doch schon machen.«

Monika lachte auf. »Unbedingt. Jede junge Frau muss ganz allgemein was über die Männer wissen. Du sollst dir ja später einen anständigen Kerl aussuchen. Und auf keinen Schlawiner oder Schwerenöter reinfallen.«

»Genau. Das sagt meine Mutter auch immer.«

»Recht hat sie. Und wir wissen ja, wie viel Glück du mit

deiner Mutter hast. So früh habt ihr deinen Vater verloren, und sie hat so eine wunderbare Tochter großgezogen.«

»Danke, das ist sehr nett von Ihnen.«

»Das ist einfach nur ehrlich, Lydia.«

Die Rührung war Lydia anzumerken, sie wandte sich zur Tür. »Dann gehe ich mich jetzt ein bisschen frisch machen, Chefin.«

»Tu das, wir haben gleich noch viel Arbeit.«

Lydia verließ den Raum, Monika war allein und atmete durch. Die letzten ruhigen Minuten vor dem Fest. Seit einiger Zeit dachte sie oft an die Anfänge des Salons. Gerald war an der Ostfront gefallen, Ilse hatte ihr Schicksal mit Millionen anderen Frauen geteilt: Sie musste einen heiß geliebten Menschen begraben und mit ihm die meisten Zukunftspläne. Was Ilse blieb, waren der Rückhalt von Eltern und Geschwistern und die Begeisterung für ihren Beruf. Als im zerbombten Berlin die Meisterschulen wieder öffneten, legte sie los. Und 1950, im Alter von zweiunddreißig Jahren, machte sie sich selbstständig – der Kreditanstalt für Wiederaufbau sei Dank. Einen so schnieken Damensalon wie den von Ilse Ebeling hatte der Wedding noch nicht gesehen, und ihr Plan ging auf. Im westdeutschen Wirtschaftswunder konnten sich auch immer mehr Arbeiterfrauen einen guten Salon leisten, Ilse stellte weitere Friseusen an. Sie selbst stand von morgens halb acht bis abends um sieben im Laden, machte kaum Pausen und lenkte sich so von Trauer und Enttäuschung ab. Immer öfter litt sie unter Kopfschmerzen. Ihr Arzt verschrieb Phenacetin, einen Wirkstoff, der rasche Linderung versprach und die Stimmung hob. Damit fühlte Ilse sich wie in einer Sektlaune, mit ihrem Wiederholungsrezept ging sie in verschiedene Apotheken und nahm immer mehr Tabletten. Bis sie 1953 in ihrer Wohnung zusammenbrach. Nierenversagen!

Ein Vierteljahr früher hätten die Ärzte sie aufgeben müssen, doch sie hatte Glück: Seit Neuestem verfügte das Krankenhaus Wedding über ein Hämodialyse-Gerät, gespendet von einer amerikanischen Firma als Beitrag zum Wiederaufbau Westberlins. Mehr als ein Jahrzehnt konnte Ilse dank der künstlichen Niere noch ein relativ normales Leben führen, dann holte die Krankheit sie ein. Nicht nur ihr Gedächtnis spielte nicht mehr mit, auch die Muskulatur wurde immer schwächer, sie konnte sich im Salon nicht mehr auf den Beinen halten, mit Beginn des Jahrs 1966 brauchte sie einen Rollstuhl. Sie gewöhnte sich rasch an das neue Gefährt, ohne viel Mühe bewegte sie sich durch den Salon. Zwar konnte sie ihre Kundinnen nicht mehr frisieren, doch sie kümmerte sich noch um die Organisation und die Kasse. Dann aber versagten auch ihre Hände, die Kraft reichte für die Greifreifen am Rollstuhl nicht mehr aus.

»Du bekommst einen elektrischen«, tröstete Monika. »Die Hebel kannst du mit einem Finger bewegen, und schon rollst du los.«

Aber Ilse wollte keinen Elektro-Rollstuhl, denn so klar war sie noch im Kopf, dass sie begriff: »Es geht ja nicht nur ums Rollen. Steuern muss ich das Ding ja trotzdem noch. Und wenn ich da was falsch mache, fahre ich hier noch die Kundinnen platt. Nein, Kind. Wenn ich mich hier nicht mehr allein bewegen kann, dann bleibe ich demnächst eben zu Hause, und damit basta. Aber eins wünsche ich mir noch: ein richtig schönes Abschiedsfest. Einen ganz großen Kaffeeklatsch nur mit Frauen, wie sich das gehört für einen Damensalon. Und alles hübsch in Rosa und Weinrot, unseren Firmenfarben.

Was für ein wunderbarer Vorschlag. »Das machen wir«, hatte Monika beschlossen. »Und wie wir das machen!«

Wochenlang hatten sie mit den anderen Frauen alles vorbereitet, jetzt konnte die Sause steigen.

Von nebenan drang Ilses Ruf. »Der hellblaue Käfer ist da! Die klettern gerade alle raus!«

Ein paar Minuten später betraten Monikas beste Freundin Sonja mit ihrer Tochter Silke und ihrer Schwägerin Karin den Salon, gefolgt von Sonjas Mutter Margit und von Dörthe, Karins Mieterin und Lydias Mutter. Sie waren bepackt mit Tortenschachteln und einer riesigen Porzellan-Etagere.

»Ist ja schön, wenn man eine Bäckereibesitzerin kennt. Komm mal her, du Beste.« Ilse zog Karin zu sich und küsste sie auf beide Wangen.

Monika schmunzelte. »Karin, du bist nicht die Erste, die Ilse heute küsst. Wundert euch bloß nicht, dass sie heute so gute Laune hat – und so ein gutes Gedächtnis.«

Unter viel Gelächter erzählten Monika, Ilse und Lydia von Jens Redecker, ihrem unerwarteten Besucher, den sie mit einem Haarschnitt und reichlich Kuchen bedacht hatten.

»Wie alt ist der? Zweiundzwanzig? Da muss es hier doch eine Frau geben, die wir mit dem verkuppeln können.«

Kaum hatte Sonja das ausgesprochen, kam die achtzehnjährige, blond gelockte Bettina herein, das älteste Lehrmädchen im Betrieb.

»Na also! Da ist ja schon die Richtige!«, rief Ilse, und natürlich mussten sie der ahnungslosen Bettina alles von vorn erzählen, damit sie mitlachen konnte.

Nach und nach trafen die weiteren Gäste ein: Verwandte, Bekannte und Freundinnen von Ilse, dazu einige Friseusen der ersten Stunde, von denen zwei immer noch bei den Ebelings arbeiteten, außerdem ein halbes Dutzend ehemaliger Lehrlinge, die in andere Salons gewechselt oder den Beruf für die Familie aufgegeben hatten, nicht zuletzt eine Krankenschwester und zwei Mitpatientinnen von Ilses Dialyse sowie viele Stammkundinnen. Fast hundert Frauen kamen im Verlauf der nächsten Stunden, viele blieben den ganzen Nachmittag, andere nur für eine Tasse Kaffee, und Ilse konnte sich an die meisten Namen erinnern.

»Was haben die dir hier bloß in den Kaffee getan?«, fragte Monikas zwölf Jahre jüngere Schwester Almuth. »So gut ging es dir ja schon lange nicht mehr.«

»Heute Morgen war eine Art Engel hier.« Mit glänzenden Augen blickte Ilse gen Himmel und erzählte noch einmal von Jens Redecker.

Auch Almuth amüsierte sich.

Das Fest lief rund. Gemeinsam mit den Lehrmädchen schenkte Sonjas Tochter Silke Kaffee nach, später gab es Sekt und Likörchen. Dörthe, eine passionierte Hobbyfotografin, bannte die schönsten Momente auf Zelluloid. Immer wieder sprachen sie über die Anfänge des Salons. Sonjas Mutter Margit erinnerte sich genau, wie sie lange vor den wunderbaren Auslagen gestanden hatte – und auch vor der Preistafel. Sie hatte gezögert, aber dann hatte Sonja ihr vorgerechnet, wie selten sie beide zum Friseur müssten. Da könnten sie sich den etwas teureren Salon doch leisten. Schließlich hatte Margit zugestimmt, und im Laden war ihnen Ilse Ebeling entgegengekommen, die Chefin persönlich.

»Wie ein Sahneschnittchen sahst du damals aus, Ilse! Wie Himbeersahne natürlich, in diesem schnieken rosa Kasack und dem roten Rock.«

Ilse spielte die Empörte. »*Damals?* Was soll das denn heißen, Margit? Sehe ich heute etwa nicht mehr so aus?«

»Doooch!«, schallte es aus allen Kehlen.

Ilse kicherte. »Gebt's ruhig zu. Jetzt ist die Sahne ein bisschen ranzig.«

Sie erntete Applaus. So viel Humor und Schlagfertigkeit trotz der schlimmen Krankheit. Das soll ihr doch erst mal jemand nachmachen. Chapeau!

So hatte Ilse sich die Feier gewünscht, sie strahlte stundenlang über beide Backen, die Stimmung blieb blendend.

Obwohl Monika sich mit ihrer Tante freute, konnte sie das Fest nicht recht genießen. Zwischendurch ging sie zur Toilette und schaute beim Händewaschen in den Spiegel. Ein paar Strähnen hatten sich aus ihrer Hochsteckfrisur gelöst. Im ersten Moment wollte Monika darüber hinwegsehen, alle feierten ausgelassen, da musste das Haar nicht perfekt sitzen. Doch dann zog sie einen Kamm aus der Rocktasche und ordnete ihre Frisur. Das wunderbare Kastanienrot von Tante Ilse hatte die Natur für Monika nicht vorgesehen, sie war brünett, doch sie hatte von ebelingscher Seite die feste Haarstruktur geerbt. Noch musste sie nicht nachhelfen, aber lange würde es wohl nicht mehr dauern, bis sich erstes Grau einschleichen würde, und dann hieße es: Ansatz nachfärben, am besten jede Woche. Sie legte sich die Hände auf die Wangen und zog sie Richtung Ohren. So glatt war ihre Haut gewesen, als sie mit sechzehn Jahren hier angefangen hatte, heute war sie fast doppelt so alt. Sie ließ los. Das Fleisch ihrer Wangen senkte sich, so prall und straff wie damals würde es nie mehr werden. Der Zahn der Zeit. Sie hatte ihre Jugend hinter sich gelassen. Aus der Rocktasche zog sie eine Dose und puderte sich das Gesicht. Erst am Morgen hatte sie in der *Constanze* einen Fotobericht zur neuen Sommermode gelesen. Monika beschloss, sich ein neues Kleid zu kaufen – gern schon nächsten Montag. Von nebenan schallte Gelächter, sie ging zurück zu den Frauen.

DAS KLEID

Monika kam im Frühling 1936 zur Welt, seit drei Jahren regierten die Nationalsozialisten, und in Berlin bereitete man sich fieberhaft auf die Olympischen Spiele vor. Der ganzen Welt wollte Hitler beweisen, wie weltoffen es in Deutschland zuging, wie friedfertig und gerecht. Dabei rüstete er längst für den nächsten Krieg.

Von klein auf fand Monika in ihrer Tante Ilse eine mütterliche Freundin. Achtzehn Jahre lagen zwischen den beiden, sie sahen sich ähnlich, und Ilse wurde von fremden Leuten oft gefragt, ob sie Monikas Mutter sei. Dann bedankte sie sich für das Kompliment und sagte: »Wäre ich gern, aber diese Zuckermaus muss ich leider wieder abgeben. Sonst kriege ich Ärger mit meinem Bruder und meiner Schwägerin.«

Karl und Elfie Ebeling, bereits Eltern von zwei kleinen Söhnen, nahmen auch ihre erste Tochter bei der Geburt liebevoll in Empfang, doch schon bald stellte sich heraus: Mutter Elfie stieß an ihre Grenzen. Sie musste den kompletten Haushalt versorgen, ihre alten Eltern pflegen, sich um zwei lebhafte Jungen im Vorschulalter kümmern – und nun auch noch um einen Säugling. Nach dem ersten halben Jahr musste sie sich eingestehen: Sie hatte mit dem Wunsch nach einem dritten Kind ihre eigenen Kräfte deutlich überschätzt, und ihren kranken Eltern ging es immer schlechter.

Ilse sprang ein. Allzu viel Zeit blieb ihr nicht. Als frischgebackene Gesellin hatte sie gerade ihre neue Stelle angetreten – in einem Damensalon am Berliner Gesundbrunnen. Es gab dort reichlich zu tun, doch sie liebte ihre kleine Nichte über alles. Wann immer sie es einrichten konnte, holte sie Monika ab, ging mit ihr spazieren und auf den Spielplatz. Die Mutter eines anderen Kindes brachte eines Tages ihren Bruder mit auf den Spielplatz: Gerald, fünf Jahre älter als Ilse, gelernter Kaufmann und Prokurist in einer Schuhfabrik. Die beiden verliebten sich Knall auf Fall, im Prachtsommer 1939 verlobten sie sich. Ein wunderbarer Mann für Ilse, fanden die Ebelings und hießen Gerald in der Familie herzlich willkommen.

Geralds Liebe entflammte nicht nur für Ilse, sondern auch für die kleine Nichte. »An Monika nehmen wir Maß«, lachte er oft. »So eine bekommen Ilse und ich auch mal.«

Doch er sollte sich irren, die politische Stimmung hatte sich endgültig gedreht, Hitler begann mit dem Überfall auf Polen den Zweiten Weltkrieg, und statt einer wunderhübschen Tochter bekam Gerald einen Marschbefehl. 1940 zog er gegen Frankreich. Das erste Jahr verlief für ihn noch glimpflich, doch dann durchschlug in einer Schlacht das Schrapnell einer Granate seinen linken Lungenflügel. Mit der schweren Verletzung war Gerald nicht mehr kampffähig, er musste für vier Monate in ein Lazarett und danach noch einmal so lange zur Genesung in ein Militärhospiz. Ilse durfte ihn dort zweimal besuchen und wünschte sich, das feindliche Geschoss hätte nicht Geralds Lunge getroffen, sondern seinen Oberarm. Als Einarmiger hätte er vielleicht noch kriegswichtige Büroarbeiten übernehmen können, aber der Fronteinsatz wäre für ihn zu Ende gewesen. Doch was nützten schon solche Gedanken? Es war, wie es war, und die Ärzte der Wehrmacht kannten kein Erbarmen.

An Hunderttausenden von schwer verletzten und verstümmelten Soldaten aus dem Ersten Weltkrieg hatten die Chirurgen ihr Können entwickelt. Inzwischen waren das Penicillin entdeckt und die Sulfonamide erfunden, 1939 gelangte die moderne Kriegs-Chirurgie zu voller Blüte. *Jeder Soldat immer wieder kriegsverwendungsfähig!*, lautete das Motto. Auch Gerald bekam die ärztliche Kunst zu spüren. Mehrmals wurde er an der Lunge operiert und schließlich gesund gepflegt – zu gesund, wie er leider feststellen musste. Nicht mal einen Urlaub gönnte man ihm. Im Hospiz habe er sich ja genug erholt, hieß es, ein Aufenthalt in der Heimat sei also nicht nötig. Vom Genesungsbett schickte man ihn direkt an die Ostfront.

Ilses Bruder Karl blieb dieses Schicksal erspart. Seine Arbeit als Streckenwärter bei der Reichsbahn galt als kriegswichtig, den Dienst für Volk und Vaterland verrichtete er im engen Gleisnetz um den Bahnhof Friedrichstraße. Hier musste er die Stellung halten. Mit Ehefrau Elfie und den drei Kindern wohnte er zunächst weiter im Wedding, doch mit Beginn der alliierten Luftangriffe brachte er seine Familie in Sicherheit: »Ihr geht auf den Hof nach Frohnau, da könnt ihr mithelfen. Genug Arbeit werden die wohl für euch haben, jetzt, wo alle Männer im Krieg sind.«

Gustav Ebeling, ein Urgroßonkel von Monika, betrieb mit seiner großen Familie am nördlichen Stadtrand einen Bauernhof. Er nahm Nichte Elfie und die Kinder auf. Hier würden schon keine Bomben fallen, hieß es. Da fänden die britischen Flieger in ihrer *Battle of Berlin* weitaus bessere Ziele.

»Und was ist mit dir, Tante Ilse? Willst du denn nicht auf dem Bauernhof bei den Ziegen wohnen? Und den vielen kleinen Ferkeln?«

Ilse schloss die siebenjährige Monika in ihre Arme. »Nein, meine Süße. Mein Chef ist krank und kann nicht mehr so viel arbeiten, aber jemand muss den Leuten ja die Haare schneiden. Außerdem bleibt euer Papa auch hier, der braucht doch was Warmes zu essen. Ich koche abends für ihn, und jedes Wochenende kommen wir euch besuchen.«

Monika passte sich an, so gut sie konnte. Die Erwachsenen

hatten schon genug Sorgen. Außerdem gefiel es ihr auf dem Bauernhof, hier gab es so viel, was sie noch nicht kannte und wovon sie unbedingt ihren Freundinnen erzählen wollte, sobald sie wieder zu Hause wäre.

Zusammen mit ihren Brüdern besuchte sie die Volksschule in Frohnau, die Lehrer waren fast alle im Krieg, den Unterricht hatten Pensionisten übernommen, die offenbar wenig Freude daran hatten. Monika gab sich Mühe, es war ihr zweites Schuljahr. Spätestens nächstes Ostern wäre sie bestimmt wieder zurück im Wedding, sagte ihr Klassenlehrer, bis dahin habe Deutschland gesiegt, lange werde das nicht mehr dauern.

Monika nickte, dem Lehrer durfte man nicht widersprechen. Aber sie glaubte nicht, was er sagte. Wenn Deutschland doch so bald den Krieg gewinnen würde, warum erzählten die Klassenkameraden dann jeden Tag von neuen Toten? Von Brüdern, Vätern, Cousins und Onkeln, die den Kampf nicht überlebt hatten? Oder von zerbombten Häusern in der Stadtmitte, wo Frauen mit ihren Kindern in den Luftschutzkellern erstickt waren? Auch in der Familie Ebeling gab es Verluste: Ein angeheirateter Schwager von Monikas Mutter war gefallen, zwei Cousins des Vaters galten als vermisst. Die Angst legte sich wie ein kaltes, eisernes Band um Monikas junges Herz. Was, wenn ihr Vater eine Bombe auf den Kopf bekäme? Oder Tante Ilse? Um ihrer Mutter keinen Kummer zu machen, ließ Monika sich nichts anmerken. Sie tat, was sie auch später als Erwachsene noch oft tun sollte: Sobald sie Angst bekam, stürzte sie sich in die Arbeit. Nachmittags erledigte sie in Windeseile ihre Hausaufgaben, danach half sie auf dem Hof. Jeden Abend striegelten sie den beiden Pferden die letzten Erdkrumen aus dem Fell. Als Monika anfing, bunte Wollfäden in die Schweife zu flechten, schritt Mutter Elfie ein.

»Das sind Ackergäule, Kind, die sind zum Arbeiten da. Lass die einfach in Ruhe.«

»Aber die Farben sind doch schön, Mutti. Und außerdem muss ich üben. Ich will doch mal Friseuse werden, genau wie Tante Ilse.«

»Dann frag deine Kameradinnen, ob du das bei denen machen darfst. Aber nicht im Unterricht, da sollt ihr lernen. Und ich will keine Beschwerden hören, auch nicht von den anderen Eltern.«

Mit ihrem Vorschlag traf Monikas Mutter ins Schwarze: Die Mädchen freuten sich. Oft trafen sie sich schon um sieben Uhr mit offenen Haaren vor der Schule, und Monika begann zu flechten. Mit Klemmen, Spangen und bunten Bändern zauberte sie die schönsten Zöpfe, Kränze und Affenschaukeln.

Und alle waren sich sicher: Monika würde mal eine oberknorkige Friseuse werden, bestimmt so gut wie ihre Tante Ilse.

Vater und Tante hielten Wort. Fast jeden Sonntag kamen sie aus dem Wedding nach Frohnau zu Besuch. Dann saß Monika abwechselnd bei ihnen auf dem Schoß und erzählte, was sie auf dem Bauernhof und in der Schule erlebt hatte.

»Und bei euch?«, wollte sie wissen. »Sind die Häuser im Wedding noch da?«

»Na sicher«, beruhigte der Vater. »Und wenn nicht, bauen wir sie eben wieder auf. Manche Häuser sind ja auch schon ganz alt, die müsste man sowieso bald abreißen. Da ist es ganz gut, wenn da neue hinkommen.«

Wieder nickte Monika. Ihr Vater meinte es ja gut mit ihr. Er wollte nicht, dass sie sich Sorgen machte.

An einem Sonntag im November 1944 kam er jedoch ohne seine Schwester auf Besuch nach Frohnau und brachte die Nachricht: Eine russische Granate hatte Gerald beide Beine zerfetzt, er war verblutet.

Ilse lag nach einem Nervenzusammenbruch im Krankenhaus, vier Wochen blieb sie dort, schlafen konnte sie nur mit Morphium, und sie wollte niemanden sehen. Jeden Abend saß Monikas Vater auf dem Flur vor dem Zimmer seiner Schwester, bis Ilse endlich wieder ein Wort herausbrachte. Ein paar Tage später erlaubten die Ärzte ihre Entlassung, Monikas Vater nahm sie mit auf den Bauernhof. Monika und ihre Brüder erschraken. Vor ein paar Wochen war die Tante noch so hübsch gewesen, jetzt sah sie aus wie eine alte, kranke Frau. Und sie weinte gar nicht, obwohl sie doch bestimmt traurig war über Geralds Tod. Für Monika passte das alles nicht zusammen, doch sie verstand, dass sie ihre Tante trösten musste. Also führte sie Ilse herum zu den Ziegen und Schweinen und Hühnern und natürlich zu den niedlichen Katzenbabys. Und dann noch zu den Pferden, denen Monika an diesem Tag ausnahmsweise bunte Bänder in die Mähnen geflochten hatte. »Ich will auch Friseuse werden. Und du musst dir einen neuen Mann suchen. Einen, der so nett ist wie Onkel Gerald. Und wenn du keinen findest, dann helfe ich dir bei dem vielen Haareschneiden.«

Wange an Wange weinten sie zusammen, und Monika fand, dass sie es trotz all der schrecklichen Dinge doch ziemlich gut hatte mit ihrer etwas strengen Mutter Elfie und ihrer jungen Tante Ilse.

Neun Jahre später versagten wegen der Tablettensucht Ilses Nieren. Ihre Nichten waren siebzehn, sieben und fünf Jahre alt, und die beiden Neffen hatten das Elternhaus schon verlassen. Trotz der häufigen Termine an der künstlichen Niere versuchte Ilse, so lange wie möglich ihren eigenen Haushalt zu führen. Nach ein paar Jahren wurde es ihr endgültig zu viel, sie zog zu Karls Familie in die Wohnung und steuerte mit ihrer Schwerbeschädigtenrente zum Einkommen bei. Daneben verbrachte sie noch zwei bis drei Tage pro Woche im Salon. Alle sprachen von ihr als der Senior-Chefin, aber eigentlich war sie das nicht. Monika hatte sich auf der Meisterschule beeilt und mit dreiundzwanzig Jahren die offizielle Leitung des Salons übernommen.

Inzwischen lebte Monika längst in einer eigenen Wohnung: zwei Zimmer am Zeppelinplatz, nicht weit vom Salon und bloß ein paar Straßenecken von ihren Eltern und Tante Ilse entfernt.

* * *

Wie fast alle Friseurgeschäfte in Berlin hatte auch der Salon Ebeling montags geschlossen, trotzdem blieb für Monika jede Menge zu tun. Meist nutzte sie den kundenfreien Tag, um im kleinen Büro die angefallenen Belege abzuheften. Ihre Freundin Sonja kam einmal im Monat vorbei, ordnete die Unterlagen für die Lohnabrechnungen und bereitete die Zahlen für den Steuerberater vor.

Am Montag nach dem Kaffeeklatsch brachte Monika ihre Tante zur Blutwäsche in die Klinik. Angenehm war es nicht, mit einer dicken Nadel im Arm dem eigenen Blut dabei zuzusehen, wie es durch Schläuche floss, um unnötige Salze und Stoffwechselprodukte an eine Flüssigkeit abzugeben. Doch Ilse hatte sich daran gewöhnt. Sie fand die Stunden an den Apparaten zwar lästig, aber nie langweilig, und manchmal freute sie sich sogar darauf. Schwestern und Pfleger gaben sich Mühe, ihre Patienten bei Laune zu halten. Solange keine Komplikationen eintraten, blieb die Stimmung familiär und freundlich.

»Wenn ich demnächst tot bin, werde ich euch ganz schön vermissen«, sagte Ilse oft und freute sich, wenn sie zur Antwort bekam, sie solle gefälligst noch durchhalten, die anderen würden sie sonst nämlich auch vermissen, jedenfalls ein bisschen.

Mit den Ärzten war alles besprochen: Falls die Kräfte nicht mehr reichten, dreimal wöchentlich die Blutwäsche durchzustehen, wollte Ilse einfach zu Hause bleiben. Die Giftstoffe, die ihr Körper dann nicht mehr ausscheiden könnte, würden ihren Geist eintrüben, sie würde eindämmern und sterben. Ein sanfter, schmerzfreier Tod, vor dem sie keine Angst hatte. Aber noch war es nicht so weit.

Nach dem großen Kaffeeklatsch hatte sie viel geschlafen, aber ihre klare Phase dauerte an: Sie erinnerte sich an viele Einzelheiten und amüsierte sich immer noch über den unerwarteten Besuch des jungen Mannes und ihren forschen Heiratsantrag.

Am Montagmorgen saß sie mit Monika im Wartebereich der Klinik. Die Patienten der Nacht-Dialyse räumten ihre Plätze, die Geräte wurden gereinigt für die nächste Schicht.

Ilse zog einen Umschlag aus der Tasche. »Hier, mein Mädchen. Du hast dir so viel Mühe gegeben mit meinem Fest.«

»Ach, Tantchen. Das musst du doch nicht.«

»Will ich aber. Nun nimm schon. Du weißt doch: lieber mit der warmen Hand als mit der kalten.«

Monika schloss ihre Tante in die Arme.

Ilse freute sich. »Wo willst du dir das Kleid denn holen?«

»Eigentlich wie immer. Hier auf der Müllerstraße. Ich wollte erst mal bei Schlüter gucken oder vielleicht bei Wehmeyer.«

Selbstverständlich kannte Ilse die Bekleidungsgeschäfte in der großen Einkaufsstraße. »Ja, da kannst du natürlich hin. Wenn du woanders nichts findest.«

Woanders? Was meinte die Tante?

Ilse wies schmunzelnd auf den Umschlag: »Nun guck doch mal rein, Kind.«

Monika sah den Hundertmarkschein. »Tante Ilse!«

»Still! Ich will nichts hören. Und glaub bloß nicht, ich bin tüdelig. Das ist ein Hunderter, ich weiß schon. Geh ins KaDe-We und hol dir was richtig Schniekes. Und das führst du mir dann gefälligst vor.«

Monika musste es versprechen. Ins KaDeWe also. Na schön. Bevor sie sich von Ilse schlagen ließ. Die beiden lachten.

Ein Pfleger kam und brachte Ilse zum Behandlungsplatz, am frühen Nachmittag würde Monika sie wieder abholen.

Monika trat aus dem Krankenhaus und schloss einen Moment die Augen. Wie schön! Der Morgen war kühl und grau gewesen, doch inzwischen gab die Maisonne sich alle Mühe, den Tag und die Herzen der Berliner zu erwärmen. Laut Wetterbericht sollte das Hoch bis Mitte der Woche anhalten.

Sie machte sich auf den kurzen Weg zum U-Bahnhof Amrumer Straße. Hundert Mark! Sogar Annelore, ihre beste und erfahrenste Gesellin, hätte dafür drei Tage arbeiten müssen, brutto wohlgemerkt. Als Inhaberin des Salons gönnte Monika sich ein gutes Einkommen, doch sie ging vorsichtig damit um und achtete darauf, genug für den Ruhestand zurückzulegen. Im Gegensatz zu anderen Frauen konnte sie sich nicht auf die Rente eines Ehemanns verlassen. Und nun also hundert Mark von ihrer Tante, viel zu viel für ein Sommerkleid. Rund die Hälfte davon wollte Monika heute investieren, für vierzig, fünfzig Euro bekam man im KaDeWe ein schickes Kleid, das hatte ihr neulich noch eine Kundin erzählt. Das restliche Geld würde Monika zurücklegen, zum Beispiel für ihre Wintergarderobe oder ein paar neue Sofakissen. Dagegen konnte die Tante schließlich nichts sagen.

Während Monika auf die U-Bahn wartete, dachte sie daran, was für eine aparte Erscheinung Tante Ilse gewesen war, damals nach dem Krieg. Sie hatte lange gebraucht, um über

Geralds Tod hinwegzukommen. Erst 1953 war die Sehnsucht nach einem neuen Mann an ihrer Seite so groß geworden, dass sie ein Eheanbahnungsinstitut eingeschaltet hatte, leider ohne Erfolg. Aber dann war doch noch der Richtige in ihr Leben getreten: Der schöne Walter, Ilses letzter Liebhaber. Er lieferte damals wie heute die Lebensmittel für ein Hauswirtschaftsinternat, das Sonja 1952 ein halbes Jahr lang besuchte. Auf der Eröffnung des Autohauses von Sonjas Eltern begegneten Walter und Ilse sich zum ersten Mal – und verliebten sich Hals über Kopf. Ilse behauptete, glücklich zu sein, so glücklich wie schon lange nicht mehr, doch ihre ständigen Kopfschmerzen ließen nicht nach. Statt sich von Spezialisten helfen zu lassen, wurde sie tablettensüchtig und erzählte es niemandem, auch nicht Walter. Er versprach, sich von seiner Frau scheiden zu lassen und Ilse zu heiraten. Das klang wie im Kitschroman, aber er meinte es ernst, selbst dann noch, als Ilse mit Nierenversagen für etliche Wochen in der Klinik lag. Er bestach sogar die Pfleger, um Ilse außerhalb der Besuchszeit zu sehen und nicht mit ihren Verwandten zusammenzutreffen, die von der Liebschaft nichts wussten. Dass Ilse nun dreimal wöchentlich für einen halben Tag an die künstliche Niere musste, schreckte ihn nicht ab. Er wollte sie heiraten und für sie sorgen, daran ließ er keinen Zweifel. Doch Ilse erwies sich als klug und weitsichtig. Sie ahnte: Der schöne Walter begriff noch gar nicht, was mit ihrer Krankheit auf ihn zukäme. Und dass er es trotz seiner Versprechungen nicht lange mit ihr aushalten würde. Ilse hatte die Liebschaft beendet, in aller Konsequenz und von einem auf den anderen Tag.

Die einfahrende U-Bahn riss Monika aus den Gedanken. Am Wittenbergplatz im Stadtteil Schöneberg stieg sie aus und ging zum KaDeWe, dem Kaufhaus des Westens, größtes und elegantestes Warenhaus der Stadt. Nach der Zerstörung durch den Krieg hatte 1956 ein prachtvoller Wiederaufbau seine Pforten geöffnet. Damals war die Stadt längst von den Siegermächten aufgeteilt, doch die Ostberliner durften die Sektorengrenzen noch ungehindert passieren und sogar in Westberlin ihr Geld verdienen. Wer jedoch im russischen Sektor arbeitete und den Lohn in DDR-Mark bekam, der konnte sich im KaDeWe nicht viel leisten. Das hochwertige Angebot hatte seinen Preis, blieb aber für den Normalverdiener erschwinglich – sofern er feste D-Mark bezog.

Monika betrat das KaDeWe durch den Eingang an der Tauentzienstraße. Wann war sie das letzte Mal hier gewesen? Anderthalb Jahre lag das zurück: Im vorletzten Herbst hatte sie sich einen Schal aus Alpakawolle gegönnt, weil der nicht am Hals kratzte und in seinem dezenten Beige zu all ihren Winterjacken passte. Sie war mit dem Kauf noch immer sehr zufrieden.

Seit ihrem letzten Besuch hatte man die Kosmetikabteilung noch einmal vergrößert, inzwischen bestand wohl ein Viertel der Erdgeschossfläche aus Ständen mit Produkten für die weibliche Schönheit. Monika führte in ihrem Salon ein kleines Sortiment an Kosmetik und edlem Parfum, die Branche war ihr also nicht fremd. Doch hier im KaDeWe gab es höchst exklusive Luxusmarken, von denen Monika noch nie etwas gehört hatte. Sie nutzte die Gelegenheit und sah sich um. Was für eine Pracht! Minutenlang streifte sie vorbei an den Ständen aus edlen Hölzern, Glas und Edelstahl. Selbst einfache Eyeliner-Stifte präsentierte man wie erlesene Kostbarkeiten. Monika wusste, was Kosmetika im Einkauf kosteten. Beim Blick auf die diskret angebrachten Schilder mit den Verkaufspreisen wurde ihr klar, wie viel Geld der Kunde hier für das luxuriöse Erlebnis, für Dekoration und schönen Schein ausgab. Einige Verkäuferinnen sprachen Monika an, sie gab höflich zu verstehen, dass sie sich bloß umsehen wollte.

Ein blau-goldener Flakon erregte ihre Aufmerksamkeit, gestaltet wie eine orientalische Flasche, aus der jederzeit ein Geist entweichen könnte, um der Besitzerin ihre tiefsten und teuersten Wünsche zu erfüllen.

»Das ist Charme D'Oré«, erklärte eine Verkäuferin. »Ganz neu aus Paris«, sie senkte die Stimme, als wollte sie ein Geheimnis verraten. »Unsere Geschäftsleitung hat erfahren: Auch Kaiserin Farah Diba trägt es. Es soll neuerdings sogar ihr Lieblingsduft sein.«

Ach ja, der bevorstehende Staatsbesuch des Schahs. Selbst in der Parfumabteilung machte man Werbung mit dem persischen Pfauenthron. Monika ließ sich eine Probe aufs Handgelenk sprühen und fand es für sich selbst zu pudrig. Wenn die Kopfnote des Parfums schon so schwer war, konnte sich daraus kein leichter Duft mehr entwickeln. Monika bedankte sich und ging weiter, mit der Rolltreppe fuhr sie in den ersten Stock.

Eine Verkäuferin kam auf sie zu, sehr jung, höchstens zwanzig, wahrscheinlich kein Lehrmädchen mehr, aber noch nicht lange ausgelernt.

»Schönen guten Morgen, die Dame.«

Sie warf einen diskreten Blick auf Monikas Hände und verzog keine Miene. Nein, Monika trug weder links den Beweis einer Verlobung noch rechts den einer Ehe. Monika war ringlos, die Verkäuferin konnte also nicht wissen, ob sie Monika mit »mein Fräulein« oder »gnädige Frau« anreden sollte. Und weil es sich in einem so eleganten Haus nicht ziemte, eine Kundin danach zu fragen, würde es wohl bei »die Dame« bleiben.

Monika fragte nach einem Nachmittagskleid aus einem leichten Stoff mit hohem Baumwollanteil und im mittleren Preisbereich.

»Gern, die Dame. Wir haben gerade neue Modelle aus Paris hereinbekommen, aber natürlich auch aus unseren Berliner Ateliers. Da zeige ich Ihnen ein paar besonders aparte Stücke. Sie tragen Größe 38?«

»Richtig«, erwiderte Monika nicht ohne Stolz. Sie kannte viele Frauen, die es mit über dreißig nicht mehr schafften, eine gute Figur zu bewahren. Dabei setzte sich das Ideal der schlanken Linie ja immer mehr durch.

Sie folgte der Verkäuferin durch die Gänge, im Vorbeigehen fiel ihr auf einer Puppe ein maisgelbes Kleid auf, zwei senkrechte Reihen goldener Köpfe endeten am tief angesetzten Rockteil. Für einen Moment war Monika versucht, es näher zu betrachten. Doch sie ging weiter. Auf den ersten Blick erkannte sie: Das Kleid lag bestimmt nicht im mittleren Preisbereich, und mehr wollte sie ja nicht ausgeben – trotz der hundert Mark von Tante Ilse.

»An welche Rocklänge haben Sie denn bitte gedacht?«, wollte die Verkäuferin wissen. »Eher knieumspielt oder lieber kürzer?«

Eine bedeutsame Frage. Die Saumhöhe von Kleidern und Röcken gab seit Jahren Anlass zu lebhaften Diskussionen in Presse, Funk und Fernsehen, und auch Monikas Kundinnen sprachen sie immer wieder darauf an, während sie beim Einziehen von Farbe oder Dauerwellflüssigkeit in den Zeitschriften blätterten.

Monika vertrat zum Thema Rocklänge eine eher konservative Meinung: eine Handbreit über dem Knie, niemals kürzer. Auch nicht bei sehr jungen Frauen und sehr wohlgeformten Beinen.

»Ich trage am liebsten knieumspielt«, antwortete sie jetzt. »Manchmal auch ein bisschen länger.«

Die Verkäuferin nickte. »Es kommt eben auf den Anlass an. Und darauf, wie der Rock geschnitten ist. Bei etwas engeren Röcken besser ein paar Zentimeter mehr, man kennt ja das Problem beim Hinsetzen.« Sie wies auf einen breiten Kleiderständer.

Die Hippie-Bewegung beeinflusste inzwischen sogar die klassische Damenmode. Kräftige, klare Farben lösten die Pastelltöne der letzten Jahre ab.

Die Verkäuferin hielt Monika zwei Kleider hin: eins ärmellos mit grünem Blattmuster, das andere schlicht mit Halbarm und senkrecht verlaufenden weißen Biesen im Rockteil. »Die haben wir ganz neu hereinbekommen, sozusagen frisch vom Laufsteg. Und beide sind pflegeleicht bei einem hohen Baumwollanteil von über dreißig Prozent. Möchten Sie anprobieren?«

Monika unterdrückte ein Seufzen. Bloß dreißig Prozent Baumwolle. Und das bezeichnete die Verkäuferin schon als hoch. Die neuen Kunstfasern verdrängten immer mehr das gute alte Kattun, aus dem die Kleider noch in Monikas Kindheit bestanden hatten. Aber heutzutage schwitzte man ja lieber in Nylon oder Perlon und benutzte gegen Achselnässe ein Parfumiertes Antitranspirant. Oft war die moderne Welt ganz schön verrückt.

Monikas Blick glitt zu dem maisgelben Kleid auf der Puppe. »Das gefällt mir auch sehr gut. Wie hoch ist denn da der Baumwollanteil?«

Die Verkäuferin freute sich. »Ein ganz besonderes Modell. Ich habe eben schon überlegt, es Ihnen zu zeigen. Aber es enthält keine Baumwolle, sondern besteht aus einer äußerst hochwertigen Seidenschurwollmischung mit einem kleinen Anteil Kunstfaser, damit es nicht knittert.«

Das klingt teuer, dachte Monika und sagte: »Das hört sich sehr interessant an. Darf ich es sehen?«

»Selbstverständlich, die Dame. Wir haben es in Ihrer Größe auch hier«, die Verkäuferin eilte zu einem anderen Ständer und präsentierte das Kleid. »Eine ganz wunderbare Qualität, besonders im Sommer. Der Schurwollfaden ist sehr dünn mit der Seide versponnen, sodass Sie nicht schwitzen.«

Ja! Der zarte Schimmer des Stoffs brachte Monikas Miene zum Leuchten, sie konnte nur noch nicken. Mit wissendem Lächeln trug die Verkäuferin das Kleid in die Kabine, Monika folgte.

»Wir lassen das Modell in unserem Charlottenburger Atelier fertigen. Und Sie sehen ja: Der Rockteil mit seinen klassischen einseitig gelegten Falten gibt dem Kleid eine sportliche Note und der Trägerin genügend Bewegungsfreiheit. Es ist elegant, aber doch bequem.«

Den Preis verschwieg die Verkäuferin. Monika fragte nicht nach. Erst als sie allein in der Kabine stand, warf sie einen Blick auf das Etikett – und erschrak. Mit achtzig Mark hatte sie gerechnet, doch es lag bei stolzen fünfundneunzig. Wollte sie es trotzdem anprobieren? Vielleicht passte es ja gar nicht, dann wäre die Sache schnell erledigt. Aber sollte Monika wirklich darauf hoffen? Bei so einem schönen Stück?

Nicht einfach, den langen Reißverschluss ohne fremde Hilfe zu schließen, Monika musste sich ein bisschen verrenken. Geschafft! Sie betrachtete sich im Spiegel – und strahlte.

Sie zog den Vorhang auf und trat ein paar Schritte aus der Kabine. »Ich glaube, das passt. Bequem ist es auch.«

»Und es steht Ihnen ausgezeichnet, die Dame«, die Verkäuferin strahlte mit.

Das Kleid saß perfekt. Sooft sich Monika vor dem Spiegel auch hin- und herdrehte: Es gab nichts daran auszusetzen. Sie *musste* es haben. Auch wenn der Hundertmarkschein von Tante Ilse fast dabei draufging.

An der Kasse überreichte ihr die Verkäuferin eine elegante Tragetüte mit KaDeWe-Schriftzug. »Sehr viel Freude damit. Das Kleid steht Ihnen so gut, ich kann mir direkt vorstellen, wie Sie darin am Ku'damm in einem eleganten Straßencafé sitzen. Am besten natürlich im Kranzler.«

Genau!, dachte Monika. Und am besten sofort! Sie wies auf die Umkleidekabinen. »Ich möchte es gleich wieder anziehen. Damit ich direkt zum Kranzler gehen kann.«

Die Verkäuferin schien ein Schmunzeln zu unterdrücken. »Das richten wir gern für Sie ein.«

Gesagt, getan. Monika ließ sich die Sachen einpacken, in denen sie gekommen war: eine weiße Bluse zum tannengrünen Rock. Auch nicht schlecht, aber eben kein Vergleich.

»Dann wünsche ich einen angenehmen Nachmittag, die Dame. Und toi, toi, toi.«

Die letzte Bemerkung der Verkäuferin ging zu weit. Vermutlich glaubte sie, Monika wolle sich im Kranzler einen Mann angeln. Doch Monika nahm es ihr nicht übel. Wie gut, dass sie heute Morgen schon ihre weißen Pumps angezogen hatte, die passten auch zum gelben Kleid. Mit dem Gefühl, fünf Zentimeter größer und fünf Jahre jünger zu sein, stolzierte Monika die Tauentzienstraße entlang bis zum Kurfürstendamm und fand in schönster Sonne einen freien Tisch vor dem Rundbau des Café Kranzler. Ja! Und wenn sie das Kleid nur dieses eine Mal tragen könnte – es hätte sich gelohnt. Bevor sie sich setzte, erstand sie am Kiosk eine Packung Peter Stuyvesant und die deutsche Ausgabe einer teuren französischen Modezeitschrift. Auf die paar Mark kam es auch nicht mehr an.

Sie bestellte ein Kännchen Kaffee. Auch auf ein Stück Torte

hätte sie Lust gehabt, doch das verkniff sie sich, ihren Eltern hatte sie wie fast jeden Montag versprochen, um halb eins mit ihnen zu essen. Monika rauchte nicht täglich und nie viel, aber wenn sie es tat, tat sie es gern. Die Mittagssonne brachte das maisgelbe Kleid zum Leuchten. Während sie in der Modezeitschrift blätterte, blickte sie immer wieder auf. Die meisten Menschen um sie herum waren gut gekleidet und kamen offenbar wie sie vom Einkaufsbummel. Das Café Kranzler galt als besonderer Anziehungspunkt, ein Ort zum Sehen und Gesehenwerden und ein Ausdruck der Überlegenheit des westlichen Wirtschaftssystems. Egal in welche Richtung, rund zwanzig Kilometer von hier herrschte grauer Sozialismus. In Ostberlin konnten die Menschen von so einem mondänen Café bloß träumen, von der übrigen DDR ganz zu schweigen. Da musste man ja schon froh sein, wenn es überhaupt echten Bohnenkaffee gab. Doch von solchen Gedanken wollte Monika sich heute nicht die Laune verderben lassen. Lieber achtete sie darauf, ob die Männer nach ihr schauten – ganz diskret natürlich, die Männer sollten nicht merken, dass sie es merkte. In einem Café absichtlich die Aufmerksamkeit auf sich zu ziehen oder sich gar ansprechen zu lassen: Das gehörte sich nicht für eine Dame – Gleichberechtigung hin oder her.

Eine halbe Stunde später machte sie sich wieder auf den Weg, aß bei ihrer Mutter und holte Tante Ilse von der Dialyse ab. Von dem neuen Kleid waren die Frauen restlos begeistert.

»Das ist natürlich nichts für alle Tage«, meinte Monikas Mutter, »sondern so ein richtig schickes Nachmittagskleid. Du hast bestimmt genug Gelegenheiten, das zu tragen.«

Ilse stimmte zu: »Und wenn nicht, dann musst du dir eben Gelegenheiten suchen. Geh ruhig öfter mal raus, ins Konzert oder Theater zum Beispiel, die spielen doch auch sonntagnachmittags. Da findest du schon das Richtige.«

Da findest du schon das Richtige. Monika hatte den Unterton vernommen. Vermutlich meinte die Tante eher: Da findet sich schon *der* Richtige. Aber ein treuer Begleiter durch dick und dünn ließ sich nicht aus dem Hut zaubern, das war auch Ilse klar. Und was, wenn es bei Monika ähnlich verliefe? Dass sie zwar nicht krank würde, aber aus anderen Gründen allein bliebe? Weil sie zu selbstbewusst war und sich einem Mann nicht mehr anpassen konnte? Doch in diesem Moment, in diesem wunderschönen neuen Kleid, wollte sie nicht darüber nachdenken.

BUTTERCREME

Am Dienstag begann ihre Arbeitswoche, Monika kam früh in den Salon – und freute sich: Ihre Angestellten hatten Wort gehalten und nach dem großen Kaffeeklatsch picobello aufgeräumt und geputzt, abgesehen von den überquellenden Mülltonnen im Hinterhof hatte die Feier keine Spuren hinterlassen.

Sie betrat ihr Büro, das diesen Namen im Grunde nicht verdiente, denn es war erstens sehr klein und zweitens ohne Telefon. Einen Zweitanschluss zu installieren war aus technischen Gründen unmöglich. Und der Einbau einer Telefonanlage käme derartig teuer, dass Monika lieber darauf verzichtete. Sie hatte sich angewöhnt, vertrauliche Telefonate mit ihren Lieferanten oder ihrem Steuerberater morgens zwischen halb acht und acht zu führen.

Heute stand kein solches Gespräch auf dem Arbeitsplan, sie zog in aller Ruhe ihre Dienstkleidung an und stellte sich vor den schmalen Ganzkörperspiegel, als Chefin musste sie von Kopf bis Fuß ein Vorbild sein. Schon zu Beginn ihrer Lehre war klar gewesen, dass sie den Salon später weiterführen wollte. Mit ihrer Gesellenprüfung hatte Monika dann auch Ilses Frisur übernommen und den kunstvoll geschlungenen Haarknoten zum Markenzeichen der Damen Ebeling gemacht. Vor allem die älteren Kundinnen sehnten sich nach Beständigkeit. Die Kriege hatten so vieles durcheinandergebracht, da war es doch nett, wenn es hin und wieder ein bisschen altmodisch zuging. Also trug Monika ihre Haare hochgesteckt, zumindest während der Arbeit. Die moderneren Frisuren überließ sie ihren Angestellten.

Um sieben klingelte es an der Tür. Wie jeden Dienstag brachte der Bote des Lesezirkels die druckfrischen Ausgaben und holte die alten ab. Monika genoss diese halbe Stunde: eine Tasse frisch gebrühten Kaffees und die neusten Ausgaben der Klatschpresse, schön spießig in grau marmoriertes Schutzpapier geheftet. Beim Blättern stieß sie gleich auf einen reich bebilderten Bericht: der Märchenkaiser aus dem Morgenland mit seiner Familie. Presse, Funk und Fernsehen in der Bundesrepublik und Westberlin kannten kaum noch ein anderes Thema. Nächste Woche sollten der persische Schah Mohammad Reza Pahlavi und seine Frau zum neuntägigen Staatsbesuch kommen, die führenden Köpfe der westdeutschen Politik und Wirtschaft rollten für das Herrscherpaar den roten Teppich aus – trotz Bedenken. Denn im eigenen Land regierte Pahlavi mit eiserner Hand. Terror und Folter waren an der Tagesordnung, mahnten kritische Stimmen.

Aber Terrorvorwurf hin oder her: Bei den meisten Westdeutschen erfreute sich der Schah großer Beliebtheit. Immerhin war er sieben Jahre lang mit Soraya verheiratet gewesen, einem bildschönen Halbblut, der Vater ein persischer Fürst, die Mutter eine Berlinerin. Dass ihre Ehe wegen Kinderlosigkeit nach sieben Jahren geschieden worden war, machte die Sache noch interessanter. Ach, die arme verstoßene Soraya. Was nutzten ihr Macht, Pomp und Reichtum, wenn sie wegen einer verkümmerten Gebärmutter unfruchtbar war? Seine neue Frau Farah Diba, fast zwanzig Jahre jünger als der Schah, hatte ihm in rascher Folge zwei Söhne und eine Tochter geschenkt. Welches deutsche Klatschblatt man auch aufschlug: Überall strahlte auf Hochglanzpapier die Kaiserfamilie dem Betrachter entgegen. Hinzu kamen Fotos der Paläste, ein Prunksaal nach dem anderen, in den Badezimmern gläserne

Wannen und vergoldete Toilettenschüsseln. Ein wahres Märchen aus Tausendundeiner Nacht.

Um Viertel vor acht hörte Monika einen Schlüssel in der Eingangstür, Annelore war gekommen.

Ein paar Minuten später trafen Bettina und Lydia ein, und gleich darauf auch Hildegard, das Mädchen im zweiten Lehrjahr. Damit war die Damen-Mannschaft für heute vollzählig. Es gab drei weitere Gesellinnen, die nur donnerstags bis sonnabends arbeiteten, wenn der Salon auf Hochtouren lief. Dienstags und mittwochs war weniger zu tun, aber immer noch genug für eine gute Auslastung.

Um acht Uhr kamen die ersten Stammkundinnen, der frühe Vormittag galt besonders bei Hausfrauen als beliebt: Ihre Männer waren bei der Arbeit, die Kinder in der Schule, da blieb Zeit für den Friseur, um danach noch in Ruhe einzukaufen und das Mittagessen zu kochen.

Monika war erleichtert, denn bei den Kundinnen drehten sich die Gespräche heute weniger um den Besuch des Schahs mit seiner goldbehängten Begleitung, sondern mehr um Tante Ilse. Monika versprach, alle Grüße auszurichten. Erst gegen elf gönnte sie sich eine kleine Pause.

Als sie ihre nächste Kundin unter die Trockenhaube setzte, kam Lydia in die Frisierkabine.

»Herr Redecker ist da, Chefin. Er bringt den Teller zurück und würde Sie gern noch mal sprechen. Er hat noch eine Frage, sagt er.«

Monika durchfuhr ein freudiger Schreck, sie ließ sich nichts anmerken. »Weswegen denn? Hat er dazu was gesagt?«

»Nein, aber er meint, wenn Sie jetzt keine Zeit haben, ist das nicht schlimm, dann kann er später auch anrufen.«

»Ach so, nein, braucht er nicht, ich komme.« Monika stellte die Uhr an der Trockenhaube ein und beugte sich zur Kundin:

»Zwanzig Minuten, wie immer, ich bringe Ihnen gleich noch eine neue Zeitschrift.«

Auf dem Weg zum Kassenraum dachte Monika an das Gespräch mit Lydia am Sonnabend kurz vor der Feier. Da hatte Lydia ganz genau wissen wollen, was Monika von Jens Redecker hielt. Ob sie ihn sympathisch fand. Ob sie glaubte, er sei ein Krawallstudent oder ein Besserwisser. Zweifellos hatte das Lehrmädchen ein Auge auf ihn geworfen, und jetzt, drei Tage später, war davon nichts mehr zu merken. Lydia sprach jetzt ganz sachlich über ihn. Eigentlich seltsam, fand Monika, aber nun ja, so was änderte sich eben schnell bei jungen Mädchen.

Der Student stand vor dem Verkaufstresen, das Haar frisch gewaschen und gekämmt, unterm Arm den Kuchenteller.

»Herr Redecker, wie nett!« Monika wollte ihm die Hand reichen, da bemerkte sie etwas Klebriges zwischen ihren Fingern. »Entschuldigung, das ist noch Haarfestiger, dann machen wir es besser so«, sie streckte ihm den Unterarm entgegen.

»Macht doch nichts«, er fasste sie leicht am Handgelenk. »Danke, dass Sie kurz Zeit haben. Und sehr nett, dass Sie den hier hingestellt haben«, er wies auf den gelben Strauß neben der Kasse. »Das erzähle ich meiner Oma, die wird sich freuen.«

»Natürlich. Das sind ja auch besonders schöne Rosen, unsere Kundinnen sollen auch was davon haben.« Merkte er, wie nervös sie war? Und falls ja, führte er es auf die kleine Panne bei der Begrüßung zurück? Sie spürte, wie ihr Lächeln zu breit geriet. »Ach«, sagte sie rasch. »Das ist ja auch sehr freundlich. Also, dass Sie den Teller so schnell zurückbringen. Das wäre nicht nötig gewesen.«

»Doch sicher. Ist schließlich Ihrer. Und ich war sowieso gerade auf dem Weg«, er reichte ihr den Teller. »Meine Familie sagt herzlich Danke für die wunderbaren Torten. Wir haben uns damit eine richtig gemütliche Kaffeestunde gemacht. Meine Oma, meine Eltern und ich.«

Mit dem Teller in beiden Händen blieb sie vor ihm stehen. »Also geht es Ihrer Oma besser?«

»Ja, sie ist noch ein bisschen schwach. Und Ihre Tante? Ist die Feier gut verlaufen?«

Monika berichtete vom Kaffeeklatsch und von Tante Ilse, die sich glücklich und zufrieden aus ihrem Beruf verabschiedet hatte.

»Wie schön, das erzähle ich meiner Oma natürlich auch. Übrigens soll ich Ihnen von ihr eine Frage ausrichten.«

»Ja bitte?« Monika gab sich Mühe, nicht allzu erwartungsvoll zu klingen.

Er holte Luft. »Also am Sonnabend, diese herrliche Schokoladen-Buttercreme-Torte, da hätte meine Oma gern das Rezept – falls Sie das verraten dürfen.«

Das war es also! Monika musste lachen. »Ja, das darf ich verraten, meine Mutter hat die nämlich gebacken. Das genaue Rezept kenne ich nicht, aber ich kann sie gerne fragen, wenn ich sie wieder sehe.«

»Danke, das wäre sehr nett.«

Monika nickte. »Und wenn Ihre Oma das nächste Mal zum Haaremachen kommt, schreibe ich ihr das auf.«

Er räusperte sich. Sollte das ein Signal für sie sein? Hatte sie etwas Falsches gesagt? Er hob den Kopf und sah sie an, offen und ruhig. »Fräulein Ebeling, ich möchte nicht unhöflich sein oder Sie drängen, aber es ist so: Meine Schwester hat jetzt Freitag Geburtstag, sie wird sechzehn, und meine Oma würde sie gern mit dieser Torte überraschen.«

Es war also gar kein Flirt? Bloß eine Frage zu einem Tortenrezept? Ober war das nur ein Vorwand, eine Art Aufhänger, um länger mit ihr zu sprechen? Wie dem auch sei – Monika ging darauf ein.

»Wenn Sie das so schnell wissen möchten, rufe ich meine Mutter natürlich gleich an.«

»Das müssen Sie nicht.«

»Aber Sie haben doch eben …«

»Ja, habe ich. Aber Sie müssen nicht sofort telefonieren. Ihr Lehrmädchen hat gerade erzählt, dass hier im Moment viel zu tun ist«, er blickte auf den Teller in Monikas Händen und atmete ein. »Ich könnte ja heute Abend noch mal kommen und den Zettel abholen. Also, falls Ihnen das recht ist.«

Jetzt starrte auch Monika auf den Teller. »Sicher. Wenn Ihnen das nichts ausmacht.«

»Bestimmt nicht«, sagte er schnell.

Sie trat einen Schritt auf ihn zu und senkte die Stimme. »Bis Viertel vor sieben sind meine Angestellten da. Ich bleibe fast immer länger. Kommen Sie doch so um halb acht, dann bin ich fertig.«

»Gern, also halb acht«, flüsterte er und sprach normal weiter. »Vielen Dank, Fräulein Ebeling, natürlich auch von meiner Familie. Auf Wiedersehen dann.«

»Ja. Auf Wiedersehen, Herr Redecker.«

Durch die Glastür blickte sie ihm hinterher und bemerkte, wie stark sie dabei den Teller gegen ihre Brust drückte. Hm. Was löste dieser junge Kerl nur in ihr aus? Sie brachte den Teller in die Küche und ging zurück zu ihrer Kundin.

* * *

Monika konnte sich nicht erinnern, wann an einem Dienstagmittag im Salon zuletzt so viel zu tun gewesen war. Doch neben dem hohen Umsatz hatte die Arbeit noch mehr Gutes.

Jeder Lockenwickler, jedes Haubensträhnchen lenkte Monika ab, denn sonst hätte sie nur noch an ihn gedacht: einen recht forschen jungen Mann, der sich auf charmante Weise selbst zu einem abendlichen Treffen eingeladen hatte und ihr Herz nun heftig zum Klopfen brachte. Wie schön, dass sie im Beruf so viel Routine hatte. Sie bediente Kundin um Kundin, leitete die Lehrlinge an und war bei Problemen stets zur Stelle. Dabei achtete sie auf jede Schwingung, auf jedes Wort von Annelore und den Mädchen. Wussten die Bescheid? Hatten sie mitbekommen, wie ihre Chefin sich mit Herrn Redecker verabredet hatte? Nein, wohl nicht. Dabei hatten sie beim Kaffeeklatsch ja noch geulkt: Kaum kommt ein schnieker Jüngling, kriegt der kostenlos Torte samt Haarschnitt – und das auch noch im Damensalon. Doch das Fest lag nun drei Tage zurück, und Witze machte keiner mehr. Ilse hatte sich endgültig aus dem Salon verabschiedet und würde nicht mehr lange leben. Niemandem war heute nach albernen Scherzen zumute.

Es ging auf drei Uhr zu, die Mittagspause war für Monika ausgefallen, umso dringender brauchte sie jetzt frische Luft und einen großen Kaffee. Im Warteraum saßen nur noch zwei Kundinnen.

»Annelore, ich möchte zur Pause nach Hause, um vier bin ich zurück.«

Die Wohnung lag einen kleinen Spaziergang vom Salon entfernt. Wie vom Wettermann versprochen, hielt das Hoch an.

Zu Hause setzte sie sich mit einem Kännchen Kaffee auf den Balkon. Sie hätte sich gern entspannt, doch nun kreisten ihre Gedanken erst recht. Kein Zweifel: Dieser Jens wollte sie wiedersehen, aber er traute sich nicht, direkt danach zu fragen. Aber warum machte er den Umweg über das Tortenrezept? Weil sie so viel älter war als er? Weil sie keine Studentin war, sondern die Friseuse seiner Oma? Dabei hatte er bestimmt längst gemerkt, dass sie ihn treffen wollte. Sie seufzte still vor sich hin. Wann hatte sie das letzte Mal aus vollem Herzen geflirtet? Ein gutes halbes Jahr lag das zurück. Eine Affäre mit einem Vertreter für Friseurbedarf, der es noch mal so richtig hatte wissen wollen, bevor er sich verlobte. Monika hatte sich von Anfang an keine großen Hoffnungen gemacht und war dann schnell darüber hinweggekommen. Immerhin hatte sie ihren Spaß gehabt.

Über das Balkongeländer hinweg blickte sie in den Garten, die Bäume und Sträucher standen in voller Blüte, und sie wäre gern hinuntergegangen, um die ganze Pracht von Nahem zu bestaunen. Doch ihr Mietvertrag sah eine Gartennutzung nicht vor, und zum Hauswirt bestand bloß ein sachliches Verhältnis. Monika musste sich also mit dem Balkon begnügen. Am Wochenende wollte sie ein paar Kästen und Kübel bepflanzen, nahm sie sich vor. Mit Blumen in ihren Lieblingsfarben. Apropos Lieblingsfarben: Ihr neues maisgelbes Kleid lag immer noch in der Einkaufstüte. Sollte sie es heute Abend anziehen? Für das kurze Treffen mit diesem Jens? Oder wäre das völlig übertrieben? Ach was, ihr war danach, also würde sie es anziehen. Und selbst das schickste Kleid trug sich noch mal so gut, wenn auch die Unterwäsche stimmte. Aus einer Schublade zog Monika einen Spitzen-BH mit passendem Schlüpfer, packte beides zum Kleid und hastete los. Zurück im Salon, stellte sie die KaDeWe-Tüte sofort in ihren Spind.

Wenn die Büros am Leopoldplatz schlossen, füllte sich im Salon der Warteraum. Monika stürzte sich wieder in die Arbeit. Sogar noch um fünf nach sechs kam eine Stammkundin: Kurzfristig hatte der Chef ihres Mannes zum abendlichen Umtrunk gebeten. Bloß die engsten Mitarbeiter, gern mit Gattin. Nun brauchte die Kundin ganz schnell eine perfekte Wasserwelle. Monika stand bereit.

Um Viertel vor sieben schickte sie die Lehrmädchen in den Feierabend.

Monika blieb mit den letzten drei Kundinnen allein im Salon zurück. Während die Wasserwelle unter der Haube trocknete, erledigte sie noch zwei Haarschnitte. Ab und zu blickte sie auf die Uhr. Eine Dreiviertelstunde bis zum Treffen mit Herrn Redecker. Jetzt noch eine halbe. Ihre Aufregung stieg.

Um kurz nach sieben stand die Wasserwellenkundin an der Kasse. »Vielen Dank, Fräulein Ebeling. Der Tag war bestimmt anstrengend für Sie, Sie sind richtig ein bisschen rot im Gesicht.«

»Ach, nicht weiter schlimm.« Monika fächelte sich Luft zu. »Macht ja auch Spaß. Und einen schönen Abend bei der Einladung gleich.«

Die Kundin lächelte hoffnungsfroh. »Vielleicht wird mein Mann befördert. Und wenn er dann noch eine Gehaltserhöhung kriegt, komme ich gern öfters zu Ihnen.«

Na, das waren doch Aussichten! Monika hielt der Kundin die Tür auf, dann hastete sie ans Telefon und fragte ihre Mutter nach dem Rezept.

Jetzt blieben noch zwölf Minuten – falls dieser Jens nicht zu früh käme. Aber das würde er schon nicht, und falls doch, müsste er eben kurz warten, er wusste ja, dass auch nach dem offiziellen Feierabend im Salon noch viel zu tun blieb. Im Vorraum zur Personaltoilette machte sie sich frisch, bestäubte die Achseln mit desodorierendem Parfum-Puder, warf sich in das gelbe Kleid, drehte sich vor dem Spiegel, ordnete ihr Haar – und atmete auf. Alles bestens! Gut sah sie aus. Sehr gut sogar. Ein kleiner Zweifel blieb. Eigentlich war das Kleid zu elegant für diesen Anlass. Zumal es ja kaum einen Anlass gab.

Er war noch nicht da, sie setzte sich in den Pausenraum und blätterte in einer Zeitschrift. Falls er vor halb acht käme, sollte er klingeln. Es durfte nicht so aussehen, als würde sie auf ihn warten. Erst um Punkt halb ging sie zurück in den Kassenraum und warf einen Blick durch die Glastür. Ja, da kam er: schwarze Hose, schwarzer Pullover. Sogar an einem warmen Abend im Mai. Seine Weltanschauung nahm er offenbar sehr ernst.

Mit der rechten Hand schloss sie die Tür auf, in der linken hielt sie den Zettel mit dem Tortenrezept. Falls Redecker gleich wieder wegwollte, wäre die Sache schnell erledigt, es sollte ja nicht peinlich werden.

»Schön guten Abend, Fräulein Ebeling, sehr nett«, er lächelte verbindlich, und seine Stimme kam ihr eine Spur zu geschäftsmäßig vor, wohl ein Ausdruck von Unsicherheit.

Als er an ihr vorbei den Salon betrat, roch sie sein Rasierwasser: Eine starke Zitrusnote, die eher zu einem sportlichen Typ passte, fand sie, nicht zu einem Intellektuellen. Und er? Was nahm er an ihr wahr? Das gelbe Kleid kommentierte er nicht, auch nicht mit einem Blick oder einer Geste. Vielleicht war ihm die Kleidung einer Frau nicht wichtig. Oder er bemerkte nichts, um nichts Falsches zu sagen.

Sie reichte ihm das Rezept, er bedankte sich. »Und Sie haben jetzt Feierabend?« Es klang wie eine Bitte.

»Genau.« An Jens Redecker vorbei warf sie einen Blick zur Tür, der Leopoldplatz lag in voller Sonne. »Ein wunderbarer Mai dieses Jahr. So schön warm, obwohl ja gerade die Eisheiligen sind. Heute Nachmittag konnte ich zum Glück eine Stunde nach draußen. Und Sie? Haben Sie auch was gehabt von der schönen Sonne?«

»Na sicher. Wir Studenten haben es ja gut. Wir lesen unsere Fachbücher, wann wir wollen. Und meine Hausarbeiten schreibe ich sowieso am liebsten spätabends.«

»Ach so«, sie verstand: Bis zum späten Abend blieben noch ein paar Stunden, bis dahin hatte er also noch Zeit. Sie wagte sich vor. »Dann müssen Sie also gleich noch an den Schreibtisch?«

»Nicht unbedingt, im Moment brummt mir noch der Schädel, wir hatten gerade eine heftige Diskussion. Davon muss ich mich erst mal ein bisschen erholen.«

Jetzt!, dachte Monika. Jetzt hatte das Gespräch einen Punkt erreicht, an dem sie nicht mehr ausweichen konnte. Entweder verabschiedete sie ihn jetzt sehr höflich, denn er musste sich erholen. Oder musste er sich gar nicht erholen? Jedenfalls nicht so sehr, schließlich war er noch jung, so heftig dürfte die Diskussion ihn kaum erschöpft haben. Oder er musste sich zwar erholen, aber dazu nicht nach Hause fahren – das funktionierte auch bei ihr im Salon und vielleicht sogar noch besser.

Er sprach nicht weiter, sein offener Blick glitt über die beleuchteten Parfum-Regale, scheinbar wollte er Monika den weiteren Verlauf des Abends überlassen.

Eine Sekunde lang war sie versucht, ihn zur Tür zu begleiten, schließlich hatte auch sie einen anstrengenden Tag hinter sich. Doch dann entschied sie anders. »Darf ich Ihnen denn etwas zu trinken anbieten, Herr Redecker? Wir haben hier keine große Auswahl, aber vielleicht einen Kaffee? Oder lieber was Kaltes?«

Seine Antwort kam rasch. »Gern was Kaltes.«

Eine gute Entscheidung, dachte sie. Kaffeekochen hätte Zeit gekostet. Sie wies auf die Tür hinter der Kasse. »Kommen Sie doch bitte durch, wir müssen ja nicht stehen.«

Er folgte ihr in den Personalraum und reagierte wie erwartet. »Oh, hier haben Sie es auch so schön. Die gleichen Farben wie die Frisierkabinen, sehr geschmackvoll.«

»Vielen Dank, ja. Das hat meine Tante so eingerichtet, mit den Vorhängen und den Sofakissen. Weinrot und Rosa sind ja unser Markenzeichen. Nehmen Sie Platz. Und was möchten Sie trinken? Mineralwasser oder Limonade? Oder vielleicht Himbeerwasser? Das trinken wir hier oft, weil die Farbe so schön zur Einrichtung passt.«

Er lachte. »Dann bitte Himbeerwasser.«

»Kleinen Moment bitte. Ich bin sofort wieder da.«

»Na, das hoffe ich doch, Fräulein Ebeling.«

War da ein kleiner Unterton in seiner Stimme? Etwas ganz dezent Anzügliches? Nein, wohl doch nicht. In der Teeküche füllte Monika Sirup in zwei Gläser und goss mit Wasser auf. Als sie zurück in den Pausenraum kam, hatte er es sich in einem Sessel bequem gemacht. Er saß, wie Männer nun mal meistens saßen, mit weit gespreizten Oberschenkeln, Monika lenkte ihren Blick auf seinen schwarzen Pullover und reichte ihm das Himbeerwasser, gut gelaunt stießen sie auf Tante Ilse an.

»Übrigens«, er zupfte an seinem Pony. »Für den Haarschnitt habe ich Komplimente bekommen. Der Pilzkopf sitzt diesmal viel besser als bei meinem Herrenfriseur. Sagt jedenfalls meine Kommilitonin Jutta.«

Wer ist Jutta?, hätte Monika gern gefragt, stattdessen sagte sie: »Danke, danke. Zu nett. Aber das Kompliment kann ich leider nicht annehmen. Ich habe ja nur die Konturen ein bisschen gesäubert.«

»Noch besser. Sie machen ein bisschen was an den Spitzen, und schon sitzt die Frisur so gut wie noch nie.«

Sie stimmte in sein Lachen ein. »Und diese Diskussionsrunde, aus der Sie gerade kommen? Da ging es um Deutsch oder Geschichte?«

»Ach so. Nein, das gehörte nicht zu meinem Studium, jedenfalls nicht direkt. Wir hatten ein Treffen vom SDS, Sozialistischer Deutscher Studentenbund.«

»Sie sind im SDS?«, fragte Monika so neutral wie möglich.

Lehrmädchen Lydia lag also richtig mit der Vermutung: Jens Redecker engagierte sich in der linken Studentenbewegung. Aber gehörte er dort zu den Radikalen?

»Ihre Oma hat den SDS nie erwähnt. Dabei hat sie sonst ja viel über Sie erzählt.«

»Das hängt sie nicht an die große Glocke. Ihr Enkel beim SDS? Das ist gegen die Familienehre. Wie soll man das den Leuten erklären?«, er lächelte süßsauer. »Ich hoffe, mit dieser Nachricht habe ich Sie nicht allzu sehr schockiert?«

»Schockieren tun Sie mich höchstens mit einer Läusekolonie auf Ihrem Kopf. Aber Sonnabend habe ich keine entdeckt.«

Beide lachten.

»Können Sie mal sehen, Fräulein Ebeling. Ich wasche mich regelmäßig und habe keine Läuse. Ich bin kein Gammler, aber auch ohne Läuse bin ich keine Zierde für meine Familie. Ich gehe nämlich weiter auf die Straße, damit sich in unserem Land endlich mal was ändert.«

»Und Ihre Eltern finden das nicht gut?«

»So ist es. Die sagen: ›Jens, wir lieben dich, aber dass du die Verhältnisse hier umkrempeln willst, das verstehen wir nicht, es geht uns doch gut. Guck doch mal in den Osten, wie schlecht die Leute es da haben.‹ Solche Sätze eben, das Übliche«, er trank sein Glas aus. »Und Sie, Fräulein Ebeling? Was halten Sie von den Protesten? Eine ehrliche Antwort bitte.«

»Nicht so einfach.« Monika seufzte. »Möchten Sie noch ein Glas?«

»Nein, vielen Dank«, lächelnd suchte er ihren Blick. »Sie haben völlig recht: Es ist gar nicht leicht, die Probleme sind komplex, da gibt es keine einfachen Antworten, über all das muss man ausführlich diskutieren. Darf ich Sie fragen, ob Sie schon zu Abend gegessen haben? Oder ob ich Sie dazu einladen darf?«

»Ich weiß nicht …« Sie hätte nicht erwartet, dass die Frage sie so irritierte. Verlegen fasste sie sich in den Nacken und fühlte eine kleine Haarsträhne, die sich unbemerkt gelöst hatte. »Also, ich habe noch nicht gegessen, und wir können gern zusammen in ein Lokal gehen. Nur möchte ich für mich selbst zahlen.«

Hatte sie ihn gekränkt?

Nein, er schmunzelte sogar. »Selbstverständlich dürfen Sie selbst zahlen. Aber bitte nehmen Sie keine falsche Rücksicht, bloß weil ich noch studiere. So arm bin ich nämlich gar nicht.«

Eine charmante Antwort. »Stimmt, das hat Ihre Oma auch erzählt. Sie geben Nachhilfestunden.«

»Genau. Vor allem bei Gedichtinterpretationen in der Oberstufe.«

»Und das kriegen Sie unter einen Hut? Die romantischen Gedichte und die Straßendemos?«

»Natürlich«, seine Stimme bekam eine leichte Schärfe. »Ich gehöre ja nicht zu den Krawallern. Ich schmeiße keine Tomaten oder faulen Eier, sondern fechte lieber mit Papier und Stift.«

»Ach so? Sie schreiben?«

»Sogar gegen Honorar: Artikel für *Frei Schnauze*. Das ist eine Studentenzeitung.«

»Vom SDS?«

»Nicht direkt, wir sind eine freie Redaktion, aber wir stehen dem SDS sehr nahe. Das heißt, für unsere Artikel bekommen wir von unseren Genossen jede Menge Kommentare, und die greifen wir dann wieder auf.«

Monika nickte. »Und es geht um den Vietnamkrieg? Und die Mitbestimmung an den Universitäten?«

»Genau. Und überhaupt mehr Demokratie und weniger Autorität in den Herrschaftsstrukturen des Staates. Falls Sie mehr darüber wissen möchten: Wir könnten jetzt ins Mollen-Eck fahren, eine Kneipe beim Gleisdreieck. Und keine Angst, da wird nicht die ganze Zeit laut diskutiert. Im Grunde ist das eine ganz normale Kneipe, zum Trinken und Klönen. Man darf da auch über was anderes reden, nicht nur über Politik.«

»Ach so. Und da sitzen Sie dann und schreiben Ihre Artikel. Für diese ... Wie heißt die Zeitung noch mal?«

»*Frei Schnauze*. Und ich schreibe nur manchmal in der Kneipe, eher abends zu Hause. Aber mein Kollege Ludger aus der Redaktion, der kellnert im Mollen-Eck. Und es gibt eine Weltklasse-Currywurst, nicht mit Pommes frites, sondern mit Bratkartoffeln nach Hausfrauenart.«

»Aha«, sie lehnte sich im Sessel zurück. »Und was werden Ihre Kollegen wohl sagen, wenn Sie da mit mir auftauchen? Einer Frau in meinem Alter?«

Er lachte. »Was sollen die schon sagen? Dass ich ein Glückspilz bin, wenn ich mit einer bezaubernden Dame wie Ihnen, noch dazu in einem so schönen Kleid, ausgehen darf. Und natürlich, dass ich Sie nur mitbringe, damit Sie die Currywurst probieren können.«

Also doch. Er mochte das Kleid – oder tat jedenfalls so. Und er wollte mit ihr essen gehen. Und jetzt sah er ihr direkt in die Augen.

Sie stand auf. »Ich mache mich nur kurz frisch, dann können wir los.«

In der Personaltoilette zog sie ihre Schuhe aus und gleich darauf auch die Feinstrumpfhose. Ihre Beine konnten sich sehen lassen. Und jetzt? Die kühlen Fliesen unter den Fußsohlen halfen ihr durchzuatmen. Sie zog die Schuhe wieder an und wusch sich die Hände. Keine fünfzehn Meter entfernt wartete er, um mit ihr essen zu gehen. Hatte sie Hunger? Eigentlich nicht. Sie warf die Strumpfhose in den Abfalleimer, öffnete die Tür, hastete zur vorderen Frisierkabine, griff eine Haarbürste und ging damit zurück in den Toilettenvorraum. Sie horchte. Hatte er mitbekommen, wie sie die Tür geöffnet und eine halbe Minute später wieder geschlossen hatte? Würde er aufstehen und nach ihr schauen? Es blieb still, offenbar wollte er ihr Zeit lassen. Vor dem Spiegel löste sie die Nadeln aus ihrer Hochsteckfrisur, bis das Haar in weichen Wellen auf ihre Schultern fiel. Partie für Partie bürstete sie aus und lauschte.

Da waren seine Schritte. »Fräulein Ebeling?«

Sie hörte das Beben in seiner Stimme und trat auf den Flur, in seinem Blick lag Gewissheit. Er ging ihr entgegen, sie ließ sich in seine Arme fallen. Ihre Münder fanden zueinander, seine Hände glitten über ihren Rücken. Den langen Reißverschluss ihres Kleides öffnete er in einer einzigen sanften Bewegung.

JENS

Sein Rasierwasser mit der starken Zitrusnote passte nicht zu ihm – das fand Monika immer noch. Doch inzwischen hatte sich das Aroma längst vermengt mit Jens' eigenem Geruch, seinem Atem, seinem Schweiß, seiner Lust. Sie hätte seinen Duft gern länger am Körper getragen, doch sie roch auch nach dem Gummi der Präservative. Zu Hause stellte sie sich unter die Dusche.

Alles wie immer, redete sie sich ein, während das warme Wasser an ihrem Körper herunterrann. Dabei wusste sie: Es konnte nicht alles wie immer sein – nicht bei dem, was da in ihr Leben trat. Normalerweise hatte Monika einen guten Schlaf, aber nach diesem Abend brauchte sie eine Tablette, sonst wäre sie nicht zur Ruhe gekommen. War sie glücklich? Ja, aber es würde bloß ein kurzes Glück sein, sie machte sich keine Illusionen. Neun Jahre. Da würden die Leute fragen: Hat dieser Junge einen Mutterkomplex? Oder lässt er sich von der Frau bezahlen? Versucht sie, vor ihrem Alter zu fliehen? Kann sie sich nicht damit abfinden, dass sie ihre Jugend längst verloren hat? Oder hatte sie Angst vor richtigen Männern?

Sie kannte keine glückliche Ehe, in der die Frau so viel älter war als ihr Mann. Und überhaupt: Was war das mit Jens? Eine Liebschaft? Oder bloß ein Techtelmechtel? Ach, egal. Monika wollte mit niemandem darüber sprechen, auch nicht mit ihrer besten Freundin Sonja. Und mit Ilse? Wenn die noch klar im Kopf gewesen wäre, hätte sie gern mit der Tante über Jens gesprochen. Und bestimmt hätte die sich mit Monika gefreut.

* * *

Der Wecker klingelte um Viertel vor sechs – alles wie immer an einem Mittwoch. Gestern Abend, als Jens schon gegangen war, hatte sie den Personalraum noch aufgeräumt und gründlich durchgelüftet. Vom Liebesabenteuer der Chefin durfte niemand etwas ahnen, nicht einen winzigen Hauch, und schon gar nicht die Putzfrau, die morgens von fünf bis halb sieben den Salon auf Vordermann brachte.

Beim Frühstück schaltete Monika das Radio ein. Roy Black sang seinen großen Hit: »Ganz in Weiß mit einem Blumenstrauß, so siehst du in meinen schönsten Träumen aus.«

Sie ließ sich verzaubern.

Um fünf vor halb acht saß sie im Büro. Ihre Angestellten kamen, die gleiche Besetzung wie am Tag davor. Monika arbeitete seit fünfzehn Jahren in diesem Beruf und war dankbar für die Routine. Beim leisesten Gedanken an Jens überkamen sie kleine Schauer, trotzdem ließ sie keinen Kamm fallen, vergaß bei keiner Dauerwelle die Fixierung, schnitt keiner Kundin versehentlich ins Ohr. Alles wie immer.

Ein ganzer Tag ohne Jens. Kaum vorstellbar, das zu überstehen. Abends um Viertel vor sieben schickte sie ihre Damen-Mannschaft nach Hause. »Morgen geht's weiter, ruht euch schön aus.«

Fünf Minuten später hatte sie den Salon für sich allein. Endlich! Sie konnte zwar noch keinen Feierabend machen, aber sie brauchte sich nicht mehr zu verstellen, sie durfte von Kopf bis Fuß verliebt sein, schon bald würde sie wieder seine Stimme hören. Gegen acht Uhr wollte er bei ihr zu Hause anrufen, hatte er versprochen, es konnte auch später werden, er musste erst mal eine freie Telefonzelle finden.

Sie machte sich auf den Heimweg. Noch eine Stunde bis zu seinem Anruf. Sie wollten sich wieder verabreden, das hatten sie schon beschlossen, und dabei hatte viel Gefühl in ihre

Stimmen gelegen. Es war klar, was sie voneinander wollten. Aber wo? Es sollte ja mindestens so schön werden wie beim letzten Mal. Viele Möglichkeiten gab es nicht. Jens lebte bei seinen Eltern, also blieben nur der Friseursalon oder Monikas Wohnung. Sollte sie es wagen? Ihn zu sich nach Hause einzuladen, obwohl die Nachbarn ihn sehen könnten? Jeder im Haus kannte sie.

Selbstverständlich wäre es nicht das erste Mal, dass sie einen Mann mit ins Haus brächte. *Das ist mein Bekannter Herr Z, und dies ist Frau Y aus dem x-ten Stock.* So korrekt verhielt sich Monika, wenn sie in männlicher Begleitung jemandem im Treppenhaus traf. Die Nachbarn nickten dann und grüßten freundlich. Niemand im Haus hielt sie für eine Nonne, aber jeder hielt sie für ausgesprochen höflich. Nur, diese »Bekannten« waren bisher alle in Monikas Alter gewesen. Und bei einem viel jüngeren Mann? Da gäbe es sicher Gerede. Aber könnte sie dadurch ihren Ruf verlieren? Kämen weniger Kundinnen in den Salon? Ach, Unsinn! Die Zeiten waren modern, Amerikaner und Russen wollten demnächst zum Mond fliegen, und Friseurmeisterin Monika Ebeling hatte einen jüngeren Liebhaber. So war das eben.

Zurück in ihrer Wohnung, aß sie ein halbes Käsebrot und setzte sich im Wohnzimmer neben das Telefon. Es war zehn vor acht. Wirklich zu blöd, dass er erst einen öffentlichen Fernsprecher suchen musste. Aber auch niedlich, wie in Monikas Backfischzeit. Da hatte sie mit ihrer ersten Flamme auch nur auf kompliziertem Wege telefonieren können – jedenfalls solange ihre Eltern nicht Bescheid wissen durften.

Um kurz nach acht klingelte ihr Apparat.

»Und?«, fragte er zärtlich. »Mir geht's gut, dir hoffentlich auch?«

»Und wie.«

»Na dann. Nur leider stehe ich hier unter Beobachtung«, er lachte. »Ich bin noch in Dahlem auf dem Campus, und hinter mir ist eine Riesenschlange von Kommilitonen, die auch noch telefonieren müssen. Am besten machen wir schnell was aus und alles Weitere dann mündlich.«

Monika verstand die Anspielung.

»Unbedingt«, raunte sie in die Sprechmuschel und wollte ihn gerade zu sich nach Hause einladen, da meinte er: »Wir müssen doch noch das Essen im Mollen-Eck nachholen. Wie wär's mit morgen? Dann lernst du auch Ludger kennen .«

Ach so. Dann also kein romantisches Tête-à-Tête bei ihr zu Hause. Sie überspielte ihre Enttäuschung. »Können wir gern machen. Morgen passt gut.«

»Prima. Bis sieben habe ich Seminar, danach fahre ich los, mit der U-Bahn, das Auto braucht mein Vater. Und wir beide treffen uns beim Bierchen«, er beschrieb ihr den Weg. »Und ich freue mich. Sehr, sehr, sehr.«

»Ich mich auch. Auch sehr, sehr, sehr.«

Sie legten auf.

Schade!, fand Monika. Sie hätte so gern für ihn gekocht und sich schnell in seine Arme fallen lassen. Zum Essen und Reden wäre dann immer noch Zeit geblieben. Aber das Treffen im Mollen-Eck schien ihm wichtig zu sein, und was sollte sie schon dagegen einwenden. In einer linken Studentenkneipe verkehrten bestimmt keine Spießer, und dass ihr dort eine Kundin über den Weg liefe, schien unwahrscheinlich.

* * *

Am Donnerstag entließ sie zur üblichen Zeit ihre Angestellten in den wohlverdienten Feierabend. Dann bürstete sie sich das Haar aus und band sich einen Pferdeschwanz. Na ja. Wie eine typische Studentin sah sie damit nicht aus, aber immerhin jünger als mit der Hochsteckfrisur. War sie aufgeregt? Und wie! Und neugierig. Und voller Hoffnung, dass nach dem Kneipenbesuch noch Zeit bliebe für einen gemeinsamen Abstecher in ihre Wohnung. Auch Jens wohnte ja im Wedding.

Um Viertel vor acht stieg sie am Gleisdreieck aus und blickte sich um. Er wollte aus Dahlem direkt hierherkommen, vielleicht war er ja sogar in derselben Bahn gefahren. Nein, kein Jens weit und breit. Sie ging die steile Treppe zum Ausgang hinunter und folgte der Beschreibung: nach rechts die Luckenwalder Straße entlang bis zur Ecke. Hier am westlichen Rand von Kreuzberg war sie noch nie gewesen. Nicht gerade eine heimelige Gegend mit den vielen Industriebrachen. Die Dämmerung hatte eingesetzt, es begann zu nieseln. Monika beschleunigte ihren Schritt. Etliche zerbombte Fabrikgebäude hatte man nach dem Krieg nicht wiederaufgebaut, und neue Fabriken würden sich hier kaum ansiedeln. Nur gut einen Kilometer weiter, auf der anderen Seite vom Landwehrkanal, verlief seit fast sechs Jahren die Berliner Mauer. Auch zweiundzwanzig Jahre nach Kriegsende war vieles im Umbruch. Die Westberliner nutzten ihren Wirtschaftswunder-Wohlstand, um aus den Arbeiterbezirken in gediegenere Stadtviertel zu ziehen, dafür übernahmen immer mehr junge Leute die freien Wohnungen. Die Stadt wirkte auf westdeutsche Studenten wie ein Magnet, und Kreuzberg wurde berühmt für seine Studentenkneipen. In keinem anderen Kiez ließ sich so gut trinken, diskutieren und feiern. Sie waren lang, die Kreuzberger Nächte. Ob daneben noch Zeit fürs Studium blieb, stand auf einem anderen Blatt.

Sie erreichte das graue Haus mit der altertümlichen Leuchtreklame. Das Mollen-Eck bestand schon seit den Zwanzigerjahren, hatte Jens erzählt, und war durch viele glückliche Zufälle heil durch den Krieg gekommen.

Neben dem Eingang stand ein Fenster sperrangelweit auf, der Rauch von schwarzem Tabak drang bis auf den Gehsteig. Na ja, einen Luftkurort konnte Monika hier kaum erwarten. Jens und sie wollten sich drinnen treffen. Sie zog die Tür auf und stand in einem Windfang, Stimmengewirr und noch mehr Zigarettenrauch schlugen ihr entgegen, mit beiden Armen schob sie den schweren Filzvorhang zur Seite – und gab Jens recht: eine ganz normale Gaststätte, jedenfalls auf den ersten Blick. Das Mobiliar war aus dem gleichen dunklen Holz wie die halbhohe Wandverkleidung, die meisten Tische waren leer. Acht Uhr abends galt bei Studenten ja eher noch als Nachmittag, aber laut genug ging es auch jetzt schon zu. Man diskutierte heftig, meistens mit einer Selbstgedrehten in der Hand. Und Jens? Saß er irgendwo? Sie konnte ihn nicht entdecken. Einige Gäste sahen zu ihr hinüber. Um nichts falsch zu machen, grüßte sie freundlich in die Runde. Bestimmt gab es außer Ludger hier noch mehr von Jens' Kommilitonen.

»'n Abend, Monika. Bist du doch, oder?«

Sie wandte sich um. Am Tresen stand in weißem Hemd ein Mann mit Halbglatze, die restlichen grau melierten Haare reichten ihm bis auf die Schultern. Er lächelte breit.

»So ein Glanz in unserer Hütte!« Über den Tresen hinweg streckte er ihr die Hand entgegen. »Ich bin Otto. Philosophie, siebenundvierzigstes Semester«, er schmunzelte. »Ach Quatsch. Mein Studium habe ich längst an den Nagel gehängt. Jetzt bin ich Spezialist für Wirtschaft. Meine eigene Wirtschaft wohlgemerkt. Wir stehen mittendrin.«

Gemessen an seiner Statur und seinem Mundwerk kam ihr sein Händedruck erstaunlich sanft vor. Und noch etwas fiel Monika auf: Sein weißes Hemd war picobello sauber.

»Jens hat vorhin angerufen«, fuhr er fort, »dass er nach dem Seminar nicht gleich loskommt. Der muss noch irgendwas besprechen, wegen eines Referats oder so. Aber er ist bestimmt gleich hier.«

Monika nickte. Dass man sich in Studentenkreisen duzte, wusste sie ja schon. »Danke, Otto. Nett, dass du Bescheid sagst.«

»Na klar doch«, in seiner Miene lag eine Mischung aus Neugierde und Anerkennung. »Und eins muss ich jetzt gleich mal loswerden: Jens hatte verdammt recht.«

Er sprach nicht gleich weiter.

»Womit?«, fragte Monika.

»Na, dass du eine äußerst hübsche Dame bist. Und mit Dame meine ich, wirklich *Dame*«, er hob die Hand. »Nicht falsch verstehen. Wir gehen hier gut mit den Frauen um, also auf keinen Fall plump. Aber was wahr ist, muss wahr bleiben. Und ein Kompliment darf ich doch wohl machen.«

»Sicher, Otto. Vielen Dank«, gab sie schnell zurück. Offenbar hörte er sich gern reden – aber nicht unbedingt das Klügste. Sie wies zum Gastraum. »Und hier sitzt Jens also oft? Und schreibt die Artikel für *Frei Schnauze?*«

Er lachte. »Aha. Das hat er dir also auch schon erzählt. Ja, meistens sitzt er da drüben rechts am letzten Tisch, ist im Moment auch noch frei. Mach's dir schon mal gemütlich. Was darf's denn sein?«

»Eine kleine Molle bitte.«

»Schon in Arbeit«, er begann zu zapfen. »Bringt Ludger dir gleich rüber. Bis später, Monika, wir sehen uns noch.«

Sie bedankte sich. Während sie durch den Raum ging, registrierte sie ein paar neugierige Blicke. Sie grüßte noch mal in die Runde, die anderen nickten lächelnd. Von ihrem Tisch aus könnte sie gleich sehen, wenn Jens käme. Sie blickte sich um.

Es sah fast aus wie in den Kneipen, wo sie als Kind mit ihrem Vater gewesen war, sonntags zum Frühschoppen mit seinen Gleiswärterkollegen. Im Mollen-Eck hingen allerdings keine Bilder von deutschen Landschaften. Stattdessen dekorierten Filmplakate die rauchvergilbten Wände: *Zwei glorreiche Halunken, Die Gentlemen bitten zur Kasse, James Bond – 007 jagt Dr. No*. Drei berühmte Streifen aus den letzten Jahren, keinen davon hatte sie gesehen. Das waren Filme für Männer, nichts für Monikas Geschmack. Nun gut, ein Plakat von *Angélique und der König*, ihrem neusten Lieblingsfilm, konnte sie hier kaum erwarten. Aber vielleicht von politischen oder künstlerischen Filmen? Aber Otto mochte offenbar lieber Western und Krimis. Überhaupt wunderte Monika sich, dass er ein weißes Hemd trug und kein schwarzes wie die meisten seiner Gäste. Mit dem existenzialistischen Schwarz bekundeten die Studenten ihre Weltanschauung, das hatte Lydia ihr ja neulich erklärt.

Ein junger bärtiger Mann kam auf Monika zu, in jeder Hand ein kleines Helles. Auch er war schwarz gekleidet, allerdings weder mit Oberhemd noch Pulli, sondern mit einem sogenannten T-Shirt. Und dieser Kellner musste Ludger sein, Jens' Freund und Kommilitone. Sein rotblondes Haar trug er sehr kurz. Ein Meckischnitt zum gepflegten Vollbart, in linken Studentenkreisen sicher eher ungewöhnlich.

»Moin, Monika. Ich bin Ludger. Und ich darf doch?«, er setzte sich ihr gegenüber. »Ich mache jetzt mal Pause, ein Kollege übernimmt meine Tische mit, ist ja noch nicht so viel los.«

Sie stießen an und tranken.

»Lecker!«, fand Monika. Dabei kannte sie die Biersorte gut, aber hier in der Studentenkneipe empfand sie den Geschmack anders. Irgendwie intensiver und aufregender. Und es kam ihr so vor, als würde ihr der Alkohol schon beim ersten Schluck in den Kopf steigen, aber vielleicht bildete sie sich das auch bloß ein.

Ludger hielt ihr eine Packung filterlose Junos hin. Monika mochte lieber Zigaretten mit Filter, aber hier fand man das bestimmt spießig – wenn man sich schon die Lungen teerte, dann richtig, und Jens rauchte sowieso nur Selbstgedrehte.

Mit dem ersten Lungenzug lehnte Ludger sich im Stuhl zurück, sie tat es ihm gleich. Das war also einer von Jens' besten Freunden. Sympathisch, fand sie.

»Dein Name ist ja ungewöhnlich. Woher kommt der?«

Sie hatte den richtigen Ton getroffen, er grinste.

»Das fragen hier viele, und du wirst dich wundern: Ich heiße nach dem heiligen Ludger aus Münster, Westfalen. Meine Mutter ist katholisch.«

»Du stammst also aus Münster?«

»Noch ein Stück weiter oben, Oldenburg«, er lächelte süßsauer. »Und ehe du fragst, gebe ich es zu: Ich bin auch so ein Drückeberger.«

Monika wusste, worauf er anspielte. Westberlin gehörte völkerrechtlich nicht zur Bundesrepublik, die West-Alliierten wollten hier keine deutsche Armee. Darum übersiedelten junge Männer aus der Bundesrepublik gern nach Westberlin, meldeten sich mit erstem Wohnsitz an und blieben meist vom Wehrdienst verschont. Viele Deutsche fanden diese Möglichkeit zur »Wehrflucht« höchst ungerecht, aber als Insel im sowjetisch geprägten Sozialismus genoss Westberlin so manche Sonderregel.

»Und du studierst mit Jens zusammen?«

»Ja. Wir kennen uns aus dem Pädagogischen Seminar. Ich werde auch Lehrer am Gymnasium, aber mit anderen Fächern: Mathematik und Physik.«

»So was Kompliziertes?«

»Na ja, das finden viele, besonders die Geisteswissenschaftler. Aber streng genommen sind auch Mathe und Physik reine Geisteswissenschaften, nur mit mehr Rechnen.«

Er lachte. Sie lachte mit, obwohl sie nicht verstand, was er meinte. Mathematik und Physik sind Geisteswissenschaften? Sollte sie nachfragen? Ach, egal, dachte sie. Eine Akademikerin würde ohnehin nicht mehr aus ihr werden.

»Aber jetzt zu dir, Monika«, meinte er unvermittelt. »Das ist ja ganz schön spannend.«

Sie verstand nicht. »Was ist an mir spannend?«

»Erst mal, dass du dich überhaupt reintraust in unsere linke Lasterhöhle. Schon klar: Das ist Jens' Stammkneipe, und wir kochen lecker, aber vielleicht interessieren dich ja auch unsere Ideen. Gerade, weil du eben keine Studentin bist. Genau darum geht es uns ja: Wir wollen alle Bevölkerungsschichten erreichen. Und Frauen natürlich. Frauen besonders.«

»Du meinst, weil sich so wenige Frauen für Politik interessieren?«

»Ja leider, ein Hauptproblem unserer Gesellschaft. Guck dich doch einfach mal hier an den Tischen um.«

»Habe ich schon. Hier sitzen viel mehr Männer als Frauen.«

»Genau. In der Bundesrepublik gibt es viel mehr männliche Studenten als weibliche. Auch beim SDS haben wir viel zu wenige Frauen. Aber das widerspricht unseren Zielen. Es gibt keine Befreiung des Menschen allgemein ohne die Befreiung der Frau im Besonderen.«

»Dann sind eure Ziele aber nicht neu. So hat das vor über fünfzig Jahren doch auch schon Clara Zetkin gesagt.«

Sie bemerkte, wie Ludger sein Staunen unterdrückte. Dass Monika Clara Zetkin kannte, hatte er ihr offenbar nicht zugetraut – und nun war es ihm peinlich.

»Das ist gut, Monika. Sehr gut sogar. Du hast Zetkins Schriften gelesen. Jens hat ja auch erzählt, du bist eine vorbildliche Chefin, zu den Angestellten immer freundlich und verständnisvoll. Du nutzt deine Vormachtstellung also nicht aus.«

Monika stutzte. Sie begriff ihre Position im Laden nicht als Vormachtstellung. Bei jeder Krankmeldung ihrer Angestellten fühlte Monika sich eher hilflos.

Ihr Schweigen schien Ludger falsch zu deuten. Offenbar glaubte er, sie hätte ihn nicht richtig verstanden, also fuhr er fort. »Ich meine damit: Du behandelst diese Frauen sehr korrekt. Trotzdem ist es natürlich so, dass sie für dich einen Mehrwert erarbeiten. Du verdienst ja an ihrer Arbeit mit, es sind deine Arbeiterinnen.«

»Meine Angestellten sind Facharbeiterinnen«, korrigierte Monika im Ton einer geduldigen Lehrerin. »Genauer gesagt sind sie Handwerksgesellinnen. Mit Prüfung vor der Handwerkskammer.«

»Ja genau. Mit Gesellenbrief. Und du als Chefin beutest sie nicht aus, also jedenfalls nicht im strengen Sinne, sondern du verstehst eure gegenseitige Abhängigkeit als Grundlage einer von den Grundsätzen des Humanismus geprägten Betriebsführung.«

So hatte Monika das noch nie betrachtet, sie verkniff sich ein Grinsen. »Na ja, sagen wir mal so: Ich behandle sie anständig. So, wie ich auch gern behandelt werden würde, wenn ich irgendwo angestellt wäre. Und in der Qualität unserer Arbeit versuche ich, Vorbild zu sein. Ohne zufriedene Kundinnen sind wir nämlich arbeitslos, nicht nur meine Angestellten, sondern ich auch.«

»Du führst also einen richtigen Musterbetrieb.« Ludger nickte emsig.

»Danke, aber es ist bloß ein kleiner Handwerksbetrieb. Ein Industriekonzern ist ja doch was anderes.«

Die leise Ironie in ihrer Stimme schien ihm zu entgehen. »Jedenfalls ist es toll, dass du als Frau so selbstständig bist, im doppelten Sinne: beruflich und privat. Du machst das richtig, du gehst deinen eigenen Weg und musst dir von keinem Mann etwas sagen lassen.«

Ach ja, die Selbstständigkeit. Monika hatte früh erlebt, wie irritierend die meisten Männer eine wirtschaftlich unabhängige Frau fanden. Mit achtzehn Jahren war Monika im kopflosen Überschwang ihrer Gefühle auf das Drängen eines jungen Mannes eingegangen und hatte sich verlobt. Sie war von Anfang an ehrlich gewesen, hatte erklärt, wie sehr sie ihren Beruf liebe und dass sie so bald wie möglich den Salon ihrer Tante übernehmen wolle – schon wegen Ilses Krankheit. Die Verlobung war ziemlich bald in die Brüche gegangen. Monika sei ein Blaustrumpf, hatten die Verwandten ihres Auserwählten gemeint, nicht nur ein Blaustrumpf, sondern sogar ein Mannweib, und sie würde bestimmt eine Rabenmutter. Fast hätten sie ihr den Ring gewaltsam vom Finger gerissen.

Als der Spuk vorbei gewesen war, hatte Tante Ilse ihr auf die Schulter geklopft: »Lieber ein Ende mit Schrecken. Das hat dir viel erspart. Lange gut gegangen wäre das sowieso nicht mit euch beiden.«

Und jetzt? Glaubte sie noch daran, den richtigen Mann zu finden? Je älter sie wurde, umso mehr genoss sie, sich nach keinem Chef richten zu müssen. Doch Männer, die das wirklich begriffen, waren rar gesät.

Das alles hätte sie Ludger jetzt erzählen können, und bestimmt hätte er ihr zugehört und sie gelobt. Doch nach all dem, was er eben gesagt hatte, fiel es ihr schwer, ihn ernst zu nehmen. Vermutlich war er noch jünger als Jens, wohl erst zwanzig oder einundzwanzig, und er ließ sich den Vollbart stehen, um älter zu wirken. Nur wollte sie ihn auch nicht vor den Kopf stoßen.

Sie nickte ihm zu. »Mein Großvater hat oft gesagt: ›Heiraten – das muss man in der Dummheit tun.‹ Und ›in Dummheit‹ heißt, man soll jung heiraten. Dann, wenn man noch naiv genug ist und an die ewige Liebe glaubt. Dann ist die Wahrscheinlichkeit groß, dass sich beide Partner gemeinsam auf die Widrigkeiten des Lebens einstellen können und die Ehe einigermaßen zufrieden verläuft. Aber dafür bin ich einfach nicht mehr dumm genug. Und das meine ich nicht überheblich, das liegt bloß an meiner Lebenserfahrung.«

Touché! Monika hatte ihn erwischt, er staunte mit offenem Mund. Nein, so schnell würde er wohl nichts erwidern.

»Wenn ein Mensch erst mal älter ist«, setzte sie nach, »dann lernt er, dass er sich vor allem auf sich selbst verlassen muss. Und wenn er dann vielleicht auch noch beruflich selbstständig ist, dann wird es schwierig, noch den richtigen Partner zu finden. Und für Frauen gilt das erst recht. Selbstständige Frauen sind vielen Männern ein Dorn im Auge. Genau darum habe ich bisher nicht geheiratet.«

Und jetzt? Sie sah ihn erwartungsvoll an, doch er reagierte nicht gleich. Hatte sie ihn vielleicht doch gekränkt?

Er lächelte kurz, sah sie dann ernst an, stand auf, nahm ihren Kopf in beide Hände, drückte ihr einen Kuss auf die Stirn, setzte sich wieder und sagte anerkennend: »Monika, du hast unsere Grundidee verstanden, dafür der sozialistische Bruderkuss.«

Donnerwetter! Offenbar hatte sie Ludger unterschätzt. Mit dem Kuss hatte er gut gekontert. Monika wusste zwar nicht, ob das tatsächlich ein Bruderkuss gewesen war. Bisher hatte sie sich immer vorgestellt, dass dabei zwei alte, hässliche Männer ihre Köpfe zur Seite neigten und ihre schlabberigen Lippen aufeinanderdrückten. Doch ob Ludgers Stirnschmatzer nun bei den Sozialisten als Bruderkuss durchging oder nicht, spielte wohl keine entscheidende Rolle. Sie suchte gerade nach einem Weg, das Gespräch wieder in normale Bahnen zu lenken, da trat ein junger Mann durch die Tür.

»Jens!« Sie strahlte ihn an. Endlich! Nach zwei langen Tagen und genau im richtigen Moment.

Jens winkte zu Otto hinüber, begrüßte Ludger mit Schulterklopfen und nahm an Monikas Seite Platz. Offenbar war er sich nicht sicher, wie nah er ihr hier in der Kneipe kommen durfte. Der nächste Schmatzer vom nächsten Mann: Sie ließ sich von Jens einen Kuss auf die Wange drücken. Wahrscheinlich hätte er sie gern auf den Mund geküsst, doch er verstand ihren Blick: Für mehr, sogar viel mehr, bliebe später noch Zeit. Der Abend war ja noch lang.

»Und?«, wandte er sich an seinen Freund und Genossen. »Hast du unsere tapfere Friseuse hier schon indoktriniert? Nach allen Regeln von Marx und Engels? Bekommen wir beim SDS demnächst eine Abteilung für Friseurmeisterinnen?«

Sie lachten, Ludger beichtete seinen Kuss.

»Rein kameradschaftlich«, beteuerte er. »Monika ist zwar keine Genossin, aber sie weiß gut Bescheid. Sie kennt sogar die Schriften von Clara Zetkin.«

»Na sicher«, Jens legte einen Arm um ihre Schultern und zog sie an sich. »Unsere Monika hat eben ihre Qualitäten.«

»Nett, was ihr über mich denkt.« Sie amüsierte sich, doch ehe es peinlich wurde, lenkte sie lieber von sich ab. »Übrigens, Ludger. Ich frage mich schon die ganze Zeit, warum du keine längeren Haare hast. Ich dachte immer, das ist Pflicht beim SDS.«

»Da hast du so recht«, ging er auf den neckenden Ton ein. Eigentlich bin ich da nur zugelassen, weil ich als Ausgleich den Bart habe«, er präsentierte seinen Hinterkopf.

»Siehst du die vielen Wirbel da? Mit längeren Haaren komme ich mir vor wie ein Wischmopp an der Steckdose. Mit reichlich Brillantine kriege ich das natürlich glatt, aber das sieht auch blöd aus. Dann lieber Mecki plus Vollbart.«

»Stimmt. Und du schneidest selbst. Mit einem Langhaartrimmer.«

Ludger tat betreten. »Ach, das sieht man also?«

Monika schmunzelte. »Nur mit Kennerblick. Der Schnitt ist ein bisschen unregelmäßig, aber es sieht trotzdem gepflegt aus. Und es steht dir.«

Sie lachten wieder, mit gespielter Empörung zeigte Jens auf Monikas Bierglas. »Die Dame hat fast ausgetrunken. Was ist das eigentlich für eine Bedienung hier? Wo bleibt der Nachschub?«

»Kommt«, Ludger erhob sich. »Meine Pause ist sowieso vorbei. Monika? Noch eine kleine Molle?«

»Ja bitte.«

»Für mich eine große«, bat Jens. »Und zweimal Currywurst mit Bratkartoffeln und grünem Salat.«

»Geht klar«, Ludger ging zurück zum Tresen.

Sie waren allein am Tisch, Jens nahm Monikas Hände in seine.

»Habe ich deinen Blick denn eben richtig gedeutet? Herzen und küssen soll ich dich erst später?«

»Genau«, sie lächelte vieldeutig. »Und vor allem: nicht hier.«

»Aha. Darf ich dir denn schon mal in die Augen gucken? Wenigstens ab und zu?«

»Ausnahmsweise.«

»Verbindlichsten Dank!« Jens wechselte den Stuhl und nahm gegenüber von Monika Platz. »Und jetzt erzähl mal: Hat Ludger dich belehrt? Mit seinen sozialistischen Thesen?«

»Das meiste kannte ich ja schon. Es geht ihm wohl sehr um die Frauenrechte.«

»Und wie. Er sieht das vor allem im Hinblick auf die DDR. Den real existierenden Sozialismus dort lehnt er natürlich ab, aber er weiß eben auch, dass die Frauen da viel weiter sind. Keine Frau muss gegen ihren Willen ein Kind austragen, und auch Mütter mit kleinen Kindern gehen arbeiten, auch in klassischen Männerberufen. Es gibt zum Beispiel jede Menge Ingenieurinnen, und die werden von ihren männlichen Kollegen ganz selbstverständlich anerkannt.«

»Aber da hat doch überall die SED ihre Finger mit im Spiel. Die Partei entscheidet, wer studieren darf und wer nicht. Und die Frauen werden dringend als Arbeitskräfte gebraucht, für die Planwirtschaft. Darum richtet der Staat die Kinderkrippen ein, diese Verwahranstalten.«

»Stimmt alles. Aber du musst doch zugeben, dass die Frauen da mehr Rechte haben. Und anerkannter sind. Und die Männer sich viel weniger über sie erheben. Man muss sich das mal vorstellen: Hier bei uns kann eine verheiratete Frau immer noch keine Stelle annehmen ohne Einverständnis ihres Ehemannes. Und es ist erst fünf Jahre her, dass Frauen ein eigenes Konto einrichten dürfen …« Jens sah Monikas Miene und stutzte. »Was will mir dein Blick sagen? Dass du für heute genug hast von Politik? Hat Ludger dich eben so vollgelabert?«

»Na ja. Ein bisschen schwurbelig fand ich ihn schon, aber sympathisch. Ich kann jedenfalls verstehen, dass er dein Freund ist.«

Jens wies zur Theke. »Und sieh mal an, Bierchen tragen kann er auch.«

Tatsächlich: Ludger brachte zwei Mollen.

»Currywurst kommt sofort, Prost erst mal. Und, Monika: Jens soll dir mal was erzählen, über unsere Demo nächsten Freitag. Vielleicht machst du ja mit, denk doch mal drüber nach. Ich muss leider weiter, bis gleich.«

Er nahm am Nebentisch eine Bestellung auf, Monika sah ihm irritiert hinterher.

»Aha«, Jens amüsierte sich, »da hat dich mein alter Kumpel wohl ein bisschen überrumpelt. Wobei: Ich hatte ja auch schon dran gedacht, dich das zu fragen.«

Monika zögerte noch. »Überlegt habe ich das auch schon mal.«

»Also warst noch nie auf einer Demo?«

»Bis jetzt kannte ich ja keinen, der bei so was mitmacht.«

»Und jetzt kennst du mindestens zwei. Gib dir mal einen Ruck, wir würden uns freuen. Der SDS mobilisiert überall, natürlich auch bei den Genossen im Bundesgebiet. Es muss richtig voll werden, sonst wachen die Politiker nicht auf. Wir wollen richtig was lostreten in Presse, Funk und Fernsehen. Damit endlich klar ist: Uns kann man nicht mehr übersehen, man muss uns ernst nehmen.«

»Und was ist mit der Polizei? Die kommt doch bestimmt auch?«

»Ja sicher. Jede Menge Hundertschaften in Uniform und noch mal so viele Zivilbeamte. Natürlich werden die wie wild fotografieren. Wenn du glaubst, ein Reporter macht ein schickes Foto von dir: Immer schön lächeln. Wahrscheinlich ist es ein Polizist. Aber davon lassen wir uns nicht provozieren. Wir bleiben friedlich. Wir wollen nur zeigen, dass wir uns das nicht einfach so gefallen lassen: Ein Diktator kommt mit seiner juwelenbehängten Frau ins eingemauerte Westberlin. Und was tut er da? Guckt sich Mozarts *Zauberflöte* an. Das muss man sich mal vorstellen. Kennst du Papagenos Vogelfänger-Arie?«

»Ja klar.«

Jens nickte. »*Der Vogelfänger bin ich ja, stets lustig heißa hopsasa!* Ausgerechnet! Und zu Hause lässt unser Märchenkaiser seine Gegner foltern. Die Menschen, die für den Iran Freiheit und Demokratie wollen, die foltert er, bis sie falsche Geständnisse ablegen. Und das alles mit amerikanischem Einverständnis. Dieser Schah ist doch bloß eine Marionette der USA. Machtgierig und geldgierig. Seine eigenen paar Milliarden Dollar reichen ihm nicht. Der Iran soll Wirtschaftsmacht werden, dafür braucht der Schah die großen Geschäfte mit dem Westen. Und die USA gehen darauf ein, damit sie im Mittleren Osten mehr Einfluss bekommen.«

»Und wenn der Opernbesuch abgesagt wird? Wegen der Demo?«

»Wohl kaum, das wäre ja ein Zeichen von Schwäche. Unsere Regierung will sich keine Blöße geben. Wenn die wegen der Demo das Besuchsprogramm tatsächlich ändern, dann hießt es: Wozu haben wir denn unsere Polizei? Die muss doch was unternehmen gegen diese Krawallstudenten. Deswegen kann man dem Schah doch nicht den Staatsbesuch verderben. Und schon gar nicht einen Abend in unserer neuen schönen Oper. Und die *Zauberflöte* hat doch überhaupt nichts mit Politik zu tun. Man versteht gar nicht, was die Studenten dagegen haben.«

Monika wusste: Auch viele ihrer Kundinnen dachten so. Gerade wollte sie davon erzählen, da kam Ludger mit zwei großen Tellern.

Jens hatte nicht zu viel versprochen. Allein wegen der

Currywurst lohnte sich der Besuch im Mollen-Eck. Sie ließen es sich schmecken.

Anschließend nahm sie Jens mit in ihre Wohnung. Sie küsste seinen Mund, dann die kleine Grube unter seinem Hals und arbeitete sich weiter. Er genoss es hörbar.

FREUNDINNEN

Monikas Eltern hatten sich nach dem Krieg weitere Kinder gewünscht, im Abstand von knapp zwei Jahren waren Renate und Almuth auf die Welt gekommen und hatten die Mutter in Atem gehalten.

Als bei der vierzehnjährigen Monika ein ausführliches Gespräch unter Frauen unausweichlich geworden war, hatte Monikas Mutter ihre Schwägerin gebeten, das zu übernehmen. Dabei wusste Monika durch die Zeit auf dem Bauernhof ja Bescheid über den Gang der Dinge. Biologisch unterschied sich der Mensch kaum von Katze, Ziege oder Schwein, da mochten die Religionslehrer noch so sehr von der ›Krone der Schöpfung‹ sprechen. Bei der Gattung des Homo sapiens handelte es sich um ein Säugetier. Selbstredend gab es beim Menschen mehr: das Geistig-Sittliche, die Liebe. Aber wie vertrugen sich so edle Gefühle mit einem so rabiaten Akt? Was hatte sich die Natur dabei bloß gedacht? Allein die Vorstellung trieb ein junges Mädchen doch in die schiere Angst.

Ilse ging das heikle Thema unverstellt an. Monika hatte keine Scheu, Fragen zu stellen, und sie begriff: Wenn es um das Geschlechtliche ging, logen viele Menschen. Aus Scham, aus Angst oder um Macht auszuüben. Sie selbst solle sich immer fragen, was sie für gut und richtig halte und was sie verantworten könne, das hatte Ilse ihr beigebracht. Bevor Monika mit einem Mann intim werde, müsse sie mit ihm bereden, wie sich eine Schwangerschaft vermeiden lasse. Und sie solle sich um Himmels willen nicht einreden lassen, dass sie mit der körperlichen Liebe bis nach der Hochzeit warten müsse. Erwachsene Menschen hätten nun mal geschlechtliche Bedürfnisse, die weit über das hinausgingen, was man als Fortpflanzung bezeichne. Monika solle ihrer Lust nachgehen und sie genießen.

Monika wusste, dass ein so offener und lebensbejahender Umgang mit dem Thema keineswegs selbstverständlich war, sie beherzigte die Ratschläge und wurde mit den Jahren das, was man *eine Frau mit Erfahrung* nannte, doch sie ging ihre Liebschaften und Affären nie wahllos ein. Sie achtete auf einen anständigen Charakter, Reinlichkeit und Diskretion. Selbst wenn sie schon nach dem dritten oder vierten Rendezvous mit einem Mann im Bett landete, sollte das Geschlechtliche nicht zur Hauptsache werden.

Als sehr junge Frau hatte sie sich zurückhaltend verhalten, doch mit zunehmendem Alter änderten sich ihre Bedürfnisse. Das körperliche Zusammensein mit einem Mann wurde immer wichtiger. Sie vernachlässigte Spaziergänge und Kinobesuche, nur um mit einem Mann höchste Intimität zu erleben.

Und wie ging es ihr mit Jens? Er war noch nicht mit vielen Frauen intim gewesen, das hatte er ihr erzählt, als sie zum dritten Mal eng aneinandergeschmiegt wieder zu Atem gekommen waren. Er hätte es ihr nicht sagen müssen, sie hatte das gleich gemerkt und sich entsprechend verhalten. Mit ihren Erfahrungen wollte sie ihn nicht übertrumpfen oder schockieren.

* * *

Sonja Kemberg-Vogt, verwitwete Vogt, geborene Falcke, hatte die Kriegs- und Nachkriegszeit im Harz bei der Familie ihres Vaters verbracht. Erst 1950, als Westberlin die größte Not überwunden hatte, war sie zurückgekehrt. Schon bald suchte sie zusammen mit ihrer Mutter im Wedding nach einem Friseur. Die beiden landeten in Ilses neu eröffnetem Salon, und wie es der Zufall wollte, kam Sonja kurz darauf in Monikas Schulklasse. Aus der anfänglichen Sympathie entstand eine tiefe Freundschaft. Die Mädchen verband vieles, dennoch wurden sie keine »Busenfreundinnen«. Sie steckten nicht ständig zusammen und teilten längst nicht immer eine Meinung. Wer Monika fragte, was sie an Sonja schätzte, bekam zu hören: »Wir streiten uns ziemlich oft, aber ich kann mich auf sie verlassen. Es wird nie langweilig mit ihr, und sie geht mir nicht auf die Nerven. Übrigens sieht Sonja das genauso.«

Monika hatte Jens sonnabends kennengelernt, am folgenden Dienstag das erste Mal und Donnerstag das zweite Mal mit ihm geschlafen. Mit anderen Männern hatte sie sich mehr Zeit gelassen, und sie konnte sich schon vorstellen, welche kritischen Fragen von Sonja kommen würden: Warum stürzte Monika sich bei Jens so schnell in ein Verhältnis? Weil sie alt wurde? Oder den Glauben an die große Liebe längst verloren hatte und nun nahm, was sich ihr anbot, auch wenn es bloß ein kurzes Glück werden könnte? Monika wollte endlich mit einer gleichaltrigen Frau über Jens sprechen, und auch wenn Sonja allgemein wenig Verständnis für Monikas Affären hatte: Keiner Freundin vertraute Monika so sehr wie ihr.

Um Viertel nach sieben war Monika endlich allein im Salon, jetzt hätte sie ungestört telefonieren können, aber für Sonja war die Uhrzeit ungünstig. Bestimmt saß sie jetzt mit Clemens und den Kindern am Abendbrottisch. Monika würde später anrufen. Erst mal ging sie nach Hause.

Es war unbeständig und kühler geworden, am Nachmittag hatte es immer wieder geregnet. In der Luxemburger Straße kam sie an einem Lebensmittelgeschäft vorbei und hätte gern noch Kondensmilch und ein paar Bananen geholt, doch die Läden waren seit fast einer Stunde geschlossen, der Einkauf musste bis morgen warten, in der Frühstückspause würde Monika dann hinflitzen und das Wichtigste besorgen, die Läden schlossen sonnabendmittags bereits um eins.

Als sie ihre Wohnung betrat, war es zwanzig vor acht und damit immer noch zu früh, um Sonja anzurufen. Monika wartete besser bis nach der *Tagesschau*. Unter normalen Umständen wäre sie jetzt an den Kühlschrank gegangen, doch schon der leiseste Gedanke an Jens nahm ihr den Appetit auf jegliches Essen, sie fühlte sich satt von Luft und Liebe. Dabei hatte er ihr doch gesagt, ihr Körper fühle sich himmlisch an, schlank und doch weiblich, und sie solle bloß nicht abnehmen, denn es müsse doch etwas dran sein an einer Frau. Aber zum Essen konnte sie sich schließlich nicht zwingen, das verstand sicher auch Jens.

Sie setzte sich in ihren Lieblingssessel, legte die Beine auf den marokkanischen Leder-Pouf und schlug die *Hörzu* auf. Seit 1965 gab es für die nördlichen Bundesländer und Westberlin ein gemeinsames Drittes Programm, einen tristen, langweiligen Bildungskanal, den Monika nur selten einschaltete. Gerade lief eine Sendung für Abiturienten: *Deutsch 1*. Deutsch!, fuhr es Monika durch den Kopf. Das studierte Jens doch, dafür wollte er doch Lehrer werden. Sie drückte den dritten Knopf von oben, das Gerät begann zu rauschen, die Bildröhre lief warm. Nach einer halben Minute erschien in Schwarz-Weiß ein Mann mit dickrandiger Brille, er saß an einem Tisch und las aus einem Buch vor. Gedichte von Goethe. Na ja, das gehörte eben auch zu einem Deutschkurs. Monika wollte schon umschalten, doch dann hörte sie zu.

»Himmelhoch jauchzend, zu Tode betrübt
Glücklich allein ist die Seele, die liebt.«

Was für wunderbare, warme, wahre Zeilen! Und wie schön der Sprecher das Gedicht vorlas, obwohl er äußerlich ja eher wie ein strenger älterer Herr wirkte. Himmelhoch jauchzend – so hatte Monika sich gestern Abend gefühlt in Jens' weichen, zärtlichen Armen. Doch je mehr sie über ihn erfuhr, je öfter sie an ihn dachte, umso schwerer wurde ihr ums Herz. Nein, zu Tode betrübt war sie nicht, nur ein wenig traurig. Lange würde es nicht gehen mit ihnen beiden, der Altersunterschied von neun Jahren stand zwischen ihnen. Der Mann im Fernsehen las weitere Gedichte vor und erzählte von Goethes vielen Liebschaften. Monika seufzte vor sich hin. Nach der *Tagesschau* rief sie bei Sonja an. Die Freundin freute sich über den Anruf, hatte aber nicht viel Zeit. »Wir kriegen gleich Besuch von Clemens' Bruder und seiner Frau aus Braunschweig, die bleiben bis Sonntagabend. Clemens holt sie gerade vom Bahnhof ab, aber ein paar Minuten dauert das bestimmt noch. Wie geht's euch denn? Vor allem Tante Ilse?«

»Die macht sich gut, körperlich jedenfalls.« Monika änderte die Stimmlage. »Aber ich wollte dir eigentlich noch was anderes erzählen.«

Sonja verstand sofort. »Du hast also einen Mann kennengelernt.«

»Erraten!«

»Und der ist total nett? Die ganz große Liebe?«

»Was denn sonst?«

»Und kenne ich ihn?«

»Nöh …« Monika kicherte.

»Aha. Du hast ihn also schon mal erwähnt? Vielleicht letzten Sonnabend?«

»Genau.«

»Ah! Etwa dieser junge Kerl? Der Enkel von eurer Stammkundin? In den sich die liebe Lydia sofort verguckt hat? Wie hieß der? Rüdiger?«

»Redecker. Jens Redecker.«

»Und was habt ihr Sonnabend über den erzählt? Wie alt ist der? Zwölf? Oder doch schon fünfzehn?«

»Spotte du nur. Er ist zweiundzwanzig, und bevor du fragst: Ich weiß, dass das auf Dauer nichts werden kann. Es ist aber trotzdem schön.«

Sonja antwortete nicht gleich. Vielleicht suchte sie nach den richtigen Worten. »Und jetzt bist du verliebt?«, fragte Sonja schließlich. »So mit ganz viel Herzklopfen und Bauchgrummeln und keinen Hunger mehr haben und nicht mehr schlafen können? So richtig heftig?«

»Jaha. Sogar so richtig heftig. Ich würde dich nur trotzdem gern was fragen.«

»Wegen des Altersunterschieds?«

»Das weniger. Also, es ist ziemlich kompliziert. Er hat mich was gefragt.«

»So, so. Hat er bei Tante Ilse um deine Hand angehalten? Aber sie ist strikt gegen eure Ehe? Weil sie ihn selbst heiraten will?« Sonja wurde wieder ernst: »Tut mir leid. Du hast was auf dem Herzen, und ich rede so einen Quatsch. Sollen wir nachher noch mal telefonieren? «

»Lieb von dir, aber kümmere dich lieber um euren Besuch. Wie wär's denn mit Montag? Beim Essen?«

Sonja sagte zu: Montag um zwölf im Rathaus.

* * *

Schon in jungen Jahren hatte Sonja für die Berliner Senatsverwaltung gearbeitet. Als angelernte Fürsorgerin im Notaufnahmelager Marienfelde hatte sie Menschen geholfen, die aus der

DDR in die Bundesrepublik geflüchtet waren. Sie liebte diesen Beruf und hätte gern eine Ausbildung zur Verwaltungsbeamtin gemacht, doch kurz nach ihrem achtzehnten Geburtstag hatten sich die Ereignisse überschlagen. Der Onkel ihres Verlobten Jürgen Vogt wurde immer kränker und wollte die Hochzeit von Jürgen und Sonja unbedingt noch miterleben. Sie heirateten, der Onkel starb, Jürgen übernahm den Bäckereibetrieb mit einem halben Dutzend Filialen. Sonja beendete ihre Arbeit in Marienfelde und brachte zwei Wunschkinder auf die Welt: Ende 1955 Sohn Andreas und siebzehn Monate später Tochter Silke. Es folgten glückliche Jahre, bis Jürgen im Herbst 1961 auf tragische Weise ums Leben kam. Nach einer intensiven Trauerzeit heiratete Sonja drei Jahre später den Frauenarzt Clemens Kemberg. Einen besseren Stiefvater für ihre Kinder hätte sie sich nicht wünschen können und einen besseren Mann sowieso nicht. Leider konnten Sonja und Clemens keinen gemeinsamen Nachwuchs bekommen, das bedauerten sie zwar, doch ihre Ehe litt darunter nicht.

Im Herbst 1966 erhielt Sonja einen überraschenden Anruf von Oberregierungsrat Pfefferkorn, einem Personaldezernenten der Senatsverwaltung. »Frau Kemberg, wir sind dringend auf der Suche nach qualifiziertem Personal, und da haben wir uns an Sie erinnert.« Er bot ihr eine Halbtagsstelle in der Postzentrale des Schöneberger Rathauses an, montags bis freitags von sieben Uhr dreißig bis zwölf Uhr ohne Pause. »Hätten Sie Interesse? Fragen Sie doch mal Ihren Mann, ob er einverstanden ist. Wir würden uns freuen.«

Sie beriet sich mit Clemens, er nickte anerkennend. Das Rathaus Schöneberg war eine bedeutende Adresse: Sitz des Regierenden Bürgermeisters und des Berliner Abgeordnetenhauses.

»Ist ja nur die Poststelle«, meinte Sonja. »Briefe öffnen und in Fächer einsortieren. Das ist nicht unbedingt bedeutend. Aber Lust hätte ich schon.«

»Gut. Die Kinder sind aus dem Gröbsten raus, ob wir nun mittags oder abends warm essen, ist nicht so wichtig. Also probier es aus, und wenn es dir nicht gefällt, hörst du eben wieder auf.«

Sonja war Clemens dankbar. Vermutlich gab es nicht viele Männer, die ihren Frauen eine solche Freiheit ließen, denn auch zu Hause und mit der Verwaltung von Clemens' Praxis hätte Sonja genügend zu tun gehabt. Doch sie hielt es für besser, nicht nur im eigenen Saft zu kochen. Sie brauchte eigene Kollegen und eine Arbeit, in der sie niemandem aus ihrer Familie begegnete. Das tat allen Beteiligten gut, fand sie, und Clemens stimmte ihr zu. Den täglichen Arbeitsweg von Zehlendorf nahm sie gern in Kauf.

Das Schöneberger Rathaus als Sitz der Westberliner Regierung war eng verbunden mit dem Namen John F. Kennedy. Am 26. Juni 1963 schloss er hier seine flammende Rede für Frieden und Freiheit mit den Worten: »Ich bin ein Berliner.« Zehntausende Menschen jubelten ihm zu, mitten im Kalten Krieg galt das junge amerikanische Staatsoberhaupt als größter Hoffnungsträger der westlichen Welt. Als er fünf Monate nach der Rede einem Attentat zum Opfer fiel, schufen die Berliner ihm ein besonderes Denkmal. Den Rudolph-Wilde-Platz vor dem Rathaus benannten sie um in John-F.-Kennedy-Platz.

Seit Sonja in Schöneberg arbeitete, trafen sie und Monika sich alle ein bis zwei Monate montags zum Essen. Auch an diesem 29. Mai erklomm Monika um kurz vor zwölf die Treppe zum Portal des Rathauses.

Von außen erkannte man zwar die Größe, trotzdem wirkte das Bauwerk mit seinem grauen Putz eher unscheinbar. Doch wer die Eingangshalle betrat, der durfte staunen. War das wirklich ein Rathaus? So ein Prunk in einem Amtsgebäude, das erst gute fünfzig Jahre alt war? Die Haupthalle maß in der Breite mehr als sechzig Meter und erstreckte sich über zwei Stockwerke. Eine Galerie umlief die obere Etage, zu der an den Schmalseiten zwei ausladende Treppen führten. Die Fenster mit den Glasmosaiken, die kassettierte und teils vergoldete Stuckdecke, die Säulen – all das zeigte, wie selbstbewusst und stolz das Bürgertum in der Gründerzeit geworden war: Man wollte und konnte es mit dem Adel aufnehmen, also durfte es im Rathaus aussehen wie in einem Schloss.

Gleich rechts vom Eingang lag die Poststelle. Monika klopfte an und brauchte kein »Herein!« abzuwarten. Sicher hatte Sonja ihren Kollegen Rolf und Hubert längst erzählt, dass sie heute zum Mittagessen verabredet war. Für Monika machten die drei eine Ausnahme. Normalerweise waren in der Poststelle keine Besucher erlaubt, aber weil Monika als Sonjas beste Freundin vertrauenswürdig erschien, durfte sie sich hier ein paar Minuten aufhalten.

Wie so oft konnte Monika sich nur darüber wundern, wie jugendlich Sonja immer noch wirkte. Dabei zählte sie ja auch schon einunddreißig Lenze und war zudem schon lange zweifache Mutter. Doch mit ihren vollen Wangen und den kinnlangen dunkelblonden Haaren erinnerte Sonja noch immer an das Mädchen, das Monika vor siebzehn Jahren kennengelernt hatte.

Sie bot Monika einen Stuhl an. »Lange brauche ich nicht mehr. Sieht aus, als könnte ich pünktlich raus, oder? Was sagen denn meine lieben Kollegen?«

Hubert, ein grauhaariger Mecklenburger, nickte. »Soll wohl. Wenn gleich das große Bimmeln anfängt, könnt ihr los, Deerns.«

Monika konnte wieder nur darüber staunen, wie schnell

und konzentriert Sonja und ihre Kollegen die Stapel abarbeiteten, Brief um Brief öffneten und den Inhalt in eins der über hundert Fächer sortierten. Körbeweise traf hier jeden Tag die Post ein. Immer um elf und sechzehn Uhr brachte ein Hausbote jedes Schriftstück mit einem Aktenwagen in die zuständige Abteilung.

Dann geschah, was Hubert salopp als »das große Bimmeln« bezeichnet hatte: Aus dem Rathausturm schlug es zwölf. Hier hing die berühmteste weltliche Glocke der Stadt. Für die Berliner Freiheitsglocke, einen Nachguss der amerikanischen Liberty Bell, hatten US-Bürger Geld gesammelt und die Glocke der Berliner Bevölkerung geschenkt. Sie diente als Symbol für Freiheit und Demokratie im Kalten Krieg gegen den Sowjetkommunismus.

Mit Verklingen des letzten Schlags hatte Sonja auch ihren letzten Stapel einsortiert. Sie verabschiedete sich von den Kollegen, als Familienväter arbeiteten Paul und Hubert selbstverständlich ganztags.

An der Ecke zur Freiherr-vom-Stein-Straße lag auf einem Vorbau die Restaurantterrasse vom Ratskeller. Im Moment war sie noch leer, für die Bediensteten im Rathaus begann die Mittagspause erst um halb eins, und längst nicht alle aßen hier im Restaurant.

Sie nahmen auf der Terrasse Platz und bestellten das Tagesgericht: Rinderroulade mit Salzkartoffeln, brauner Soße und Rotkohl, dazu Fassbrause.

»So«, Sonja lehnte sich im Stuhl zurück. »Es geht also um deinen Jens, aber nicht um den Altersunterschied, und das Thema ist kompliziert?«

»Ja. Und es passt gut, dass du hier arbeitest. Es geht nämlich um was Politisches.«

Sonja lachte auf. »Was Politisches! Der richtet ja was Schönes mit dir an, dieser Jens. Das passiert, wenn man sich in den falschen Mann verliebt.«

»Ob du es glaubst oder nicht: Manchmal reden wir sogar miteinander.«

»Och, wieso das denn? Ist das bei so einem jungen Liebhaber nicht die reinste Zeitverschwendung?«

Monika grinste, dann erzählte sie von Jens' Aktivitäten bei *Frei Schnauze* und im SDS. »Und nun hat er mich gefragt, ob ich Freitag mit demonstrieren komme.«

»Aha«, kam Sonjas trockene Antwort. »Hat er dir denn sonst was dazu gesagt? Wo diese Demonstration stattfindet? Die Organisation? Der geplante Ablauf? Der Teilnehmerkreis?«

»Hm. Das ist wohl auch noch nicht alles klar. Jedenfalls: Ich muss ja tagsüber ganz normal arbeiten. Also könnte ich nur abends kommen. Vor die Oper. Da geht der Schah doch hin, oder? Mit dem Regierenden Bürgermeister und dem Bundespräsidenten?«

»Wahrscheinlich …« Sonja sah sich um. An den Nebentischen saß immer noch niemand, sie senkte trotzdem die Stimme. »Es stimmt schon: So klar ist das im Rathaus auch alles noch nicht. Unsere Oberen hier warten noch ab, ob es in den anderen Städten Demos gibt, vor allem in München. Aber das darf ich eigentlich gar nicht wissen.«

Monika verstand: Als Mitarbeiterin der Poststelle hatte Sonja striktes Stillschweigen zu wahren. Doch auch im Schöneberger Rathaus arbeiteten bloß Menschen. Und Menschen redeten gern.

»Für die Bonner Regierung ist dieser Schah-Besuch extrem wichtig«, fuhr sie fort. »Darum geht er ja auch so lange. Neun Tage in unserem vergleichsweise kleinen Land.«

»Das ist doch wohl alles wegen der Wirtschaft. Die Industriebosse wollen alle mit dem Schah reden. Und der Besuch soll ein Zeichen sein, vor allem für Westberlin. Der Schah in der Mauer-Stadt. Denn wir sind ja weltoffen. Das tut unserer Wirtschaft gut, ist aber auch militärische Taktik. Die Amis wollen da unten den Frieden.«

»Aber der Schah ist ein Diktator. Sogar ein richtig brutaler.«

»Trotzdem sind die anderen Sachen wichtiger: die Aufträge für die Industrie und die guten Beziehungen zum Mittleren Osten. Da sind das bisschen Terror und Folter nicht so wichtig. Richtig heftig zynisch ist das. Also, ich kann jeden verstehen, der dagegen demonstriert.«

»Gehst du denn auch mit? Oder darfst du das nicht, weil du hier im Rathaus arbeitest?«

»Ich dürfte schon, das ist schließlich mein Grundrecht. Aber es sähe seltsam aus, wenn ich bis elf Uhr arbeite, und zehn nach elf packe ich mein Plakat aus und gehe hier vorm Eingang demonstrieren. Nein, ich habe mir für Freitag und Sonnabend Urlaub genommen. Ich bleibe einfach zu Hause, weil ich mit dem ganzen Rummel nichts zu tun haben will. Viele Kollegen hier machen das so.« Sonja nahm einen tiefen Schluck Brause. »Planen die Studenten denn was Bestimmtes bei der Schah-Demo?«

»Nur was Friedliches. Sie wollen eben zeigen, dass sie gegen den Schah sind, weil er ein brutaler Diktator ist. Und dass die Deutschen sich endlich mit ihrer Vergangenheit beschäftigen müssen, also vor allem mit der deutschen Diktatur in der Nazizeit. Aber das soll alles ganz friedlich verlaufen, ohne Krawall.«

Sonja nickte. »Das bleibt bestimmt friedlich, dafür sorgt jede Menge Polizei. Der Schah gilt als hoch gefährdet, seine Frau natürlich auch. Stell dir vor, den beiden passiert hier was. Wer will mit den Deutschen denn dann noch Geschäfte machen? So denken die Politiker hier.«

»In Tempelhof stehen morgens Dutzende von Polizisten Spalier, direkt am Flugfeld. Und alle wollen, dass die Demos friedlich verlaufen. Vorausgesetzt natürlich, dass die Studenten sich ruhig verhalten. Meinungsfreiheit ja, aber ohne Gewalt.«

Der Ober servierte die Rinderroulade, sie aßen mit Appetit.

»Und sonst?« Sonja nickte der Freundin bedeutungsvoll zu. »Was macht die fleischliche Liebe? Ein so junger Mann. Hast du da überhaupt Zeit zum Verschnaufen?«

Monika verkniff sich ein lustvolles Schmunzeln. »Das ist jetzt eine richtig neue Erfahrung. So eine Art Jungbrunnen.«

»Na knorke. Du siehst übrigens auch sehr gut aus. Ich wünsche dir zwar eher einen Mann fürs ganze Leben und nicht nur so was Kurzes. Aber jetzt genieß es erst mal.«

»Tue ich! Und wie! Demnächst gehe ich auch mal wieder zu Clemens in die Praxis.«

»Ich verstehe. Du glaubst also, das mit Jens und dir wird was Längeres? Bloß für ein paar Monate stopfst du deinen Körper ja wohl nicht mit Chemie voll.«

»Na ja, was sehr Langes bestimmt nicht. Aber die Pille lohnt sich schon. Hoffe ich jedenfalls«, Monika griente. »Und eins wollte ich noch sagen. Was manchmal in der *Quick* steht oder im *Stern*. Ich merke das jetzt auch: Eine Frau ist erst ab dreißig so richtig empfindungsfähig.«

»Na klar. Das ist doch längst wissenschaftlich bestätigt. Je erfahrener wir Frauen werden, umso leichter können wir uns hingeben.«

»Bloß, was ich nicht verstehe: Männer bekommen schließlich auch mehr Erfahrung, je älter sie werden. Aber es heißt immer, bei Männern ist das Verlangen in jungen Jahren am größten, also mit zwanzig.«

Als Frau eines Gynäkologen ging Sonja unbefangen mit dem Thema um. »Im Grunde nicht erst mit zwanzig, sondern schon deutlich vorher, also kurz nach Beginn der körperlichen Geschlechtsreife.«

»So früh? Aber das passt doch gar nicht. Dann können sie doch noch gar nicht heiraten.«

»Tja. Wir sehen das heutzutage so in unserer Gesellschaft. Männer bei uns gründen so früh noch keine Familie – meistens jedenfalls nicht.« Sonja legte ihr Besteck beiseite. »Genehmigen wir uns denn noch ein Tässchen Kaffee? Mit was Süßem?«

»Gerne.«

»Dann gucke ich mal, was die heute an Kuchen haben.« Sonja ging die Treppen hinunter in den Ratskeller, keine Minute später kam sie an den Tisch zurück. »Die haben ganz frische Liebesknochen. Mit Sahnefüllung.«

Monika grinste.

* * *

Mit gemischten Gefühlen fuhr Monika kurz darauf zurück in den Wedding. Natürlich, es war schön gewesen, mal wieder mit der alten Freundin zu klönen, aber sämtliche Klarheiten schienen nun erst recht beseitigt. Am besten, Monika wartete ab. Wenn nicht mal die Köpfe im Rathaus wussten, wie der Schah-Besuch ablaufen sollte, dann musste Monika sich auch noch nicht festlegen.

Sie holte Ilse von der Blutwäsche ab. Über eine Woche lag der große Kaffeeklatsch zurück, und inzwischen war Ilse geistig wieder eingetrübt.

Eine Krankenschwester nahm sich Zeit, um mit Monika zu sprechen. »Sie kennen das ja, Fräulein Ebeling. Wir freuen uns, wenn Ihre Tante eine klare Phase hat. Aber wie lange das anhält, können wir nie sagen.«

Monika bedankte sich und schob Ilse im Rollstuhl nach Hause. Mutter Elfie hatte Kuchen gebacken, Monika blieb zum Kaffee, und heute kamen auch Renate und Almuth, die beiden Nesthäkchen planten eine große Doppelhochzeit.

Gegen sieben kehrte Monika in ihre Wohnung zurück. Jens würde heute wieder anrufen, das hatte er versprochen, Uhrzeit so wie neulich.

Neulich, da hatte sie dem Anruf noch entgegengefiebert, hatte neben dem Telefon gesessen, um nach dem ersten Klingeln den Hörer hochzureißen. Und heute? Etwas war anders geworden, am Wochenende hatte Jens den Geburtstag seiner Schwester gefeiert, danach hatte ihn wieder die Politik in Beschlag genommen. Ihm war keine Zeit geblieben für ein Treffen mit Monika.

Auf dem Balkon goss sie die Fleißigen Lieschen, die sie am Wochenende in die Kästen gepflanzt hatte. Die Blumen machten ihrem Namen alle Ehre und trieben immer neue Blüten in Rot, Rosa und Weiß. Fest in eine Wolldecke gewickelt, lag sie auf ihrer Liege und genoss die Abendluft. Eigentlich wollte sie heute mit dem neuen Buch von Barbara Noack beginnen, eine ihrer Lieblingsschriftstellerinnen. Ein wunderbar romantischer Titel: *Was halten Sie vom Mondschein?* Ja, was hielt Monika eigentlich davon? Ach, noch schöner als im Roman war doch die Liebe im wahren Leben. Nach dem Schah-Besuch würde Westberlin sicher wieder zur Ruhe kommen, dann hätte Jens bestimmt mehr Zeit und könnte sich öfter mit ihr treffen.

Um halb neun klingelte das Telefon, sie erhob sich von der Liege.

Sofort schlug seine Stimme in Monika eine Saite an, dass sie vor Wonne hätte zerspringen mögen. Doch sie spürte auch seine Anspannung. Ein paar liebkosende Worte, dann fragte er: »Und? Hast du was rausgefunden bei deiner Freundin? Zum Schah-Besuch?«

Auf seine Verschwiegenheit konnte sie sich verlassen. Also gab sie die Informationen von Sonja weiter.

»Sieh an, sieh an. Unsere Regierungsköpfe haben also noch keinen festen Plan.« Jens' Stimme wurde wieder sinnlich. »Und wir beide? Sehen wir uns Donnerstag?«

Passte ihr der Tag? Ja sicher. Für ein Treffen mit ihm hätte sie sowieso das meiste stehen und liegen lassen. Sie lud ihn zum Abendessen ein.

Er lachte. »Essen können wir natürlich auch.«

Sie schickten sich noch ein paar Zärtlichkeiten durch die Leitung, dann legten sie auf.

Also erst Donnerstag. So spät. Monika seufzte. Sie war ja kein hibbeliger Backfisch mehr, so lange würde sie es schon aushalten.

* * *

Die Arbeitswoche zog sich hin. Im Friseursalon lief alles wie gewohnt, durch Monikas Seele dagegen wehte der Wind des Wandels. Bisher hatte sich ihr politisches Interesse in Grenzen gehalten. Nun gut, sie schaute jeden Abend Nachrichten und überflog morgens die Titelseite des *Tagesspiegel*. Schließlich musste sie informiert sein, wenn ihre Kundinnen mit ihr über das eine oder andere Thema sprechen wollten. Aber richtig viel hatte Monika nie von Politik verstanden. Das änderte sich jetzt. Jens hatte sie angesteckt mit seinen Aktivitäten. Nein – die politische Linie des SDS vertrat sie nicht. Zur Sozialistin wollte sie sicher nicht werden, und zur Studentin auch nicht. Aber sie nahm sich vor, sich ab sofort stärker politisch zu bilden.

Am Dienstagabend ging sie nicht wie gewohnt nach Hause, sondern verbrachte anderthalb Stunden in der Stadtbücherei. Dort las sie die aktuellen Zeitungen und stellte fest: Sogar Blätter, die eine gemäßigte Linie vertraten, gingen mit der Bundesregierung hart ins Gericht. Wenn ein Staat ein Riesenpolizeiaufgebot brauche, um das Oberhaupt eines anderen Landes zu schützen, dann stimme etwas nicht.

Andere Stimmen erklangen aus dem großen Westberliner Verlagshaus von Axel Cäsar Springer: Die Protest-Studenten seien gesellschaftlicher Abschaum, sie lägen den anständigen Bürgern auf der Tasche, wollten jede Ordnung untergraben ohne Respekt vor ihren Vätern, die dieses Land nach dem Krieg wiederaufgebaut hätten. Solche dummdreisten Revoluzzer müssten das Gesetz in aller Härte spüren. Der Staat solle mit all seiner Macht durchgreifen. Kein Zweifel, die Springer-Presse schürte den Hass. Man machte keine Unterschiede: Egal ob friedlicher Demonstrant oder verblendeter Kommunist, alle scherte man über einen Kamm und trieb damit immer tiefere Keile in die Gesellschaft, einige Pressestimmen sahen am Horizont einen Bürgerkrieg aufziehen. Monika las diese Artikel mit Unbehagen.

Im Friseursalon interessierten sich die wenigsten Frauen für hohe Politik. Je näher der Besuch vom Schah und seiner »Schahbanu« genannten Gattin rückte, umso mehr stieg bei Monikas Kundinnen die Spannung. Die Hochglanzbilder der Boulevardpresse versetzten die Damen in Plauderlaune. Auf die meisten deutschen Frauen übte der Schah eine ungeheure Faszination aus. *Ein richtiger Kaiser, und der kommt nun nach Deutschland, da können wir doch stolz drauf sein.* Kaum eine Kundin sprach über die politische Seite, und falls doch, hieß es oft: *Man versteht diese Proteste nicht, lauter Krawallstudenten, die sollten sich doch freuen über so einen schönen Staatsbe-*

such. Meistens ließ Monika ihre Kundinnen einfach reden – politische Diskussionen konnte sie im Salon nicht brauchen und einen handfesten Streit noch weniger.

Am Mittwochabend rief Sonja an.

»Und? Weißt du schon, ob du mit deinem Jens auf die Demo gehst?«

»Noch nicht. Kommt drauf an, was morgen in München passiert. Was gibt's denn Neues aus dem Rathaus?«

»Nur, was auch in den Zeitungen steht. Dass der Schah und seine Frau im Hilton wohnen und Westberlin für den Besuch fünftausend Polizisten abstellt, allein für die Sicherheit. Dazu kommen noch ein paar Hundert für die Verkehrsregelung, ist ja kompliziert mit den ganzen Straßensperrungen und Eskorten. Allein für die Fahrt von Tempelhof ins Hotel drei Dutzend weiße Mäuse. Der Polizeipräsident liebt nun mal diese Tierchen.«

Monika kannte diesen Spitznamen für die Motorradstaffel der Polizei: weiße Helme und weiße Uniformen. »Und was kostet das den Steuerzahler? Hat das schon mal irgendwer durchgerechnet?«

»Ja sicher. Aber das bleibt natürlich alles schön unter Verschluss, dafür sorgen die Amis schon. *Uncle Sam* hat so viel für uns getan, jetzt dürfen die Westdeutschen ruhig was zurückgeben. Und bei dir was Neues?«

Monika lachte bitter. »Wie man's nimmt: Heute war eine Kundin bei mir zum Ansatzfärben, die macht sich so ihre Gedanken zum Kaiserpaar in der Oper. Was meinst du? Trägt Farah Diba wohl eher Purpur mit Brokat oder eher Goldgrün mit Hermelinpelz?«

»Hm. Woher weiß deine Kundin denn, dass Farah Diba solche Kleider hat?«

»Aus den Illustrierten.«

»Ach so. Na, dann ist die Antwort einfach: Farah Diba hat sich selbstverständlich frisch was schneidern lassen. Ich tippe mal auf Goldseide mit Diamantbesatz. Und wehe, die hatte das schon mal irgendwo anders an. Dann gibt's Ärger. Mit einem alten Kleid in unsere neue Oper! So weit kommt's noch!«

* * *

Seit Donnerstag hatte Monika ihre Bettwäsche nicht gewechselt. Das Kopfkissen trug noch Jens' Duft. Die starke Zitrusnote, die eigentlich nicht zu ihm passte. Doch sie hatte sich schon so sehr daran gewöhnt, dass sie es nicht mehr an ihm missen mochte. Nie mehr. Wenn Monika in der ersten Zeit mit einem Liebhaber die Augen schloss und versuchte, sein Bild abzurufen, dann erinnerte sie sich vor allem an die Berührung seiner Haut, die Wärme seiner Achseln, seinen schnellen Herzschlag im Moment, als sie ermattet neben ihn gesunken war und ihr Ohr an seine Brust gedrückt hatte. Und sein Gesicht? Jens' grüngraue Augen waren eher schmal, sogar ein bisschen mandelförmig, und sein Haaransatz über der niedrigen Stirn ließ darauf schließen, dass er vielleicht nie eine Glatze bekäme oder erst in einem hohen Lebensalter, mit fünfzig oder sechzig. Dann wurden die Kopfhaare ohnehin spärlicher – bei Männern wie bei Frauen.

Ob sie Jens um ein Foto von sich bitten sollte? Nein, besser nicht. Das könnte er falsch auffassen, es war doch alles noch so frisch, sie wollte nicht den Zauber des Anfangs stören. Sie hatten es beide nie angesprochen, doch sie schienen sich einig zu sein: Es würde so kurz oder lange gehen, wie es nun mal ginge. *Die Liebe dauert oder dauert nicht an dem und jenem Ort.* Von Bertolt Brecht stammte dieser Satz. Ja, Monikas Sehnsucht trieb Blüten: Für den Germanistikstudenten las sie in der Tageszeitung, und nun auch Gedichte – sogar mit Begeisterung.

Der nächste Donnerstag kam, und heute würde sie Jens endlich wiedersehen. Monika nutzte eine verlängerte Frühstückspause für den Einkauf. Auch wenn Jens' erster Weg in ihrer Wohnung wohl ins Schlafzimmer führen würde, wollte sie vorher kochen. Einen Hackfleisch-Kartoffel-Auflauf sollte es geben, pikant, mit saurer Sahne und etwas Speck. Der ließ sich im Ofen lange warm halten und schmeckte durchgezogen sogar noch besser. Aus dem Laden hastete sie in ihre Wohnung, verstaute das frische Hack im Kühlschrank und eilte zurück in den Salon.

Auf dem Weg zu den Frisierkabinen kam ihr Lydia entgegen. »Frau Peltzer sitzt in der Eins. Schneiden und Wasserwelle. Ich habe schon durchgewaschen.«

Monika bedankte sich, ihr Lehrmädchen konnte nichts dafür, dass Frau Peltzer zur anstrengenden Sorte Kundin gehörte. Doch sie kam seit über fünfzehn Jahren und empfahl den Salon im gesamten Viertel. Monika ging zu ihr in die Kabine.

»Fräulein Ebeling, wie schön, dass Sie persönlich Zeit für mich haben!« Frau Peltzer drückte ihr innig die Hand. »Ich muss Ihnen nämlich gleich was Tolles erzählen. Sie ahnen nicht, was mein Mann bekommen hat.«

Bestimmt einen Orden, dachte Monika, denn Frau Peltzers Gatte war ein hohes Tier bei der Feuerwehr. Höflich sagte sie: »Es geht doch bestimmt um den Schah-Besuch? Muss Ihr Mann da mit auf die Sicherheit achten?«

Frau Peltzer frohlockte. »Ja, und Sie werden es nicht glauben: in der Oper! Und ich darf mit! Und heute Abend haben wir schon ein Treffen in der Feuerwehrdirektion, zusammen mit den Kollegen meines Mannes. Da erklärt man uns, wie wir uns in der Oper verhalten müssen. Darum komme ich auch schon heute zur Wasserwelle. Machen Sie die ruhig schön kräftig, mit viel Festiger und Haarspray. Heute Nacht schlafe ich auf Schaumstoffwicklern, damit morgen noch alles gut sitzt.«

»Das kriegen wir hin. Und wofür ist Ihr Mann morgen zuständig? Also, wenn ich fragen darf?«

»Ach sicher, das ist kein Staatsgeheimnis.« Frau Peltzer lachte ein wenig zu schrill. »Die Feuerwehr ist ja immer da, also auch bei jeder ganz normalen Aufführung, das schreibt die Brandschutzverordnung schließlich vor. Als stellvertretender Oberbrandmeister muss mein Mann solche Aufgaben natürlich nicht mehr übernehmen. Aber bei so hohem Besuch macht er das gern. Zusammen mit einem Dutzend Kollegen, alles sehr bewährte Kräfte. Und die Gemahlinnen dürfen eben auch mit. Sehr schöne Sitzplätze, Parkett Mitte. Wenn wir uns umdrehen, sehen wir vielleicht den Schah in seiner Ehrenloge. Aber der wird natürlich immer stark abgeschirmt von seinen Sicherheitsleuten. Angeblich hat er sogar bei jedem Essen einen Vorkoster dabei, also einen Gifttester.«

»Hat man denn Angst vor einem Mordanschlag?« Monika fragte so beiläufig wie möglich, niemand brauchte zu wissen, wie wichtig ihr diese Antwort war.

Das Interesse schien Frau Peltzer zu schmeicheln. »Ach nein, so riskant ist es wohl nicht. Dann würde man den Staatsbesuch ja nicht machen, sagt mein Mann. Vor einem Attentat in der Oper haben wir jedenfalls keine Angst. Aber trotzdem ist es für meinen Mann eine Ehre, dass er morgen für die Sicherheit der Majestäten sorgt.«

»Selbstverständlich«, beteuerte Monika. »Dann genießen Sie den Besuch, und wenn Sie das nächste Mal kommen, müssen Sie das unbedingt erzählen.«

»Aber ganz bestimmt, darauf können Sie sich verlassen.

Und von der *Zauberflöte* habe ich jetzt das Libretto gelesen. Wirklich eine ganz wunderschöne Geschichte. Und dazu diese himmlische Musik von Mozart. Ach, Fräulein Ebeling, ich kann Ihnen gar nicht sagen, wie sehr ich mich darauf freue.«

Monika lächelte höflich. Mit dieser Kunstgattung kannte sie sich nicht aus, doch so viel wusste sie: Es gab Opern, in denen es um Höllenqualen und Krieg und Tod ging, doch bei der *Zauberflöte* handelte es sich um ein fantasievolles Märchen mit Happy End. Kein Wunder, dass die Protokollchefs der Berliner Regierung ausgerechnet dieses Werk für den Schah ausgesucht hatten. Nichts, aber rein gar nichts sollte an schnöde Politik erinnern. Und erst recht nicht an die Folter in iranischen Gefängnissen.

Eine halbe Stunde und fünfzig Lockenwickler später saß Frau Peltzer glücklich unter der Trockenhaube. Für die nächste Kundin rührte Monika im Materialraum eine Schale Farbe an, da kam Lydia auf sie zu.

»Chefin, Herr Redecker ist noch mal da. Er bringt Ihnen eine Zeitung, über die hatten Sie wohl irgendwie gesprochen. Und dann geht es noch um einen Termin für seine Oma.«

Monika stutzte. Jens war hier? Jetzt? Das hatten sie doch gar nicht verabredet.

Zum Glück deutete Lydia die ratlose Miene ihrer Chefin falsch. »Wissen Sie doch, Frau Ebeling. Der junge Herr Redecker, der Enkel von unserer netten Stammkundin.«

Annelore, die gerade über den Flur ging, schmunzelte. »Vielleicht braucht er ja noch ein Tortenrezept.«

Monika schlug sich an die Stirn. »Ach so, ja, wegen der Zeitung. Bei mir fällt der Groschen heute pfennigweise, ist eben viel zu tun.« Sie spülte ihre Hände ab und ging in den Kassenraum.

Mit einer Zeitung in der Hand stand er am Verkaufstresen

und lächelte entschuldigend. Sie begriff sofort: Seine Pläne hatten sich geändert. Das Rendezvous für heute Abend war abgesagt.

»Guten Tag, Herr Redecker«, grüßte sie in normaler Lautstärke und stellte sich hinter den Tresen. »Das ist aber nett, dass Sie an die Zeitung gedacht haben.«

Frei Schnauze stand in rasant schrägen Lettern oben auf der Titelseite, darunter etwas kleiner in Druckbuchstaben: *Unabhängige Zeitung für die studentische Linke.*

Er ging auf das Spiel ein. Sie würden jetzt zwei Gespräche gleichzeitig führen: ein lautes für die anderen Frauen im Salon, ein leises nur für sie beide.

»Sicher, Fräulein Ebeling. Wenn Sie sich schon für meinen Artikel interessieren. Das freut mich wirklich sehr«, er begann zu flüstern: »Ganz kurzfristig angesetzt, Vortrag von Nirumand, heute Abend im Audimax, anschließend Diskussion mit Rudi Dutschke. Tut mir leid, aber ich muss da unbedingt hin. Du kannst gern mit.«

Monika stieß Luft aus den Wangen. Das war nun wirklich eine wichtige Veranstaltung. Bahman Nirumand, ein Iranist und Germanist, der sich als Menschenrechtler und Gegner des Schah-Regimes einen Namen gemacht hatte, dazu Rudi Dutschke als Vorsitzender des Deutschen Sozialistischen Studentenbunds. Sie konnte Jens beim besten Willen nicht übel nehmen, wenn er unbedingt dabei sein wollte. Und sie selbst?

Sie schüttelte den Kopf und flüsterte: »Sei mir nicht böse. Ist bestimmt interessant, aber nach der Arbeit noch nach Dahlem zu so einem Vortrag, das ist mir zu viel.« Laut fragte sie: »Und das ist jetzt die neue Ausgabe?«

»Genau. Ganz frisch aus der Druckerpresse«, er senkte die Stimme: »Ich hatte mich so auf uns beide gefreut, wir holen das nach. Ich hoffe, du bist mir nicht böse.« Laut fuhr er fort: »Den wichtigen Artikel hier hat ein Kollege von mir geschrieben, über den Schah-Besuch.«

Laut: »Ach ein Kollege von Ihnen?« Leise: »Natürlich nicht, ist doch wichtig. Wie wär's Sonntag? Selbe Uhrzeit?« Laut: »Und Sie? Haben Sie auch was geschrieben?«

Laut: »Ja, den langen Artikel hier: *Der Schah und das deutsche Frauenbild*. Und ich finde es wirklich gut, dass Sie sich dafür interessieren.« Leise: »Lass dich mal überraschen, der Artikel gefällt dir bestimmt. Sonntag passt prima. Darf ich nachher noch anrufen? Auch spät?«

Sie nickte, ab dieser Stelle konnten sie wieder ganz normal sprechen. »Vielen Dank, Herr Redecker, das lese ich gern. Und Ihre Oma möchte zum Schneiden und Legen kommen? Wann denn genau?«

»Morgen um zehn. Meine Mutter bringt sie und holt sie wieder ab. Meine Oma kann dann nur nicht lange warten.«

»Wir richten uns drauf ein, das klappt schon.« Monika beugte sich vor und schaute zum Flur. Nein, niemand kam. Sie schmiegte ihre Wange an seine, sog den Duft seiner Haut ein und hätte Jens gern mitgenommen, direkt nach nebenan in den Pausenraum, hier und jetzt aufs Sofa, so wie vorletzten Dienstag, als noch kein persischer Kaiser ihre Zweisamkeit gestört hatte. »Ruf an«, flüsterte sie. »Auch nachts.«

Seine Lippen formten ein *Danke*.

Sie hielt ihm die Glastür auf. »Viele Grüße an Ihre Familie. Und danke noch mal für die Zeitung.«

Er verbeugte sich. »Gern geschehen, Fräulein Ebeling. Auf Wiedersehen.«

»Tschüs, Herr Redecker.«

Er ging, sie spürte die Tränen der Enttäuschung in sich aufsteigen und riss sich zusammen. Es war ja nett von ihm, dass er so früh Bescheid sagte und sogar selbst vorbeikam. Er hätte das auch telefonisch erledigen können. Außerdem hatte sie doch Verständnis für die Absage. Ein wichtiges politisches Treffen. Nirumand persönlich, in Deutschland die absolute Koryphäe, wenn es darum ging, die brutalen Machenschaften der persischen Regierung aufzudecken. Und Jens? Warum hatte Monika nicht Ja gesagt zu seiner Einladung? War sie wirklich bloß zu müde für den Vortrag an der Freien Universität? Oder war es nicht eher ihr Trotz: Jens kam sie nicht besuchen – also würde sie auch nicht mit ihm woanders hingehen? Ach egal, dachte sie. Vermutlich war Jens doch ganz froh, sie nicht dabeizuhaben, bei der Veranstaltung war ihm die Gesellschaft seiner Kommilitonen sicher lieber, und sie hätte sich bestimmt auch nicht besonders wohlgefühlt.

Eigentlich hätte sie dringend eine Pause gebraucht, doch das hätte bei den Kolleginnen einen seltsamen Eindruck gemacht. Monika schluckte ihre Enttäuschung hinunter, stäubte sich Puder ins Gesicht und ging zurück zu den Frisierkabinen. Alles schien normal. Jens und sie hatten eben viel Geschick bewiesen – ihre eingeschobenen Flüstereien hatte offenbar niemand bemerkt.

Anderthalb Stunden später wollte Lydia Pause machen.

»Diese Zeitung von Herrn Redecker, darf ich die auch mal lesen, Chefin?«

»Natürlich. Leg sie dann einfach wieder auf den Couchtisch.«

Lydia bedankte sich und verschwand Richtung Personalraum. Keine zwanzig Minuten später, Monika hatte gerade eine Kundin unter die Trockenhaube gesetzt, kam Lydia zurück. Vielleicht hatte sie den Moment abgepasst, denn durch das Rauschen der Haube konnte die Kundin nicht mithören.

»Nur ganz kurz, Chefin. Der Artikel von Herrn Redecker ist

wirklich toll. Der kann richtig gut schreiben. Aber eine Sache steht da drin, die gefällt mir nicht. Und darüber würde ich so gern Ihre Meinung wissen.«

Monika musste lachen. »Vielleicht nachher, kurz vor deinem Feierabend. In Ordnung?«

»Gerne, Chefin. Und wenn das nicht klappt, dann eben morgen.«

Während die Kundin unter der Haube saß, räumte Monika die Kabine auf und putzte das Waschbecken durch. Sosehr sie sich über Lydias Einsatz freute – manchmal kam sie ihr etwas übereifrig vor. Wenn es sich um frisiertechnische Fragen handelte, mochte das ja noch angehen, aber nun auch bei einem politischen Zeitungsartikel? Zwar schön, dass sie sich so um eine gute Allgemeinbildung bemühte. Aber was steckte dahinter? Wollte Lydia das Friseurhandwerk lieber an den Nagel hängen? Um Abitur zu machen oder gar zu studieren? Monika seufzte leise vor sich hin. Sie könnte Lydia sowieso keine Steine in den Weg legen.

Lydias Bemerkungen über den Artikel hatten Monika neugierig gemacht. Später am Nachmittag blieben ihr zwanzig Minuten für eine Pause. Die Ausgabe der *Frei Schnauze* lag ordentlich zusammengefaltet auf dem Tisch im Personalraum. Monika mischte sich ein Himbeerwasser, legte die Beine hoch und begann zu lesen.

Ein Märchenkaiser aus Tausendundeiner Nacht mit seiner strahlend schönen und zudem gebärfreudigen jungen Frau. Schon lange errang kein Staatsgast so viel Aufmerksamkeit wie das iranische Herrscherpaar. Westberlin gilt als Leuchtturm im Meer des Sozialismus, doch nicht erst seit dem Mauerbau leiden viele hier unter der Enge und Tristesse einer gewaltsam geteilten Stadt, die zudem noch gezeichnet ist von den Folgen des Krieges. Was könnte man sich mehr wünschen als Besuch aus dem sa-

genumwobenen Morgenland? Ein glamouröses Kaiserpaar, das unser geschundenes Westberlin erstrahlen lässt.

Ja, es ist echtes Gold, das hier glänzt. Doch aller Schein kann nicht darüber hinwegtäuschen: Mohammad Reza Pahlavi ist ein brutaler Potentat, oder kurz gesagt: ein Verbrecher. Wir dürfen nicht hinnehmen, dass unsere Regierung für ihn katzbuckelt. Statt dankbar zu sein für unsere hart erstrittene freiheitlich-demokratische Grundordnung, sehnen sich viele Westdeutsche eine Autorität zurück, einen machtbewussten Staatenlenker, dem sie blind vertrauen können.

Alle Achtung, dachte Monika. Dass Jens seine Worte gekonnt wählte, wusste sie schon – so gehörte es sich für einen angehenden Deutschlehrer. Aber dass er sich derartig gut ausdrücken konnte, hatte sie dann doch nicht vermutet. So klar und präzise und trotzdem mit Gefühl.

Selbstständig zu denken und zu handeln ist anstrengend, vor allem, wenn die eigene Haltung von der Meinung anderer abweicht. Doch zu einer Demokratie gehört Meinungsvielfalt. Und zu einem seelisch gereiften Menschen gehört es, dies zu ertragen. Für unterschiedliche Meinungen den gemeinsamen Nenner zu suchen, den bestmöglichen Kompromiss im Sinne des Gemeinwohls – das ist in einer Demokratie die Aufgabe der Politik. Und gerade Frauen mit ihren vielfältigen gesellschaftlichen Aufgaben sollten die Zusammenhänge verstehen.

Aha! Endlich kam Jens auf die Frauen zu sprechen, denn darum sollte es doch gehen in diesem Artikel. Monika las weiter.

Doch tragen nicht die Kultusministerien unseres Staates mit Schuld am politischen Desinteresse der Frauen und Mädchen? Von der ersten Volksschulklasse bis zur Oberprima im Lyzeum prägen die Lehrbücher immer noch ein Frauenbild, in dem es als höchstes Ideal, ja, als göttliche Bestimmung gilt, Ehefrau und

Mutter zu sein. Damit unterdrücken wir die Frau, statt ihr großes Potenzial zu fördern. Wir sind durchsetzt von der überkommenen und zutiefst schädlichen Vorstellung, ein Mann müsse seiner Frau nicht nur körperlich, sondern auch finanziell, intellektuell und an Lebensjahren überlegen sein. Ein Mann, der eine zwanzig Jahre jüngere Frau zum Traualtar führt, wird bejubelt. Aber wäre seine Frau die so viel Ältere, würde der Mann bestenfalls Mitleid, eher aber Spott und Häme ernten.

Der Artikel ging noch weiter, doch Monika ließ die Zeitung sinken. Jens schlug den Bogen vom Schah mit seiner rückständigen Ehe zur modernen Frauenemanzipation, er wollte eine Lanze brechen für Paare, bei denen die Frau deutlich älter war als der Mann. Hatte er das gemeint, als er Monika mit dem Zeitungsartikel eine Überraschung versprochen hatte? Vermutlich. Wobei: Monika war nicht zwanzig, sondern nur neun Jahre älter als er. Und vor den Traualtar wollte sie auf keinen Fall mit ihm treten, nicht mal, wenn er ihr das vorschlagen würde, aber dazu käme es ja sicher nicht.

Sie faltete die Zeitung zusammen und machte sich wieder an die Arbeit. In der vorderen Kabine saß gerade niemand. Das jüngste Lehrmädchen war dabei, Haare zusammenzufegen.

»Lydia, ich habe den Artikel jetzt gelesen. Wir reden nachher darüber, ja?«

Von Lydia kam begeistertes Nicken, und Monika wunderte sich einmal mehr darüber, wie sehr sich das Mädchen für Politik und Philosophie interessierte.

»Ach so, und noch was: Wenn du möchtest, kann ich dann auch kurz bei dir nachschneiden.«

»Gerne, Chefin, vielen Dank!« Lydia leerte das Kehrblech in den Abfalleimer und holte die nächste Kundin aus dem Warteraum: Frau Bollmann zum Entkrausen.

Um zehn vor sieben schloss Monika die Salontür von innen ab, Lydia nahm mit frisch gewaschenem, feuchtem Haar im Frisierstuhl Platz. Ihr Five-Point-Cut im Stil von Vidal Sassoon galt als Aushängeschild für Monikas Schneidekünste. Alle drei bis vier Wochen kümmerte sie sich um die Konturen.

Wenn Monika eine ihrer Angestellten unter der Schere hatte, gab sie sich besonders viel Mühe. Dann musste nicht nur die Frisur perfekt sitzen, sondern auch jeder Handschlag. *Wer aufhört, besser zu werden, der hört auf, gut zu sein.* Diesen Satz hatte Monika bei ihrer Arbeit immer beherzigt.

Sie hüllte Lydias Oberkörper in einen rosaroten Umhang, legte weißes Kreppband um den Halsausschnitt und begann, Lydias Haarsträhnen abzuteilen.

»So. Dann erzähl doch mal. Was hat dir an Herrn Redeckers Artikel besonders gut gefallen?«

»Erst mal überhaupt, wie er schreibt. So lebendig. Und so klar.«

»Ja, fand ich auch. Man kann das richtig gut nachvollziehen. Obwohl es doch um sehr komplizierte Dinge geht.«

»Genau, Chefin, und dabei ist Herr Redecker gar kein gelernter Journalist, aber er hat ja wohl viel Talent. Und Sie wussten das, Chefin? Dass er für diese Zeitung schreibt?«

»Hat er mir letzte Woche erzählt. Als er nachmittags noch mal kurz da war, und da habe ich gefragt, ob ich mal was von ihm lesen darf.« Monika lächelte. »Du hattest also den richtigen Riecher: Er ist im SDS aktiv. Und seine Oma weiß das natürlich, aber es ist ihr unangenehm, darum hat sie das hier nie erwähnt. Wir sollen nichts Falsches über die Familie denken.«

»Aber das tun wir doch auch gar nicht. Und er ist ja auch kein Krawallbruder.«

»Nein, bestimmt nicht. Was er schreibt, kann man gut

nachvollziehen. Jedenfalls finde ich das nicht radikal oder revoluzzerisch«, mit der Hand lockerte Monika die Haare am Hinterkopf auf. Mit ihrem dichten und doch weichen dunkelblonden Haar, ihren hohen Wangenknochen und der weiblichen Kinnpartie bot Lydia ideale Voraussetzungen für die moderne Frisur. Und auch wenn sie gerade über etwas ganz anderes redeten: Das Lehrmädchen schaute der Meisterin beim Schneiden genau auf die Finger.

»Aber eine Sache in dem Artikel gefällt mir trotzdem nicht, Chefin. Also, vom Inhalt her. Ein Ehepaar, wo die Frau zwanzig Jahre älter ist. Zwanzig! Das ist vielleicht emanzipiert, und man soll ja auch keine Vorurteile haben. Aber trotzdem finde ich das irgendwie abnormal.«

»Na ja. Ist zumindest gewöhnungsbedürftig. Und solche Ehen sind wohl sehr selten.«

»In meiner Familie gab's das mal«, erklärte Lydia. »Bei meinem Urgroßonkel. Der hat mit dreiundzwanzig eine neunzehn Jahre ältere Frau geheiratet.«

»Aber wohl nicht nur aus Liebe?«

»Nein, das hatte was mit der Handwerksgilde zu tun oder der Zunftordnung. Er war Kunstschmiedemeister und wollte sich selbstständig machen. Aber das ging nur als Nachfolger in einem Betrieb, und dafür musste er eben die Tochter von dem alten Meister heiraten.«

»Aha. Und das war ein spätes Mädchen, das bis dahin keinen abgekriegt hatte?«

»Genau. Sie war wohl nicht besonders hübsch. Aber sie haben sogar noch ein Kind bekommen. Das muss man sich mal vorstellen: die erste Geburt mit dreiundvierzig Jahren. Wo es noch gar keine moderne Medizin gab. Aber ein gesunder Sohn, und die Ehe war sogar ganz glücklich. Die Frau ist über achtzig geworden, und mein Urgroßonkel fünfundsechzig.«

»Also hat er sie bloß um ein paar Jahre überlebt?« Monika fuhr mit ihrem Rollhocker im Halbkreis um den Stuhl, Lydia neigte den Kopf zur Seite.

»Genau. Nur drei Jahre. Er soll auch sehr traurig gewesen sein über ihren Tod. Aber dass so eine Ehe glücklich wird, ist bestimmt selten. Junge Frauen fühlen sich eben oft ganz wohl bei deutlich älteren Männern. Weil die ja Erfahrung haben und oft auch Geld und auch noch Kinder zeugen können. Aber umgekehrt ist das doch schon sehr eigenartig. Ich finde: Am besten der Mann ist ein paar Jahre älter als die Frau. Nicht allzu viel. Nur so höchstens acht oder zehn.«

»So, so«, schmunzelte Monika. »Höchstens acht oder zehn. Dann gingen sieben Jahre also auch?«

Das Lehrmädchen stutzte. »Wie meinen Sie das jetzt?«

»Na, so viel ist Jens Redecker doch älter als du: sieben Jahre. Und vorletzte Woche warst du doch wohl ganz angetan von ihm. Oder habe ich das falsch verstanden?«

»Ach das«, Lydia lachte. »Das war ja auch komisch, wie ich ihn da auf der Straße gesehen habe mit dem vollen Kuchenteller. Und wie er mir dann erzählt hat, dass Sie ihm die Haare geschnitten haben.«

»Aha. Und jetzt findest du ihn also nicht mehr so interessant?«

»Na ja, interessant schon, und der Zeitungsartikel ist knorke. Aber das ist doch nichts Persönliches zwischen Jens Redecker und mir. Ich will auch noch gar keinen festen Freund, Chefin. Ich bin doch erst fünfzehn.«

»Sehr gut. Lass dir Zeit mit den Männern. Und vor allem: Sei dir sicher in allem, was du tust. Du hast ja zum Glück eine sehr vernünftige Mutter, mit der du über alles reden kannst. Und bitte Kopf nach vorn.«

Lydia gehorchte, jetzt kam der Nacken dran. Sie redeten

noch weiter, über das Leben und die Liebe und die seltsamsten Sorten von Männern, die es so gab, und die wenigen wirklich netten, aufmerksamen, rücksichtsvollen. Schließlich legte Monika die Schere aus der Hand und griff zum Föhn. Dann durfte Lydia sich in zwei Spiegeln bewundern. Oberkopf, Nacken, Ohr hinten, Ohr vorne, die Seite bis zum Wangenknochen, der Pony. Überall die perfekte Linienführung. Vidal Sassoon hätte das auch nicht besser hinbekommen – das beschlossen sie einstimmig: Meisterin und Lehrmädchen.

JUBELPERSER

In Monikas Kühlschrank lag seit dem Morgen ein Pfund Gehacktes halb und halb. Monika fror das Fleisch ein.

Er könne sie jederzeit anrufen, hatte sie gesagt, auch noch mitten in der Nacht. Aber so schnell würde er sich vermutlich nicht melden, der Vortrag und die anschließende Diskussion dauerten bestimmt lange.

Sie schaltete den Fernseher an. Nach der *Tagesschau* brachte das Erste Programm einen Schwarz-Weiß-Film mit Heinz Erhardt. *Natürlich die Autofahrer.* Acht Jahre war der Streifen schon alt, und Monika sah ihn immer wieder gern. Besonders die Szene, in der Heinz Erhardt bei Trude Herr seine erste Fahrstunde nahm. Ach ja, Trude Herr mit ihrem großen Hit: *Ich will keine Schokolade, ich will lieber einen Mann.* Monika musste grinsen. Ja, auch ihr war ein Mann sehr viel lieber als Schokolade. Oder noch besser: beides. Am besten, wenn die Schokolade flüssig … Nein!, ermahnte sie sich und konzentrierte sich wieder auf den Film.

Wider Erwarten meldete Jens sich schon um Viertel nach zehn. »Der Vortrag war absolut großartig, und es sind unglaublich viele Leute hier. Mindestens dreitausend, und die sitzen überall, auch auf den Treppen und Fensterbänken, aber jetzt machen wir erst mal Pause. Ein Assistent von den Soziologen hat mir sein Büro aufgeschlossen, damit ich in Ruhe telefonieren kann.«

»Nett von ihm.«

»Und wie. Jung, sympathisch und fortschrittlich. Von denen haben wir hier zum Glück ja auch ein paar. Aber unsere Profs sind meist noch reaktionäre Betonköpfe.«

»Tja, gib dir Mühe. Du kannst doch noch umsatteln und selbst Professor werden.«

»Du wirst lachen: Ich habe schon drüber nachgedacht. Aber soll ich dir denn jetzt erst mal was erzählen? Von der Veranstaltung hier?«

Sie neckte ihn. »Nur wenn du drauf bestehst. Ist aber nicht eilig. Erst mal musst du dir nämlich was von mir anhören.«

»Ach so?«

»Oh ja. Ich möchte dich nämlich gern ein bisschen loben.«

»Wofür das denn?«

»Für dein Schreibtalent natürlich, was dachtest du denn? Übrigens: Auch Lydia fand den *Frei-Schnauze*-Artikel ganz toll.«

Absichtlich hatte sie nur den Vornamen des Mädchens genannt – ohne nähere Erklärung. Wie reagierte er? Sie hörte genau hin.

»Wer ist denn Lydia?«, hakte er nach, und es klang so, als könnte er den Namen tatsächlich nicht einordnen.

»Unser jüngstes Lehrmädchen. Du bist ihr doch schon ein paarmal begegnet. Vorletzten Sonnabend auf der Straße, da hat sie dich auf den Kuchenteller angesprochen. Und dann hat sie dich doch auch zweimal in Empfang genommen, letzte Woche und heute.«

»Ach die? Diese kleine Nette? Und die fand meinen Artikel gut?«

»Sie war regelrecht begeistert. Sie hat ihn noch vor mir gelesen, und dann wollte sie unbedingt gleich mit mir drüber reden.«

»Kannst du mal sehen, was ich für eine Wirkung auf die Jugend habe. Bestimmt gibt's mich bald in der *Bravo*. Als Starschnitt natürlich. Und nach zehn Wochen hänge ich lebensgroß in jedem Teenie-Zimmer.«

Monika wechselte das Thema: »Aber jetzt darfst du mir was erzählen. Über den Vortrag von Nirumand und eure Diskussion.«

Was sie erfuhr, war nicht wirklich neu für sie. In den letzten Wochen hatten die Zeitungen immer wieder über das Buch berichtet. *Persien, Modell eines Entwicklungslandes oder Die Diktatur der Freien Welt,* so der etwas sperrige Titel. Ausführlich beschrieb Bahman Nirumand darin das iranische Terrorregime und seine Bezüge zur internationalen Politik. Die USA spielten darin eine zentrale Rolle, es ging um Erdöl und die Vormachtstellung im Mittleren Osten.

»Dass wir morgen auch hier in Berlin demonstrieren, ist nach Nirumands Vortrag völlig klar«, erklärte Jens. »Zuerst mittags vorm Schöneberger Rathaus, dann nachmittags auf dem Ku'damm und vor dem Schloss Charlottenburg. Abends dann vor der Oper an der Bismarckstraße.«

»Und heute in München?«, hakte Monika nach. »Da war bei den Demos alles friedlich?«

»Na ja, eben sehr viel Polizei. Die haben sich mit den Demonstranten ein paar Scharmützel geliefert, aber im großen Ganzen lief es ruhig ab. Und wir denken, das wird morgen bei uns auch so sein. Übrigens, die Kommune 1 hatte eine tolle Idee.«

Monika horchte auf. Seit der Kommunengründung im Februar füllten Berichte und Gerüchte die vermischten Seiten der Presse: Bei der K1 handelte es sich um eine sogenannte Wohngemeinschaft. Künstler und Polit-Aktivisten lebten zusammen und hatten angeblich ähnliche politische Ziele. Dabei gab es unter den Mitgliedern wohl deutliche Unterschiede …

»Die haben weiße DIN-A3-Bögen bedruckt«, erklärte Jens und unterbrach ihre Gedanken. »In zwei Ausführungen. Mit dem Gesicht vom Schah oder von Farah Diba. Und dann haben die sich von Neckermann stapelweise schlicht braune Papiertüten besorgt und die gedruckten Blätter draufgeklebt.«

»Aha? Und damit soll man einkaufen gehen?«

»Wenn man will, auch das«, er lachte. »Aber man kann damit auch demonstrieren gehen. Die Gesichter sind als Karikaturen gemalt, und die Augen sind ausgeschnitten, also Gucklöcher. Und man soll sich die Tüte bei der Demo über den Kopf stülpen.«

»Als Maske?«

»Genau, das ist praktisch. Man macht gleich klar, gegen wen man protestiert, und man ist geschützt vor den vielen Polizeifotografen.«

»Aber diese Tüten sind keine Pflicht, oder? Ich kann doch auch sagen: Ich demonstriere friedlich, das ist mein Grundrecht, dafür brauche ich keine Maske, und die Polizei kann mich ruhig fotografieren, ich tue schließlich nichts Verbotenes.«

»Genau. Kommst du denn nun eigentlich mit?«

Was hatte die Kundin Frau Peltzer heute erzählt? In der Oper galt ein Mordanschlag als unwahrscheinlich, trotzdem hatte Monika noch weiter überlegt: Falls es während der Aufführung tatsächlich ein Attentat gäbe, dann würde das ja drinnen stattfinden, im Opernhaus, aber die Demonstranten würden rund hundert Meter weiter draußen stehen, hinter den Absperrungen. Selbst bei einem Bombenattentat wäre der Sprengsatz kaum so stark, dass es auf die Entfernung noch gefährlich werden könnte.

»Ja«, entschied sie. »Ich komme zur Demo, aber erst abends.«

»Na das ist doch ein Wort. Und wann genau?«

»Halb acht würde ich schaffen.«

»Ginge schon zwanzig nach sieben? Um Viertel vor acht

kommt nämlich der Schah samt Brimborium. Und dann wollen wir ganz besonders laut werden. Die werden zwar alle so tun, als würden sie uns nicht beachten, aber natürlich wird auch jede Menge Presse da sein, und Kameraleute.«

Monika lachte auf. »Also müssen wir uns einen guten Platz sichern? Damit wir im Fernsehen winken können?«

»Meinetwegen auch das. Aber vor allem müssen wir den Fußweg mit einrechnen. Von der U-Bahn die Krumme Straße lang.«

»Ach so? Also fahre ich nicht bis Deutsche Oper?«

»Nein. Wir wissen nicht, ob der Bahnhof dann noch offen ist, vielleicht macht die Polizei den dicht. Und beim Bahnhof Bismarckstraße ist das auch nicht ganz klar. Nimm lieber die U7 bis zur Wilmersdorfer Straße. Ludger und ich stehen ab zehn nach sieben auf dem Bahnsteig. Direkt bei der Gleisaufsicht, wir finden uns schon.«

»Gut. Und was ist mit Plakaten? Oder einem Spruchband?«

»Brauchst du nicht, unsere Genossen haben genug. Und wenn es eng wird, ist es besser, man hat die Hände frei.«

Wenn es eng wird, sagte er. Meinte er das wörtlich? Dass sich die Demonstranten dicht an dicht drängen würden? Oder meinte er, dass es schwierig werden könnte, aus einer brenzligen Situation herauszukommen? Monika fragte nicht nach. Sie hatte zugesagt, und dabei sollte es bleiben.

Die beiden verabschiedeten sich so zärtlich und liebevoll, wie es nur ging, wenn die Worte durch einen elektrischen Apparat mussten und durch zwanzig Kilometer Kabel.

Um Mitternacht schaute Monika noch einmal die Nachrichten: Beim Schah-Besuch in München hatte es etliche Zwischenfälle gegeben, bei denen die Polizei mit demonstrierenden Studenten aneinandergeraten war. Zwar keine offenen Kämpfe, aber doch immer wieder Handgreiflichkeiten, die nur durch beherztes Eingreifen der Polizei rasch beendet worden waren. Monika stutzte. Das hörte sich viel ernster an als die Schilderung von Jens. Aber vermutlich übertrieben die Reporter und stellten harmlose Scharmützel dramatischer dar, als sie in Wirklichkeit gewesen waren. Monika ging zu Bett, doch sie schlief nicht gut in dieser Nacht, mehrmals wachte sie aus wirren Träumen auf. Auch wenn sie sich an einzelne Bilder nicht erinnern konnte: Das verstörende Gefühl begleitete sie durch den Morgen. Mit ihrer Zusage für die Demo hatte sie Mut bewiesen – zu viel Mut, wie sie nun vor sich selbst zugeben musste. Eine Redensart kam ihr in den Sinn: *Grausamkeiten muss man sofort begehen!* Also am besten jetzt gleich. Doch bis zur Demo blieben noch mehr als zwölf Stunden – ein ganzer langer Arbeitstag.

Oder sollte sie noch einen Rückzieher machen und absagen? Nein, auf keinen Fall, die Blöße wollte sie sich nicht geben. Wahrscheinlich hätte Jens dann sofort mit ihr Schluss gemacht – und das völlig zu Recht.

Um sechs Uhr saß sie beim Frühstück, im Radio sang Udo Jürgens »Denn immer, immer wieder geht die Sonne auf«. Monikas Blick glitt zum Fenster. Ja, die Sonne war aufgegangen, sogar heute. Ein heiterer Tag sollte es werden, zumindest was das Wetter betraf.

Nach Udo Jürgens kamen die Beatles mit ihrem neusten Hit *Penny Lane*. Monika versuchte, sich selbst gute Laune zu machen, ihre Füße wippten im Viervierteltakt.

Es folgte ein politischer Kommentar: Westberlin sei für den Staatsbesuch gut gerüstet, meinte der Sprecher. Der iranische Herrscher solle den allerbesten Eindruck bekommen von der Stadt und ihren optimistischen Bewohnern, die sich trotz der Mauer und der Besonderheiten als Frontstadt und Insel im Sozialismus immer wieder aufrichtigen Herzens zu Freiheit und Demokratie bekennen würden. Gerade hierin könnten die Bundesrepublik und Westberlin dem Iran ein leuchtendes Vorbild sein und so zur Verständigung beitragen.

Monika schaltete das Radio aus und ging ins Bad. Immer wieder ging sie in Gedanken den Tagesplan durch. Für die Demo solle sie sich so bequem wie möglich anziehen, hatte Jens gesagt. Bei dem Wetter würde sie auch abends keine Jacke brauchen, und wenn sie unbedingt eine Tasche mitnehmen wollte, dann bloß eine kleine mit dem Allernötigsten. Und ganz wichtig: ihr Personalausweis! Falls die Polizei sie kontrollieren oder festnehmen wolle – aus was für Gründen auch immer –, müsse sie sich sofort ausweisen können, das würde ihr viel Ärger ersparen.

Für die Demo nahm sie eine Jeans und eine langärmlige Bluse aus dem Kleiderschrank, aber anziehen würde sie die Sachen erst kurz vorher. Für den Salon kleidete sie sich niemals derartig leger, also auch heute nicht, denn es sollte bei ihr ja alles sein wie immer. Am Nachmittag würde sie eine Stunde Pause machen und nach Hause gehen, um hier die 15-Uhr-Nachrichten zu sehen, leider gab es im Salon keinen Fernseher.

Erst einmal zog sie ein hellgrünes Baumwollkleid mit Strickjacke an, diese Sachen trug sie oft auf dem Weg zwischen Wohnung und Arbeitsstelle. Dass Monika abends zur Demo vor der Oper wollte, wusste außer Jens und Ludger nur Sonja, mit der sie noch am Vorabend telefoniert hatte.

Um Viertel nach sieben betrat Monika den Salon und ging wie jeden Morgen mit ordnender Hand durch alle Räume, eine halbe Stunde später war die Damenriege vollständig: Altgesellin Annelore, dazu die drei Lehrmädchen und als Wochenend-Kräfte drei weitere Gesellinnen. Das Radio im Personalraum könne heute gern den ganzen Tag laufen, verkündete Monika, aber immer auf Zimmerlautstärke, auf keinen Fall dürfe die Arbeit darunter leiden.

»Noch eine Bitte. Um zehn Uhr kommt Frau Redecker. Niemand erwähnt bitte die Studentenzeitung, für die ihr Enkel schreibt. Frau Redecker weiß, dass er im SDS aktiv ist. Aber es ist ihr unangenehm. Darum hat sie das hier auch nie erwähnt.« Die Friseusen nickten. »Und ich selbst höre heute auch ab und zu Nachrichten«, fuhr Monika fort. »Meine Freundin Sonja arbeitet ja im Schöneberger Rathaus, und gestern haben wir noch telefoniert. Alle da hoffen, der Schah-Besuch geht glatt über die Bühne.«

Dass Sonja sich heute gar nicht im Rathaus aufhielt, sondern Urlaub genommen hatte, verschwieg sie. Lieber sollten die Angestellten glauben, ihre Chefin mache sich Sorgen um eine Freundin und interessiere sich deswegen so für die Ereignisse.

Um acht Uhr standen fünf Kundinnen vor dem Salon, Monika schloss auf, und natürlich drehten sich die Gespräche augenblicklich um den Schah. Die Damen scherzten. Wenn so hoher Besuch in der Stadt sei, brauche die gepflegte Hausfrau doch eine neue Wasserwelle.

Um zehn vor zehn betrat Jens' Großmutter den Salon und bedankte sich für das Tortenrezept. »Richten Sie Ihrer Mutter bitte herzliche Grüße aus. Von unserer ganzen Familie.«

»Das tue ich sehr gern, Frau Redecker.«

Und sonst? Monika achtete auf jede Kleinigkeit: Wusste Jens' Oma von der Liebschaft? Oder ahnte es zumindest? Machte sie eine Andeutung oder verzog sie die Miene? Nein, nichts dergleichen. Beruhigt führte sie Frau Redecker zu Annelore in die Kabine.

Um zehn Uhr hörte Monika Nachrichten – mit flauem Gefühl im Bauch, obwohl der Schah noch gar nicht in der Stadt war. Sein Flugzeug wurde erst gegen elf erwartet.

Das politische Westberlin sei gut gerüstet für den hohen Besuch, hieß es, fünftausend Mann Polizei stünden bereit, in Uniform und zivil, unterstützt von Einsatzkräften der Feuerwehr, des Technischen Hilfswerkes, Sanitätern und Notärzten sowie den leitenden Männern des Staatsschutzes. Alles laufe nach Plan, auf deutsche Gründlichkeit sei nun mal Verlass.

Um zwanzig nach elf verließ Frau Redecker mit perfekt gestecktem Dutt den Salon, um kurz vor zwölf drückte Monika ihrer Kundin die neue *Constanze* in die Hand. »Entschuldigen Sie mich bitte, nur ein paar Minuten.«

Monika verschwand im Pausenraum. Die Nachrichten brachten eine Zusammenfassung der jüngsten Ereignisse: Aus München kommend war um elf Uhr fünf die iranische Staatsmaschine auf dem Flughafen Tempelhof gelandet. Der Regierende Bürgermeister Heinrich Albertz und seine Gattin standen bereit, um die Kaiserlichen Majestäten zu empfangen. Weil die Bundeswehr in Westberlin nicht präsent sein dufte, bildeten stattdessen uniformierte Polizisten ein ehrenvolles Spalicr. Die Weiterfahrt des Herrscherpaares und seines Gefolges erfolgte in schwarzen Limousinen mit verdunkelten Scheiben. Eskorten von weißen Mäusen fuhren in V-Formation hinterher, für den allgemeinen Verkehr blieb die Strecke selbstverständlich gesperrt.

Speziell für die weiblichen Zuhörer beschrieb der Reporter die Tagesrobe der Schahbanu: Farah Diba trug ein Komplet aus einem diagonal schwarz-weiß gestreiften Kleid, einer fuchsroten Jacke und einem runden fuchsroten Hut mit schwarz-weiß gestreifter Krempe. Zunächst bringe man die kaiserlichen Gäste ins Hilton-Hotel, wo ihnen Zeit bleibe, ihre Suiten zu beziehen. Anschließend wollte Bürgermeister Albertz sie in Schöneberg empfangen, wo sie sich ins Goldene Buch der Stadt eintragen und zu Mittag speisen wollten, anschließend ging es in einem Bus mit Panoramafenstern aus Panzerglas zur Stadtrundfahrt und zum Schloss Bellevue. Nach einem Tee-Empfang bei Bundespräsident Lübke und seiner Gattin stand dann Schloss Charlottenburg auf dem Programm.

Der Radiosprecher wechselte das Thema, Monika kehrte in die Kabine zurück. Sosehr sie auch versuchte, sich auf die Arbeit zu konzentrieren: Jens und Ludger gingen ihr nicht aus dem Kopf. Es war jetzt zehn nach zwölf, bestimmt warteten sie schon vor dem Rathaus, zusammen mit Tausenden von Schaulustigen und anderen Demonstranten.

Um kurz nach zwei, Monika hatte gerade eine Kundin verabschiedet, kam Annelore aus dem Personalraum auf sie zu. »Vor dem Schöneberger Rathaus passiert irgendwas Wildes. Eine Schlägerei.«

Monika erschrak. »Also *vor* dem Rathaus? Nicht innendrin?«

»Auf dem Vorplatz. Die Demonstranten prügeln sich. Wohl ziemlich heftig. Es waren auch noch andere Demonstranten da. Die eben nicht *gegen* den Schah sind, sondern *dafür*.«

Monika zog die Stirn kraus. Demonstranten *für* den Schah? Davon hatte Jens nichts erwähnt. Hatte er nichts davon gewusst? Obwohl er gestern noch mit Rudi Dutschke diskutiert hatte?

»Da sind wohl vorhin zwei Busse zum Rathaus gekommen«, erklärte Annelore weiter. »Mit Persern drin. Und die prügeln sich jetzt mit den Studenten.«

»Und die Polizei? Schreitet die nicht ein?«

»Das hat der Sprecher eben nicht gesagt. Du machst dir bestimmt Sorgen wegen Sonja, oder? Ist die denn auch bei der Demo?«

Monika brauchte eine unverfängliche Antwort. »Nein, Sonja demonstriert nicht mit. Sie ist zwar auch gegen den Schah, aber wegen ihrer Stelle im Rathaus verhält sie sich lieber neutral. Und sie hat ja sowieso nur bis zwölf gearbeitet. Und da war es doch noch ruhig, oder?«

»Soweit ich weiß, ja.« Annelore wies zum Pausenraum. »Im Moment läuft eine Sondersendung. Wenn du willst, mache ich deine Kundin zu Ende.«

»Danke, aber ich bin gleich fertig. Und dann gehe ich für eine Stunde raus.«

Monika kehrte zu ihrer Kundin zurück, legte die frischen Wellen in eine gefällige Form und festigte mit reichlich Haarspray. Im Büro tauschte sie Friseurkasack und Rock gegen das Sommerkleid, in dem sie morgens gekommen war. Manchmal ärgerte sie sich darüber, so pflichtbewusst zu sein. Als Chefin hätte sie sagen können: Ich nehme mir einen halben Tag frei. Annelore hätte sie gut vertreten. Doch wie hätte sie dann diesen Nachmittag verbracht? Stundenlang vor dem Fernseher in ständiger Sorge um Jens und Ludger? Nein, dann lieber im Salon. Die Arbeit lenkte sie ab.

Ein paar Minuten später trat sie vor die Tür. Endlich! Sie schöpfte Atem. Gegenüber auf dem Leopoldplatz brachte die Nachmittagssonne das frische Grün der Bäume und Sträucher zum Leuchten. Wie gern hätte sie sich jetzt auf eine Parkbank gesetzt, doch wie sollte sie Ruhe finden nach so einer Nachricht. Sie eilte nach Hause, und mit jedem Schritt wuchs ihre Anspannung. Eine Prügelei mit Schah-Anhängern! Dabei würden Jens und Ludger bestimmt nicht mitmachen. Dazu waren die beiden doch wohl zu klug, die hatten sicher früh genug das Weite gesucht. Das sagte Monika sich wieder und wieder, doch die Angst blieb.

In der Wohnung schaltete sie sofort den Fernseher ein, die Bildröhre begann zu rauschen, ein weißes Signal flammte auf, der Monitor wechselte seine Farbe von Dunkelgrau nach Grün.

Monika holte sich aus dem Kühlschrank ein Glas Apfelsaft. Als sie ins Wohnzimmer zurückkam, erschien auf der Bildfläche ein Kommentator. »Meine Damen und Herren, die Bilder, die wir Ihnen gleich zeigen, haben erst vor ein paar Minuten den Schneideraum verlassen. Die Ereignisse haben sich überschlagen, und es ist schwer, sich derzeit eine klare Meinung zu bilden, aber sehen Sie selbst.«

Die ersten Mitschnitte waren gegen halb zwölf in Schöneberg entstanden. Mit rot-weißen Stahlgittern vom Rathausportal abgeschirmt protestierten Hunderte von Schah-Gegnern. Dort in der Menge mussten sie irgendwo sein: Jens und Ludger.

Sie las die Aufschriften der Plakate. *Gegen Terror, Folter und Tod! Schluss mit der Diktatur im Iran! Freiheit für die Universität Teheran!* Viele Demonstranten trugen über dem Kopf die Tüten mit den Karikaturen vom Schah oder seiner Schahbanu.

»Schah-Schah-Scharlatan!«, skandierten die Protestler und »Schah muss weg – Mossadegh!«

Monika kannte den Namen: Mossadegh galt als einer der führenden liberalen Köpfe des Iran und damit als Hauptgegner des amtierenden Schahs.

Im Fernsehen sprach der Kommentator weiter: »Ob sich bis zu diesem Zeitpunkt auch viele Freunde des Schahs vor Ort befinden, darf bezweifelt werden. Aber so viel sei verraten: Das wird sich bald ändern.«

Im nächsten Film fuhren zwei Busse der Berliner Verkehrsbetriebe vor das Rathaus, südländisch wirkende Männer in dunklen Anzügen stiegen aus, dann auch ein paar westlich gekleidete Frauen. Offenbar als Kontrastprogramm zu den Schah-Karikaturen trugen sie große Plakate mit eleganten Porträtaufnahmen des Herrscherpaares. Auf anderen Schildern stand *Es lebe der Schah,* daneben Schriftzüge mit iranischen Buchstaben, die vermutlich das Gleiche bedeuteten.

»Über diese Gegendemonstration war unser Sender im Vorfeld nicht informiert«, erklärte der Kommentator. »Die Ankunft dieser etwa achtzig Perser, die vermutlich erst heute Morgen mit einer Sondermaschine eingeflogen worden sind, ist für mich als Reporter genauso überraschend wie für Sie, meine Damen und Herren. Aber die Aktion muss wohl mit den obersten deutschen Behörden abgestimmt sein. Nur so ist zu erklären, dass die Polizei ihnen für die Pro-Schah-Demonstration einen bevorzugten Platz zuweist, nämlich vor der Rathaustreppe, und auch nicht in einer abgesperrten Fläche wie die anderen Demonstrationen, sondern völlig frei. An dieser prominenten Stelle dürfen die Perser jetzt ihrem Herrscher huldigen. ›Schah-en-Schah!‹, stimmen sie ihren Sprechchor an, ›König der Könige‹. Es handelt sich also um linientreue Anhänger des Pfauenthrons, nennen wir sie ruhig Jubelperser.«

Die Kamera schwenkte hinüber auf die andere Seite des Platzes zu den Schah-Gegnern.

»Die Stimmung ist aufgeheizt, aber es geht friedlich zu. Die Gruppen sind mit Sperrgittern voneinander getrennt. Ein riesiges Polizeiaufgebot sorgt anscheinend für die nötige Sicherheit. Und alle erwarten die Ankunft der hohen Staatsgäste vor dem Schöneberger Rathaus.«

Schwarze Limousinen fuhren vor, Bürgermeister Albertz nahm Schah und Schahbanu in Empfang. Umringt von einem Pulk schwarz gekleideter Männer, offenbar Sicherheitspersonal, erklommen sie die Außentreppe. Die Rufe der Demonstranten schwollen an, die Schah-Gegner übertönten die Jubler. »Schah muss weg – Mossadegh!«, schallte es immer und immer wieder. Die Kamera richtete sich auf Pahlavi. Er schaute ernst und gelassen, wie es sich gehörte für einen kaiserlichen Staatenlenker. Die Demonstranten schien er gar nicht wahrzunehmen.

Wieder meldete sich der Kommentator zu Wort. »Lautstark kommen die Huldigungen für den Schah, aber noch viel lauter die Schmährufe seiner zahlreichen Gegner. Die Polizei hat anscheinend vorgesorgt, rot-weiße Metallgitter schirmen beide Gruppen voneinander ab. Trotz der lärmenden Demonstranten bleibt es friedlich, das Protokoll des Staatsbesuchs nimmt seinen Lauf, hinter dem Schah und seinen Gastgebern schließen sich die schweren Türen. Doch unsere Kameras dürfen den Besuch begleiten.«

Nach einem neuen Kameraschnitt sah man, wie sich der Schah samt Gemahlin ins Goldene Buch der Stadt eintrug.

Der nächste Film: Dieselben Männer, die eben noch ihren Schah hatten hochleben lassen, droschen nun mit Holzlatten und Stöcken auf die Schah-Gegner ein, etliche gingen zu Boden, die Perser prügelten weiter. Einige offenbar deutsche Demonstranten traten den Angreifern unerschrocken entgegen und sprachen auf sie ein, doch das beeindruckte die Perser nicht, sie schlugen weiter zu.

Fassungslos starrte Monika auf den Bildschirm. Wenn sie die Filmaufnahmen nicht mit eigenen Augen gesehen hätte – sie hätte es nicht glauben können. Eine offenbar geplante Aktion, in der Ausländer unter den Augen der deutschen Polizei auf friedlich demonstrierende Deutsche einschlugen.

Das Obrigkeitsdenken sitzt fest im überwiegenden Teil der Köpfe. Mit den demokratischen Werten des Grundgesetzes kann der Großteil der Bevölkerung nichts anfangen, im Denken der Menschen ist der Geist des Nationalsozialismus immer noch tief verankert. So ähnlich hatte Jens es neulich in seinem Zeitungsartikel formuliert, und Monika hatte gedacht: Zwar nicht unbedingt falsch, bloß übertrieben. Aber nach diesen Fernsehbildern musste sie ihre Haltung womöglich überdenken. Was war das für eine Regierung, die die eigene Bevölkerung verprügeln ließ – von Angehörigen eines Terrorstaats? Oder hatte Monika da etwas missverstanden? Verdrehte das Fernsehen die Tatsachen?

Was Sonja wohl darüber dachte? Ob die Freundin ihr abraten würde, heute Abend zur Demo an der Oper zu gehen? Weil sie vielleicht mehr wusste, als was Rundfunk und Fernsehen brachten? Monika drehte am Fernsehgerät den Ton leiser, griff zum Telefon und wählte Sonjas Nummer, doch in Zehlendorf nahm niemand ab. Das musste kein schlechtes Zeichen sein, vielleicht hielten sich die Kembergs im Garten auf oder waren unterwegs.

Mit jedem Fernsehbild stieg Monikas Unbehagen. Wollte sie wirklich noch zur Demo? Angst vor der eigenen Courage, so nannte man das wohl. Am liebsten hätte sie für den Abend abgesagt, doch wie konnte sie Jens erreichen? Sollte sie in der SDS-Zentrale anrufen? Dort würde sicher jemand ans Telefon gehen. Aber ob noch Zeit bliebe, die Nachricht an Jens weiterzuleiten? Und wenn Monika einfach nicht käme? Während er mit Ludger im U-Bahnhof auf sie wartete? Nein, das wollte sie auf keinen Fall. Sie würde hingehen. Vermutlich würde die Demo heute Abend nicht so schlimm wie am Mittag, die Sache mit den Prügelpersern durfte sich nicht wiederholen, dafür würde der friedliebende Regierende Bürgermeister bestimmt sorgen. Und außerdem: Sie könnte jederzeit umkehren und nach Hause fahren.

Also dann. Sie schaltete den Fernseher aus, packte Jeans, Bluse und Halbschuhe ein und ging zurück in den Salon.

GEWALT

Im Salon verlief der Nachmittag ruhig, es kamen weniger Kundinnen als sonst an einem Freitag. Einige sprachen über die jüngsten Ereignisse beim Schah-Besuch, aber immer nur zurückhaltend, man müsse abwarten, was es mit den Prügeleien auf sich habe. Die Friseusen stimmten zu und wechselten das Thema.

Um halb sieben schloss Monika hinter der letzten Kundin die Tür ab und zog sich um. Statt Rock und Kasack jetzt Jeans und Bluse, statt Hochsteckfrisur ein legerer Pferdeschwanz. In eine Handtasche, die kaum größer war als eine Geldbörse, stopfte sie ihren Ausweis, etwas Geld, eine Stempelkarte für die Bahn, ein paar Taschentücher und ihren Schlüsselbund. Sie betrachtete sich im Spiegel. Hatte sie Angst? Ja. Aber nicht so viel, dass sie jetzt kneifen wollte. Das grüne Sommerkleid ließ sie im Büro. Morgen um sieben wäre sie ja wieder die Erste hier.

In der U-Bahn Richtung westliche Innenstadt war es nicht voller als sonst auch an Freitagabenden, doch die Linie vom Leopoldplatz fuhr ja nicht nach Charlottenburg zur Oper. Am Bahnhof Zoo stieg Monika um.

Wo sich die Abgänge zu den Linien U2 und U7 trennten, hörte sie hinter sich die Stimme einer jungen Frau: »Wir nehmen die Sieben bis Wilmersdorfer Straße. Ich habe eben noch telefoniert. Vor der Oper stehen irgendwelche Jubelperser. Es kann sein, dass die Polizei den U-Bahnhof da schließt.«

Jubelperser? Monika drehte sich um. Es gab auch vor der Oper Jubelperser? Obwohl die vom Schöneberger Rathaus sich heute Mittag ja ganz schnell in Prügler verwandelt hatten? Und jetzt standen sie auch noch vor der Oper? Kaum vorstellbar. Unter den Augen der Polizei? So was war wirklich erlaubt?

Die Frau, die eben gesprochen hatte, gehörte zu einer Gruppe junger Leute, einige trugen zusammengefaltete Stoffbahnen bei sich.

Monika hakte nach. »Verzeihung, dass ich mich einmische, aber wissen Sie vielleicht, wie es heute Mittag vor dem Rathaus weitergegangen ist? Was die Polizei mit den Persern gemacht hat?«

Die Frau gab bereitwillig Auskunft. »Nichts. Die sind einfach wieder in ihre Busse gestiegen und weggefahren.«

Monika schüttelte zweifelnd den Kopf.

»Glaubens Sie's ruhig«, offenbar wollte die Frau noch mehr dazu sagen, doch ein Begleiter zog sie weiter. Sie hob die Hand. »Alles Gute Ihnen.«

»Danke, Ihnen auch.«

Im Pulk von Menschen ging Monika hinunter auf den Bahnsteig. Sie sah sich um. Kannte sie hier jemanden? Nein. Etwa zwanzig Meter weiter stand die junge Frau, mit der sie eben gesprochen hatte. Für einen Moment überlegte sie hinzugehen, aber die Frau unterhielt sich lebhaft mit anderen aus der Gruppe, Monika wollte nicht stören. Der Zug fuhr ein, in den Waggons wurde es eng. Monika stand gedrängt zwischen einem bärtigen jungen Mann, offenbar einem Studenten, und einer Sitzbank, auf der ein älteres Ehepaar Platz genommen hatte. Besonders wohlhabend schienen die beiden nicht zu sein, doch sie waren gut gekleidet, in schwarzem Anzug und grauem Kostüm. In breitem Berlinerisch sprach die Frau den Studenten an: »Wenn ich mal was fragen darf: Was Sie da unterm Arm haben, ist wohl kein Bettlaken? Da steht bestimmt was drauf? Womit Sie dann gleich rumdemonstrieren?«

»Ja genau, das ist ein Spruchband. Wir fordern die Unabhängigkeit der Universitäten, in Deutschland und in Persien.«

Die Frau machte eine abwertende Bewegung. »Die Proteste interessieren mich nicht. Aber einmal im Leben möchte ich den Schah sehen. Nur mal draußen dabei sein und zugucken. Farah Diba im Abendkleid.«

Ihr Mann nickte heftig. »Und diese langhaarigen Studenten sind uns egal. Alles nur arbeitsscheues Gesindel.«

Der Student trug einen Fasson-Schnitt und saubere Kleidung. Auf die Frage hatte er freundlich geantwortet, trotzdem reagierte dieses Paar so kränkend. Warum eigentlich? Diese Leute hatten vermutlich noch nie eine Hochschule von innen gesehen. Was störte die beiden an der Unabhängigkeit von Universitäten? Warum mussten sie den Studenten beleidigen?

Monika stand direkt neben ihm, ihren Kopf auf der Höhe seiner Schultern. Offenbar hatte er reichlich 8x4 benutzt, Monika kannte den Duft gut, und sie merkte: Trotz Antitranspirant schwitzte dieser junge Mann, und wohl nicht nur wegen der Wärme in der vollen Bahn, sondern vor Zorn über diese Frechheit.

Für einen Moment schien es, als wollte er etwas entgegnen und sich gegen die Ungehörigkeit wehren. Doch dann wandte er den Kopf in die andere Richtung und schwieg, auf eine solche Diskussion wollte er sich offenbar nicht einlassen. Das ältere Paar starrte mit verkniffener Miene aus dem Fenster.

Es stimmt, dachte Monika. Etwas war im Schwange. Je stärker die Jugend rebellierte, umso mehr beharrten die Älteren auf Gehorsam und Anpassung.

An der Wilmersdorfer Straße leerte sich der Waggon. Im Pulk der Menschen hatte Monika den Überblick verloren. Sie suchte nach dem Pavillon der Gleisaufsicht. Und da stand Jens, allerdings allein, ohne Ludger.

Er kam auf sie zu, noch war er außer Hörweite, doch sie sah, wie seine Lippen ihren Namen formten. Inmitten der Menschen fiel sie Jens in die Arme und riss ihn mit einer solchen Heftigkeit an sich, dass er anfing zu lachen.

»Alles in Ordnung. Oder dachtest du etwa, die Prügelperser hätten mich erwischt?«

Sie übte sich in Galgenhumor. »Dich doch nicht. Unkraut vergeht nicht.«

»Eben. Und ich habe mir schon Sorgen gemacht, dass du Angst um mich hast.«

Monika wurde ernst. »Und wie ich Angst um dich hatte, solche Angst«, sie bedeckte seine Wange mit Küssen. »Diese Bilder im Fernsehen.«

»Ist ja nichts passiert. Also mir nicht. Ansonsten ist natürlich sehr viel passiert.«

»Ich habe schon gehört. Die Polizei hat nichts gegen die Prügelperser unternommen, auch nicht nach der Demo.«

»Stimmt. Keine Gewahrsamnahme, keine Personenkontrolle«, er verzog die Miene. »Da spart sich unsere Polizei viel Arbeit. Die lässt demnächst zu jeder Demo in ein paar Bussen Ausländer ankarren. Die dürfen dann friedliche Deutsche verprügeln, und die Polizisten stehen daneben und gucken zu.«

»Aber die Polizei kann doch nicht einfach machen, was sie will. Oder gibt es für die keine Regeln?«

»Eigentlich schon«, höhnte er. »Nämlich die der Rechtsstaatlichkeit. Es sei denn, die Sache ist von ganz oben gedeckt: Innensenator, Verfassungsschutz, Geheimdienst. Alles eine Linie. Darum ist es ja so wichtig, dass wir weiter demonstrieren«, seine Stimme wurde sanft, »und dass du jetzt da bist«, er drückte ihren Kopf an seine Brust und strich ihr übers Haar.

Irritiert schloss Monika die Augen. Wie seltsam. Er nahm

große Worte in den Mund, sprach von Rechtsstaat und Geheimdienst, und im nächsten Moment behandelte er sie wie ein Kind. Aber das bewies eben: Auch Jens war angespannt.

Behutsam löste sie sich aus der Umarmung. »Was ist denn eigentlich mit Ludger?«

»Auch alles okay. Wir waren bis eben schon vor der Oper, zusammen mit Jutta. Er wollte sie nicht allein lassen.«

Jutta also, diese Kommilitonin. Die so gelobt hatte, wie Monika bei Jens die Konturen seiner Beatles-Frisur neu geschnitten hatte. »Und die warten jetzt auf uns? Ludger und Jutta?«

»Nicht direkt. Sie stehen irgendwo in dem Schlauch.«

»Im Schlauch?«

Er nickte. »Die Stellfläche für die Zuschauer vor der Oper. Ganz lang gestreckt, hinten ein Bauzaun und vorne Polizeigitter. Siehst du gleich.«

Eine Frage brannte Monika unter den Nägeln. »Diese Jutta? Ist das Ludgers Freundin?«

Jens lachte auf. »Das interessiert dich?«

»Na ja, ihr habt diese Jutta schon ein paarmal erwähnt. Deswegen frage ich. Oder darfst du darüber nicht reden?«

Jens amüsierte sich. »Doch sicher. Sogar mitten auf dem Bahnsteig.«

»Na also«, sie wies zur Treppe, dicht an dicht drängten die Menschen nach oben. »Den Knubbel lassen wir erst mal vorgehen. Jutta ist also eure Kommilitonin?«

»Genau. Lehramt für Deutsch und Geschichte am Gymnasium, genau wie bei mir. Aber Ludger kannte sie schon vor mir, aus dem Pädagogischen Seminar. Und ob die beiden zusammen sind, fragst du die am besten selbst, irgendwie ist das eine schwierige Kiste. Bis zum Frühjahr hatte Ludger eine feste Freundin, also vor Jutta, aber das ist wohl vorbei«, er grinste. »Möchtest du noch mehr wissen?«

Sie ging auf den Ton ein. »Später vielleicht. Wenn wir vor den Prügelpersern fliehen müssen. Dann frage ich dich nach Ludgers Verlobungsplänen.«

»Das wäre der beste Moment.« Er wurde ernst. »Aber jetzt sollten wir los. Oder möchtest du nicht mehr?«

»Doch, klar.«

Offenbar spürte er ihre Zweifel. »Sicher? Zwing dich bloß nicht. Du musst hier nicht die Heldin spielen.«

»Ich will hin. Ganz bestimmt.«

»Obwohl du Angst hast?«

»Trotzdem.«

»Gut. Der Schah kommt gleich vorgefahren, das wollen wir doch sehen. Und ich kann dir ja auch unterwegs noch was erzählen.« Jens küsste sie auf die Wange.

Sie fasste seine Hand. »Fräulein Ebeling bittet zur Demo.«

Das Gedränge hatte sich gelegt, gut gelaunt nahmen sie die erste Treppe. Oben angekommen, schloss er Monika erneut in seine Arme.

»Und weißt du, was ich mir wünsche: dass es eine besondere Demo wird. Dass der 2. Juni 1967 in die Geschichte eingeht. Als Tag mit der größten westlichen Protestveranstaltung gegen das persische Terrorregime. Als Tag, mit dem ein Umdenken beginnt. Ein Tag im Sinne der freien demokratischen Welt. So soll das später mal in den Geschichtsbüchern stehen.«

»Ja, das wäre toll«, sagte sie so überzeugt wie möglich. Sie gab sich Mühe, seine Begeisterung zu teilen. Manche seiner politischen Äußerungen fand sie übertrieben, aber jetzt konnte er recht haben. Vielleicht würde dieser Vorfall tatsächlich in die Geschichte eingehen.

»Ach, du Liebe«, er drückte sie wieder an sich, sie ließ es gern geschehen. Hier würde ihr ganz bestimmt keine Kundin oder Kollegin über den Weg laufen. Er küsste sie auf die Wange, dann auf den Mund, und für einen Moment war sie versucht, ihre Lippen zu öffnen, doch vermutlich hätte er den Kuss nur halbherzig erwidert, denn bei all seiner Zärtlichkeit spürte sie sein Drängen. Sie gingen zur nächsten Treppe.

»Und wie war das für Ludger und dich? Als die Perser losgeprügelt haben?«

»Wir hatten viel Glück. Ludger hat gleich erkannt, dass die Plakate von diesen Persern bloß aus dünner Pappe waren. Die haben die Pappen entfernt und hatten nur noch die Latten in der Hand, und da war klar, was passieren würde. Und wir standen günstig, um nach hinten rauszukommen.«

»Und wer waren diese Männer? Weiß man das?«

»Höchstwahrscheinlich SAVAK. Iranischer Geheimdienst.«

Monika blieb der Mund offen stehen. »Deswegen hat die Polizei einfach bloß zugeguckt?«

»Genau. Auch wenn man sich das nicht vorstellen möchte, aber so sieht's nun mal aus in unserem Land: Die Amerikaner wollen uns für die Demonstrationen gegen den Schah-Besuch abstrafen, also geht vom amerikanischen Geheimdienst eine Nachricht an den iranischen Geheimdienst, den SAVAK.«

Monika hatte den Begriff noch nie gehört. »Und die arbeiten mit dem amerikanischen Geheimdienst zusammen? Der CIA?«

»Ja klar. Und dann schickt der SAVAK kurz mal hundert Jubelperser ins Land, die dann zu Prügelpersern werden. Und die deutsche Polizei lässt sie machen. Mit Erlaubnis der Bundesregierung.«

»Das war also von vornherein abgesprochen?«

»Sicher. Und natürlich auch mit dem westdeutschen Geheimdienst, obwohl das kein Politiker zugibt. Diese Perser waren doch bestens vorbereitet mit ihren Plakat-Latten. Und dann hatten die ja plötzlich auch noch richtige Schlagstöcke. Und Schlagringe. Schwuppdiwupp unterm Jackett rausgezogen.«

Monika schwirrte der Kopf. Was Jens erzählte, konnte sie kaum glauben. Aber was sollte sie dagegen vorbringen? Es machte ja Sinn.

»Willst du jetzt doch nicht? Möchtest du lieber umkehren?«, fragte er in einer Mischung aus Ungeduld und Fürsorge.

»Nein. Jetzt will ich erst recht.«

»Na also.«

Ein paar Sekunden später standen sie an der Kantstraße. Monika sog die laue Luft ein. Eigentlich schade, diesen Abend auf einer Demo zu verbringen und nicht auf einer verschwiegenen Parkbank. Oder auf ihrem Balkon, von dem es nur ein paar Meter waren bis zu ihrem Bett.

Jens las ihre Gedanken. »Wahrscheinlich dauert die Demo gar nicht so lange. Um kurz vor acht kommt der Schah, dann stehen wir noch eine Viertelstunde vor der Oper, und danach gehen wir noch bummeln. Oder zu dir.«

»Aber übermorgen kommst du dann auch noch mal? Ich will doch kochen.«

»Natürlich. Heute und übermorgen. Glaub bloß nicht, das wird mir zu viel.«

»Na dann«, sie drückte ihm einen Kuss auf den Mund. »Das darf ich doch wohl. Die Leute aus der Kommune 1 sagen immer: Auch das Private ist politisch.«

»Stimmt«, er küsste zurück. »Und das Politische ist manchmal eben auch privat. Schön, dass du nicht mehr so viel Angst hast.«

»Na ja. Schon noch Bauchgrummeln. Aber du bist ja bei mir«, sie drückte sich an ihn. »Übrigens, eben in der Bahn hat eine Frau was erzählt. Über Jubelperser, die stehen jetzt auch wieder vor der Oper, aber diesmal mit viel Polizei drumrum.«

»Das stimmt, siehst du gleich.«

Wieder die Ungeduld in seiner Stimme, Monika nickte bloß.

Die Krumme Straße hatte ihren Namen von einem Bogen, den sie an der Kantstraße schlug, danach lief sie direkt auf die Bismarckstraße zu. Als sie ein paar Minuten auf dem geraden Teil gegangen waren, erregte etwas Jens' Aufmerksamkeit. Er reckte sich.

»Erkennst du das? Da ganz hinten? An der übernächsten Kreuzung. Da wird irgendwas gesperrt.«

Um besser sehen zu können, traten sie ein paar Meter nach rechts auf die Straße. Zweihundert Meter entfernt schob die Polizei rot-weiße Stahlgitter über die Kreuzung.

»Und das war eben noch nicht? Als du hier langgekommen bist?«

»Bestimmt nicht.«

»Vielleicht für den Schah-Konvoi. Da sperrt die Polizei doch alles Mögliche.«

»Aber der Schah wohnt im Hilton, also an der Budapester Straße. Und für die *Zauberflöte* muss er sich auftakeln. Vom Hotel aus fahren die Wagen dann wohl Hardenbergstraße, Ernst-Reuter-Platz, Bismarckstraße, also die einfachste und kürzeste Strecke. Aber wir sehen ja gleich, was los ist.«

Kurz darauf erreichten sie die Schillerstraße und erkannten: Nicht die Kreuzung, sondern der rechte Gehweg bis zur Bismarckstraße war gesperrt. Schupos schickten die Passanten auf die andere Seite. Ein Polizist gab Anweisungen durch ein Megafon: »Fußgänger zur Oper durchgehen! Links bleiben! Bitte die linke Gehwegseite benutzen! Der U-Bahnhof Deutsche Oper ist komplett gesperrt! Verhalten Sie sich ruhig und friedlich!«

Zwei junge Frauen überquerten die Straße, zwischen sich trugen sie ein Transparent: *Gegen Folter und Terror*.

»Links bleiben!«, spottete die eine. »Na, das machen wir doch gern! Gegen die vielen alten Nazis hier.«

Jens nickte ihr zu. »Wahrscheinlich ist der Bürgersteig wegen der Perser gesperrt. Die stehen da vorne rechts am U-Bahn-Ausgang.«

Die andere Demonstrantin lachte bitter. »Na, Hauptsache die Krankenwagen kommen durch. Das sind mindestens vierzig, fünfzig. Kommt, guckt euch das mal an.«

Vom Gehweg traten sie auf die Straßenmitte: Bis zur Einmündung an der Oper parkten auf beiden Seiten der Krummen Straße weiße Krankentransporter, einer hinter dem anderen und jeder mit zwei Sanitätern besetzt.

Bald erreichten sie die lange Reihe der Krankentransporter, an einem der Wagen stand das Seitenfenster offen, der Fahrer rauchte eine Zigarette.

Jens beugte sich herunter. »Nichts für ungut, Kollege. Aber warum seid ihr denn so viele? Werdet ihr alle gebraucht? Passiert hier heute noch was Schlimmes?«

Vielleicht störte der Sanitäter sich an Jens' salopper Art, vermutlich missfiel ihm auch der ganze Einsatz. Schroff gab er zurück: »Fragen Sie die Polizei und die Senatsverwaltung. Wir machen hier bloß unseren Dienst.« Mit brüsken Bewegungen kurbelte er die Scheibe hoch.

Jens nickte Monika zu. »Die deutsche Antwort. Ich bin bloß im Dienst, ich trage keine Verantwortung. Wenn die Großköpfe mir das sagen, dann mache ich das, ist mir doch scheißegal, Befehl ist Befehl. Und am Ende sind sechs Millionen Juden tot, von den zig Millionen Kriegsopfern ganz zu schweigen. Kadaver-Gehorsam ist das. Die Menschen haben viel zu wenig Rückgrat.«

Hörte der Sanitäter, was Jens sagte? Vermutlich nicht – er schaute stur geradeaus durch die Windschutzscheibe.

Jens und Monika gingen weiter, bis zur Oper waren es noch knapp hundert Meter, in der Krummen Straße kamen sie nur noch langsam voran. Eine Demonstrantengruppe vor ihnen begann zu rufen: »Not-stands-ü-bung! Not-stands-ü-bung!«

Monika erinnerte sich. Auch heute Mittag am Schöneberger Rathaus hatten die Protestler dieses Wort skandiert.

»Hat das was mit den CDU-Politikern zu tun? Die unbedingt Notstandsgesetze wollen?«

»Genau das ist ja das Ziel der CDU. Wegen unserer Proteste wollen die den Notstand ausrufen, dann bekommt die Polizei noch mehr Macht. Aber die Polizei verhält sich heute schon so, als gäbe es den Notstand. Darum sagen wir: Die übt schon dafür.« Er stimmte in den Sprechchor ein. »Not-stands-ü-bung!«

Monika rief nicht mit, er sah sie fragend an.

»Tut mir leid. Ich kann das noch nicht. Ich will erst mal vorne an der Oper sein.«

Er legte einen Arm um sie. »Wir müssen auch gar nicht mitschreien, die anderen sind ja laut genug. Oder wir klatschen einfach nur mit.«

Monika nickte, und doch war ihr unangenehm, wie viel Rücksicht er auf sie nahm.

Sie erreichten die Bismarckstraße. Von ihnen aus links stand das Gebäude der Deutschen Oper. Das alte Opernhaus war dem Krieg zum Opfer gefallen, die Reste hatte man abgerissen und in den späten Fünfzigerjahren die Oper neu erbaut. Nicht alle Westberliner mochten die zeitgenössische Architektur. *Zu steril und zu kalt,* hieß es oft. *Das sieht aus wie eine Fabrikhalle, viel zu viel Beton.* Doch mit der Zeit hatte sich das Publikum mit dem ungewohnten Ambiente angefreundet, und weil die Spielleiter sich Mühe gaben mit ihrem teils modernen, teils traditionellen Repertoire, hatte sich die neue Spielstätte etablieren können.

Auf der gegenüberliegenden Seite gab es einen zweiten Zugang zur U-Bahn. Dort stand jetzt eine Gruppe von jungen dunkelhaarigen Menschen. Beim Anblick der Plakate lief Monika ein Schauer über den Rücken. Diese Bilder kannte sie in Schwarz-Weiß aus dem Fernsehen, jetzt erlebte sie die gleiche Szene in Farbe – und im wirklichen Leben: Perser feierten ihren Kaiser, einen grausamen Despoten, mit Hochglanzporträts und Huldigungen. *Es lebe der Schah!*

Doch im Gegensatz zu den Prüglern am Rathaus wirkten diese Claqueure nicht so, als wollten sie gleich losschlagen. Ihr »Schah-en-Schah!« konnte sich ohnehin kaum durchsetzen gegen die Rufe der Protestler auf der anderen Seite der Kreuzung.

Gegenüber der Oper drängten sich Protestler und Schaulustige auf einem schmalen Streifen. In ihrem Rücken stand ein doppelmannhoher Bauzaun. Nach vorn, an der sechsspurigen Straße, begrenzten rot-weiß gestreifte Absperrgitter die Zuschauerfläche. Hamburger Reiter hießen diese Polizeibarrieren, das hatte Monika inzwischen gelernt: Gut einen Meter hoch, zwei Meter breit, innen ein rechtwinkliges Gitterkreuz und durch Riegel miteinander zu verbinden.

Monika zögerte. »Und da müssen wir jetzt rein? In diesen Schlauch?«

Je näher sie dem Gelände kamen, umso lauter wurde es. Monika und Jens konnten sich nur noch brüllend verständigen.

»Ist dir das zu eng? Kriegst du Platzangst?«

»Das nun nicht, ich finde es bloß unangenehm. Alles so dicht.«

»Ist aber nicht gefährlich. Guck mal, auch viele Schaulustige, alte Frauen und Kinder. Wir können auch ein Stück zurück. Aber da sehen wir nicht so viel, wenn der Schah gleich kommt.«

Monika nickte. »Dann lieber hier. Aber ganz vorne. Damit wir schnell rauskönnen.«

»Können wir immer«, er wies auf das offene Gitter in den Barrieren. »Einmal durch und weg. Ludger und Jutta sind bestimmt dahinten.«

»Siehst du sie?«

»Nein, aber sie müssen da ja sein.«

»Ich fühle mich hier sicherer.«

»Dann bleiben wir.«

Trotz der Lautstärke klang Jens' Stimme freundlich, doch allzu viel Geduld würde er wohl nicht mehr für sie aufbringen. Sie musste sich entscheiden. Zurückgehen oder mitmachen?

Sie betraten das schlauchartige Gelände und stellten sich direkt hinter ein Stahlgitter. Hinter ihnen drängten Menschen nach.

»Könnt ihr nicht weiter durchgehen?« Ein Demonstrant blaffte von hinten in Monikas Ohr.

»Geht nicht«, brüllte sie zurück. »Ich habe Platzangst.«

»Dann bleib gefälligst zu Hause!« Der Mann zwängte sich an ihr vorbei.

Jens legte einen Arm um sie. »Nicht beachten, wir gucken einfach geradeaus.«

Monika nickte, aber sie schaute noch ein paarmal über ihre rechte Schulter. Von der Krummen Straße trennten sie keine fünfzig Meter.

»Alles okay«, rief Jens in ihr linkes Ohr. »Wir stehen gut, und die Leute sind friedlich.«

Er nahm wirklich viel Rücksicht, sie wollte ihm nicht noch mehr auf die Nerven fallen. Überhaupt bewunderte sie ihn für seine Ruhe in dieser angespannten Atmosphäre. Aber er hatte mit Demos eben schon viel Erfahrung.

Auf der gegenüberliegenden Straßenseite schirmten zwei Reihen von Stahlbarrieren den Gehweg und den Zugang zum U-Bahnhof ab. Hunderte von Polizisten hatten in langen Mann-Ketten Aufstellung bezogen. Hin und wieder verließen einige von ihnen die Kette und traten mit verkniffenen Mienen auf den langen Streifen der Schaulustigen und Demonstranten zu.

»Die beobachten uns«, erklärte Jens. »Ob es was gibt, weswegen sie uns verhaften können. Aber du siehst ja: Unsere Genossen verhalten sich korrekt.«

Monika musste an ihre Kundin Frau Peltzer denken, die jetzt mit fast frischer Wasserwelle und ihrem Gatten, dem stellvertretenden Oberbrandmeister, im Parkett der Oper saß. Eine Situation zum Haareraufen. Wer konnte denn noch Mozarts märchenhafte Musik genießen, wenn vor dem Gebäude eine solche Demo stattfand – vom Terrorregime des erlauchten Staatsgastes ganz zu schweigen.

»Schah-SS-SA!« und »Gestapo, Gestapo!« skandierten die Schah-Gegner.

Monika verstand die Anspielung: Es gab viele Parallelen zwischen dem Iran und dem deutschen Naziregime. Nach der Prügelaktion durch iranische Geheimdienstmänner heute Mittag passten diese Rufe besonders gut.

Sie reckte die Faust in die Luft und rief mit: »Ge-sta-po! Ge-sta-po!«

Jens nickte ihr anerkennend zu. Sie lächelte, ein Teil ihrer Anspannung löste sich, doch das ungute Grummeln im Bauch blieb. Nein, so ruhig wie er würde sie hier bestimmt nicht werden.

»Sie kommen!«, schallte es jetzt aus der Menge.

Ein Konvoi schwarzer Luxuslimousinen näherte sich vom Ernst-Reuter-Platz. Sofort umringten Polizei, Reporter und Sicherheitsleute die Wagen.

Ein paar Meter weiter, gegenüber vom »Schlauch«, stellten sich uniformierte Beamte Schulter an Schulter auf, die strengen Gesichter zu den Protestlern gewandt. Monika dachte an die Krankenwagen in der Krummen Straße. Kein Zweifel: Die Polizei rechnete mit gewaltsamen Übergriffen.

Wer von den Zuschauern gehofft hatte, den Schah und Farah Diba beim Einzug in die Oper zu bewundern, wurde enttäuscht. Der Sichtschutz funktionierte, innerhalb kürzester Zeit waren Staatsgäste und Politprominenz umringt von Polizei und sogenannten Bodyguards. Viele Schaulustige, die mit der Demo nichts am Hut hatten, wandten sich missmutig ab, kletterten über oder durch die Barrieren und verließen das Gelände. Der harte Kern blieb.

»Schah muss weg – Mossadegh!« Immer lauter riefen die Demonstranten, klatschten im Takt, stampften mit den Füßen.

Monika blickte nach rechts hinüber zu den Persern. Auch sie riefen und schwenkten ihre Plakate, doch die Huldigung ging unter im frenetischen Lärm der Schah-Gegner.

Die aufgereihten Polizisten standen still, Mann für Mann, die meisten mit starren Mienen, doch in etlichen Gesichtern zeichnete sich der blanke Hass ab. Ein paar Minuten später löste sich die enge menschliche Kette auf, die Polizisten zogen sich zur Straßenmitte oder bis an die Oper zurück. Der Schah und sein Gefolge waren im Gebäude verschwunden.

Die Protestler skandierten weiter, wenn auch nicht mehr so laut. Die Atmosphäre entspannte sich.

Jens nickte Monika zu. »Wir warten eine halbe Stunde, dann gehen wir. Bis zum nächsten Mal. Nach der Demo ist vor der Demo.« Er küsste sie auf die Stirn, sie skandierten wieder: »Schah-Schah-Scharlatan!«

Doch etwas lag in der Luft, die Stimmung schien umzuschlagen, nicht plötzlich, aber allmählich. Die Rufe der Demonstranten kamen nicht mehr so gleichmäßig, ebbten an einigen Stellen ab, verstummten ganz, schwollen an anderen Stellen umso lauter an. Vor der Oper versammelte sich ein halbes Dutzend Polizisten, alle mit reichlich Sternen auf den Schulterriegeln, und steckten die Köpfe zusammen.

»Was meinst du?«, fragte Monika. »Was bereden die?«

Jens zuckte die Achseln, doch seine Miene ließ keinen Zweifel: Hier war etwas im Schwange.

Dann geschah es. Etwa fünfzig Meter links von Jens und Monika rannten uniformierte Beamte auf die Menge zu, überstiegen die Absperrgitter, zogen einzelne Protestler brutal heraus und prügelten hemmungslos auf sie ein.

Die Demonstranten schrien auf, weitere Polizisten mit Schlagstöcken gingen auf sie los. Noch sah es aus, als handelte es sich um wenige, gezielte Aktionen. Trotzdem war jedem klar, was hier gleich passieren sollte.

»Raus!« Monika zwängte sich durch das Stahlgitter der Absperrung, Jens folgte ihr. Innerhalb von Sekunden verwandelte sich die Straße in einen Hexenkessel. Sie wollten loslaufen, da kam ein Polizist mit erhobenem Gummiknüppel auf sie zu.

»Nicht!« Monika streckte ihm die flache Hand entgegen. »Nicht!«

Zu ihrer Verwunderung wich der Polizist zurück, eine Sekunde lang sahen sie sich in die Augen, Monika und der fremde Mann in Uniform, beide starr vor Schreck.

Sie rannten. Im vordersten Pulk der fliehenden Demonstranten liefen Jens und Monika nach rechts in die Krumme

Straße und dann weiter, nur noch weiter. Ab und zu blickten sie sich angstvoll um. Nein, die Polizisten folgten nicht.

»Die haben, was sie wollen!«, schrie Jens.

Monika nickte.

Sie kamen gut voran, fast alle hatten das gleiche Ziel, am Kino vorbei zum U-Bahnhof an der Kantstraße. Monika steuerte auf den Eingang zu, doch kurz bevor sie die Treppe erreichte, zog Jens sie zur Seite an die Geländerbrüstung.

»Monika!« Er hielt sie an den Schultern und drückte sie an sich. »Bitte! Fahr allein zurück! Ich muss da noch mal hin!«

»Was? Nein!« Sie schüttelte heftig den Kopf.

»Ich muss. Ich will sehen, was da jetzt passiert. Ich will Zeuge sein.«

»Aber da gibt es doch Zeugen!« Ihre Hände krallten sich in seine Jacke. »Da sind doch genug andere. Auch Reporter, sogar mit Kameras.«

»Das muss ich selbst sehen. Mit eigenen Augen.«

»Viel zu gefährlich! Komm mit! Zu mir!«

Sah er ihre Verzweiflung? Das Flehen in ihren Augen? War es ihm egal?

Er küsste sie auf die Wange. »Übermorgen komme ich zu dir, ganz bestimmt. Und heute Nacht rufe ich an. Wenn ich darf.«

Sie nickte und schluckte gegen die aufsteigenden Tränen an.

»Danke, bis nachher dann. Ich passe schon auf mich auf.« Er löste sich aus ihrem Griff und drehte sich um.

Nein! Komm zurück! Am liebsten hätte sie geschrien, aber auch damit hätte sie ihn nicht zurückhalten können. Er verschwand in der Menge der entgegenströmenden Menschen. Sie starrte ihm hinterher, auch dann noch, als sie ihn längst nicht mehr sehen konnte. Sie kniff die Augen zu, und für einen Moment kam ihr es vor, als wäre das alles nicht passiert:

nicht die Demo, nicht die Flucht vor den prügelnden Polizisten. Doch!, sagte sie sich dann. Das war die Wirklichkeit. Und der musst du dich stellen, auch wenn es wehtut. Sie riss die Augen wieder auf und suchte nach einem Taschentuch – vielleicht konnte sie ja noch ankämpfen gegen das Weinen. Doch dann schossen die Tränen hervor, und sie wehrte sich nicht mehr. Jens war also bloß mit ihr hierhergegangen, um sie nicht alleinzulassen. Während des Spurts zum U-Bahnhof hatte er gar nicht vorgehabt, mit ihr nach Hause zu fahren. Er hatte sie bloß begleitet, um sein Gewissen zu beruhigen.

Natürlich: Die Bahnfahrt würde sie allein schaffen. Trotzdem kam es Monika vor, als hätte er sie betrogen. Nicht mit einer anderen Frau, sondern mit der Politik. Andererseits: Tat sie ihm damit nicht unrecht? Sie hatte ja immer gewusst, wie sehr ihm die Arbeit im SDS am Herzen lag, das hatte er ihr nie verschwiegen. Und sie hatte sich von Anfang an klargemacht, dass es nicht lange gehen konnte mit ihnen beiden – schon wegen der neun Jahre Altersunterschied. Viele Tränen war die Sache also nicht wert, schon gar nicht in der Öffentlichkeit. Während sie hinunter zum Gleis ging, wischte sie sich die Wangen ab. Dann fuhr ihre U-Bahn ein.

Je länger sie aus dem Fenster auf die vorüberziehenden Wände der U-Bahn-Röhre starrte, umso mehr machte sich ein anderes Gefühl als Traurigkeit in ihr breit: Wut! Blanke, hasserfüllte Wut! Dieser verdammte Kerl! Warum zum Teufel stürzte er sich freiwillig in diesen Hexenkessel? Was musste er sich beweisen? Ging es ihm wirklich noch um die politische Sache oder war das nicht einfach Egoismus? Damit er sich nachher zum Helden aufspielen konnte. Und was hatte er vorhin gesagt? Der 2. Juni 1967 würde in die Weltgeschichte eingehen? Sei's drum, dachte Monika. Jedenfalls würde der Tag in ihre eigene Geschichte eingehen, diesen Sonnabend würde sie nie vergessen, selbst wenn sie hundert Kerzen auf der Torte hätte. Noch nie hatte sie eine solche Wut auf einen Mann gespürt, den sie doch liebte. Eigentlich liebte.

Auch zurück im Wedding, auf dem kurzen Weg zwischen U-Bahn und Wohnung, war ihr Zorn noch nicht verflogen. Mit kurzen, kräftigen Schritten stapfte sie die Treppe hoch und schloss auf. Und jetzt? Sollte sie den Fernseher anschalten und sich die Reportagen ansehen? Jens und seine Kommilitonen im Straßenkampf mit der Polizei? Nein, dazu war sie viel zu wütend. Sie nahm eine Tablette und ließ die Türen zwischen Schlafzimmer und Wohnraum offen stehen. Wenn er irgendwann anriefe, würde sie das Telefon schon hören. Nach einer Viertelstunde begann das Medikament zu wirken, sie döste ein.

Tatsächlich wachte sie vom Klingeln auf, sie schreckte hoch und starrte auf den Wecker: zwanzig nach vier. Das Telefon klingelte immer noch. Jens! War sie noch wütend auf ihn? Nein, nur noch besorgt. Benommen von der Schlaftablette, wankte Monika ins Wohnzimmer.

»Tut mir leid. Ich habe mir schon gedacht, dass du schläfst, darum habe ich es so oft klingeln lassen.« Seine Stimme klang sanft und traurig. »Monika, es ist schrecklich. Das kannst du dir nicht vorstellen, diese Brutalität der Polizei. Ich habe mit Leuten gesprochen, die sagen: Derartig gewalttätig war die Polizei nicht mal im Krieg, jedenfalls nicht hier in Berlin. Und es gibt ein Todesopfer, einen Demonstranten. Benno Ohnesorg heißt der, ein Kommilitone von mir. Er wurde erschossen, wahrscheinlich von einem Polizisten aus einem Greiftrupp, also in Zivil. Benno hatte gerade erst geheiratet, seine Frau ist schwanger.«

SCHULD

Jens rief aus dem Wohnzimmer an, nebenan schliefen seine Eltern. Er konnte nur leise sprechen, aber immerhin ungestört, um diese Zeit würde niemand aus seiner Familie mithören. Er kam gerade aus der SDS-Zentrale, dort hatten sie bis in den frühen Morgen geredet. Einige Genossen diskutierten wohl immer noch, aber Jens hatte sich ausklinken müssen, weil er dringend Schlaf brauchte. Ein Kommilitone, der noch weiter nach Tegel musste, hatte ihn nach Hause gebracht.

»Bist du mir noch böse?«, fragte er jetzt. »Weil ich nicht mit dir zurückgefahren bin?«

»Nein. Ich bin nicht böse. Nicht bei dem, was jetzt passiert ist.«

»Aber du warst zwischendurch heftig sauer auf mich, das habe ich ja gemerkt.«

»Nicht nur sauer«, sagte Monika sanft. »Ich hatte Angst um dich. Und das ja wohl auch zu Recht.«

»Ja. Und es war auch richtig, dass du gegangen bist. Und du hast es mit mir ja gut gemeint«, seine Stimme zitterte, er sprach nicht gleich weiter. Sie hörte, wie er Atem schöpfte. »Aber ich hatte auch recht. Dass ich zurück bin, dass ich dabei war, das war so wichtig für mich.«

»Du warst dabei? Als der Student erschossen wurde?«

»Nicht direkt. Aber ich habe den Schuss gehört. Ich war so sechzig, siebzig Meter entfernt, in der Krummen Straße.«

»Wo wir heute langgelaufen sind?«

»Ja. Nicht weit von der Ecke Schillerstraße, da in einem Hinterhof ist der Schuss gefallen.«

Er klang erschüttert und aufgewühlt, wütend und verzweifelt. Trotzdem schilderte er die Ereignisse klar und anschaulich.

Auf seinem Weg zurück Richtung Oper hatte er sich durch den Strom von Menschen gezwängt, die ihm entgegengekommen waren, darunter viele leicht Verletzte. »Wer stärker blutet, kommt ins Krankenhaus«, hatte eine Frau gesagt. »Sind ja genug Wagen da.«

Jens gelangte in den letzten Abschnitt der Krummen Straße. Wo zehn Minuten vorher noch Dutzende Krankenwagen gewartet hatten, stand jetzt nicht mal eine Handvoll. Auch diese letzten schalteten nach und nach das Blaulicht an und fuhren zu Einsätzen.

Während Jens weitereilte, schnappte er eine Nachricht auf: Bei den Prügeleien gebe es ein Todesopfer, und zwar aufseiten der Polizei. Ein Demonstrant habe einen Polizisten erstochen. Neben Jens ging ein junges Paar. Er hörte, wie die beiden darüber sprachen, und fragte nach.

»Wir wissen nichts Genaues«, lautete die Antwort. »Aber plötzlich ging diese Information rum. Das kam auch durch die Lautsprecher von der Motorradpolizei. Mehr ist im Moment nicht klar.«

»Und was heißt das? Es muss also nicht unbedingt wahr sein. Vielleicht stimmt das auch gar nicht mit dem toten Polizisten?«

»Ja, vielleicht. Das kann auch bloß ein Gerücht sein.«

Jens bedankte sich und ging weiter.

Vor der Oper tobte die Straßenschlacht schlimmer als zuvor. Hemmungslos setzte die Polizei ihre Schlagstöcke ein. Die Demonstranten machten es den Persern vom Schöneberger Rathaus nach, zerstörten ihre Plakate und Transparente und benutzten die Holzlatten zur Gegenwehr. Einige gruben nah am Bauzaun lose Pflastersteine aus und bewarfen damit die Polizisten. Es flogen Farbbeutel, Tomaten, faule Eier. Wasserwerfer rollten an, aber die Füllmenge war bloß gering. Nach kurzer Zeit verwandelte sich der kräftige Strahl in ein Rinnsal, die Demonstranten grölten und lachten, die Gewalt eskalierte.

Jens rannte zurück in die Krumme Straße, dann hörte er den Schuss.

»Eine Pistole!«, rief ein Mann.

Etliche Menschen rannten von Panik ergriffen Richtung U-Bahn. Jens blieb. Er wollte wissen, was passiert war. Anfangs gab es Vermutungen. War es ein Warnschuss gewesen? Würde die Polizei jetzt größere Wasserwerfer einsetzen oder Rauchbomben oder Tränengas? Oder galt der Schuss gar nicht den Demonstranten, sondern dem Schah? Ein Attentat in der Oper?

Dann verbreitete sich eine Nachricht: An der Krummen Straße, nicht weit von der Ecke Bismarckstraße, stand ein Neubau, zwischen Betonstelzen führten offene Zufahrten in den dahinter liegenden Garagenhof. Neben den parkenden Autos lag ein junger Demonstrant mit einem Kopfschuss. Der Schütze war vermutlich ein Polizist in Zivil.

Der nächste Fluchtstrom zum U-Bahnhof setzte ein, diesmal lief Jens mit. Er fuhr zur SDS-Zentrale am Kurfürstendamm, immer mehr Genossen trafen ein und brachten Informationen mit. Die Nachricht über den erstochenen Polizisten stellte sich als falsch heraus – vermutlich ein gezieltes Gerücht, um die Gewalt der Polizei anzustacheln. Um kurz vor dreiundzwanzig Uhr kam die wirkliche Todesnachricht: Ein Zivilpolizist aus einem Greiftrupp hatte einen Demonstranten erschossen. Das Opfer hieß Benno Ohnesorg, sechsundzwanzig Jahre alt, Student für Deutsch und Geschichte an der Freien Universität Berlin.

Der SDS vertrat eine klare Überzeugung: Wie schon die Prügelattacke durch den iranischen Geheimdienst war auch diese Straßenschlacht von deutschen Behörden geplant gewesen. Gewaltbereite Provokateure hatten sich unter die Demonstranten gemischt, um die Situation anzuheizen und aufzukochen. Damit selbst friedliebende Bürger anfingen, mit Steinen zu werfen. Bis es für die Polizei ausreichend Grund gab, in aller Entschlossenheit durchzugreifen. Bis so viele Opfer in Krankenhäusern lagen, dass es keine Zweifel mehr gab: Die Studenten würden noch heftiger demonstrieren. Die Polizei würde noch härter reagieren, mit noch mehr Todesopfern. Die Politik würde Notstandsgesetze erlassen, um weitere Demonstrationen zu verbieten und so den Bürgerkrieg zu verhindern. Dann wäre es in Bonn endgültig vorbei mit der Großen Koalition. Es gäbe Neuwahlen, und die CDU/CSU bekäme endlich wieder die absolute Mehrheit. Die SPD, der kleine Koalitionspartner unter Führung von Willy Brandt, flöge mit Pauken und Trompeten aus der Regierung. Dann könnten wieder jede Menge alter Nazis herrschen. Dann hätten die Frauen wieder wadenlange Röcke und die Studenten kurze Haare. Dann wäre Schluss mit Geschrei nach mehr Demokratie und weniger Autorität.

Jens beendete seinen Bericht: »Im Grunde hat da nicht ein einzelner Polizist einen Studenten erschossen. Sondern Springer will uns alle töten, zumindest mundtot machen. Mit dem ganzen Hass, der ständig gegen uns geschürt wird. Und, Monika: Glaub bloß nicht, was die Springer-Presse heute schreibt. Die lügen auf Teufel komm raus. Die stellen das völlig einseitig dar. Du warst ja noch dabei. Du hast ja gesehen, wie die Polizisten plötzlich auf uns losgeprügelt haben. Das war eine gezielte Aktion von der Polizei, die hat uns doch bewusst provoziert.«

Die ganze Nacht hatte er mit seinen Genossen verbracht, sie hatten miteinander diskutiert, sich getröstet, getrunken und neue Pläne geschmiedet. Sein Anruf bei Monika dauerte nur zehn Minuten.

Er entschuldigte sich, er müsse dringend schlafen. Heute Nachmittag wolle er sich wieder mit den Genossen vom SDS treffen und wahrscheinlich bis in die Nacht reden. Aber morgen Abend würden er und Monika sich dann endlich wiedersehen. »Ich freue mich schon sehr auf das Essen – und auf alles andere noch mehr.«

»Ich mich auch, Jens. Pass gut auf dich auf.« Hörte er die Sorge in ihrer Stimme?

»Mach ich bestimmt«, sagte er kurz, dann legte er auf.

Aus ihrer Kehle drangen kleine leise Schreie, sie wollte nicht weinen, nicht schon wieder. Bis eben war sie hellwach gewesen, aufgeschreckt von den entsetzlichen Ereignissen. Aber im Moment konnte sie keinen klaren Gedanken mehr fassen, eine Müdigkeit überfiel sie, als hätte sie die ganze Nacht keine Ruhe bekommen, vielleicht wirkte die Tablette noch nach. Sie schaute zum Fenster, die Morgendämmerung setzte ein, doch Monika wollte schlafen, nur noch schlafen, sie wankte zurück in ihr Schlafzimmer und wusste gleich, zur Ruhe würde sie nicht kommen. Trotzdem gab es keinen Ort, den sie jetzt so nötig hatte wie ihr eigenes Bett.

Nach anderthalb Stunden riss der Wecker sie aus einem Traum, an den sie sich nicht genau erinnerte. Irgendwas Unbestimmtes, Wirres. Ach, egal. Sie wunderte sich, dass sie überhaupt noch einmal eingeschlafen war. Mit schweren Gliedern mühte sie sich aus dem Bett in die Küche. Das Radio stellte sie heute ganz bewusst nicht an, sie mochte nichts über die Demonstration hören. Was Jens vorhin am Telefon erzählt hatte, reichte ihr, und sie ärgerte sich über sich selbst: Wie naiv zu glauben, dass die Demonstration vor der Oper friedlich verlaufen könnte. Und nun ein toter junger Mann und ein Kind, das als Halbwaise geboren werden würde.

Während sie frühstückte, überfiel sie ein heftiger Kopfschmerz. Sie überlegte, Annelore anzurufen und sich krankzumelden, aber damit riskierte sie Spekulationen: Warum fiel die Chefin ausgerechnet heute aus? Gab es einen Zusammenhang mit der Demo und dem schlimmen Todesfall? Auf solche Gerüchte ließ sie es besser nicht ankommen, die paar Stunden bis zum Mittag würde sie schon schaffen.

Sie duschte abwechselnd heiß und kalt, ihre Kopfschmerzen hielten an. Vielleicht waren das bloß die Nachwirkungen der Schlaftablette, sagte sie sich, ein Schmerzmittel wollte sie noch nicht nehmen.

Auf dem Weg zum Salon dachte sie an Jens' Worte: »Lies besser keine Springer-Presse, die stellen das sowieso völlig einseitig dar.«

Nicht weniger als vier Berliner Tageszeitungen erschienen im Springer-Verlag. Monika konnte gut auf *B.Z.* und *Berliner Morgenpost,* auf *Bild* und *Die Welt* verzichten, doch ihre Kundinnen lasen vor allem die *B.Z.*, und Monika wollte vorbereitet sein.

Im Kiosk am Leopoldplatz bediente heute ein Mann, den sie nicht kannte, vielleicht hatte er den kleinen Laden übernommen. Sie hätte danach fragen können, doch im Moment schien ihr das nicht wichtig.

»Bitte sehr, das Fräulein, einmal die *B.Z.*« Emsig nickend lehnte er seinen Oberkörper aus dem Verkaufsfenster. »Übrigens, was mir eben der Großlieferant erzählt hat: Die Zeitungsleute mussten heute Nacht richtig lang Überstunden machen, also die Reporter und die Drucker. Damit die noch alles reingekriegt haben von gestern. Diese ganzen Krawalle und dann sogar den Toten. Ich sag's ja: Das wird immer schlimmer mit den Studenten. Dauert nicht mehr lange, dann kriegen wir Bürgerkrieg. Und schuld sind diese ganzen Gammler und Radikalinskis.« Offenbar wartete er auf Monikas Zustimmung. Als die nicht kam, setzte er nach: »Was machen die alle noch hier? Die sollen doch froh sein, wenn sie noch leben. Sollen alle rüber gehen in den Osten.«

Der zynische Standardsatz: Wieso gab es in Westberlin überhaupt Sozialisten? Die sollten einfach durch die Mauer durch und weg. In Ostberlin und der DDR konnten sie doch so viel Sozialismus haben, wie sie wollten.

Monika verkniff sich jeden Kommentar, zahlte fünfzehn Pfennig und wünschte ein schönes Wochenende.

Im Salon brühte sie sich zwei Tassen Kaffee auf. Die Kopfschmerzen hielten an, mit einer Tablette wollte sie trotzdem noch warten. Sie holte die *B.Z.* aus ihrer Handtasche. Jens hatte recht: Die Springer-Presse gab allein den Studenten die Schuld an den Krawallen – und damit am Tod von Benno Ohnesorg.

Straßenschlacht vor der Oper!, titelte die *B.Z.* in schwarzen Lettern, und darunter in Rot: *Zahlreiche Verletzte in Krankenhäusern – Polizei musste Wasserwerfer einsetzen – Rauchbomben, Knallkörper, faule Eier.*

Oben rechts neben dem Emblem der Zeitung stand dagegen eher klein: *Ein Todesopfer beim Schah-Besuch.*

Monika schlug die Zeitung auf und betrachtete die Fotos. Sie hatte keine hundert Meter entfernt gestanden und vor lauter Polizisten und Reportern kaum etwas gesehen. Hier kamen sie nun: die Aufnahmen vom Opernportal, der Schah im Frack, Farah Diba in großer Abendrobe samt weißer Pelzjacke und edelstem Geschmeide. Dazu lobhudelnde Worte eines Klatschreporters.

Sie blätterte zurück in den politischen Teil und las einen Kommentar. Als Rabauken bezeichnete man die Demonstranten, als Ignoranten und Kriminelle. Sogar in die Nähe von Terroristen wurden sie gerückt, der Kommentar endete mit dem Satz: *Wer Terror produziert, muss Härte in Kauf nehmen.*

Jens' Worte kam ihr in den Sinn: *Benno Ohnesorg ist nicht das Opfer eines einzelnen Polizisten, sondern das Opfer von all dem Hass, den die Springer-Presse seit Jahren gegen uns verbreitet.*

Heute Morgen am Telefon hatte Monika noch gezweifelt. Übertrieb Jens? Stellte er das nicht doch zu einseitig dar? Aber nachdem sie diese Artikel gelesen hatte, erkannte sie, wie recht er hatte. Und sie nahm sich etwas vor: Diesem Hass wollte sie entgegentreten. Jetzt gleich. Hier im Salon.

Um zehn vor acht war die Damenmannschaft komplett, im Pausenraum ließ Monika die Zeitung herumgehen.

»Auch wenn unsere Kundinnen diese Meinung nachplappern: Auf das Niveau lassen wir uns gar nicht erst ein. Andere Zeitungen schreiben mit mehr Feingefühl, wie es ja auch richtig ist nach dem Tod dieses Studenten. Im Moment ist noch vieles unklar, wir sollten kein vorschnelles Urteil fällen. Und vor allem: Die *B.Z.* stellt die Demonstranten als Kriminelle und Terroristen dar, ohne einen Unterschied zu machen. Und dieser Tod wird verharmlost. ›Härte‹ ist ja wohl ein viel zu schwaches Wort für das, was passiert ist.«

»Du hast ja grundsätzlich recht«, meinte Annelore. »Aber es war doch wohl Notwehr, dass der Polizist den Studenten getötet hat. Der Polizist fühlte sich angegriffen und hat geschossen.«

Monika nickte. »So macht das im Moment überall die Runde.«

»Ja, Chefin. Auch im *Tagesspiegel,* und das ist keine Springer-Zeitung.«

»Trotzdem, Bettina: Bitte redet hier nicht darüber wie über unumstößliche Tatsachen. Es gibt bestimmt noch viele Untersuchungen. Gestern war ein absolutes Chaos vor der Oper, da muss man noch viele Einzelheiten klären.«

»Aber Sie waren nicht selbst da?«, hakte Lydia nach. »Oder woher wissen Sie das?«

Mit der Frage hatte Monika gerechnet, sie rettete sich in eine Notlüge. »Ich habe heute schon mit meiner Freundin telefoniert, die hat Informationen von ihren Kollegen im Rathaus. Sie darf keine Einzelheiten verraten, aber die ganze Sache wird gründlich aufgearbeitet. Das verlangt die Kriminalpolizei, und deswegen sollten wir mit Urteilen vorsichtig sein. Schon allein wegen dieses sehr tragischen Todes. Ein so junger Mann, und seine Frau auch noch schwanger. Aber wir können uns ja aufeinander verlassen.« Monika lächelte anerkennend in die Runde. »Wir beweisen Feingefühl und Augenmaß, so wie immer.«

Die anderen stimmten zu.

Um acht Uhr stand ein Dutzend Kundinnen vor der Tür, Annelore hatte richtiggelegen mit ihrer Vermutung. Wegen des Schah-Besuchs war es gestern ruhig geblieben im Salon, doch heute flogen die erlauchten Majestäten nach Hamburg weiter. Monikas Kundinnen, die sonst gern freitagnachmittags kamen, verlegten ihre Wasserwelle auf den Sonnabend. Die Friseusen hatten alle Hände voll zu tun, Monika freute sich: Der Umsatz stimmte, die Arbeit lenkte sie ab, doch der dumpfe Kopfschmerz begleitete sie durch den Vormittag. Sie nahm zwei Aspirin-Tabletten.

Gab es eine Kundin, die heute nicht über die Demonstration und den toten Studenten sprechen wollte? Nein, das Thema bewegte alle. Aber Monika konnte zufrieden sein. Nicht nur mit Kamm und Schere, sondern auch im Gespräch zeigten ihre Friseusen viel Fingerspitzengefühl.

Um halb zwei schloss sie zusammen mit Annelore den Salon ab.

»Was machen denn deine Kopfschmerzen? Haben die Tabletten geholfen?«

»Nicht wirklich. Na ja, war ja auch viel los, ich ruh mich gleich aus.«

»Aber du bist blass. Ist dir kalt? Kriegst du Fieber?« Die Altgesellin fühlte Monikas Stirn und nickte. »Zumindest erhöhte Temperatur.«

»Dann messe ich gleich mal. Und falls ich Dienstagmorgen nicht auf dem Damm bin, rufe ich an. Ich weiß doch: Du wuppst den Laden auch ohne mich.«

Annelore lächelte. Das Lob tat ihr gut.

Zurück zu Hause, führte Monikas erster Weg zur Hausapotheke, sie legte sich ein Thermometer unter die Zunge: 37,9 Grad, und dabei war erst früher Nachmittag. Bis zum Abend würde die Temperatur sicher noch steigen. So ein Mist! Warum wurde sie ausgerechnet jetzt krank? Am Wochenende? Wo sie sich doch so auf den Sonntagabend mit Jens freute. Bis dahin musste sie wieder fit sein. Unbedingt! Sie machte sich eine Dose Hühnersuppe heiß, nahm noch zwei Tabletten und legte sich schlafen. Um kurz nach vier wachte sie auf. Kopfschmerzen hatte sie zwar nicht mehr, doch das Quecksilber war auf 38,7 geklettert – trotz Aspirin. Kein gutes Zeichen. Wenn sie bis zum nächsten Abend ganz gesund sein wollte, musste sie sich schonen, dann sollte sie auch lieber das Mittagessen mit ihrer Familie absagen. Sie rief ihre Mutter an.

»Bist du denn erkältet, Kind? Brütest du was aus?«

»Fühlt sich nicht so an. Wahrscheinlich habe ich bloß Zug

abgekriegt. Ihr müsst auch nicht nach mir gucken. Wenn es schlimmer wird, rufe ich an, und Montag bin ich bestimmt wieder auf dem Damm, dann komme ich zum Frühstück und bringe Tante Ilse zur Dialyse.«

Die Mutter wünschte gute Besserung, sie legten auf.

Und jetzt? Monika konnte den Rest des Tages in aller Ruhe verbringen – ohne Zeitung, Radio und Fernsehen. Ihre Notlüge fiel ihr ein: Die Angestellten glaubten, ihre Chefin hätte schon am frühen Morgen mit Sonja telefoniert und von ihr die Informationen über die Demo bekommen. Monika seufzte. Wenn sie schon ihre Mitarbeiterinnen beschwindelte, dann sollte sie jetzt wenigstens den Anruf nachholen.

Sonja hob nach dem dritten Klingeln ab. »Dachte ich mir schon, dass du das bist. Du hast mich gerade noch erwischt, ich wollte raus zu den Kindern in den Garten.«

»Mach mich ruhig neidisch.«

»Du bist bei uns jederzeit willkommen.«

»Gut, dass du's sagst!« Monika wurde ernst: Sie erzählte von der Demo, ihrer frühen Fahrt allein nach Hause, von dem Schuss und von dem, was Jens über den Tod von Benno Ohnesorg berichtet hatte.

»Und jetzt willst du noch mehr dazu wissen.«

»Genau. Obwohl: Im Rathaus warst du seitdem noch nicht, oder?«

»Nein, ich hatte ja zwei Tage Urlaub, und das war eine verdammt gute Entscheidung.« Sonja atmete tief durch. »Aber ich habe heute schon mit zwei Kollegen telefoniert. Die wissen auch ungefähr das, was du jetzt sagst.«

Monika verstand. Alle Mitarbeiter der Senatsverwaltung standen unter Schweigepflicht, und nach den Vorfällen auf der Demo musste Sonja sich besonders streng an die Vorschriften halten.

»Die Sache ist so traurig und tragisch«, fuhr Sonja fort. »Lass uns lieber persönlich drüber reden. Wir sehen uns doch Montag zum Schriftkram? Oder möchtest du das verschieben?«

»Doch, bitte, das haben wir ja schon ausgemacht. Und du musst keine Angst haben: Ich gebe nichts an Jens weiter. Oder nur das, was sowieso in den Nachrichten kommt.«

»Ja klar, schon okay. Und sonst? Seht ihr euch denn heute oder morgen?«

Monika erzählte von ihrem Fieber.

»Aha«, meinte Sonja. »Könnte durch Stress sein.«

»Du meinst, nach der Demo?«

»Ja klar, da stand dein Körper doch noch heftig unter Wallung. Voll mit Stresshormonen: Cortisol und Adrenalin. Jetzt muss sich dein Organismus erst mal erholen und reagiert mit Fieber.«

»Da spricht ja wohl die Arztfrau.«

»Mach dich ruhig lustig, es ist trotzdem nicht falsch, was ich sage. Wie geht's Jens denn überhaupt?«

Diese Frage irritierte Monika. »Ob er auch Fieber hat?«

»Zum Beispiel. Ist ja nicht leicht zu verkraften, was ihr da erlebt habt. Also passt gut auf euch auf. Ich wünsche euch jedenfalls einen schönen Abend, und wir sehen uns dann Montagmittag.«

Sie verabschiedeten sich herzlich und legten auf.

Und jetzt? Es war Sonnabendnachmittag, am Sonntagabend wollte Jens kommen, bis dahin hatte Monika nichts mehr vor – außer ganz gesund zu werden. Das Aspirin vom Mittag wirkte noch, die Schmerzen waren verschwunden, doch sie fühlte sich schlapp. Mit einer großen Tasse Kaffee und einem Buch ging sie auf den Balkon. Endlich hatte sie mal anderthalb Tage Zeit, allein für sich. Die grauenvollen Ereignisse bei der Demo würden nicht nur Monika, sondern das ganze Land noch lange beschäftigen. Aber im Moment wollte sie das beiseiteschieben und tun, was man eben tat an einem schönen Nachmittag im Frühsommer: die Sonne genießen und den Balkonblumen beim Wachsen zugucken. Sie klappte das Kopfteil ihrer gelben Campingliege hoch, stopfte sich Kissen unter die Kniekehlen und in den Nacken und begann zu lesen. Wie wunderbar, erfundene Menschen bei ihren Liebeswirrungen zu begleiten. Am Ende ginge es ja gut aus.

Weit kam sie nicht in ihrem Roman, denn sie konnte sich schlecht konzentrieren und schlief auf der Liege ein. Am frühen Abend wachte sie mit Kopfschmerzen auf, ihr Fieber war auf 38,8 gestiegen.

Ihr Abendbrot bestand aus einer Käsestulle und einem Glas Zitronensprudel, sie schaltete den Fernseher ein. Das erste Programm brachte *Einer wird gewinnen*, eine Show mit Quizmaster Hans-Joachim Kulenkampff. Dort mussten Kandidaten die Nationalgetränke von acht Männern erraten. Der Türke trug einen Fes und trank Mokka, der Niederländer im Fischerhemd bevorzugte Genever. Monika fühlte sich gut unterhalten, sie mochte »Kuli« mit seinem charmant-trockenen Humor.

Trotz des Nickerchens am Nachmittag schlief sie auch die ganze Nacht gut. Am Sonntag führte ihr erster Weg in die Küche, sie nahm das Hackfleisch aus dem Gefrierfach. Wie gut, dass sie sich aus der Bücherei einen Stapel Romane mitgebracht hatte. Das Frühsommerhoch hielt an, Fieber und Kopfschmerz waren verschwunden. Sie genoss den Morgen auf dem Balkon, und mit jeder Seite, die sie las, wuchs ihre Sehnsucht nach Jens. Heute Abend. Endlich! Gegen zwölf Uhr gab es ein großes Happy End – allerdings nur im Buch. Nach einem Mittags-Imbiss griff sie zum nächsten Roman: *Vergiss, wenn Du leben willst* von Utta Danella.

Für sieben Uhr hatte Jens sich angemeldet, um fünf erhob sie sich von der Balkonliege, setzte Salzkartoffeln auf und bezog ihr Bett frisch. Als eine Stunde später der Auflauf im Ofen schmurgelte, duschte sie und zog sich an. Sie legte ein neues französisches Parfum auf, eine leichte Note von Moschus – die wirkte auf Männer bekanntlich verführerisch. Monika war bereit. Und wie!

Sie deckte den Tisch, zwischendurch lief sie ein paarmal in den Flur und besah sich im großen Spiegel. Saß die Hose? War die Bluse richtig zugeknöpft? In legerer Kleidung sah er sie am liebsten. Und er fand, sie konnte sehr gut Bluejeans tragen. Über das Kompliment hatte sie sich gefreut. Bluejeans bei einer Frau von über dreißig – das war doch was.

Ihr Haar trug sie offen und mit Außenrolle. Sie hatte sogar überlegt, sich einen bunten Seidenschal in die Frisur zu knoten, in San Francisco und New York galt das jetzt als neuster Chic, doch dann hätte sie sich den Schal gleich im Bett umständlich vom Kopf streifen müssen, also hatte sie darauf verzichtet.

Als sie ihre Sofakissen ordnete, klingelt das Telefon.

Sie erschrak, hoffentlich sagte Jens jetzt nicht ab.

Er war es tatsächlich, allerdings nur um Bescheid zu geben, dass er sich um anderthalb Stunden verspäten würde.

»Wir sind hier noch an der Uni im *Sit-in*. Wegen des Trauerzugs nächste Woche. Wie der SDS hier das am besten mit der DDR verhandelt.«

In Monika stieg Wut auf. Schon wieder war ihm die Politik wichtiger als das Treffen mit ihr. Sie versuchte, ruhig zu bleiben. Ihn den Ärger spüren zu lassen würde alles nur noch schlimmer machen. Vielleicht käme Jens dann gar nicht mehr. Also worum ging es jetzt? Den Trauerzug für Benno Ohnesorg? Sie wusste, dass er in seiner niedersächsischen

Heimat beigesetzt werden sollte. Aber warum verhandelte jetzt der Westberliner Sozialistische Studentenbund mit der DDR? So sachlich wie möglich fragte sie: »Kümmert sich unsere Senatsverwaltung denn nicht darum? Oder die Regierung in Bonn?«

»Die doch nicht. Die sagen, der Sarg soll mit dem Flugzeug überführt werden, von Westberlin nach Hannover.«

»Und das ist nicht in Ordnung?«

»Natürlich nicht. Benno hat einen Riesentrauerzug verdient, ganz viele Kommilitonen wollen mit ihren Pkws hinterherfahren, durch die DDR. Deswegen müssen wir mit Ostberlin verhandeln, und das besprechen wir gerade«, seine Stimme wurde sanft. »Monika, ich weiß, ich bin unhöflich. Verzeih mir bitte die Verspätung. Um halb neun bin ich bei dir, ganz bestimmt.«

Er entschuldigte sich, und die Angelegenheit war extrem ernst. Sie wäre ja ein Unmensch, wenn sie dafür kein Verständnis hätte. »Ist gut, bis halb neun dann.«

Die beiden legten auf, Monika stellte den Backofen auf siebzig Grad herunter.

Was sollte sie mit den Stunden anfangen? Auf ein Buch konnte sie sich nicht konzentrieren, ihr Ärger über Jens wirkte noch nach. Sie ging zur Musiktruhe und legte eine Langspielplatte auf: *Parsley, Sage, Rosemary and Thyme* von Simon & Garfunkel, erst letzten Herbst erschienen. Die Nadel senkte sich auf die Rillen im schwarzen Vinyl. *»Are you going to Scarborough Fair …«*, ein jahrhundertealtes Lied über die Unmöglichkeit der Liebe, so traurig, so sanft und doch voller Zuversicht. Monika lag auf dem Sofa und sang mit. Die Musik beruhigte sie, ihr Ärger auf Jens verebbte. Nach der A-Seite lauschte sie der B-Seite, und weil danach immer noch Zeit war, die Platte wieder von vorn. Nach zwei Durchgängen blieben noch zehn Minuten – vorausgesetzt, Jens würde pünktlich kommen.

Vom Küchenfenster aus blickte sie die Straße entlang. Die Dämmerung hatte eingesetzt, nach dem sonnigen Tag zogen Wolken auf, vielleicht regnete es gleich noch. Jens wollte zu Hause erst einmal duschen, von dort brauchte er zu Fuß gute zehn Minuten zum Zeppelinplatz.

Um eine Minute vor halb neun sah sie ihn die Straße entlangkommen, in der Hand eine schlichte weiße Plastiktüte, die offenbar etwas Schweres enthielt. Er rechnete wohl nicht damit, dass sie am Fenster stand, denn er hielt den Blick auf die Straße gerichtet. Aber vielleicht wollte er sich wegen der Nachbarn einfach nur diskret verhalten.

Sie betätigte den elektrischen Türöffner und trat in den Flur. Auf der Treppe schaute er zu ihr hoch und winkte, schon aus der Entfernung erkannte sie seine tiefen Augenringe. Sicher hatte er seit der Demo vorgestern nur wenig geschlafen.

»Guten Abend!« Sofort schloss sie die Tür hinter ihm, mehr brauchten die Nachbarn nicht zu hören.

»'n Abend, du Schöne.« Er stellte die Tüte ab. »Ich glaube, ich bin gerade noch pünktlich.«

Lachend fuhr sie mit ihren Fingern durch seine Beatles-Mähne. »Und du bist mit nassen Haaren losgelaufen.«

»Na sicher, föhnen hätte zu lange gedauert.« Er schloss Monika in die Arme. »Ich habe dich so vermisst. So, so, so.«

Eng umschlungen standen sie Wange an Wange. Jetzt!, dachte sie. Dies wäre der Moment. Ein inniger Kuss, der direkt nach nebenan in ihr Schlafzimmer führte. Doch er küsste nur zart ihre Lippen, zog gleich darauf seinen Oberkörper zurück und nickte ihr zu. »Alle Achtung. Das riecht unheimlich lecker. Und ich habe total großen Hunger.«

Die Botschaft war klar: zuallererst das Essen. Und danach?

Er machte keine Andeutung, und sie wollte ihn nicht drängen. Lächelnd wies sie zur Küche. »Nimm Platz, es ist alles fertig. Kartoffel-Hackfleisch-Auflauf mit Gouda überbacken, dazu Paprika-Salat mit Kräutersoße.«

»Bestens. Und Entschuldigung noch mal für die Verspätung!« Aus der Tüte zog er eine bauchige Weinflasche mit Bastbezug.

»Danke«, sie staunte. »Und so riesig.«

»Magnum-Größe, anderthalb Liter. Am Zoo ist ja der Trattorist.«

Das Wort kannte Monika nicht, doch sie verstand: Es ging um den italienischen Lebensmittelhändler neben dem Bahnhof. In seinem kleinen Laden kauften hauptsächlich Gastarbeiter, sie selbst war noch nicht drin gewesen.

Er küsste sie auf die Wange. »Dein Auflauf und ein schöner Chianti. Wenn das nichts ist.«

»Wollen wir den denn aufmachen? Ich hätte sonst Bier.«

»Würde auch gut passen, aber mir ist mehr nach Wein. Der hat so was Tröstliches. Ist ja alles traurig genug.«

»Das stimmt.« Monika zog die Küchenschublade auf. »Seid ihr denn weitergekommen? Wegen der Fahrt durch die DDR?«

»Erzähle ich gleich in Ruhe.« Er nahm ihr den Korkenzieher ab. »Du bist eine starke Frau, keine Frage, aber bei der Flasche ist das wirklich schwer.«

Sie tauschte die Pils-Tulpen gegen Rotweinkelche aus, er machte sich an der Flasche zu schaffen. Nach einiger Anstrengung löste sich der Korken.

»Immer wieder ein schönes Geräusch. Und ich spiele heute mal den Mundschenk, du hast ja schon so lieb für uns gekocht.«

»Ach, gerne.« Sie holte den Auflauf aus dem Ofen.

»Hmmm, wie herrlich. Der riecht ja nicht nur toll, sondern

sieht auch wunderbar aus mit dem Käse. So richtig schön goldgelb.«

Normalerweise machte er originelle Komplimente, dachte sie, doch heute brachte er nur Floskeln. Noch ein Zeichen dafür, dass es ihm schlecht ging.

Sie stießen an. Monika verstand nicht viel von Rotwein, aber dieser Chianti besaß Qualität, das schmeckte sie. »Danke noch mal.«

»Ach klar, und großes Dankeschön zurück. Du hast gesagt, wir bleiben vorne auf der Demo. Wahrscheinlich sind wir nur deswegen heil rausgekommen.«

Sie wunderte sich. Er bedankte sich dafür, dass sie die Demo so schnell hatten verlassen können? Obwohl er doch ein paar Minuten später genau dorthin zurückgekehrt war? In so einen Hexenkessel? Weil er unbedingt selbst Zeuge hatte sein wollen? Aber diesen Widerspruch erwähnte sie besser nicht.

»Also hatte meine Angst auch was Gutes.« Sie setzte ihr schönstes Lächeln auf. »Und jetzt lass es dir schmecken.«

»Ganz bestimmt!« Er nahm den ersten Bissen und nickte glücklich. In bemerkenswertem Tempo leerte er Glas und Teller. »Bitte nicht wundern. Aber erstens ist dein Auflauf saulecker, zweitens hatte ich seit heute Mittag nur Kaffee und ein paar Kekse, und drittens hält gutes Essen Leib und Seele zusammen. Und guter Rotwein sowieso.« Er griff zur Flasche. »Für dich auch?«

»Danke, ich hab noch.«

»Aber ich darf doch?«

»Sicher, bitte.«

Er schenkte sich das zweite Glas ein, trank es zur Hälfte und aß weiter. Zwischendurch suchte er ihren Blick. »Das bedeutet mir viel, Monika, so viel, dieser Abend heute, dass du erst auf mich wartest und mich dann auch noch so lieb bewirtest.«

Sie nickte verständnisvoll. »Wann soll denn nun der Trauerzug stattfinden?«

»Wissen wir noch nicht. Der Staatsanwalt hat Bennos Körper … Verzeihung. Darüber reden wir lieber später, nicht beim Essen.«

Monika zuckte mit den Schultern. »Kein Problem, jedenfalls für mich nicht.«

»Gut, dann …«, er kaute den Mund leer. »Also, die Staatsanwaltschaft hat Bennos Körper beschlagnahmt, und jetzt wird er rechtsmedizinisch untersucht. Zweifelsfrei ist er an dem Kopfschuss gestorben, aber da hängen natürlich alle möglichen Fragen dran. Wir hoffen ja, dass der Schütze verurteilt wird, und zwar nicht zu knapp.«

»Aber der Trauerzug ist diese Woche?«

»Wohl Donnerstag.« Jens hob den Blick. »Kommst du mit?«

Sie schüttelte den Kopf. »Kann ich schlecht einrichten, das wäre ja tagsüber.«

»Sicher, wir müssen doch rüber nach Niedersachsen.«

Hatte sie Jens mit der Absage enttäuscht? Sie wollte etwas hinzufügen, da meinte er: »Schon verstanden, du kannst dir nicht einfach freinehmen.«

»Könnte ich schon, aber nicht ausgerechnet an dem Tag. Da würden alle fragen, ob ich auf dem Trauerzug war.«

»Schon klar!« Jens trank sein Glas leer und schenkte sich nach. »Du sollst dir im Salon keinen Ärger einhandeln.«

»Danke, dass du das versteht.«

»Natürlich«, er lachte auf. »Ein bisschen seltsam ist das ja schon. Durch mich führst du so eine Art Doppelleben. Ist doch so, oder? Du willst das keinem erzählen …« Er zeigte mit dem Finger zwischen ihnen hin und her. »Und so?«

Sie schmunzelte. »Und so?«

»Na ja, du verstehst schon.«

Ja, sie verstand. Und sie fand es jammerschade, dass er im Moment keine Lust auf sie hatte.

»Von mir weiß es nur Sonja, und die ist absolut verlässlich.«

Er nickte. »Und durch mich wissen es nur Ludger und Jutta. Und, na ja, Otto natürlich, der Wirt im Mollen-Eck. Aber das ist bei uns Studenten auch kein Problem, wir sehen das alles viel lockerer.« Der Alkohol steigerte offenbar seinen Rededrang. Er berichtete weiter vom *Sit-in* an der Uni. »Jetzt geht es eben darum, dass die DDR für einen würdigen Trauerzug die Autobahn sperrt, am besten in beide Richtungen. Damit auf der Gegenseite nicht die ganzen Schaulustigen stehen bleiben.«

Monika staunte. »Und das wollt ihr durchsetzen? Ihr vom SDS?«

»Na klar. Die Chancen stehen gut. Das ist für Ulbricht eine Steilvorlage. Bennos Tod ist für die DDR doch Wasser auf die Mühlen. Da können die richtig schön Stimmung machen gegen den Westen, wo angeblich Demokratie herrscht, aber ein friedlicher Demonstrant von der Polizei erschossen wird.«

Jens beendete seine zweite Portion.

»Möchtest du noch?«

Er atmete aus. »Also wenn ich darf, das ist so lecker. Ich weiß ja: Ich benehme mich unmöglich.«

»Tust du nicht.« Lächelnd stand sie auf und füllte den Teller, er schenkte Wein nach, für Monika das zweite Glas, für sich selbst das fünfte.

Mit Appetit verdrückte Jens zwei weitere Portionen, Monika überkam ein warmes Gefühl: Ihm ging es schlecht, er hatte etwas Schlimmes erlebt, sie hatte ihn bekocht und sah ihm nun gerührt beim Essen zu. Aber nicht wie eine Geliebte – eher wie eine Mutter ihrem halbwüchsigen Sohn. Dass Jens derartig viel essen konnte, erstaunte sie nicht. So was kannte sie von ihren Brüdern, auch die hatten als junge Männer heftig reingehauen. Und der knappe Liter Wein, den er intus hatte? Ob er oft so viel trank? Zumindest vertrug er das – bis jetzt jedenfalls. Seine Bewegungen wirkten nicht fahrig, seine Sprache nicht verwaschen.

»Also: Diese Polizeigewalt war volle Absicht. Damit wir Studenten mal so richtig was auf die Schnauze kriegen. Jutta und Ludger sagen das auch. Beim Wegrennen ist Jutta mit dem Fuß umgeknickt, aber zum Glück ist nichts gebrochen, nur eine Bänderzerrung. Und die Ärzte in der Notaufnahme meinten: Gut, dass sie gleich ein Taxi genommen hat, auf einen Krankenwagen hätte sie ewig warten müssen.« Jens war nun mit der dritten Portion fertig und spülte mit Chianti nach.

»Ich hätte auch Nachtisch. Nicht selbst gemacht, aber lecker. Fürst-Pückler-Eis mit Sahne und Waffel.«

Er hob die Hand. »Lieb von dir, aber geht nicht.«

»Dann später?«

»Nein danke. Es war sehr, sehr gut, und jetzt bin ich absolut satt.« Jens stand auf. »Entschuldige bitte, nur kurz.«

Auf dem Weg zur Toilette machte sich der Alkohol bemerkbar. Er wankte zwar nicht, doch seine Bewegungen wirkten ungelenk.

Monika schöpfte Hoffnung, vielleicht machte ihm der Wein ja doch noch Lust auf mehr. Im Wohnzimmer stellte sie die Musiktruhe an, die Platte von vorhin passte gut: *»And I must know she's a true love of mine …«*

Sie hörte die Badezimmertür und ging ihm entgegen, im Flur standen sie sich gegenüber. »Sollen wir uns rübersetzen? Aufs Sofa?«

Er zögerte. Wollte er einen anderen Vorschlag machen? Nicht das Sofa, sondern lieber gleich das Bett? Leider irrte sie sich.

»Tut mir leid, Monika. Das kann ich heute nicht. Seelisch, meine ich.«

»Ach so?« Sie lächelte gegen ihre Enttäuschung an. »Natürlich. Kann ich doch verstehen. Ich dachte: bloß ein bisschen kuscheln.«

»Auch nicht. Und das hat wirklich nichts mit dir zu tun. Nächste Woche wieder sehr, sehr gern. Nur jetzt noch nicht. Nach all dem …« Er hatte schnell getrunken, jetzt stieg ihm die Röte ins Gesicht. Er suchte ihren Blick. »Und danke, dass du das verstehst. Vielen, vielen Dank.«

Der Wein ließ seine Mimik sanfter wirken und seine Lippen voller. Manchmal, wenn sie sich langsam voneinander lösten und entspannt auf die Laken sanken, erinnerte Monika sein Gesicht an das eines Kindes. Als würden viel mehr als nur neun Jahre sie trennen, als hätte er noch sein ganzes Leben vor sich, und das Zusammensein mit ihr wäre nur ein Auftakt. Ein Vorspiel für all die anderen Frauen, die er noch lieben würde und unter denen die eine wäre. Die Frau, mit der er sein Leben verbringen und Kinder haben wollte. Irgendwann in der Zukunft, als reifer Mann, wenn er Monika längst vergessen hätte.

Sein Lächeln wich einem Seufzer. »Darüber haben wir an der Uni eben auch noch geredet: diese eine Meldung auf der Demo. Dass angeblich ein Polizist gestorben ist, erstochen von einem Demonstranten, das ist alles Unsinn. Reine Falschmeldung, eine Ente, wahrscheinlich ganz gezielt. Damit hat man die Polizisten angestachelt, damit die so richtigen Hass kriegen und wie wild losprügeln. Das muss man sich mal vorstellen. Statt die Demo friedlich aufzulösen, hat unsere Polizei das Gegenteil gemacht. Die Sache völlig eskalieren lassen. Und der Innensenator sitzt in der Oper und wird da nicht rausgeholt.«

Offenbar lag ihm viel auf der Seele. Sie setzten sich wieder in die Küche, er schenkte sich nach. Monika hörte ihm zu, halb erschüttert, halb gerührt. Wie hätte sie ihm böse sein können bei diesem bitterernsten Thema? Er brauchte das Gespräch, er brauchte den Wein – aber den Sex, nach dem sie sich sehnte, brauchte er eben nicht.

»Und dass die Polizei einen Demonstranten erschossen hat? War das auch geplant?«

»Ob man ein Todesopfer wollte? Eher nicht. Denn jetzt ermittelt die Staatsanwaltschaft, und das rückt die Politische Polizei in ein enorm schlechtes Licht. Der Schütze war wohl ein Greifer von denen. Vielleicht hatte der einfach bloß Lust dazu, jemanden abzuknallen. Der Krieg ist schon lange her. Da vermisst man das tolle Gefühl, wenn man einen Gegner kaltmacht. Übrigens, eine Kommilitonin war bei Benno, als er mit dem Kopfschuss blutend auf dem Parkplatz lag. Sie hat ihm ihre Handtasche unter den Kopf geschoben. Und ein fremder Mann hat sie beschimpft: ›Was? Dem wollen Sie noch helfen?‹ Das hat der Mann gesagt. Absolut kaltblütig. Ohne Mitgefühl.« Jens lachte böse. »Genau so ist das nämlich, so sehen das die meisten hier: Geschieht den Studenten recht, wenn die Polizei einen von denen abknallt. Warum nicht noch viel mehr? Bei Adolf hätte es solche Demos gar nicht erst gegeben. Der hätte kurzen Prozess gemacht. Rübe ab und Ruhe!« Jens schüttelte den Kopf. »Wie soll man denn dabei ruhig bleiben?«

Monika nickte schweigend. Je länger sie ihm zuhörte, desto mehr wuchs ihr Unbehagen. Sie wollte nicht wahrhaben, was in diesem Land passierte.

»Und warum Benno Ohnesorg?«, fragte sie. »Aus einem bestimmten Grund?«

»Ist nicht klar. Soweit wir wissen, hat er versucht, einen

Streit zu schlichten, ist aber selbst zwischen die Fronten geraten.«

»Zwischen die Demonstranten und die Polizei?«

»Genau. Dabei hat ihn ein Uniformierter verprügelt. Aber auch ein Zivilpolizist stand wohl in der Nähe und hat Benno dann erschossen.«

»Also reiner Zufall? Ich meine, dass ausgerechnet Benno das Todesopfer ist?«

»Vermutlich. Vielleicht lag es aber mit an seinem roten Hemd.«

»Ein rotes Hemd?«

»Ja. Benno trug an diesem Abend ein rotes Hemd. Einfach so. Seine Frau fand es schön und hat es ihm geschenkt, und er hat es angezogen. Aber es kann natürlich sein, dass der Polizist dadurch rotgesehen hat. Im wahrsten Sinne des Wortes. Nicht falsch verstehen: Ich will diesen Verbrecher ganz bestimmt nicht in Schutz nehmen. Aber vielleicht hat ihn das rote Hemd besonders angestachelt.« Jens seufzte. »Ich kannte Benno nur so vom Sehen, er war ein paar Semester über mir. Ein freundlicher Kerl, sagen die anderen, eher ruhig und zurückhaltend, überhaupt kein Krakeeler oder Hetzer. Und ausgerechnet …« Jens traten Tränen in die Augen. Vielleicht war es ihm peinlich, in einem Ruck stand er auf und hob noch einmal das Glas. »Auf dich, Monika, sei mir nicht böse, aber ich muss los.«

Er trank aus und ging in den Flur, sie folgte.

»Monika«, seine linke Hand lag schon auf der Türklinke. »Ich melde mich, ganz bestimmt. Wahrscheinlich noch nicht morgen, aber übermorgen dann, also Dienstag, ja, spätestens Dienstag. Und dann sehen wir, wann wir uns treffen. Und wir treffen uns wieder, ganz sicher. Aber jetzt brauche ich erst mal Ruhe.«

Er küsste sie kurz auf den Mund. »Bis Dienstag. Ganz bestimmt.«

Ihr blieb jedes Wort im Halse stecken, sie nickte. Merkte er, wie es ihr ging? Oder war es ihm egal?

»Tschüs dann, und vielen Dank noch mal«, er zog die Tür auf und trat in den Flur. Mit der ersten Treppenstufe drehte er sich um und winkte ihr zu. Sie hob zaghaft die Hand.

Erst als die Haustür hinter ihm ins Schloss fiel, kehrte Monika zum Tisch zurück. Vom Chianti war nicht mehr viel übrig. Sie überlegte, den Rest wegzuschütten, doch dann stellte sie die verkorkte Flasche in die Speisekammer. Dabei ließ sie ihre Tränen laufen.

SEHNSUCHT

Nein und noch mal nein! Sie wollte sich nicht unterkriegen lassen von ihren Gefühlen. Sie würde einen kühlen Kopf bewahren, auch wenn es schwerfiel. Am Dienstag würde er sich wieder melden. So gern wollte Monika ihm das glauben – doch genauso tief wie ihre Enttäuschung saß ihr Zweifel. Dass er nicht zwei Tage nach dem Tod seines Kommilitonen mit ihr schlafen mochte, konnte sie verstehen. Aber warum war er nicht mal zum Kuscheln mit ihr aufs Sofa gekommen? Warum hatte er sie den ganzen Abend kaum berührt?

Und wenn er sich nicht meldete? Gar nicht? Aber würde er das tun? Einfach mit ihr Schluss machen, ohne Gespräch? Aus Angst vor ihrer Reaktion? Nein, so ein Verhalten traute sie ihm nicht zu. Sie wollte abwarten, etwas anderes blieb ihr sowieso nicht übrig. Er lebte bei seinen Eltern, dort konnte sie ihn nicht anrufen. Und ihm auch nicht schreiben. Grundsätzlich leerte seine Mutter den Briefkasten, hatte er erzählt. Monika bliebe nur die Möglichkeit, ihn über die SDS-Zentrale zu erreichen, aber diese Peinlichkeit wollte sie sich und ihm lieber ersparen.

Am Montag frühstückte sie bei ihrer Familie. Mutter Elfie freute sich, dass es Monika gesundheitlich besser ging, das ruhige Wochenende auf dem Balkon hatte ihr offenbar gutgetan.

Monika brachte ihre Tante zur Dialyse und fuhr danach in den Salon, um Unterlagen zu ordnen. Sie hasste Schriftkram und war Sonja dankbar, dass die sich darum kümmerte und nicht mehr verlangte als einen Haarschnitt samt Föhnwelle.

Die beiden trafen sich um halb eins in den Schinkel-Stuben,

einer Speisegaststätte am Leopoldplatz. Ihr letztes Treffen lag erst eine Woche zurück, und am Sonnabend hatten sie noch telefoniert. Trotzdem kam es Monika vor, als falle ihr eine riesige Last von der Seele. Endlich jemand, dem sie guten Gewissens ihr Herz ausschütten durfte.

Es hatte zu regnen begonnen, auf der Terrasse konnten sie nicht sitzen. Drinnen fragten sie nach einem ruhigen Tisch, sie hätten etwas sehr Persönliches zu besprechen.

»Ihr Wunsch ist mir Befehl, Fräulein Ebeling«, der Kellner zwinkerte fröhlich. »Muss ja nicht jeder wissen, dass Sie Goldklumpen nach Moskau schmuggeln.«

Monika und Sonja stimmten in sein Lachen ein, ließen sich zu einem Tisch hinter einem Pfeiler führen und bestellten das Tagesgericht: Zigeunerschnitzel mit Pommes frites und grünem Salat, dazu Tafelwasser.

»Und?«, fragte Sonja, nachdem sich der Kellner entfernt hatte. »Willst du zuerst erzählen? So schlecht, wie es dir geht?«

»Sieht man das?«

»*Ich* sehe das.«

»Ja, dann«, Monika schluckte hart, sie fächelte sich Luft zu.

»Wollen wir lieber an die frische Luft? Bis das Essen kommt?«

»Nein, schon in Ordnung.« Monika atmete durch, dann erzählte sie vom Abend mit Jens und sah dabei immer wieder Sonja an. Deren Miene wechselte von blankem Entsetzen über Trauer zu Heiterkeit und wieder zurück.

Mit Jens' sechstem Glas Wein an ihrem Küchentisch endete Monikas Bericht.

Sonja antwortete nicht gleich, offenbar brauchte sie Zeit, die Gedanken zu sortieren.

Der altgediente Kellner schien zu spüren, welch schwierige Themen in der Luft lagen. Er servierte das Tafelwasser und war auch schon wieder verschwunden.

»So, so. Erst hat Jens sich bei dir volllaufen lassen, und dann hat er sich aus dem Staub gemacht.« Sonja hob ihr Glas. »Darauf ein Schluck Gänsewein. Nicht zu korkig und schön feucht im Abgang.«

Monika konnte mitlachen. »So, so. Du findest die Geschichte also komisch?«

»Stellenweise schon. Aber bitte nicht falsch verstehen, natürlich ist der Hintergrund tief tragisch. Und eine Sache finde ich besonders komisch, obwohl die natürlich auch bitterernst ist. Nämlich das mit deinem Doppelleben. Ich finde, das ist nicht gut für dich.«

Monika schüttelte den Kopf. »Das Wort ist doch völlig übertrieben. Nur weil ich außer dir keinem was von Jens erzähle, führe ich kein Doppelleben.«

»Doch. In gewisser Weise schon. Allein, wenn ihr telefonieren wollt: Du musst auf deine Angestellten Rücksicht nehmen und deine Kundinnen und deine Familie und auf seine Eltern.«

»Auf seine Eltern muss er auch Rücksicht nehmen. Und die übrige Familie natürlich.«

»Eben! Und wann wollt ihr denen was sagen?«

»Wahrscheinlich gar nicht. So ernst wird das ja gar nicht mit uns beiden. Das ist ja nichts von Dauer.«

»Aha? Wenn das für dich so klar ist, kannst du die Sache doch auch einfach beenden.«

Monika wollte etwas erwidern, doch in dem Moment kam das Zigeunerschnitzel. In den Schinkel-Stuben servierte man mittags eher mäßig große Portionen, die meisten Gäste mussten anschließend wieder arbeiten.

»Apropos Portionen«, Sonja kicherte, »wenn dir das hier nicht reicht, frag in der Küche doch einfach nach Nachschlag. Oder zweifach. Oder dreifach.«

Monika verstand die Anspielung auf ihren Auflauf. »Sehr witzig!«

»Genau! Und jetzt wieder ernst: Du hattest gestern Mitleid mit ihm, und er hat sich von dir bemuttern lassen. Aber wie soll das weitergehen mit euch beiden? Als Liebespaar? Hat er überhaupt eine klare Meinung dazu?«

»Weiß ich nicht. Gestern hat er eher drumrum geredet, aber das lag vielleicht auch am Alkohol.«

»Also wusste er nicht mehr, was er sagt?«

»Nein, so schlimm nicht. Er konnte einfach seine Gedanken nicht mehr richtig sortieren. Und das lag nicht nur am Wein, sondern an der ganzen schwierigen Situation.«

»Na gut. Dann klär das. Wie er sich das weiter mit dir vorstellt. Du fragst ihn, sobald er sich wieder meldet. Er wird sich doch wieder melden, oder?«

»Bestimmt. Er ist ja kein Feigling.«

Sonja nickte. »Das wohl nicht, aber eben noch verdammt jung. Er steht noch nicht so sicher im Leben, wie du dir das wünschst. Wenn er zehn Jahre älter wäre, hätte er dich vielleicht auch nicht so ausgenutzt.«

»Aber dass er nicht mit mir schlafen wollte, kann man doch verstehen, oder?«

»Ja sicher. Nun fühl dich bloß nicht auf den Schlips getreten. Ich habe dir gesagt, ich fände einen reiferen Mann für dich besser, du hast dich trotzdem auf Jens eingelassen, also musst du mit solchen Problemen rechnen.« Sonja hob die Hand. »Damit meine ich nicht die Demo. Sondern einfach Jens und dich.«

»Schon klar. Dann erzählst du mir aber auch noch was von deiner Arbeit, ja?«

»Mach ich. Beim Haareschneiden.«

Monika verstand: Wenn die Freundin schon gegen ihre

Schweigepflicht verstieß, dann wenigstens nicht vor den Ohren des Obers. »Gibt's denn was Neues von Ninette? Wegen Fehmarn?«

»Ja. Gut, dass du mich dran erinnerst. Die hat gestern angerufen. Also, ich war gerade nicht da, aber Clemens hat mit ihr telefoniert. Und das klappt: ab Mitte August für knapp drei Wochen.«

Ninette war die Tochter der Hamburger Kosmetikdynastie van Halem. Sie und Sonja kannten sich aus ihrer gemeinsamen Zeit in einem Hauswirtschafts-Internat, und inzwischen gehörte auch Monika zum Freundinnenkreis.

Ninette und ihr Mann besaßen ein Haus auf Fehmarn. In den Hamburger Schulferien nutzten sie es für Urlaube mit ihren drei Töchtern, außerhalb dieser Zeit vermieteten sie es an gute Freunde. Im letzten Jahr hatte Monika hier zwei wunderbare Sommerwochen verbracht, zusammen mit Sonja und Clemens, Sonjas beiden Kindern und mit Karin, der Schwester von Sonjas erstem Mann Jürgen. Auch in diesem Jahr wollten sie wieder hin, Monika gönnte sich und ihren Angestellten drei Wochen Betriebsferien. Sie freute sich auf Fehmarn, doch es bedeutete auch: drei Wochen ohne Jens. Aber an diesen wunden Punkt wollte sie jetzt noch nicht denken.

Vom Speiselokal waren es keine zweihundert Meter zum Salon.

»Erst Haare schneiden oder erst Papierkram?«

»Schneiden bitte.« Sonja ging zur Frisierkabine vor, Monika folgte ein paar Minuten später mit zwei Tassen Kaffee.

Seit siebzehn Jahren war Sonja hier Kundin, erst bei Ilse, dann bei Monika. Vor deren Gesellenprüfung hatte Sonja als Übungsmodell gedient. Ein paarmal war der Schnitt völlig danebengeraten, Ilse hatte dann die Patzer ausgeglichen und

Sonjas schulterlangen Bob auf Kinnlänge gekürzt. Sonja hatte darüber lachen können.

»Und jetzt darfst du loslegen!« Sonja steckte die Arme durch die Öffnungen im rosaroten Umhang und hob beide Hände zum Schwur. »Kein Sterbenswort an niemanden, auch nicht an Jens.«

»Ja dann«, Sonja holte Luft. »Wenn es nur nicht so ernst wäre. Du glaubst nicht, was für eine Stimmung bei uns im Rathaus herrscht.«

Sonja drückte sich einen Frotteelappen vor die Augen und beugte den Oberkörper vor. Nach der Haarwäsche erzählte sie weiter. Zweitausend Sendungen mehr als sonst im gleichen Zeitraum waren seit Sonnabend im Rathaus eingetroffen. Briefe von Bürgern, von den wüstesten Beschimpfungen hin zum höchsten Lob, mit allen erdenklichen Meinungen quer durch die politische Landschaft. Die meisten stießen in dasselbe Horn wie die Springer-Presse. Aber auch die andere Seite meldete sich. Bürger, die um Rechtsstaat und Demokratie bangten: Wer genau hatte den Schlagstockeinsatz angeordnet? Warum war Innensenator Büsch in der Oper geblieben? Warum hatte Polizeipräsident Duensing seinen Dienstherrn nicht aus der Vorstellung geholt? Weil der Senator nicht verantworten wollte, was vor der Oper geschah?

»Duensing hat heute übrigens eine Pressekonferenz gegeben, im Polizeipräsidium, ein Referent vom Bürgermeister war da, und anschließend ist er kurz in die Poststelle gekommen und hat was erzählt: Die Art, wie die Polizei Freitag gegen die Studenten vorgegangen ist, das bezeichnet Duensing als seine spezielle Leberwursttaktik.«

»Verstehe ich nicht.«

»Kein Wunder, dafür bist du nicht bösartig genug. Also: Die Demonstranten standen gegenüber der Oper am Bauzaun entlang in einer Art Schlauch oder eben in einer Art Wurst. Und Leberwursttaktik heißt: in der Mitte mit Polizeigewalt reinstechen und zu den beiden Seiten die Demonstranten rausdrücken.«

»Was?!« Beinahe fiel Monika die Schere aus der Hand. In ihr erwachten die Bilder. Fünfzig Meter weiter links von der Stelle, wo sie und Jens gestanden hatten. Die Polizisten im Sturmschritt, die erhobenen Schlagstöcke, die Flucht nach vorn durch das Stahlgitter und nach rechts in die Krumme Straße.

»Ja«, Sonja seufzte. »Leberwursttaktik. So zynisch redet unser Polizeipräsident, noch dazu vor der versammelten Presse. Und die Krankenhäuser um die Bismarckstraße herum haben schon früh eine Anordnung vom Innensenator bekommen, dass sie Freitag ein paar Patienten vorzeitig entlassen sollten, damit abends genug freie Betten da wären.«

Monika blieb der Mund offen stehen.

»Genau«, fuhr Sonja fort. »Du hast ja von den vielen Krankenwagen erzählt, die in der Krummen Straße gewartet haben. Das passt alles zusammen. Diese Straßenschlacht war von Anfang an geplant. Aber Duensing behauptet immer noch, er habe erst am Freitagabend beschlossen, dass die Polizei losschlagen soll. Als Reaktion. Weil die Demonstranten angeblich mit der Gewalt angefangen haben.«

Monika konnte nur noch den Kopf schütteln. »Und wer hat das alles geplant? Der Polizeipräsident ganz allein?«

»Tja. Da haben wir im Rathaus jetzt das große Rätselraten. Nix Genaues weiß man nicht, alles nur Gerüchte. Aber die Befehle kamen wohl von ganz oben: US-Geheimdienst, Bundesnachrichtendienst, westdeutscher Verfassungsschutz und der Bonner Innenminister. Und der SAVAK natürlich, der hat schließlich die Prügelperser geschickt.«

»Und was passiert jetzt nach dieser ganzen Gewalt?«, fragte Monika. »Darf der Polizeipräsident einfach so weitermachen? Und der Innensenator auch?«

»Wohl nicht. Wahrscheinlich treten beide zurück oder werden zurückgetreten. Aber darüber herrscht bei uns strengste Schweigepflicht.«

Monika bedankte sich. Sie hatte versprochen, nichts davon weiterzugeben, daran würde sie sich halten, auch gegenüber Jens. Doch eins wusste sie jetzt: Mit seiner Einschätzung der Westberliner Polizei hatte er richtiggelegen, und vermutlich würde er auch zum Tod von Benno Ohnesorg recht behalten.

* * *

Wie gut, dass Monika den Salon wie jedes Wochenende für zweieinhalb Tage geschlossen hatte. Am Dienstag berichtete die Springer-Presse zwar immer noch verlogen und einseitig über die Demonstration, aber Monikas Kundinnen wollten nicht mehr so häufig darüber sprechen. Es ging beim Haaremachen wieder um die normalen Themen: Kinder, Haushalt, Mode, Urlaub oder manchmal auch um den Beruf.

Erleichtert schloss sie um kurz vor sieben die Ladentür hinter sich ab und machte sich auf den Heimweg. Heute würde er sich wieder melden, hatte Jens versprochen, also würde er bestimmt gleich anrufen, so gegen acht, seine übliche Uhrzeit.

Zu Hause holte sie die Post aus dem Kasten: ein paar Prospekte, die Rechnung über die letzte Reparatur ihrer Musiktruhe, eine Nachricht vom Vermieter, dass man nächsten Freitag für zwei Stunden das Wasser abstellen musste – und ein Brief. Auf dem weißen Umschlag stand per Hand und in blauer Tinte ihr Name. Die Schrift hatte sie noch nie gesehen, und doch wusste sie gleich, wem sie gehörte. Die Buchstaben waren sorgfältig aneinandergereiht und leicht nach rechts geneigt, wie es sich gehörte für einen Lehrer, der viel an der Tafel schrieb. Der Brief trug keine Marke, offenbar hatte der Absender ihn selbst eingeworfen. Monika hätte den Umschlag nicht mehr umdrehen müssen, sie tat es trotzdem. Ein großes J mit einem Punkt dahinter.

Ihr Herz raste, und für einen Moment wünschte sie sich, sie könnte noch einmal von vorne anfangen: An diesem Dienstagabend aus dem Salon nach Hause kommen und den Briefkasten aufschließen und darin *keinen* Umschlag finden von einem Mann, der sich J. abkürzte und dessen Brief nichts Gutes verheißen konnte. Aber es war, wie es war.

In ihrer Wohnung drückte sie die Tür ins Schloss und riss den Umschlag auf. Dieselbe sorgfältige Schrift, dieselbe Tinte:

Liebe Monika,
mit diesem Brief tue ich Dir weh, das weiß ich und bedaure es sehr. Aber wenn wir beide jetzt einfach so weitermachten, dann wäre der Schmerz irgendwann noch viel größer. Nicht im Moment, aber zu einem späteren Zeitpunkt.
Ich möchte nicht beenden, was zwischen uns in so kurzer Zeit so wunderbar gewachsen ist. Aber ich bitte Dich um eine Pause.
Die Ereignisse um Benno Ohnesorgs grausamen Tod haben wohl jeden erschüttert, der an die Zukunft unserer jungen Demokratie geglaubt hat. Doch für meine Kommilitonen und Genossen ist es besonders schwer. Wir sitzen fast jeden Abend zusammen und bereden, was wir tun können, um in unserem Staat eine erneute Diktatur zu verhindern. Es fällt uns schwer, uns auf unser Studium zu konzentrieren, dabei müssen wir ja zum Ende des Semesters Mitte Juli wichtige Prüfungen ablegen.

Bitte lass mir ein paar Monate, in denen wir uns nicht sehen und auch nicht telefonieren oder schreiben. Ich möchte mich in Ruhe auf das Examen vorbereiten und mit meinen Kommilitonen und Genossen neue politische Strategien erarbeiten. Nicht zuletzt brauche ich Zeit, um Bennos Tod zu betrauern.
Und bitte glaube mir, Du bist mir sehr, sehr wichtig, ich interessiere mich für keine andere Frau, denn wenn es so wäre, würde ich Dir das ehrlich sagen. Seit unserem Kennenlernen Ende Mai hast Du mich völlig für Dich gefangen genommen. Ich bitte Dich nur um etwas Geduld, nur ein paar Monate. Dann werde ich mich ganz sicher wieder melden.
Mit herzlichen Grüßen
Dein Jens

Sie starrte auf die blaue Schrift, da fielen auch schon ihre Tränen auf das Papier und verschwammen mit der Tinte. Wie im Kitschroman, fuhr es ihr durch den Kopf. Und wie im Kitschroman zerriss sie den Bogen, einmal längs, einmal quer, zerknüllte die Fetzen und warf das Knäuel in eine Ecke. Dabei wusste sie schon: In ein paar Stunden würde sie den Brief aufheben, zusammensetzen und glätten. Aber bis dahin wollte sie wütend auf Jens sein.

Sie nahm sich eine Wolldecke, legte sich auf den Balkon und schaute in den grauen Himmel. Warum nur? Warum wollte Jens sie so lange nicht sehen? Sie würde sich ihm nicht aufdrängen, ihn zu nichts überreden und sogar darauf verzichten, mit ihm zu schlafen – auch wenn ihr die Sehnsucht das Herz zerriss.

Es war kurz vor acht, sie rief Sonja an. »Möchtest du erst Nachrichten gucken oder können wir reden?«

»Was glaubst du denn, was ich möchte? Als deine älteste

Freundin? Und wenn ich hören kann, dass es dir schlecht geht? Also schieß schon los.«

Monika erzählte von dem Brief. »Was ich nicht verstehe: warum er überhaupt keinen Kontakt mit mir will. Nicht mal einen kurzen Anruf oder eine Postkarte? Damit würde ich ihn doch nicht stören, auch nicht beim Lernen für die Prüfungen.«

Sonja lachte auf. »Nimm's mir nicht übel, aber das weißt du doch nun spätestens seit Donnerstag. Als er dir so kurzfristig abgesagt hat, weil er zu dieser Sache im Audimax musste. Er hat eben noch eine Geliebte. Keine andere Frau, sondern die Politik. Und die ist ihm wichtiger als du, damit musst du dich abfinden oder es sein lassen.«

»Hm. Und du denkst nicht, dass sich da auch noch was ändern kann?«

»Du meinst, wenn ihr erst mal länger zusammen seid?«

»Ja. Dass er dann auch merkt, wie schlecht es mir ohne ihn geht und er mich nicht einfach so vor die Wahl stellt: die Politik oder ich.«

Sonja seufzte tief und vernehmlich. »Aber du sagst doch selbst, es kann nicht wirklich was werden zwischen euch beiden. Jedenfalls nichts Dauerhaftes. Und du hast dich längst darauf eingestellt.«

»Hab ich ja auch.«

»Hört sich im Moment aber nicht so an. Sonst könntest du doch jetzt sagen: Soll er sich ruhig in ein paar Monaten wieder melden, dann schauen wir mal. Ich fühle mich zu nichts verpflichtet, und wenn mir in der Zeit ein anderer Mann begegnet, dann nehme ich auf Jens keine Rücksicht.«

Monika zögerte. »So sollte ich das sehen?«

»Solltest du. Und so naiv ist Jens doch wohl hoffentlich nicht, dass er nicht weiß: Genau das könnte passieren, und dann kann er bei dir nicht mehr landen.«

»Aber es geht ihm doch wirklich nicht gut. Die Demo und dieser Todesfall, das ist ganz furchtbar.«

»Das will ich gar nicht kleinreden. Aber deswegen gleich den Kontakt abzubrechen? Also nicht mal ein kurzer Anruf, damit du weißt, wie es ihm geht? Das ist doch seltsam. Glaubst du ihm das eigentlich? Dass keine andere Frau dahintersteckt?«

»Er lügt mich nicht an.«

»Was macht dich so sicher?«

»Wenn es tatsächlich eine andere gäbe, würde er mir das offen sagen, auch wenn er mir damit wehtäte.«

»Na gut. Dann willst du diese paar Monate akzeptieren?«

»Ja klar.«

»Und wenn du die Zeit nutzt und dich mal anderweitig umguckst? Öfter mal unter Leute gehst oder eine Anzeige aufgibst? Und dann gäbe es ja auch noch diese freundlichen Institute zur Eheanbahnung …«

»Von denen ich nichts halte.«

»Wenn ich ganz lange und heftig nachdenke, fällt mir ein, dass du das schon irgendwie mal erwähnt hast«, feixte Sonja. »Wegen unguter Erfahrungen deiner Tante im Jahre 1947.«

»Spotte du nur.«

»Mache ich doch gern. Weil du nämlich nicht Äpfel mit Birnen vergleichen kannst. Nach dem Krieg gab es keine Männer mehr. Nur jetzt sind wir zwanzig Jahre weiter. Aber bitte schön, wenn du unbedingt zwei, drei Monate auf Jens warten willst, dann tu das. Bloß lass dir gefälligst den Sommer nicht verderben. In neun Wochen geht's nach Fehmarn, und wir suchen dir am Strand einen schicken Kurschatten. Bei Männern in Badehose erkennt man wenigstens was.«

Sie lachten. Für den übernächsten Montag verabredeten sie sich zum Mittagessen, und vorher sollte Monika gefälligst jederzeit anrufen, wenn es ihr schlecht ginge. Sie versprach es hoch und heilig, die beiden legten auf.

Und jetzt? Es war gerade mal acht, aber Monika hatte an diesem Abend zu nichts mehr Lust: kein Lesen, kein Fernsehen, kein Musikhören. In der Speisekammer stand noch die Flasche vom Sonntag. Der Rest Chianti reichte für ein Glas. Sie setzte sich auf den Balkon und trank und hätte am liebsten nicht an Jens gedacht. Dann ging sie schlafen.

* * *

Der Tag darauf begann wie ein gewöhnlicher Mittwoch. Um zehn vor acht waren Monikas Damen versammelt. Vom Lesezirkel gab es neue Klatschblätter: die allerschönsten Hochglanzbilder vom Schah-Besuch. Die Demonstrationen und der Tod von Benno Ohnesorg kamen nur am Rande vor.

So gut wie möglich versuchte Monika, ihren Herzschmerz zu verbergen, ihre Angestellten und Kundinnen durften ihr nichts anmerken.

Heute nahm Lydia als Erste ihre Mittagspause. »Chefin, ich hole mir ein paar Äpfel, und dann setze ich mich raus in die Sonne.«

»Mach das, bis gleich.«

Pünktlich um halb eins kehrte das Lehrmädchen zurück, zog wieder Arbeitskleidung an und kam in die Frisierkabine.

»Kann ich Sie gleich bitte kurz sprechen, Frau Ebeling? Wegen morgen?«

»Klingt ja dringend …« Monika hielt beim Lockenwickeln inne. »Ist was passiert?«

»Nein, zum Glück nicht, jedenfalls nichts Neues. Aber wenn wir beide geredet haben, müsste ich noch mal telefonieren und Bescheid sagen.«

»Gut. Dann in einer halben Stunde. Bis dahin fegst du bitte kurz durch und putzt die Becken.«

Das Lehrmädchen gehorchte, doch Monika spürte die Ungeduld. Eine halbe Stunde war offenbar schon zu viel. Was hatte Lydia eben gesagt? Es ging um morgen, und es war etwas passiert, aber nichts Neues? In Monika stieg eine Ahnung auf – und gleich darauf ein Schrecken.

Eine halbe Stunde später setzten sie sich zusammen.

»Ich habe vorhin in der Pause telefoniert, Chefin. Und ich würde morgen gerne freibekommen, als Urlaubstag natürlich. Wir wollen nämlich auf den Trauerzug von Benno Ohnesorg.«

Aha! Monika hatte also richtiggelegen mit dem ersten Teil der Ahnung. Und mit dem zweiten Teil? Ihr entfuhr ein leiser Seufzer.

Lydia deutete die Reaktion falsch. »Das ist hoffentlich kein Problem, wenn ich nicht da bin? Ich meine: Wir sind hier morgen doch voll besetzt, oder?«

»Nein … das heißt, ja, wir sind voll besetzt. Bloß«, Monika sah das Lehrmädchen besorgt an, »mit wem willst du da denn hin? Du hast doch eben ›wir‹ gesagt.«

»Ach so, deswegen. Nein, keine Angst, Chefin. Das ist alles schon besprochen, meine Mutter weiß Bescheid. Zum Trauerzug will ich mit Detlef, den kenne ich aus der Berufsschule, Detlef Baginsky. Und mit seinem Vater.«

Ein Detlef also. Monika atmete auf. »Wenn der Vater mitkommt, ist ja gut.«

»Ja, absolut. Und Detlef lernt auch Friseur. Bei Herrn Huckhäuser, schon im dritten Lehrjahr.«

Monika kannte den Herrenfriseur in der Seestraße, Kollege Huckhäuser besaß einen guten Ruf. Ein junger Mann, der dort seine Lehre machen durfte, war sicher kein Hallodri.

»Im dritten Jahr schon? Also macht er jetzt Gesellenprüfung? Im Sommer? Wie unsere Bettina?«

»Ja genau, Chefin. Die sind auch in derselben Klasse.«

»Aber diesen Detlef habt ihr nie erwähnt, oder?«

»Nein, aber das ist bestimmt nicht negativ gemeint. Bettina findet wohl andere Jungs aus ihrer Klasse besser, und ich kenne Detlef noch nicht so lange. Das war eher Zufall, in der großen Pause.«

Monika amüsierte sich. »Bettina findet andere Jungs besser, aber dir gefällt Detlef?«

»Ja, weil er sich auch für Politik interessiert. Das hat er von seinem Vater.«

»Aha?«

»Ja. Sein Vater war früher auch Friseur, aber dann haben die Engländer ihm im Krieg drei Finger abgeschossen. Darum ist Herr Baginsky jetzt Pazifist, und er sagt, die Erschießung von Benno Ohnesorg, das ist ein Ausdruck von dem Militarismus, den es bei uns gibt. Dass die Polizisten immer noch fast so sind wie Soldaten. Und dieser Satz ›Die Polizei, dein Freund und Helfer‹ regt ihn auf, das ist völlig verlogen, sagt er.«

»Na gut. Dann bekommst du frei. Vorausgesetzt, mit deiner Mutter ist wirklich alles besprochen.«

»Ja, sie hat gestern mit Frau Baginsky telefoniert. Und damit sie nichts Falsches denken, Chefin: Detlef und ich, wir sind bloß Kameraden. Wir sind nicht verliebt oder so. Da können Sie sich drauf verlassen.«

»Ist in Ordnung, Lydia.« Monika lächelte. »Hauptsache, morgen ist ein Erwachsener dabei.«

»Ganz bestimmt. Darf ich denn jetzt von hier anrufen und Bescheid sagen? Oder soll ich raus zur Telefonzelle?«

»Kannst du hier machen, aber kurz bitte. Und am besten sofort, es ist ja gerade ruhig.«

»Danke, Chefin! Vielen Dank!« Lydia eilte nach nebenan.

Monika atmete aus. In der Teeküche goss sie sich ein Himbeerwasser auf, trank es schnell aus und kehrte zu ihrer Kundin zurück.

* * *

Der Donnerstag verlief für Monika normal – äußerlich betrachtet. Sie fühlte sich schlechter als gestern. Jens ging ihr nicht aus dem Kopf. Als sie am Abend in der *Tagesschau* einen Bericht zur Überführung von Benno Ohnesorgs Sarg zu seiner Familie nach Niedersachsen sah, starrte sie wie gebannt auf den Bildschirm. Irgendwo in der Menschenmenge ging auch Lydia mit Detlef und seinem Vater. Und Jens? Bestimmt ließ er sich nicht nehmen, den Sarg seines Kommilitonen zu begleiten, sicher saß er neben Ludger und Jutta im Auto-Konvoi.

Nach dem Wetterbericht schaltete Monika den Fernseher aus, ging ins Bad und puderte sich die Wangen. Noch war der Abend hell und warm. Sie wollte raus an die frische Luft, richtig nach draußen, auf ihrem Balkon wäre es ihr jetzt zu eng geworden.

Ihr Spaziergang war nicht lang, bloß die paar Hundert Meter bis zum Leopoldplatz. Schon von Weitem erkannte sie, dass ihre Bank im Augenblick frei war. »Ihre« Bank stand in der Grünanlage zwischen den beiden Nazarethkirchen. Immer wieder zog es sie hierher. Die Bank bot einen besonderen Blick, nämlich auf den Friseursalon. Dabei kam es Monika manchmal so vor, als sähe sie sich selbst beim Leben zu. An einem normalen Arbeitstag blickte sie immer mal wieder durch den oberen Teil des Salon-Schaufensters hinüber zum kleinen Park zwischen den Kirchen. Wenn sich aber ihre Perspektive umkehrte, wenn sie von den Grünanlagen zum Salon hinübersah, dann änderten sich auch ihre Gedanken. Auf diese Art hatte sie schon die Lösung für manches Problem gefunden.

Aus ihrer Handtasche zog sie eine Packung Peter Stuyvesant und ein Feuerzeug. Beim Rauchen saß sie aufrecht, den Rockteil ihres Kleides glatt gestrichen, die Beine geschlossen und in den Knien leicht zur Seite abgewinkelt, die Füße parallel auf dem Boden. Die Zigarette hielt sie am oberen Ende des Filterstücks elegant zwischen zwei Fingern. *Eine Dame achtet stets auf eine seriöse Körperhaltung. Das gilt insbesondere beim Rauchen in der Öffentlichkeit. Hierbei sollte die Dame stets sitzen, auch wenn sie sich an der frischen Luft befindet.* So hatte Monika es als junges Mädchen vor fünfzehn Jahren gelernt, und sie beachtete diese Regeln immer noch – Frauenemanzipation hin oder her. Gutes Benehmen kam nicht aus der Mode.

Sie rauchte die Zigarette zu Ende. Als sie aufstehen wollte, kam eng umschlungen ein Paar auf sie zu, beide sehr jung, vielleicht siebzehn oder achtzehn.

»Entschuldigung«, sagte der Mann höflich. »Wird die Bank frei?«

Monika nickte lächelnd, dann ging sie nach Hause.

* * *

Freitagmittags im Pausenraum erzählte Lydia vom Trauerzug. Mit Bettinas Klassenkameraden Detlef und seinem Vater war sie dem Leichenwagen gefolgt, vom Uni-Gebäude in Dahlem bis zu den Kontrollgebäuden am Grenzübergang Dreilinden. Ihre Stimme zitterte, so ergriffen war sie und gleichzeitig so aufgeregt.

»Es war selbstverständlich sehr traurig, aber eben auch voller Hoffnung. Dass die Proteste weitergehen, friedlich natürlich. Und die Politiker endlich mal was begreifen. Und alle Leute sagen: ›Es muss sich was ändern in diesem Land, damit es nicht noch mehr Opfer gibt.‹ Und dass Benno Ohnesorgs Tod bestimmt in die Geschichte eingehen wird. Und wie wichtig die Neue Linke ist. Unser Land braucht dringend die außerparlamentarische Opposition. Insofern war die Veranstaltung gestern atmosphärisch hoch spannend.«

Monika hatte aufmerksam zugehört. Wie unglaublich erwachsen Lydia sich ausdrücken konnte.

»Wo hast du denn all diese Begriffe gelernt? Etwa von Detlef? Kann der sich auch so gut ausdrücken?«

Lydia lächelte geschmeichelt. »Ach, der kann das noch viel besser als ich. Von dem habe ich das ja alles. Im Salon, wo er arbeitet, sind öfters Studenten zum Haareschneiden. Von denen sind viele im SDS aktiv, und die erzählen was über ihre politische Arbeit. Und die kennen auch Jens Redecker. Alle sagen: Er schreibt bei *Frei Schnauze* besonders gute Artikel.«

Monika horchte auf. Ihr Lehrmädchen erwähnte also Jens Redecker. Warum? Hatten die beiden etwa Kontakt? Monika tastete sich vor: »Habt ihr Herrn Redecker denn gesehen? Auf dem Trauerzug?«

»Nein, aber das ist auch kein Wunder bei fünfzehntausend Leuten. Er war bestimmt dabei, so aktiv wie der sich engagiert. Und ich weiß schon, Chefin: Mit seiner Oma sprechen wir grundsätzlich nicht darüber. Ihr ist das nun mal unangenehm, dass ihr Enkel zur Neuen Linken gehört, und wir wollen hier keine Stammkundin vergraulen.«

»Genau, Lydia. Du hast mich richtig verstanden.« Monika atmete auf. Es gab ganz offenbar keine direkte Verbindung zwischen Lydia und Jens. Sie hatten sich weder verabredet noch zufällig getroffen.

Auch Lydia wirkte erleichtert, wenn auch aus anderem Grund: »Na klar, Chefin. Dass ihr Enkel beim SDS mitmacht, wird bei Frau Redecker nicht erwähnt. Großes Ehrenwort.«

FAMILIE

Tante Ilse lebte auf, von Tag zu Tag fühlte sie sich frischer. Seit dem großen Kaffeeklatsch im Salon war sie geistig nicht mehr so klar und rege gewesen. Sogar die Ärzte staunten, als Ilse in aller Deutlichkeit sagte: »Das ist mein letzter Sommer, und den will ich genießen. Ich möchte noch ein Fest, aber diesmal draußen.«

Monikas Brüder Horst und Peter waren Mitglieder im Kleingartenverein Panke an der Koloniestraße. Hier verbrachten sie mit ihren Familien im Sommer die meiste Freizeit und verwandelten die nebeneinanderliegenden Parzellen in ein kleines Paradies. Der ideale Ort für Tante Ilses Gartenfest.

»Was sagt denn der Wetterbericht?«, wollte sie wissen. »Bekommen wir Sonnabend Abendsonne? Und danach bunte Laternen?«

»Die Abendsonne ist kein Problem, da rufe ich einfach kurz oben bei Petrus an.« Mit gespieltem Zweifel kräuselte Monika die Stirn. »Aber bunte Laternen? So was Kompliziertes? Ob wir das hinkriegen?«

Ilse blieb zuversichtlich.

Am Sonnabendmorgen rollte Elfie Ebeling ihre Schwägerin in den Salon: Ilses erster Besuch seit dem Kaffeeklatsch vor drei Wochen, es wurde Zeit, den grauen Ansatz kastanienbraun nachzufärben, und Monikas Mutter brauchte eine Wasserwelle mit neuem Schnitt. Obendrein bekamen beide Damen jede Menge Aufmerksamkeit. Wie schön, die Senior-Chefin mal wieder bei sich zu haben und die Mutter der Junior-Chefin natürlich auch. Monika war auf dem Papier zwar schon seit fast zehn Jahren Salon-Chefin, aber so eng musste man das ja nicht sehen.

Am frühen Nachmittag traf sich Familie Ebeling im Schrebergarten: Monika mit ihren Eltern und Tante Ilse, Monikas Schwestern mit ihren Verlobten, Monikas Brüder mit Ehefrauen und Kindern. Auf Peters Parzelle stellten sie ein paar Campingtische zur langen Tafel auf, alle Frauen hatten etwas mitgebracht. Süßes zum Kaffee, Salate und Würstchen für den Abend.

In der winzigen Küche konnten höchstens zwei Personen gleichzeitig hantieren, Monika und ihre Mutter übernahmen das Kaffeekochen und Sahneschlagen.

Gleich nebenan in der kleinen Wohnstube standen die Torten. Ilse ließ ihren Blick schweifen. »Schön sieht das aus, fast so schön wie beim Kaffeeklatsch im Salon.«

Monika feixte. »Das macht verdammt viel Arbeit. Glaub bloß nicht, das geht den ganzen Sommer so weiter, und du kriegst das jetzt alle drei Wochen.«

Unbeirrt zeigte Tante Ilse auf eine Torte. »Elfie, das ist doch deine berühmte Buttercreme, mit dem Portwein drin.«

Monikas Mutter kam aus der Küche. »Ja, genau. Die gleiche wie vor drei Wochen.«

»Gut. Davon nehme ich gleich ein Stück. Unsere gute alte Frau Redecker wollte da doch das Rezept, oder?«

»Das weißt du noch?«

»Sicher. Hast du mir doch alles erzählt, Elfie. Monika hat dich doch extra deswegen angerufen. Weil Frau Redecker unbedingt so schnell das Rezept brauchte. Für den Geburtstag von ihrer Enkelin.«

Monika staunte. »Du bist heute ja richtig in Höchstform.«

»Klar. Ist schließlich mein letzter Sommer. Da muss ich doch zeigen, was ich draufhabe.«

Monika tätschelte der Tante die Wange. Dann fuhr sie den Rollstuhl nach draußen und gab den anderen Bescheid. Renate, Almuth, Maria und Heidrun holten Kuchen und Torten, Sahneschüsseln und Thermoskannen aus dem Gartenhaus. Ein halbes Dutzend Kinder und ein ganzes Dutzend Erwachsene fanden Platz an der langen Tafel. Ein paar Minuten musste der Kaffeeklatsch noch warten, zuerst bekam Ilse ein Ständchen. »Hoch soll sie leben!«

»Keine Angst«, feixte Horst. »Wir lassen dich am Boden. Mit Rollstuhl bist du uns zu schwer.«

Gegen so viel Gejohle und Applaus konnte Ilse sich nicht wehren. Sie sollte eine Rede halten.

»Na gut. Aber nur, wenn ich dafür nicht aufstehen muss.«

Sie erntete Gelächter, doch sie fand rasch den richtigen Ton: »Karl und Elfie, ihr habt mich so liebevoll bei euch aufgenommen. Ich habe ja keine eigenen Kinder, darum habt ihr mir was von euren abgegeben, dafür danke ich euch sehr«, sie griff Monikas Hand. »Dieses Goldmädchen führt jetzt so schön unseren Salon, aber natürlich habe ich auch viel von Horst und Peter und Renate und Almuth und euren angeheirateten Schätzen. Und dann die ganzen Enkelchen. Die, die schon da sind, und die, die noch kommen. Wenn ich nicht mehr bei euch bin, könnt ihr denen ja was von mir erzählen.«

Für einen Moment herrschte Schweigen.

»Ach, Ilse«, Monikas Vater kamen die Tränen. »Das erzählen wir ganz bestimmt. Wir vergessen dich doch nicht.«

Ilse reckte ihre Kuchengabel in die Luft. »Und jetzt esst gefälligst.«

Im allgemeinen Lachen beugte sie sich zu Monika und flüsterte. »Du bist ja auch noch jung. Der Richtige kommt schon noch. Nicht jeder Topf kriegt einen Deckel, aber bei dir klappt das, warte mal ab.«

Kein Zweifel, die Tante meinte es gut mit Monika. »Mach dir bloß keine Sorgen, Tante Ilse.«

»Tu ich nicht. Ich sage doch: Der Richtige kommt noch.«

Sie steckten kichernd die Köpfe zusammen – und weckten die Neugier der achtjährigen Dagmar: »Tante Ilse und Tante Monika, was flüstert ihr denn da?«

Ilse hob wieder die Kuchengabel. »Nichts für kleine Fräuleins wie dich. Sondern nur für ganz alte Fräuleins.«

Wieder hatte sie die Lacher auf ihrer Seite.

Alle Frauen außer Ilse räumten den Tisch ab und spülten Geschirr, die Männer unternahmen einen Gartenrundgang. Jetzt im Juni entfalteten Margeriten, Pfingstrosen und Fingerhut ihre volle bunte Pracht, doch das interessierte die Männer nicht so sehr. Mit einem Bierchen in der Hand fachsimpelten sie über den idealen Nutzgarten: Tomaten, Wirsing und Kartoffeln, ein paar Johannis- und Stachelbeersträucher und natürlich Erdbeeren für die Kinder. Dank dieser Selbstversorgung brauchten Maria und Heidrun weniger Haushaltsgeld. Und in den Lohntüten von Horst und Peter blieb jeden Monat ein hübsches Sümmchen übrig, zum Beispiel für die Familienkutsche oder den nächsten Urlaub.

Das Quecksilber im Gartenthermometer kletterte auf dreiundzwanzig Grad – eigentlich noch zu kühl fürs Planschbecken, fanden Maria und Heidrun.

Ilse hielt dagegen. »Wenn eure Kinder Spaß haben und wir sie nachher schön abrubbeln, dann erkälten die sich auch nicht. Wer glücklich ist, kriegt keinen Schnupfen.«

Die Mütter gaben nach, die Väter mussten das Becken aufpusten.

»Und was ist mit eurer Bierfahne?« Monikas Vater gab sich empört. »Denkt dran, ihr habt Alkohol im Atem. Nicht, dass euch das Ding gleich noch in die Luft steigt.«

Die Großen grölten, den Kleinen musste er den Scherz erklären. »Da lernt ihr gleich noch was.«

Fließend warmes Wasser gab es hier nicht, nur einen Kohleherd und einen elektrischen Kocher. Die Erwachsenen trugen Topf um Topf, Kessel um Kessel mit heißem Wasser nach draußen und mischten es mit kaltem aus dem Gartenschlauch.

Monika stellte sich einen Hocker neben das Becken. »Ich passe auf euch auf.«

»Und zwar zusammen mit mir«, beschloss Ilse.

Kaum hatte man die Tante ans Becken gerollt, rief sie: »Elfie? Was machen die Pfirsiche? Schwimmen die auch schön im Korn?«

»Tun sie. Soll ich die Bowle aufgießen?«

»Na sicher, und nicht so viel Wein, lieber mehr Sekt. Ihr dürft mich heute verwöhnen.«

Niemand widersprach. Minuten später hielt Ilse ein gut gefülltes Glas Pfirsichbowle in der Hand. Auf die Kinder achtete sie weniger – das übernahm Monika.

Die drei Jungen von Horst und Maria waren in rascher Folge gekommen: Michael, Stefan und Oliver zählten sieben, sechs und vier Lenze. Peter und Ehefrau Heidrun hatten neben der achtjährigen Dagmar noch den fünfjährigen Wolfgang und die zweijährige Sabine. Monika liebte jedes einzelne Kind von Herzen und wünschte sich doch kein eigenes. An die Rolle der fröhlichen Tante hatte sie sich längst gewöhnt.

Ach, wie herrlich, dieses Planschen und Spritzen, Johlen und Lachen. Ab und zu gossen die Männer einen Kessel heißes Wasser nach, dann wichen die Kinder zur Seite und rührten anschließend mit Armen und Beinen das Becken um.

Abends warfen die Männer den Holzkohlegrill an, die Frauen holten ihre mitgebrachten Salate aus dem Kühlschrank, und die Kinder freuten sich, weil es auch extra milden Senf und Tomatenketchup zu den Würstchen gab. Nach dem Essen rückte man im Gartenhaus die Sessel vor das Sofa, Sitzfläche an Sitzfläche, die Kleinsten durften schon schlafen.

Aus den umliegenden Parzellen kamen ein paar Nachbarn dazu, einer brachte sein Akkordeon mit und stimmte an: *Kein schöner Land in dieser Zeit* und *Der Kuckuck und der Esel* und *Mein Vater war ein Wandersmann.*

Beim Singen sah Monika in lauter glückliche Gesichter. Die Ebelings – sie gehörten zusammen, sie halfen einander und gaben sich Halt. Und trotzdem: Ihre Liebschaft mit Jens hielt Monika besser geheim, und auch von ihrer Teilnahme an der Demo sollten die anderen nichts erfahren. Sonja hatte recht: Monika führte ein Doppelleben.

In der gesamten Familie würde vermutlich Tante Ilse das meiste Verständnis haben. *Du hast ein Verhältnis mit so einem jungen Mann? Dann genieß es, Mädchen!* Das hätte Ilse vermutlich gesagt. Doch Monika wollte ihre Tante nicht mehr einweihen. Niemand wusste, wie lange sie geistig noch so klar bliebe.

Jetzt sang Ilse aus voller Kehle. »So ein Tag, so wunderschön wie heute.«

Als es dämmerte, erfüllte sich ihr großer Wunsch: Zwischen den Häusern und Bäumen erstrahlten Hunderte von bunten Glühbirnen und Lampions. Die Tante strahlte mit.

* * *

Tante Ilses klare Phase hielt nicht lange an, nach dem Gartenfest trübte sie geistig wieder ein, auch körperlich ging es ihr schlechter, doch sie blieb zufrieden und ausgeglichen.

Der Juni nahm seinen Lauf. Wenn sie sich nicht mit ihrer Familie traf, verbrachte Monika die warmen Abende lesend auf dem Balkon. Aus der Stadtbücherei holte sie sich Woche für Woche neue Liebesromane.

In der Drogerie hatte sie Tropfkerzen mit verschiedenfarbigen Abschnitten für die leere Chianti-Flasche gekauft. Das Wachs rann an der Kerze hinunter über das dunkelgrüne Glas auf das Bastgeflecht.

Sie verfolgte auch die Tagespolitik – wegen Jens. Wenn er in ein paar Monaten wiederkäme, müsste sie gut informiert sein, sicher würde er mit ihr über politische Themen diskutieren.

Die Presse brachte Einzelheiten zu Benno Ohnesorg: Der Todesschütze hieß Karl-Heinz Kurras, ein vierzigjähriger Kriminalobermeister, der bei der Politischen Polizei als ziviler »Greifer« tätig war. Vor der Oper hatte er die Rädelsführer der demonstrierenden Studenten stellen sollen und deswegen eine Pistole bei sich getragen.

»Chefin, wissen Sie das schon von dem Interview?«, fragte Lydia eines Morgens. »Dieser Kurras hat zugegeben, dass er gar keinen Schießbefehl hatte. Und hat gesagt: Wenn er einen Befehl gehabt und pflichtgemäß ausgeführt hätte, dann wäre jetzt nicht nur ein Mensch tot, sondern mindestens achtzehn Menschen. Das muss man sich mal vorstellen, Chefin. Wie zynisch und bösartig der ist. Und dass der so was einfach ungestraft sagen kann.«

Auch Monika kannte die Berichte: Kurras war ein Waffennarr. Mitglied in einem Sportschützenverein. Unter allen Westberliner Kriminalbeamten galt er als bester Schütze – sogar mit Auszeichnung.

»Was glauben Sie wohl?«, setzte Lydia nach. »Nach diesen ganzen Ermittlungen? Wird Kurras dann wegen Mord oder bloß wegen Totschlag angeklagt?«

»Mord eher nicht. Dazu muss man ja vorsätzlich handeln und aus niederen Beweggründen.«

»Sie haben recht, Chefin. Und die SDS-Leute denken, genau dieser Tatbestand liegt vor: Kurras ist absolut fasziniert von Waffen, er will unbedingt jemanden erschießen. Also nicht nur kampfunfähig machen durch einen Schuss ins Bein oder in die Schulter. Er will geplant töten. Weil Kurras seinen Trieb befriedigen will. Er ist Triebtäter, und bei Triebtätern spricht man nicht von Totschlag, sondern von Mord.«

»Mag sein, aber Kurras sagt ja, es war Notwehr.«

»Ja, sagt er. Aber dann ist doch die Frage, ob er sich tatsächlich in einer Notlage befand. Benno Ohnesorg war doch unbewaffnet. Und wenn Kurras sich wirklich wehren musste: Warum dann kein Schuss in Bennos Bein oder Schulter? Warum dieser Nackenschuss wie bei einer Hinrichtung?«

Monika blieb vorsichtig. »Das werden die Ermittlungen dann wohl ergeben.«

»Hoffen wir das mal.« Lydia lachte bitter. »Wahrscheinlich wird der nicht wegen Mord angeklagt und auch nicht wegen Totschlag. Sondern nur wegen fahrlässiger Tötung.«

»Das denkst du wirklich?«

»Ja, Chefin. Und ich kann mir sogar vorstellen, dass Kurras freigesprochen wird. Weil die Politik das nämlich so will.«

»Bitte übertreib nicht, Lydia. Das Urteil gegen Kurras wird nicht von der Politik gesprochen, sondern von einem Gericht.«

Annelore kam in den Pausenraum. »Eure Kundin ist trocken.«

»Danke, dann wollen wir mal …« Monika stand auf. »Und Lydia, wir reden nachher weiter.«

»Klar, Chefin.« Seite an Seite gingen sie zurück zur Kabine.

* * *

Am 1. August gab es von Jens immer noch keine Nachricht. Aber er hatte ja auch von *Monaten* gesprochen, mehrere Monate also, mindestens zwei. Und dieses Gespräch hatte am 4. Juni stattgefunden, zwei Monate waren also noch gar nicht um. Monika redete sich gut zu, bekam jedoch immer mehr Zweifel.

»Auf Fehmarn kommst du auf andere Gedanken, verlass dich drauf, dafür sorgen wir schon«, meinte Sonja dazu.

Auch im Salon herrschte Urlaubsstimmung. Viele Kundinnen waren die ersten zwei Wochen der großen Ferien bereits verreist und kehrten nun schon zurück, andere durften sich auf die schönste Zeit des Jahres noch freuen. Beim Haareschneiden und Lockendrehen, beim Lippenstiftkauf und sogar beim Bezahlen: Alles drehte sich um Sommer, Sonne, Strand und Berge.

Am 7. August, einem Montag, brachte Monika ihre Tante zur Dialyse. Ilse baute körperlich und geistig weiter ab, doch die Behandlung an der künstlichen Niere ließ sie nach wie vor geduldig über sich ergehen.

»Ich hol dich nachher ab.« Monika drückte ihr einen Kuss auf die Wange und machte sich auf den Weg in die Müllerstraße. In der Zeitung war sie auf eine Anzeige gestoßen. Ein großes Geschäft für Wäsche und Miederwaren hatte neu eröffnet, sogar mit Abteilungen für Sanitätsbedarf und Badebekleidung.

Monika besaß zwei Bikinis. Einen dunkelbraunen, der exakt zu ihrer Haarfarbe passte, und einen dunkelblauen mit einem weißen Schiffssteuerrad auf dem Höschenteil. Beide Bikinis waren neuwertig und saßen gut, und mehr als zwei brauchte Monika nicht. Doch Sonjas Bemerkung spukte ihr im Kopf herum: Man wollte für Monika am Strand einen Kurschatten suchen. Nun gut, das war nicht unbedingt ernst gemeint, aber ein dritter Bikini konnte ja nicht schaden, zumal sich die Mode geändert hatte. In *Constanze* und *Brigitte* las man ständig, wie die Hippie-Kultur auch in Deutschland Trends setzte. Man trug keine Pastelltöne mehr, auch kein Tomatenrot oder Dunkelgrün. Jetzt beherrschten knallig-poppig-bunte Bonbonfarben die weibliche Modewelt.

Vielleicht hätte Monika lieber in die City fahren sollen, wo die Auswahl größer war. Aber das neue Geschäft lag nur ein paar Fußminuten entfernt. Vor dem Eingang wiesen Plakate darauf hin, dass sich der Laden über drei Etagen erstreckte. Monika blieb vor den Auslagen stehen. Nein, einen Bikini konnte sie nicht entdecken, nur Badeanzüge, die meisten davon geblümt. Alles Modelle, die eher dem Geschmack von Frauen ab fünfzig entsprachen. Im Schaufenster daneben gab es Sanitätsartikel: Nierenschützer aus Angora, Wärmflaschen, Bettpfannen und Bruchbänder.

Monika zögerte. Ob sie hier den richtigen Bikini fände? Ach, wenn sie schon mal da war, konnte sie auch nachfragen. Sie betrat das Geschäft, eine Verkäuferin in beigem Twinset kam ihr entgegen, die dunkel gerahmte Brille an einer Goldkette um den Hals. Wie alt mochte diese Frau sein? Mindestens fünfundsechzig, schätzte Monika, also bestimmt im Rentenalter. Vielleicht war sie eine Verwandte des Inhabers. Oder sie musste noch arbeiten, weil die Rente nicht reichte. Frauen, die durch den Krieg ledig geblieben waren, konnten oft erst mit siebzig in den Ruhestand gehen.

»Sie wünschen bitte?«, die Verkäuferin fragte höflich und nicht übermäßig freundlich. Dass sie streng wirkte, lag wohl nicht nur an ihrer braungrauen Duttfrisur. In ihrem gesamten Auftreten wirkte sie so, als würde sie den Besuch einer hübschen Kundin grundsätzlich nicht gutheißen.

Monika wagte es trotzdem. Sie äußerte den Wunsch nach einem Bikini.

»Also einen Badeanzug, aber zweiteilig?«

Hatte Monika zu leise gesprochen? Oder nicht deutlich genug? Sie hob ihre Stimme. »Ja bitte. Einen Bikini.«

»Ach so«, die Verkäuferin musterte unverhohlen ihre Figur. »Und welche Größe?«

»38 bitte.«

»Und das Körbchen?«

»B.«

»38 B als Zweiteiler also«, die Miene der Verkäuferin war eindeutig. Sie hätte Monika viel lieber zu einem seriösen Einteiler geraten. »Und der Schnitt? Ich nehme an, eher gemäßigt?«, dem Blick nach hätte sie jetzt anschließen müssen: *Bei Ihrem Alter.* Doch stattdessen erklärte sie: »Knappe Bikinis führen wir nicht.«

»Nein, nicht zu knapp.« Monika blieb freundlich. »Ich bin ja kein junges Mädchen mehr.«

Die Verkäuferin nickte. Und nicht nur das: Sie lächelte sogar. Kein Wunder, in der Frage des Bikinischnitts war sie mit der Kundin immerhin einer Meinung.

»Eins muss ich Ihnen aber gleich sagen«, setzte sie ohne Bedauern nach. »Unsere Auswahl an Zweiteilern ist nicht besonders groß. Unsere Kundschaft bevorzugt doch eher klassische Badebekleidung. Aber wenn Sie bitte hier einmal schauen.«

Monika tat wie ihr geheißen: Sie schaute.

Auf einem Ständer hingen zwischen klassischen Badeanzügen einige Bikinis, davon zwei in Monikas Größe. Einen schwarzen hängte sie gleich zur Seite, doch der andere gewann ihre Aufmerksamkeit: ein türkises Modell mit weißer Borte am Dekolleté und am oberen Höschenabschluss. Monika nahm den Bikini mit in die Umkleidekabine, und siehe da, er passte perfekt, war weder zu sexy noch zu bieder.

»Brauchen Sie Beratung?«, fragte die Verkäuferin vor der

Kabine. Immerhin besaß sie den Anstand, draußen zu bleiben.

»Danke, den nehme ich.«

»Ach so, ja gern«, die Verkäuferin klang enttäuscht, vielleicht hätte sie den Bikini gern an ihrer Kundin gesehen, vielleicht hätte sie Monika dann doch noch einen Einteiler empfohlen. Aber den Gefallen tat Monika ihr nicht.

Sie zog sich wieder an und drückte der Verkäuferin den Bikini in die Hand. »Den zahle ich dann bitte.«

Doch so schnell ließ die Verkäuferin sie nicht gehen. Mit ihrem Fachwissen lief sie zu ungeahnter Hochform auf.

»Wir haben Badehauben mit verlängerter Schnittführung am Hinterkopf, also speziell für Hochsteckfrisuren.«

Brauchte Monika eine neue Badekappe? Ihre alte gelbe machte zumindest nicht mehr viel her, und das Kinnband aus Gummi war porös geworden.

»Wir führen auch Modelle aus Dralon«, setzte die Verkäuferin nach. »Da gibt es weniger elektrostatische Aufladung als bei Kautschuk oder Nylon, also schonender für Ihr Haar. Dralon ist zudem unempfindlich gegen Sonnenlicht oder Hitze.«

Aha. Das wusste Monika tatsächlich noch nicht. Diesen Tipp würde sie an ihre eigenen Kundinnen weitergeben.

»Dann zeigen Sie mir die doch bitte. Aus Dralon und für Hochsteckfrisuren.«

Die Verkäuferin lächelte versöhnlich. »Gern, die Dame.«

Monika erstand eine schlichte weiße Kappe mit aufgesetzten Blüten.

»Eine gute Wahl«, fand auch die Verkäuferin.

Monika bedankte sich, zahlte und ging. Diesen Laden würde sie sicher so schnell nicht wieder betreten, doch mit dem Einkauf war sie zufrieden. Zurück zu Hause, zog sie den Bikini sofort wieder an und drehte sich vor dem Spiegel. Das kräftige Türkis stand ihr ausgezeichnet. Die Farbe fiel auf, aber in angenehmer Weise, nicht wie bei einem grellen Rot oder Violett. Genau das Richtige für den Urlaub mit Sonja und ihrer Familie.

Und jetzt? Sollte Monika den Bikini unbenutzt in den Koffer packen? Ach nein, lieber wollte sie sich schon zu Hause an das schöne Stück gewöhnen. Sie behielt ihn an und verbrachte den Nachmittag bei strahlender Sonne auf ihrem Balkon. Im neusten Liebesroman kam sie weiter, die schlimmen Verwicklungen wurden gelöst, und dem Happy End stand nichts mehr im Wege. Monika legte das Buch beiseite.

* * *

Der 13. August würde in diesem Jahr auf einen Sonntag fallen – genau wie 1961, als die DDR-Regierung unter der Leitung von Walter Ulbricht ihre Bürger endgültig daran gehindert hatte, ohne Kontrollen in den Berliner Westen zu gelangen. Zum sechsjährigen Bestehen des verhassten Bauwerks sollte es Feiern geben: In Westberlin und der Bundesrepublik gedachte man des Krieges und der schmerzhaften deutschen Teilung. In Ostberlin, Hauptstadt der DDR, ließ Staatsratsvorsitzender Walter Ulbricht seinen *Antifaschistischen Schutzwall* bejubeln.

Monika kümmerte das Mauer-Jubiläum wenig. Am 13. August würde sie endlich nach Fehmarn fahren, und mit jedem Tag wuchs ihre Vorfreude.

Am Freitagabend, zwei Tage vor der Reise, holte Monika ihre beiden Koffer vom Dachboden und wollte sie gerade ins Schlafzimmer bringen, da schellte es an der Haustür. Sie erwartete niemanden – außer Jens.

Mit gemischten Gefühlen drückte sie den elektrischen Öffner, lehnte sich über das Treppengeländer und lauschte.

Die Tür sprang auf, sie hörte jemanden heraufkommen, vermutlich einen Mann. An Jens' Schritt konnte sie sich nur vage erinnern, aber das Geräusch konnte passen. Sekunden später sah sie einen jungen Mann in einem bunt geblümten Hemd, eine weiße Plastiktüte unterm Arm. Kein Zweifel, es war Jens, aber offenbar sehr verändert. Allein das bunt geblümte Hemd, so was hatte er doch vorher nicht getragen. Gab es das neuerdings in Berlin zu kaufen? Seine Arme waren tief gebräunt. Bestimmt war er im Urlaub gewesen, irgendwo im Süden. Jugoslawien womöglich, da trafen sich im Sommer ja die linken Studenten aus halb Europa. Weil Jugoslawien sozialistisch war, aber eben nicht so streng wie die DDR oder Russland. Vielleicht trug er auch deswegen die Haare bis weit in den Nacken, kein konturierter Pilzkopf mehr, sondern nur noch wilde Strähnen. Aber warum schaute er nicht zu ihr hoch? Aus Diskretion? Wegen der Nachbarn? Damit möglichst keiner mitbekam, dass er Monika besuchte? Weil er gleich mit ihr Schluss machen wollte?

Endlich! Auf dem Treppenabsatz schaute er hoch und lachte ihr entgegen. Er warf ihr eine Kusshand zu, ein heißes Gefühl durchströmte Monika. Ja! Jaaa! Er war wieder da – sicher nicht, um ihre Liebschaft beenden?

Auf dem Dachboden hatte sie sich staubig gemacht, mit der flachen Hand klopfte sie ihr Kleid aus. Wie gut, dass sie ihre Strumpfhose schon ausgezogen hatte.

Aber mitten im Treppenhaus wollte sie ihn nicht empfangen. Sie trat ein paar Schritte zurück und blieb in der Tür stehen.

Er kam herein und legte die Tüte auf dem Garderobenschrank ab. »Guten Abend«, es klang wie eine Frage.

Monika schwieg. Sie nickte. Sie lächelte. Die Tür hinter ihm zu schließen und in seine Arme zu sinken – das war ein und dieselbe Bewegung.

Sie standen im Flur, eng umschlungen, Wange an Wange. Im ersten Moment irritierte sie etwas. Da war nicht mehr die Zitrusnote, die ihm eigentlich nicht gestanden hatte, an die Monika sich aber gewöhnt hatte. Jetzt entströmte seiner Haut ein schweres, würziges Aroma. Angenehm, fand Monika, sehr angenehm sogar. Tief atmend schmiegte sie ihr Gesicht an seinen Hals.

Er lachte. »Das ist Patschuli. Also stark konzentriert, als Duftöl. Gefällt dir wohl?«

»Hmmm!«

»Schön«, er drückte sie noch näher an sich.

Jetzt!, dachte sie. Jetzt könnten sie sich küssen. Doch er suchte nicht ihren Mund, er hielt sie nur fest in seinen Armen, und sie regte sich nicht, um nichts falsch zu machen. Wie lange standen sie so? Eine halbe Minute? Eine ganze?

Behutsam löste er sich aus der Umarmung. »Und? Wie geht's dir?«

»Gut. Sehr gut sogar«, sie seufzte glücklich. »Besonders seit ein paar Minuten.«

»Na wunderbar. Dann soll ich dir jetzt wahrscheinlich was erzählen?«

»Och ja«, sie strahlte.

»Mach ich noch. Aber erst mal solltest du dir was angucken«, er nahm die Tüte vom Schrank. »Oder besser gesagt was anhören. Bitte schön. Direkt aus San Francisco. Ich bin erst seit gestern von da zurück.«

Staunend nahm sie die Tüte. »San Francisco?«

»Ja, sind doch Semesterferien.«

»Aber Kalifornien? Das ist doch irrsinnig teuer.«

»Im Grunde nur die Flüge, für die hatte ich gespart. Und ich habe da gezeltet. Also, zusammen mit anderen. Im Park.«

»Bei den Hippies?« Sie kannte die Berichte aus dem Fernsehen, und es passte alles zusammen: das geblümte Hemd, das Patschuli, die langen Haare.

»Ja genau, im Golden Gate Park sind vor allem Hippies, aber nicht nur. Sondern ganz allgemein junge Leute, die politisch interessiert sind. Die merken: Wir müssen etwas anders machen. So geht das nicht weiter mit dem Vietnamkrieg und dem US-Imperialismus. Wie die Amis überall ihre Macht erweitern, und wie sie in Vietnam morden und uns hier mundtot machen durch den ganzen Konsum. Leben wir wirklich in einer Demokratie? Oder in einer Diktatur von Geld?« Er winkte ab. »Entschuldige, ich will dich nicht volllabern. Jedenfalls: Die Zeit in Frisco hat mir gutgetan. Es war die richtige Entscheidung.«

Sie nickte. *Frisco,* das war ja wohl die Abkürzung für San Francisco. Und jetzt? Würde er sich bei ihr bedanken? Dass sie so lange auf ihn gewartet hatte? Doch dazu sagte er nichts. Offenbar wartete er auf ihre Reaktion.

Sie zögerte. »Dann ist ja gut. Und wegen San Francisco benutzt du jetzt Patschuli.«

»Genau. Kennst du doch bestimmt? Du verkaufst doch auch Parfum.«

»Ja, aber das sind alles Mischungen. Nicht so konzentriert. Zuerst habe ich gedacht, du riechst nach irgendeiner Blume. Orchidee oder so was.«

»Nein, keine Blume, sondern ein Kraut. Aber trotzdem der Duft der Blumenkinder. Eigentlich müsste ich die Blumen nicht auf dem Hemd haben, sondern im Haar«, er summte: *When you're going to San Francisco …*

Monika stimmte in sein Lachen ein. Sie hielt noch immer

die geschlossene Tüte in der Hand. »Und da ist jetzt diese Platte drin? Mit dem Song von Scott McKenzie?«

»Ach was. Den gibt's erst mal nur als Single, aber den Song kennt in Deutschland schon jedes Kind, den muss ich dir ja nicht mehr schenken. Das hier ist musikalisch viel besser. Authentischer eben. Was Echtes. Und ganz neu. Hol doch mal raus.«

Sie öffnete die Tüte. Das Plattencover zeigte eine Farbaufnahme vom Gesicht eines jungen Mannes mit weichen, fast mädchenhaften Zügen, im Hintergrund zwei weitere junge Männer, darüber in supermoderner Schrift der Titel: *the doors*. Das *the* sehr klein geschrieben, das *doors* umso größer quer über das Cover.

»Schon mal gesehen?«, fragte er. »Oder gehört?«

Monika schüttelte den Kopf.

»Macht nichts, die kennt hier kaum jemand. Aber das ändert sich, verlass dich drauf. Jim Morrison heißt der Leadsänger. Faszinierender Typ. Den finden so ziemlich alle heiß: die meisten Frauen und die schwulen Männer. Allein wie der auf diesem Foto aussieht, fast wie auf einem Gemälde von Michelangelo. Und der war ja bekanntlich auch schwul.«

Monika ließ sich nicht anmerken, wie vulgär sie das Wort fand. Auch wenn sie modern und fortschrittlich sein wollte und persönlich nichts gegen Homosexuelle hatte, jedenfalls nicht allgemein. Sie fand es auch nicht richtig, die körperliche Liebe zwischen Männern grundsätzlich unter Strafe zu stellen, diese Gesetze sollte man endlich ändern. Trotzdem störte es sie, wie salopp Jens darüber redete, doch das behielt sie für sich.

Jens schwärmte weiter. »Jim Morrisons Gesicht ist da so gut ausgeleuchtet. Das ist ja eigentlich schon mehr ein Antlitz.«

Sie nickte.

»Und der Name ist eine Metapher«, fuhr er fort. »The Doors. Das bedeutet: die Türen zu einem neuen Bewusstsein, einer ganz neuen Art des Menschseins. Darum möchte ich so gern dabei sein, wenn du die Platte zum ersten Mal hörst. Die legen wir jetzt auf, okay?«

Was sollte Monika darauf sagen? Eigentlich hätte sie gern noch mehr über San Francisco erfahren. Doch diese Musik war ihm offenbar wichtig.

»Natürlich, das machen wir. Ich dank dir.«

Das alles irritierte Monika: wie Jens so plötzlich wieder auftauchte. Dass er sie nicht küsste. Dass er schwierige Fremdwörter und gleich danach deutsche Schundwörter benutzte. Und warum wollte er unbedingt sofort diese Musik hören? Benahm er sich so seltsam, weil er unter Drogen stand? Hippies nahmen bekanntlich Drogen. Nicht alle Hippies, aber wohl die meisten. Vor allem LSD und Marihuana. Und Jens? Hatte er in San Francisco auch was genommen? Sie dachte an den Liter Chianti, den er bei ihr zum Essen getrunken hatte. Alkohol war ja auch eine Droge, das sagten zumindest die Mediziner. Aber im Moment wirkte Jens nicht betrunken und auch nicht so, als stünde er unter Drogen.

Er bemerkte ihre Verwirrung. »Monika? Alles okay?«

»Ach so. Ja klar, komm.«

Sie ging ins Wohnzimmer vor und steuerte auf die Musiktruhe zu, doch er hielt Monika zurück. »Ich mache das schon. Setz dich einfach.«

Nein, Monika wollte sich nicht setzen, nicht in diesem Moment. Sie blieb neben dem Sofa stehen und sah dabei zu, wie er die Platte auflegte und den Tonarm an die richtige Stelle führte. Der Diamant senkte sich in die Rille.

»Jetzt kommt der kommerziellste Song auf dem Album«, erklärte Jens. »Der geht so richtig ins Ohr, dadurch wird die

Band bekannt. Andere Stücke sind musikalisch wahrscheinlich besser und wichtiger, aber jetzt hör erst mal. Ganz interessantes Intro.«

Monika lauschte: die hohen Orgeltöne, die eingängige Melodie. Fast wie bei einem Kirchenlied. Aber natürlich spielte da keine Pfeifenorgel, sondern eine elektrische, begleitet von Gitarre und Schlagzeug. Der Gesang setzte ein. Klar und deutlich, und doch so geheimnisvoll: »*You know that it would be untrue, you know that I would be a liar.*«

In ihrer Jugend hatte Monika für Elvis Presley geschwärmt, sie war geübt darin, englische und amerikanische Songtexte zu verstehen. Was Jim Morrison sang, begriff sie sofort: Ein Mann sagte einer Frau, dass ihre Gefühle füreinander noch weiter aufflammen könnten, noch viel heftiger, noch viel heller.

Jens stand neben der Musiktruhe und suchte ihren Blick. Sie wollte ein paar Schritte auf ihn zugehen, doch da war er schon bei ihr, und jetzt endlich suchte er ihren Mund, und noch bevor ihre Lippen sich berührten, begann Monikas Körper zu zittern. »*Come on, baby, light my fire. Try to set the night on fire.*«

SOMMER DER LIEBE

Keine einfache Sache. Wie sollte Monika das ihrer besten Freundin erklären? Und vor allem: wann? Jedenfalls nicht schon morgens um sieben, auch sonnabends herrschte dann Hochbetrieb im Hause Kemberg-Vogt. Um halb zehn in einer kleinen Pause ging Monika hinüber zur Telefonzelle am Leopoldplatz.

»Was?! Das ist nicht dein Ernst, oder?« Sonja reagierte wie erwartet.

»Mein voller Ernst. Ich bleibe hier und damit gut. Meinen Teil Benzingeld und Miete bekommt ihr natürlich.«

»Und was willst du den anderen erzählen? Deiner Familie und den Angestellten? Wohl kaum die Wahrheit!«

»Nicht ganz. Denen sage ich, dass ich bei Tante Ilse bleiben will. Es geht ihr in letzter Zeit wirklich schlecht, und es ist höchstwahrscheinlich ihr letzter Sommer.«

»Aber deine Eltern sind doch für sie da. Und es gibt Züge zwischen Fehmarn und Berlin. Im Ferienhaus haben wir Telefon, deine Mutter kann jederzeit Bescheid geben.«

»Aber vielleicht stirbt Ilse ganz plötzlich.«

»Unwahrscheinlich. Tod durch Nierenversagen ist schleichend.«

»Aber ich will nicht erst kommen, wenn sie schon nichts mehr mitkriegt. Sie soll wenigstens noch wach sein, auch wenn sie mich nicht mehr erkennt.«

»Ganz schön clever«, Sonja lachte bitter. »Wenn du das so verkaufst, glauben das tatsächlich alle. Du bist eben eine treusorgende Nichte. Da kommt doch keiner auf die Idee, dass ein Mann dahinterstecken könnte.«

»So soll es ja auch sein.«

»Und dass du diesem Jens hörig bist? Dass du rechts und links nichts mehr siehst?«

»Er zwingt mich ja nicht. Ich bleibe völlig freiwillig in Berlin.«

»Sehr beruhigend. Er zwingt dich nicht. Wie großherzig. Aber du merkst schon noch, wie schief das ist mit euch beiden? Er will ein paar Monate Pause, und du lässt dich drauf ein. Er steht plötzlich wieder vor der Tür, und du schläfst gleich wieder mit ihm. Er macht drei Wochen Urlaub in San Francisco, ohne dir vorher ein Sterbenswort zu sagen. Dann kommt er zurück und hat wieder Lust auf dich, und du sagst deine Reise ab. Obwohl es nicht mal Kalifornien ist, sondern nur das popelige Fehmarn. Mensch, das musst du doch merken: Der hat dich am Gängelband.« Sonja hatte sich in Rage geredet, einen Moment schwieg sie und fuhr wesentlich ruhiger fort: »Und ich hatte mich ja auch auf uns beide gefreut. Ist doch schön, wenn wir mal richtig Zeit für uns haben. Und am Strand in Ruhe klönen können.«

»Ach, du Gute«, seufzte Monika. »Jetzt sag aber nicht, du bist eifersüchtig. Weil ich mich nicht für dich entschieden habe, sondern für Jens.«

»Ich bin nicht eifersüchtig. Trotzdem finde ich es blöd, dass du nicht mitkommst. Noch aus einem anderen Grund.«

»Wegen Karin, meinst du? Weil die dir dann besonders auf den Nerv geht, wenn ich nicht dabei bin?« Monika kannte die Spannungen zwischen den Schwägerinnen, das Verhältnis zwischen Sonja und der Schwester ihres verstorbenen ersten Mannes war nie besonders herzlich gewesen. Doch beide wahrten die Familienbande – aus Anstand gegenüber dem toten Jürgen und wegen der Kinder. Andi und Silke sollten ein gutes Verhältnis zu ihrer Tante Karin behalten.

»Und wenn ihr Dörthe und Lydia mitnehmt? Dörthe versteht sich doch prima mit Karin, und du hättest mehr Ruhe.«

»Hm«, Sonja überlegte. »Haben die denn sonst nichts vor? Dörthe und Lydia?«

»Wohl nicht. Lydia sagt, die wollen sich ein paar schöne Wochen hier in Berlin machen. Aber über Fehmarn würden sie sich bestimmt freuen.«

»Und zu teuer wäre denen das auch nicht?«

»Du musst ja nicht sagen, was es wirklich kostet. Ein Drittel übernehme ich. Geschieht mir ja recht, wenn ich so kurzfristig absage.«

»Gut«, entschied Sonja. »Aber wir machen das Schritt für Schritt. Dann rede ich heute Mittag mit Clemens, und wenn er einverstanden ist, rufe ich Dörthe an. Und wir beide telefonieren nachher noch mal.«

Mit ihrem Vorschlag landete Monika einen Volltreffer. Auch Clemens hielt es für eine gute Idee, Dörthe und Lydia mitzunehmen.

»Die beiden freuen sich ein Loch in den Bauch«, erzählte Sonja nachmittags am Telefon. »Die packen jetzt blitzartig ihre Koffer. Und du genieß die Zeit mit deinem Jens. Aber falls du später Rotz und Wasser heulst: Von mir gibt's kein Mitleid. Nur Schadenfreude, Spott und Häme.«

Die Freundinnen verabschiedeten sich lachend.

* * *

Sonntagabend wollte er wiederkommen, nur zwei Tage nach seinem letzten Besuch. Immer wieder vergrub sie die Nase in ihren Sofakissen. Sie rochen noch nach Patschuli, und wenn sie die Augen schloss, regten sich Monikas Sinne. Hier auf dem Sofa hatten sie sich geliebt. Wenn sie den Duft in sich aufnahm, erinnerte sie sich an jeden Kuss, jede Berührung, jeden Moment ihrer gemeinsamen Lust. Aber auch an ihre eigene Angst, dass es mit Jens rasch wieder vorbei sein könnte.

In San Francisco bei den Hippies im Park hatte er Drogen ausprobiert, allerdings nur Marihuana, kein LSD, davor habe er zu viel Angst. Monika solle sich keine Sorgen machen. Das seien nur Experimente gewesen, weil es dort alle machten. Hier in Berlin wolle er sicher keine Drogen nehmen, hier müsse er ja studieren und arbeiten, das würde sich mit Drogen schlecht vertragen. Zu alldem hatte Monika genickt und überlegt: Sollte sie ihn fragen, ob er etwas mit anderen Frauen gehabt hatte? Ob er ihr untreu gewesen war? Aber sie beide hatten einander ja nie die Treue versprochen. Monika verkniff sich die Frage und hörte lieber die neue Platte, immer und immer wieder. *The Doors*. Sie gab Jens recht. *Light my Fire* war der eingängigste Titel auf dem Album. Eingängig, aber trotzdem ungewohnt mit der elektrischen Orgel im Vordergrund. Andere Songs klangen beim ersten Hören befremdlich, manchmal schräg und dann wieder mitreißend und berauschend. Vielleicht standen die Musiker beim Komponieren tatsächlich unter Drogen. Dazu würden auch die seltsamen Textstellen passen, die offenbar eine geheime Botschaft vermitteln wollten. Aber vielleicht reichte auch bloß Monikas Englisch nicht aus, um das zu verstehen.

Zum nächsten Treffen kam er pünktlich. Wieder fielen sie sich in die Arme, wieder roch Jens nach Patschuli, wieder schmiegte sie ihr Gesicht an seinem Hals und atmete tief. Als sie ihren Kopf hob, um ihn zu küssen, zog er ein Fläschchen aus seiner Hosentasche. »Für dich, es riecht auf jeder Haut anders. Aber es gibt ja noch viel schönere Düfte …«, er griff

Monika um die Taille und hob sie hoch, ihre Oberschenkel umschlossen seine Hüften, mit dem ersten langen Kuss trug er sie ins Schlafzimmer.

Später, viel später, gefühlt nach einer Ewigkeit, schlug sie neben ihm die Augen auf.

Er strich ihr durchs Haar. »Soll ich dich jetzt fragen, wie es dir geht?«

Sie lächelte. »Wie geht es dir denn?«

Sie hätte sich eine andere Antwort gewünscht, doch er sagte: »Ich habe Hunger.«

In der Küche gab es Schnittchen und Bier, beides machte sie sehr, sehr müde. Sie mussten dringend zurück ins Bett.

Am folgenden Nachmittag rief Sonja von Fehmarn an. »Hat alles gut geklappt. Ninette und Familie lassen schön grüßen. Und natürlich glauben sie dir, dass du wegen Tante Ilse zu Hause geblieben bist.«

»Und unsere Kinder sind schwer begeistert von Lydia, sie hat ein richtig gutes Händchen für die beiden.«

Monika wünschte einen wunderbaren Insel-Urlaub, Sonja eine zauberhafte Zeit in Berlin, dann legten sie auf.

Zauberhaft, das Wort passte. Für Monika folgten drei wonnevolle Wochen.

Das Wetter spielte mit, schon lange nicht mehr hatte Monika den August in Berlin so sehr genossen. Jens und sie taten, was Verliebte eben taten, wenn der Sommer die staubige Großstadt in ein Paradies verwandelte, wenn Parks und Wälder und Seen die Seelen der umzingelten Großstädter aufatmen ließen. Sie fuhren hinaus nach Tegel, in den Grunewald und zur Krummen Lanke. In all dem silbrig-sonnig schimmernden Grün und Blau der Natur ließ sich Westberlin ertragen, dann vergaß man die Mauer und den Stacheldrahtzaun, die DDR und den Kalten Krieg.

An einem lauen, windstillen Abend zündeten sie auf dem Balkon die Tropfkerze auf der Chianti-Flasche an.

Jens wunderte sich über das viele Wachs auf dem Glas und dem Bastbezug. »Von wie vielen Kerzen stammt das denn?«

»Elf oder zwölf. In der Drogerie kennen die mich schon.«

Sie lachten.

»Und deine Nachbarn unter dir und über dir? Die sind ganz bestimmt im Urlaub?«

»Ja«, sie sah ihn fragend an.

Er wies auf die Campingliege mit dem Bezug aus gelbem Flechtplastik. »Sieht ganz schön stabil aus.«

»Ist sie auch.«

»Na, dann«, er reichte ihr die Hand, sie ließ sich mitziehen.

Eng umschlungen sanken sie auf die Liege. »Aber ganz leise«, flüsterte er ihr ins Ohr. »Vor allem nicht laut lachen.«

Sie versprach es.

* * *

Ein paar Tage später besuchte Monika morgens ihre Familie. Ilse lächelte, sobald sie Monika sah, doch sie schwieg. Monika kniete sich zum Rollstuhl hinunter und nahm ihre Hand. »Ich bin es, Tante Ilse. Deine Nichte. Monika.«

Im ersten Moment reagierte sie nicht, dann bewegten sich ihre Lippen. »Monika«, kam es leise, ihr Mund blieb schmal, doch ihre Augen leuchteten. Ob Ilse verstand, wer diese junge Frau war? An welchem Ort sie waren? In welcher Situation? Vermutlich nicht.

»Ich bringe dich jetzt in die Klinik«, sagte Monika, »zur künstlichen Niere.«

Ilse nickte, doch ihr Blick glitt ins Leere.

Im Krankenhaus verhielt sie sich nach außen hin normal,

ließ sich geduldig in den Arm stechen und wartete stundenlang auf der Liege, bis man sie wieder von den Schläuchen befreite. Dabei sprach sie weder mit den Pflegekräften noch den anderen Patienten, manchmal lächelte sie still vor sich hin.

* * *

Am 31. August, einem Donnerstag, rief Sonja an, um sich gesund und munter aus Fehmarn zurückzumelden. »Die anderen lassen schön grüßen. Dass Dörthe und Lydia mit waren, hat uns allen gutgetan.«

»Also habt ihr mich gar nicht vermisst?«

»Im Gegenteil. Ich war froh, dass du uns mit deiner Sehnsucht nach Jens nicht auf die Nerven gegangen bist. Bleibt er denn jetzt ein bisschen bei dir? Oder will er die nächste Pause?«

»Will er nicht. Deine böse Zunge kannst du einrollen. Und ich würde Montag gern in die Praxis kommen.«

»Aha. Du meinst also, die Pille lohnt sich?«

»Absolut. Und wir zwei sehen uns den Montag drauf? Zum Mittagessen und Klönen?«

Sonja lachte. »Wehe, wenn nicht.«

Sie legten auf.

Am nächsten Tag endeten in Berlin die Sommerferien, zum ersten Mal begann damit auch das neue Schuljahr. Bis 1966 war die Einschulung nach Ostern gewesen – mit der Folge, dass sie während der langen Sommerferien vieles vom Gelernten wieder vergessen hatten.

Auch Monikas Neffe Stefan gehörte zu den neuen i-Männchen. Für seine Zuckertüte spendierte Monika ein *Fix-und-Foxi*-Heft und eine Packung Gummibärchen.

* * *

Am Montag brachte Monika ihre Tante erneut zur Blutwäsche, anschließend fuhr sie mit der S-Bahn nach Zehlendorf. Den Weg vom Wedding in den Süden der Stadt nahm sie gern auf sich. Auch wenn Clemens nicht der Mann ihrer besten Freundin gewesen wäre, hätte sie ihn sich als Frauenarzt ausgesucht.

Wie die meisten Frauen fand sie die Untersuchung unangenehm, diese grässlichen Beinschalen und dann das Herumgedrücke auf ihrem Bauch. Aber es musste nun mal sein. Clemens' Praxis genoss den allerbesten Ruf, und das völlig zu Recht, fand Monika. Clemens als Gynäkologe war ein Glücksfall, ebenso wie Monikas Freundschaft zu Sonja.

Wenn man Monika fragte, welche guten Ehen sie kannte, sagte sie: »Die von meinen Eltern. Und die von Sonja und Clemens.«

Sonja und Clemens, das war nicht bloß eine Lebensgemeinschaft, sondern eher eine himmlische Fügung. Monika kannte keine andere Ehe, in der die Partner so selbstverständlich harmonierten und sich so fein aufeinander einstellten. Und wenn sie nicht Sonjas allerbeste Freundin gewesen wäre – Monika hätte sich längst quittegelb geärgert vor Neid auf diesen Mann. Dabei gab sie ja zu: Charakterlich war Clemens bei Sonja besser aufgehoben. Monika hätte auf Dauer an ihm das Temperament vermisst. In seiner Bodenständigkeit fand sie ihn manchmal ein wenig langweilig. Mit ihm ließen sich gut Pferde stehlen – aber keine heißen Motorräder.

Tragische und traurige Umstände hatten Sonja und Clemens zusammengeführt, und vielleicht liebten sie sich deswegen so sehr. Eine wichtige Rolle in der schicksalhaften Begegnung hatte Ursula Schmittke gespielt – eine alte Freundin von Sonja. Alt nicht nur, weil auf Ullas Geburtstagstorte fast vierzig Kerzen mehr brannten, sondern alt auch im Sinne von:

sehr lange. Beim Arbeiteraufstand vom 17. Juni 1953 hatten die beiden sich in Ostberlin kennengelernt. Damals war Ulla als Krankenschwester und Hebamme im Notaufnahmelager Marienfelde tätig gewesen. Dort hatte sie sich um Menschen gekümmert, die der DDR den Rücken gekehrt und die Aufenthaltsgenehmigung für die Bundesrepublik beantragt hatten. Mit der Begeisterung für ihre Arbeit steckte sie Sonja an. So kam es, dass Sonja sich ebenfalls bei der Senatsverwaltung um eine Stelle im Lager bewarb – nicht im medizinischen Bereich, sondern in der Sozialfürsorge. Bis zu Sonjas erster Heirat arbeiteten die beiden Tür an Tür.

Auch Clemens gehörte zu den deutsch-deutschen Flüchtlingen. 1953, als die DDR-Regierung die Grenzen zwischen Ost- und Westberlin noch nicht geschlossen hatte, war der junge Arzt mit dem Zug aus Leipzig angereist und hatte am Bahnhof Friedrichstraße den Ausgang Richtung Westen gewählt. Drei Wochen wartete er im Notaufnahmelager auf seine Anerkennung als politischer Flüchtling. Am ersten Sonnabend in diesen drei Wochen kam Sonja ins Lager, um ihre Freundin Ulla zu besuchen. Und ausgerechnet an diesem Mittag lag eine junge Frau in den Wehen. Und ausgerechnet Sonja hielt bei der jungen Frau Händchen. Und ausgerechnet Clemens kam als Geburtshelfer hinzu.

Trotzdem waren noch zehn Jahre vergangen, bis Sonja und Clemens als Paar zusammengefunden hatten – Ulla hatte die Strippen gezogen. Inzwischen war sie berentet, doch sie liebte ihren Beruf und hatte sofort angenommen, als Clemens ihr eine stundenweise Tätigkeit in seiner Frauenarztpraxis angeboten hatte.

Am Bahnhof Lichterfelde-West stieg Monika aus und nahm den Weg zur Augustastraße. In einem für die feine Gegend eher unscheinbaren Eckhaus führte Clemens seit sechs Jahren seine Praxis, außerdem hatte er einen kleinen Lehrauftrag am nahe gelegenen Benjamin-Franklin-Krankenhaus. Die Freie Universität unterhielt hier ihre medizinische Abteilung. Und vor zwei Jahren, nach seiner Heirat mit Sonja, hatte er für die Familie zwei Straßen weiter ein Haus gekauft.

Doch bei aller Harmonie – auf der Ehe lag ein Schatten: Sie konnten keine gemeinsamen Kinder bekommen. Nach einem Jahr vergeblicher Hoffnung hatte Clemens sich untersuchen lassen, er galt als unfruchtbar. Er und Sonja sahen es nicht als Katastrophe an, sie hatten ja Andi und Silke aus Sonjas Ehe mit Jürgen. Doch ein gemeinsames Kind – oder vielleicht zwei – hätten sie als Krönung ihrer Liebe empfunden. Nun, es sollte nicht sein, und sie hatten sich längst damit abgefunden.

Als Monika an diesem Morgen in Clemens' Praxis kam, saß Ulla an der Rezeption. »Guten Morgen, Mädchen. Ich habe schon gehört, dass du uns heute beehrst. Dann setz dich mal noch ein bisschen. Du weißt ja, wo.« Ulla blieb leider keine Zeit für ein Schwätzchen, hinter Monika hatte eine weitere Patientin die Praxis betreten.

Monika ging zum Privat-Warteraum. Diese Sonderbehandlung fand sie ein wenig peinlich. Als Selbstständige war sie freiwillig in der gesetzlichen Krankenkasse, eine Privatversicherung hätte noch mehr gekostet. Doch Clemens bestand darauf: Freundinnen der Familie kamen bei ihm ins Wartezimmer für Privatpatientinnen. Natürlich wurden sie nicht als solche behandelt – sondern noch viel besser.

Außer ihr war niemand im Raum, sie nahm sich ein Modeheft. Schicke Zeitschriften gab es hier, nicht nur *Freundin* oder *Für Sie*, sondern auch *Madame* und die deutsche Ausgabe der *Vogue*. Wie es sich eben gehörte für das vornehme Zehlendorf.

Nach ein paar Minuten steckte Ulla den Kopf in die Tür.

»Clemens macht Pause. Ob du auch einen Kaffee möchtest, dann könnt ihr ein bisschen klönen.«

Monika ging mit ins Sprechzimmer.

»Sieh an. Die Frau, die nicht mit uns in Urlaub wollte«, er begrüßte sie herzlich.

Ulla servierte Kaffee. »Und was meinst du, Monika? Sieht unser Clemens nicht wunderbar erholt aus? Geradezu blendend! Obwohl er mit so vielen Frauen verreist war.«

»Ach, Ulla. Nicht *obwohl*, sondern *weil*. Weil ich mit so vielen reizenden weiblichen Wesen meinen Urlaub verbringen durfte, darum habe ich mich so gut erholt.«

»Ja, Clemens. Du brauchst eben immer Weibsen um dich rum. In allen Ehren, natürlich. Aber jetzt lass ich euch erst mal alleine. Monimädchen, wir sehen uns ja gleich noch.« Ulla verließ den Raum.

Monika schmunzelte. »Ulla hat dich durchschaut.«

Es war allgemein bekannt: Für weibliche Exemplare der Gattung Homo sapiens brachte er ein besonderes Verständnis mit. Ehefrau Sonja wandelte manchmal einen Werbespruch für Haushaltsgeräte der Marke Bauknecht ab: »Clemens weiß, was Frauen wollen.« Selbstverständlich war das humorvoll gemeint, doch es stimmte. Er begriff nicht nur die Vorgänge im Körper, sondern konnte auch nachvollziehen, was seine Patientinnen seelisch bewegte.

Monika verstand, warum ihre Freundin sich damals in Clemens verliebt hatte. Mit seinen eher unregelmäßigen Gesichtszügen war er kein schöner Mann im üblichen Sinne, aber dennoch ansehnlich: allein der wunderbar sanfte Blick aus seinen graublauen Augen, und natürlich seine schlanke, sportliche Statur, als Hobby betrieb er Dauerlauf.

Jetzt beugte er sich vor und schnupperte. »So, so. Du benutzt das also auch.«

Monika verstand nicht gleich.

Er lächelte. »Patschuli.«

»Ach? Das erkennst du so schnell?«

»Gezwungenermaßen. Selbst schuld, wenn ich an der Uni arbeite. Auch Proteststudenten haben ihre Moden, und das ist jetzt eben Patschuli, bei Männlein wie Weiblein, wobei die Männer mich ja nicht stören. Aber diese Hippie-Frauen benutzen das Öl nicht bloß als Parfum, sondern zur kompletten Hautpflege.«

Monika grinste. »Ich bekomme von Patschuli bessere Laune. Bilde ich mir zumindest ein.«

»Gute Laune kann man sich nicht einbilden, gute Laune hat man oder hat man nicht. Also benutz es weiter. Und es soll ja auch gut sein für die Liebe. Wird jedenfalls behauptet«, er sah sie herausfordernd an.

Sie mimte die Ahnungslose. »Ach, was alles so behauptet wird. Und was die Leute alles so reden.«

»Stimmt. Da kann man nicht immer was drauf geben.« Er trank zwei Schlucke Kaffee und lehnte sich im Stuhl zurück. »Apropos Leute. Hast du mal von Kurt Kolle gehört: *Lehrbuch der Psychiatrie?*«

»Nein. Schulst du jetzt auf Psychiater um?«

»Lieber nicht. Aber dieser Professor Kolle hat einen Sohn, den Journalisten Oswalt Kolle. Der Name sagt dir was?«

Ja, dieser Name sagte Monika etwas, und sie nahm es Clemens nicht übel, dass er sie darauf ansprach. Auch das war eine von Clemens' Stärken. Über alles Geschlechtliche sprach er offen und unbefangen, eben ganz natürlich und dabei immer mit Feingefühl. Inzwischen ging auch Sonja frei mit dem Thema um, und Monika fand auch für äußerst intime Fragen bei der Freundin ein offenes Ohr.

»Oswalt Kolle schreibt doch diese Reportagen«, erwiderte

Monika. »Über Liebe und Sexualität. Zuletzt stand da doch was im *Stern*.«

»Genau. Und ein Kollege von mir kennt den Kolle persönlich. Der will dazu jetzt nicht mehr nur Reportagen schreiben, sondern ganze Bücher. Nächstes Jahr soll das erste rauskommen. Mit dem Titel *Das Wunder der Liebe*.«

»Klingt hübsch. Ein bisschen nach Bienchen und Blümchen.«

Clemens amüsierte sich. »Das habe ich zuerst auch gedacht. Aber der Verlag hat diesen Titel wohl ganz bewusst gewählt und dazu einen Untertitel, irgendwas mit Sexualität in der Ehe.«

»In der Ehe. Das heißt also: *Nur* in der Ehe?«

»Selbstverständlich, Monika. Außerhalb der Ehe gibt es doch gar keine Sexualität.«

»'tschuldigung, das hatte ich vergessen.«

»Tja, Monika. Wenn es nicht so traurig ernst wäre, könnte man drüber lachen. Aber der Verlag hat wohl Angst, das Buch landet auf dem Index für jugendgefährdende Schriften, und dann kann man es nicht mehr verkaufen. Darum die Beschränkung auf die Ehe.«

»Aha. Und ansonsten ist das Buch wie die Zeitungsartikel? Es geht zur Sache, aber sachlich?«

»So hat Kolle das wohl vor. Er klärt die Leute auf, und zwar nicht nur über die biologischen Vorgänge. Sondern vor allem über Lust und Liebe, also die Psychologie, die großen Gefühle. Ich bin gespannt, ob das klappt, dass es sein Buch ganz normal im Buchhandel gibt. Also nicht im Laden für Ehe-Hygiene, wo es dann neben den Schmuddelheftchen liegt.«

»Und dann würdest du es deinen Patientinnen empfehlen?«

»Ja. Falls Kolle das tatsächlich hinkriegt: seriös, offen und verständlich. Aber dann muss man es gar nicht mehr empfehlen. Dann verkauft sich das wie warme Semmeln, und es ändert sich hoffentlich mal was an all diesem Muff und Mief.«

»Und den Tabus.«

Clemens nickte heftig. »Diese Tabus sind doch schrecklich. Allein deine Situation, Monika: Du bist eine wunderhübsche Frau in den besten Jahren. Aber du wirst daran gemessen, ob du verheiratet bist und Kinder hast, und mit deinem Liebesleben musst du ganz diskret umgehen. Und ein jüngerer Liebhaber, mit dem du keine ernsten Absichten hast – das geht ja gar nicht. Die Gesellschaft gesteht dir deine eigene Sexualität im Grunde gar nicht zu. Und in Ehen ist Sex zwar erlaubt, aber offen reden darf man darüber auch nicht.«

»Und weil man nicht drüber reden darf, lernen die Leute erst gar nicht, darüber zu reden, und darum wissen sie so wenig.«

»Leider. Meine Kollegen und ich sind ja schon froh, wenn unsere Patientinnen eine ungefähre Vorstellung darüber haben, was im Monatszyklus passiert. Oder wenn sie sagen: ›Ich habe keine Angst vor meiner Lust. Das ist doch was Schönes.‹ Und da will Kolle eben ansetzen.«

»Also warten wir ab, ob die Jugendschützer das Buch durchwinken. Und dann lese ich das selbstverständlich auch.«

»Tu das, Monika!« Clemens trank seine Tasse aus. »Wobei du ja kein Problemfall bist, was dein Wissen betrifft. Und ich habe jetzt auch genug geredet, also endlich zu dir. Du möchtest ein Rezept?«

»Und eine Untersuchung, die letzte war vor zwei Jahren.«

»Dann wollen wir mal«, durch die Sprechanlage rief er seine Helferin Frau Hoff herein.

Eine Viertelstunde später verließ Monika mit einem Anovlar-Rezept die Praxis. Sie war Clemens dankbar, die Freundinnen ihrer Schwestern und Schwägerinnen erzählten von ganz anderen Frauenärzten. Sechs Jahre nach Einführung der Antibabypille in Deutschland weigerten sie sich immer noch, unverheirateten Frauen das Medikament zu verschreiben. Dabei beriefen sie sich auf moralische Grundsätze und ihre Berufsehre. Sie wollten Unzucht und Sittenverfall keinen Vorschub leisten, erklärten diese Ärzte und bekamen Rückenwind von Papst Paul VI., der wie kein anderer gegen die Pille wetterte. Zum Glück gab es in Westberlin inzwischen genügend Gynäkologen, die auch ledigen Frauen ein Liebesleben zugestanden und halfen, wenn es um Verhütung ging. Und jetzt wollte Oswalt Kolle also fortschrittliche Aufklärungsbücher schreiben. Man durfte gespannt sein.

Zum Medikament hatte Clemens ihr nichts erklären müssen, sie kannte sich ja aus. Noch war es nicht so weit, rund eine Woche sollte es wohl noch dauern, bis sie mit der ersten Packung beginnen könnte. Bis dahin würden Jens und sie weiter Präservative anwenden. Es machte ihm nichts aus.

BEWUSSTSEINS-ERWEITERUNG

Mitte der Woche strömte Regen aus tief hängenden Wolken, der Herbst schickte seine Vorboten, Monika legte den Weg zwischen Zeppelin- und Leopoldplatz im Morgennebel zurück. Abends machte sie es sich mit Jens im Bett gemütlich. Nachdem der größte Liebeshunger gestillt war, gab es Bier und belegte Brote zwischen Daunenkissen.

»Übrigens«, Jens biss in ein Gürkchen. »Ludger und Jutta sind wieder da. Sie haben uns eingeladen. Sonnabend zu Ludger in die Bude.«

»Ins Studentenheim?«

»Genau. Und wir können da auch übernachten. In einem freien Zimmer, dann müssen wir abends nicht noch von Dahlem zurück. Sonnabend ist doch okay, oder? Da können wir beide ausschlafen.«

Monika nickte, sie bemerkte den leeren Teller. »Soll ich uns noch was schmieren?«

»Ja bitte«, er schob sein Bein über ihre Hüfte. »Aber erst später.«

* * *

Am Sonnabend klingelte Jens bei Monika, sie fuhren mit der U-Bahn nach Dahlem.

Monika hatte ihre Zahnbürste, frische Unterwäsche und einen Morgenmantel in eine Tasche gepackt, damit sie im Wohnheim zur Toilette über den Flur huschen konnte. Ein Nachthemd brauchte sie nicht, Jens schlief auch immer nackt, hatte er gesagt. Sie freute sich auf ihre erste gemeinsame Nacht, auf das erste Aufwachen an seiner Seite. Bisher war er ja immer spätestens um ein Uhr aufgebrochen, aus Rücksicht auf seine Eltern. Aber jetzt hatte er einen guten Grund, auswärts zu schlafen. Seine Kommilitonen kehrten aus den Ferien zurück, im Wohnheim feierten sie feuchtfröhlich ihr Wiedersehen. Wer wollte da spätabends noch durch die halbe Stadt fahren?

An der Clayallee, nicht weit von der Freien Universität, stiegen sie aus, das Studentenheim lag in einer Seitenstraße, ein Neubau mit allem Komfort, auf jedem Flur gab es Duschen mit Einzelkabinen, selbstverständlich nach Geschlechtern getrennt.

Ludger wohnte im dritten Stock, er kam ihnen auf dem Flur entgegen. »Kommt erst mal in die Küche, Jutta ist auch schon da.«

Monika hatte Jens nie gefragt, ob er und Jutta mal ein Paar gewesen waren. Oder wie Jutta aussah. Monika hatte sie sich unscheinbar vorgestellt, eine angehende Lehrerin, intelligent und gelehrig – aber nicht unbedingt attraktiv. Jetzt musste Monika feststellen: Sie hatte sich geirrt, denn Jutta war hübsch. Verdammt hübsch sogar mit ihren großen Rehaugen und dem tief dunkelbraunen Haar im Pixie-Schnitt: an den Seiten und im Nacken kurz, dafür am Oberkopf länger und seitlich über die Stirn gekämmt. Und an eine *pixie,* also eine Elfe, erinnerte Jutta in der Tat: Mädchenhaft zierlich saß sie in einer gelben Batikbluse am Tisch und schälte Kartoffeln.

Ludger machte sie miteinander bekannt: »Monika, das ist Jutta. Jutta – Monika.«

Die elfengleiche Frau lächelte Monika zu. »Na, endlich sehen wir uns mal. Wo die Männer schon so viel über dich erzählt haben.«

Eine sympathische Person, dachte Monika. Und wie gut, dass Jutta und Ludger fest zusammen waren. Es gab keinen Grund, auf Jutta eifersüchtig zu sein.

»Freut mich auch!« Monika lächelte zurück. »Soll ich dir helfen?«

»Och gern, wenn du möchtest.«

»Ja, wunderbar«, meinte auch Ludger. »Dann kümmert ihr euch um unser Festmahl, Jens und ich bereiten schon mal die Zimmer vor.«

Keine drei Sekunden später waren die beiden im Flur verschwunden.

Jutta am Küchentisch lachte. »Typisch Männer. Hauptsache, sie müssen nicht mithelfen beim Kartoffelschälen.«

Monika sah sich um. Eine Küche mit Vorratsschränken, Kühlgeräten, Herden und Kochplatten für zweiundzwanzig Studenten.

»Schön praktisch mit den Einbauten. Und das ist immer so aufgeräumt hier?«

»Ach was. Du hast doch bestimmt schon viele schlimme Geschichten von den Küchen in Wohnheimen gehört. Nein, so aufgeräumt ist es nicht immer, jedenfalls nicht abends. Aber mittags kommen unsere beiden Reinemachfrauen. Und wenn sich dann das dreckige Geschirr stapelt, weigern die sich zu putzen. Also müssen wir spätestens morgens spülen.«

Monika zählte die Stühle: sechzehn. »Hier können nicht alle von der Etage gleichzeitig essen?«

»Das kommt sowieso kaum vor. Und wenn doch mal alle zusammen feiern, dann bringt man eben ein paar Hocker aus den Zimmern mit und rückt zusammen. Im Moment sind noch viele im Urlaub, wahrscheinlich haben wir den Tisch heute für uns allein.« Jutta stand auf.

Zum ersten Mal sah Monika sie in ganzer Körperlänge. Einen Meter sechzig, höchstens, und Kleidergröße 36 oder eher 34. Mit ihrer grazilen Statur erinnerte Jutta an die junge Audrey Hepburn. So zart, dass sie bei Männern bestimmt den Beschützerinstinkt weckte. Sicher interessierten sich viele Männer für Jutta, doch sie hatte sich für Ludger entschieden, den rotblonden Lehramtsstudenten aus Oldenburg, durch und durch bodenständig. Monika fand, allein das sprach für Jutta, sie war wunderhübsch, aber keine Prinzessin auf der Erbse und erst recht keine Zimtzicke.

Bei dem gelb-weißen Kleidungsstück handelte es sich um keine Bluse, sondern um ein Minikleid, das zwei Handbreit über dem Knie endete. Ein cognacfarbener Gürtel aus Flechtleder betonte die Taille, und wozu hätte sie Strümpfe gebraucht bei ihren perfekt gebräunten, schlanken Beinen.

»Dein Gürtel ist toll, Jutta, und dein Kleid natürlich auch.«

»Ach, danke. Habe ich mir aus Sibenik mitgebracht«, sie reichte Monika ein Schneidbrett samt Messer. »Mit dem Essen feiern wir ja ein bisschen unseren Urlaub nach, es gibt was typisch Jugoslawisches.«

»Aha? Ich dachte immer, die essen da unten mehr Reis. Und nicht so viel Kartoffeln.«

Jutta lachte. »Stimmt schon. Eigentlich wollte ich Djuvec-Reis machen, aber Ludger mag den nicht so gern. Darum gibt es frittierte Kartoffelscheiben und dazu Cevapcici. Sozusagen das Nationalgericht.«

Monika kannte das Mittelmehr nur von ein paar Urlauben an der Adria. In Jugoslawien war sie noch nie gewesen, Cevapcici kannte sie nur vom Hörensagen.

»Da kommt doch viel Knoblauch rein, oder?«

»Ja, das muss sein. Du magst den hoffentlich.«

»Schon, aber ich esse den nicht oft. Ich will ja nicht meine Kundinnen vergraulen.«

»Das ist eben das Schöne da unten: Weil alle danach riechen, riecht das keiner.« Jutta hatte die letzte Kartoffel geschält und schnitt sie nun in Scheiben. »Dabei ist Knoblauch doch gesund. Überhaupt die Küche am Mittelmeer, vor allem das Olivenöl: viel bekömmlicher als Butter oder Schweineschmalz.«

»Finde ich auch, aber meine Kundinnen sagen eher das Gegenteil. Dass Olivenöl so richtig schwer im Magen liegt.«

»Das bilden die sich doch bloß ein. Weil sie borniert sind. Was der Bauer nicht kennt, das frisst er nicht. Diese schreckliche deutsche Engstirnigkeit. Und die ständige Rechthaberei. Wir müssen hier dringend viel weltoffener werden.«

Jutta wollte wohl noch mehr dazu sagen, da kamen Jens und Ludger herein, zwischen sich eine riesige Korbflasche mit Henkeln.

»Monika, die Magnum-Flasche Chianti neulich war ja lachhaft«, meinte Jens mit gespieltem Ernst. »Fünf Liter müssen es doch sein für einen gemütlichen Abend.«

»Und falls wir die heute nicht ganz schaffen: Morgen kommen noch ein paar Kommilitonen aus den Ferien zurück.«

Unter allgemeinem Gelächter erzählte Ludger vom Einkauf auf einem jugoslawischen Weingut und den Abenteuern an der Grenze zu Österreich. Er und Jutta hatten die Flasche im Campingbus zwischen ihren Bettdecken vor dem Zoll versteckt.

»Natürlich haben wir den Wein da unten auch probiert. Sehr lecker und nicht so schwer. Man kriegt einen Rausch, aber am nächsten Morgen keinen schlimmen Kater.« Ludger zeigte auf die Schüssel mit den rohen Kartoffelscheiben. »Können wir loslegen?«

»Gleich«, Jutta wandte sich an Monika. »Willst du erst mal deine Tasche abstellen? Und euer Zimmer angucken?«

»Wenn das kein Problem ist.«

Jens lachte. »Jetzt nicht mehr, ist ja alles fertig. Aber du hättest mich eben am Blasebalg sehen sollen. Gepumpt in Rekordzeit.«

»Wir kriegen eine Luftmatratze?«

»Nur ich. Du darfst dein Haupt auf Rosshaarpolster betten. Siehst du gleich.«

Zu viert gingen sie den Flur entlang.

»Unser Mitbewohner überlässt euch übrigens gern das Zimmer.« Ludger schloss eine Tür auf. »Wir helfen uns gegenseitig, wenn einer von uns viel Besuch hat und ein anderer gerade sein Zimmer nicht braucht.«

Sie traten ein, Monika amüsierte sich. Mitten im Raum lagen auf dem Boden eine Matratze und gleich daneben eine eher flache Luftmatratze, beide mit weißen Laken bedeckt. Ein Bettgestell gab es auch, doch darauf befand sich bloß ein leerer Lattenrost.

»Ist doch schön kuschelig so«, meinte Jens. »Und mit dem Höhenunterschied kommen wir schon klar, oder?«

»Na sicher«, gab Monika zurück. »Jeder bleibt einfach auf seiner Seite.«

»Bitte keine Details! Das interessiert uns nun wirklich nicht!« Ludger lachte, die anderen stimmten ein.

Monika stellte ihre Tasche ab, dann gingen sie weiter nach nebenan in Ludgers Zimmer. Es bot sich ein ähnliches Bild: das leere Bettgestellt, die Matratze und eine Luftmatratze auf dem Boden, hier allerdings nicht direkt nebeneinander, sondern mit anderthalb Metern Abstand dazwischen.

»Nach dem Essen machen wir es uns gemütlich«, erklärte Ludger, »mit Musik natürlich.«

»Apropos«, Jens wies auf einen silbrig glänzenden Geräteturm. »Monika, du musst unbedingt Ludgers Anlage bewundern. Hat er sich seit seiner Erstkommunion vom Mund abgespart, war aber jeden Pfennig wert.«

Monika sah sich die Platten durch: The Jimi Hendrix Projekt, Pink Floyd, Graceful Dead, Jefferson Airplane und The Doors. Bis auf die letzte Band kannte sie keine.

»Aber jetzt essen wir erst mal was«, entschied Jutta.

Zurück in der Küche, holte sie die Hackfleischröllchen aus dem Kühlschrank. »Habe ich heute Mittag vorbereitet, damit die Gewürze durchziehen.«

Schon aus drei Metern Entfernung roch Monika den Knoblauch. Gut, dass sie erst Dienstag wieder in den Salon musste.

Die Männer waren auf dem Küchenbalkon verschwunden und warfen einen Grill an, drinnen deckten die Frauen den Tisch. Aus der Fünf-Liter-Flasche gossen sie einen Liter Wein in eine Karaffe.

Jutta hielt Monika eine Glaskonserve mit hellrotem Inhalt hin. »Ajvar. Man nennt das auch Gemüsekaviar, winzig klein gewürfelte Paprika mit Gewürzen in Öl.«

Sie deckten den Tisch fertig und gingen auf den Balkon, wo die Männer mit einer Flasche Bier in der Hand physikalische Beobachtungen am Grill vollzogen.

Ludger hob den Daumen. »Kohle glüht. Ein paar Minuten noch, dann kann das Hack drauf.«

Eine Viertelstunde später saßen sie am Tisch. Jutta erzählte angeregt vom Sommer-Camp in Sibenik: ein internationales Zeltlager für Studenten der sozialistischen Vereinigungen wie dem SDS.

»In Jugoslawien funktioniert vieles besser«, Ludger füllte die nächste Karaffe Wein ab. »Titos Regierung ist längst nicht so moskautreu, da hat der Sozialismus ein menschlicheres Gesicht, das wirkt alles nicht so kalt und streng wie in der DDR.«

»Was kein Wunder ist«, meinte Jens. »Jugoslawien ist für Russland ohne strategische Bedeutung. Und die Länder rundum liegen ja auf Moskauer Linie: Ungarn, Rumänien, Bulgarien. Da ist es den Russen relativ egal, was in Jugoslawien passiert. Aber so lockere Zügel wären für Ostberlin undenkbar und für Prag wohl auch.«

Monika hakte nach. »Habt ihr da auch Studenten aus Ostberlin getroffen?«

»Viele sogar«, erwiderte Ludger. »Und die sind überhaupt nicht mehr mit dem zufrieden, was die DDR aus der sozialistischen Idee macht. Aber jetzt reden wir über was anderes, wir wollen dich nämlich um einen Gefallen bitten, Monika.«

»Ach so?«

In dem Moment steckte ein Mitbewohner den Kopf durch die Tür, um guten Appetit zu wünschen. Er setzte sich nicht dazu, denn Jutta und Ludger hatten an diesem Abend die Gemeinschaftsküche zwei Stunden lang für sich und ihre Gäste reserviert, und die anderen respektierten das völlig selbstverständlich. Wirklich toll, wie sie hier miteinander umgingen, fand Monika.

Sie nahm den Faden wieder auf: »Ihr wolltet mich also was fragen?«

»Genau …« Jens schmunzelte. »Und keine Angst, nichts Schlimmes. Es ist nur so: Jutta, Ludger und ich, wir würden gern zusammenziehen. In eine gemeinsame Wohnung. Wir haben auch schon eine in Aussicht, aber der Vermieter hätte gern eine Bürgschaft. Von jemandem mit regelmäßigem Einkommen.«

Oh! Damit hatte Monika nun wirklich nicht gerechnet.

»Dass du dich nicht wunderst«, setzte er rasch nach. »Natürlich könnten wir auch unsere Väter fragen. Wobei, der von Jutta ist schon lange tot. Und was Ludgers und meinen Vater betrifft: Die hätten absolut was dagegen. Mein Vater würde sagen, ich soll gefälligst zu Hause wohnen bleiben.«

Ludger übernahm. »Und mein Vater findet, dass ich doch gut untergebracht bin, hier im Wohnheim, noch dazu direkt an der Uni. Wozu soll ich denn dann umziehen?«

»Und meine Mutter ist schon Mitte sechzig«, ergänzte Jutta, »die hat nur ihre Witwenrente. Wenn ich einen Bürgen bräuchte, könnte ich höchstens einen von meinen Onkeln oder Brüdern fragen, und die wären selbstverständlich auch dagegen. Unsere Jutta zieht mit zwei Männern zusammen. Um Himmels willen! Sodom und Gomorra!«

»Eure Verwandten würden also deswegen nicht für euch bürgen?«, fragte Monika ungläubig. »Wegen der Moral?«

»Klar. Die lesen jeden Tag in der Zeitung über die Kommune 1 und was es da wieder für angebliche Skandale gibt. Und dann sagen die: Wenn mein Sohn das unbedingt machen will, kann ich ihn nicht daran hindern, er ist ja mündig. Aber ich werde das nicht finanziell unterstützen.«

Sie hatte Jens zugehört und musste lachen. »Ich stelle mir vor, wie das für deine Oma wäre. Ihr guter Junge! Auf den sie doch immer so stolz ist. Aber wie bei der Kommune 1 wäre das bei euch doch nicht, oder? Ich meine: Wollt ihr das denn auch so aufziehen? Als Bürgerschreck? Mit politischen Aktionen? Die dann Kunst sein sollen?«

»Natürlich nicht. Wir wollen einfach bloß zusammenleben, jeder im eigenen Zimmer. Nur Küche und Wohnraum teilen wir uns.« Ludger füllte ihr Weinglas nach. »Wir tun da nichts anderes als hier im Heim auch, nur dass wir auf weniger Leute Rücksicht nehmen müssen.«

»Und eine Wohnung habt ihr schon in Aussicht?«

»Ja, die Kommilitonen haben Examen gemacht und ziehen aus Berlin weg. In der Wiener Straße in Kreuzberg, beim alten

Görlitzer Bahnhof. Hundertzwanzig Quadratmeter, also richtig groß, vorne raus ist die Bahnstrecke, aber nach hinten alles schön ruhig. Kaltmiete fünfundvierzig Mark. Das stemmen wir zu dritt in jedem Fall.«

»Und trotzdem braucht ihr eine Bürgschaft?«

Jutta nickte. »Der Vermieter besteht drauf. Aber es ist ganz unwahrscheinlich, dass du irgendwann für uns zahlen musst. Wir sind ja zuverlässig.«

Monika ließ sich die weiteren Einzelheiten erklären – und fand keinen Haken. Fünfzehn Mark im Monat, so viel würden Jens, Ludger und Jutta bestimmt aufbringen können. Doch ein Zweifel nagte an ihr, nicht wegen des Geldes, eher wegen Jutta. Weil Jens demnächst mit einer derartig hübschen jungen Frau zusammenleben würde – auch wenn der feste Freund mit einzog. Aber warum wurmte Monika das? Sie konnte die drei doch jederzeit besuchen. Und außerdem: Irgendwann würde Jens sie sowieso wegen einer jüngeren Frau verlassen.

»Ist gut. Ich mache das.«

Jutta sah sie mit großen Augen an. »Sicher? So schnell? Du kannst auch gern noch überlegen.«

»Wozu? Ihr seid zuverlässig, das glaube ich euch. Ihr teilt euch die Miete und werdet kaum gleichzeitig pleitegehen. Wenn einer nicht zahlen kann, wären das für mich fünfzehn Mark im Monat, das ist ja überschaubar.«

»Na dann«, Jutta hob ihr Glas. »Auf unsere Gönnerin!«

Unter Applaus lächelte Monika in die Runde.

»Und, ihr Lieben?«, fragte Ludger. »Wollen wir denn mal rüber?«

Sie räumten den Tisch ab und gingen mit der gut gefüllten Weinkaraffe hinüber in sein Zimmer.

Jutta schloss das weit geöffnete Fenster. »Genug gelüftet, und wir wollen jetzt doch ein bisschen was rauchen.«

Es war klar, worauf Jutta anspielte, Monika fragte nicht nach. Sie setzte sich neben Jens auf die Luftmatratze, als Rückenstützen dienten ein Bücherregal und ein paar dicke Kissen. Ludger legte die erste Platte auf. The Doors.

Monika lauschte. Sie hatte die Platte wohl schon hundert Mal gehört, doch dieses Mal kam ihr der *Sound* seltsam ungewohnt vor, interessanter und aufregender als sonst. Da merkte man eben doch den großen Unterschied zwischen ihrer Musiktruhe und Ludgers teurer Stereoanlage. Jetzt erst begriff Monika die Klangfülle dieser Musik, sie nahm viel mehr Feinheiten wahr. Möglicherweise lag es auch am Wein. Ein paar Gläser hatte sie getrunken, einen halben Liter etwa, vielleicht auch drei Viertel. Doch das war im Moment ja nicht wichtig, Hauptsache, sie fühlte sich wohl.

Ludger setzte sich zu Jutta auf die andere Matratze. Er neigte den Kopf. »Und, Monika? Geht's dir gut?«

Sie hatte längst verstanden, worauf er anspielte, sie ging darauf ein. »Na klar. Nette Leute, gute Musik. Sehr gemütlich hier.«

»So soll's sein.« Jens lächelte schelmisch. »Vielleicht geht es dir gleich sogar noch besser.«

»Genau. Ich bin gespannt.«

Unterm Bett zog Ludger ein paar Gegenstände hervor: Papier für selbst gedrehte Zigaretten, den passenden Tabak, ein Feuerzeug und einen Klarsichtbeutel. »Jens sagt, du kennst so was gar nicht?«

Monika starrte auf den Beutel. Sieht wirklich aus wie Gras, war ihr erster Gedanke. Wie getrocknetes Wildgras, irgend so ein Unkraut. Natürlich wusste sie: Das war Marihuana. Jens hatte es ja in Kalifornien probiert und ihr kurz davon erzählt. Das hatte sie zur Kenntnis genommen und nicht weiter nachgefragt, es war ihr nicht wichtig gewesen, und sie hatte auch gar nicht wissen wollen, ob er hier in Berlin damit weitermachte. Offenbar tat er das, genau wie Ludger und Jutta.

»Also Marihuana?«

Die anderen drei nickten.

»Und?«, wollte Jens wissen. »Möchtest du das probieren?«

Sie zögerte. Statt zu antworten, fragte sie: »Und das ist jetzt bewusstseinserweiternd?«

Die anderen schmunzelten.

»Nicht direkt«, meinte Ludger. »Also nicht wie LSD oder Psilocybin. Hanf macht keine Halluzinationen.«

»Aber irgendwie erweitert es das Bewusstsein trotzdem«, fügte Jutta hinzu. »Marihuana entspannt ganz tief. Und so eine Entspannung ist ja auch eine neue Erfahrung, also eine Bewusstseinserweiterung.«

Monika stutzte. Was sollte sie von den Erklärungen halten? Vor ihr lag eine illegale Droge, Besitz und Konsum waren strafbar, doch das schien niemanden zu stören.

»Fast alle im Heim rauchen ab und zu mal Gras, der Hausmeister weiß das und raucht manchmal sogar mit. Dann laden wir ihn natürlich dazu ein und geben ihm zur Erinnerung ein Tütchen mit.«

»Ihr besticht ihn?«

»Wenn du es so sehen willst.«

»Aber wenn euch jemand anzeigt? Und ihr verurteilt werdet? Dann könnt ihr als Lehrer doch nicht mehr in den Staatsdienst.«

Ludger grinste. »Darum bestechen wir ja den Hausmeister. Also, wir haben keine Angst. Weder vor einer Anzeige noch vor der Droge selbst. Das ist bloß ein bisschen Marihuana. Nichts Gefährliches und wirklich gutes Zeug. Ganz sauber, nichts Vermischtes. Haben wir aus Jugoslawien geschmuggelt, in unseren beiden Gitarren, da haben wir vorher extra einen doppelten Boden eingebaut.«

»Aber ich habe doch eben schon so viel Wein getrunken.«

»Alkohol und Gras vertragen sich eigentlich ganz gut.« Jens zog sie zu sich und drückte ihr einen Kuss auf die Wange. Es war seine gewohnte Geste, er machte das oft, doch diesmal kam es Monika vor, als behandelte er sie wie ein Vater sein dümmliches Kind. Wenn sie jetzt nicht mitrauchte, wie wäre das für ihn? Und was würden Jutta und Ludger denken? Aber sie wollte keine Droge rauchen, nur um nicht als spießig zu gelten.

»Ich möchte euch nicht den Abend verderben, aber ich will das nicht probieren.«

»Gar kein Problem«, sagte Jens.

Wieder schwang ein Unterton mit, nur ein Hauch, nur eine Nuance, aber es kam ihr so vor, als machte er sich über sie lustig. Vielleicht bildete sie sich das auch bloß ein.

»Beim ersten Mal würdest du wahrscheinlich sowieso noch nicht viel davon merken«, erklärte Ludger. »Vielleicht auch gar nichts.«

»Ach so? Aber ich bin das doch gar nicht gewohnt. Dann würde bei mir doch wenig reichen, oder?«

»Eben nicht. Der Wirkstoff speichert sich dauerhaft im Fettgewebe, darum kommt beim ersten Mal relativ wenig im Gehirn an. Willst du denn eine normale Selbstgedrehte?«

»Ja bitte«, Monika füllte sich ihr Glas nach. »Ich bleibe einfach bei Tabak und Wein.«

Er drehte ihr eine Zigarette und zog drei weitere Blättchen aus der Packung. Feierlich starrten Jens und Jutta auf seine Hände, und Monika verstand: Das gehörte schon zur Zeremonie, die Einstimmung auf den Drogenrausch.

Ludger riss das Papier in passende Stücke, klebte sie mit Spucke zusammen, legte eine Mischung von Tabak darauf und drehte alles zur Tüte. Beim Entzünden füllte ein süßlich-harziger Duft den Raum. Monika kannte den Geruch von abendlichen Spaziergängen im Park, und sie fand, es roch ein bisschen wie Patschuli. Vielleicht war es bei Hippies deswegen so beliebt.

Ludger nahm zwei, drei Züge. Als Nächste war Jutta dran, sie inhalierte tief und reichte weiter an Jens. Alle drei hielten die Tüte fast senkrecht nach oben, die Hände zu einer Höhle geformt, aus der sie den Rauch saugten.

»Du jetzt doch noch?«, fragte Jens.

Sie schüttelte lächelnd den Kopf, die Tüte ging weiter an Ludger.

Obwohl Monika die Tüte gar nicht erst in die Finger nahm, kam es ihr vor, als würden der Geruch und der Rauch im Raum schon ihre Sinne benebeln. Um sie herum versank die Welt, und alles fühlte sich leicht und befreit an. Aber vielleicht bildete sie sich das auch bloß ein. Vermutlich ging die entspannte Stimmung einfach auf sie über.

Jens und Ludger wippten mit den Oberkörpern im Takt der Musik, Jutta kicherte.

Ludger hob den Kopf. »Was ist?«

»Die Dusche. Unsere Dusche«, sie zog am Joint. »In der neuen Wohnung. Da duschen wir doch in der Küche. Direkt neben dem Esstisch.«

Ludger kicherte mit. »Ist doch knorke. Das ist morgens dann ganz nah. Von der Dusche an den Tisch.«

»Aber dann wickelt ihr Männer euch wenigstens Handtücher um die Hüften. Nicht mit dem nackten nassen Hintern direkt an den Tisch. Sondern chic als Lendenschurz.«

Jetzt grinste auch Jens. »Hauptsache, du bindest dir was um, Jutta. Aber schön von oben bis unten.«

»Ja klar. Sitte und Anstand. Sonst kommt Zehnert noch ins Zuchthaus.« Jutta giggelte weiter. Vermutlich hatte sie nicht die geringste Hemmung, sich beim Duschen nackt vor Jens zu zeigen.

So alberten sie sich durch den Abend, bei einem Joint sollte es nicht bleiben, da galt dasselbe wie sonst beim Schnaps. *Auf einem Bein kann man nicht stehen*. Monika hielt sich an Wein und reinen Tabak.

Dann wurde es still, die anderen hielten ihren *Kief*, und der Rotwein hatte Monika müde gemacht. Mit ihrem Kopf auf Jens' Oberschenkel dämmerte sie ein.

Als sie aufwachte, lag sie ausgestreckt auf der Luftmatratze. Wie lange sie geschlafen hatte, wusste sie nicht. Sie fühlte sich immer noch benebelt vom Wein und von den dichten Marihuanaschwaden, die durch den Raum zogen. Die anderen hatten wohl noch weitere Joints geraucht. Auf der Matratze ihr gegenüber lag Jens und malte mit weit ausgestrecktem Arm und Zeigefinger Kreise in die Luft. Aus den Lautsprecherboxen tönte Grace Slick, die Leadsängerin von Jefferson Airplane. *»I want somebody to love«* – eigentlich ein schnelles Stück, doch Jutta und Ludger tanzten in der Nische vor dem Waschbecken Klammerblues. Sehr eng und sehr langsam.

Monika auf der Luftmatratze richtete den Oberkörper auf.

»Na? Wach?« Jens beendete das Kreisemalen und starrte zu ihr hinüber. »Möchtest du auch tanzen? Oder lieber nach nebenan?«

Seine Stimme klang unendlich sanft – ein seltsamer Gegensatz zum starren Blick.

»Nach nebenan«, flüsterte sie zurück.

Sie standen auf und gingen zur Tür, vorbei am tanzenden Paar. Jutta und Ludger hoben ihre Köpfe. Ludger nickte bloß, doch Jutta löste sich von ihm und wandte sich Monika zu.

»Du Liebe, Liebe, Liebe«, sie schlang beide Arme um Monika. »Das mit der Wohnung. Dass du bürgst, das ist so lieb.«

Monika strich ihr übers Haar. »Schon gut. Schönen Abend noch euch beiden. Bis morgen.«

Doch so schnell ließ Jutta nicht los. »Bleib doch noch. Nur ein bisschen. Ich kann doch auch mit dir tanzen.«

Sanft löste Monika sich aus der Umklammerung.

Jutta schmollte. »Na gut, dann eben bis morgen. Ich wünsche euch eine schöne Nacht. Eine ganz, ganz schöne Nacht«, kichernd schmiegte sie ihre Wange an Monikas Schläfe. »Und dein Haar riecht so gut. Sooo gut. Aber du bist ja auch Friseuse.«

Jens schaltete sich ein. »Gute Nacht euch zwei.« Er küsste Jutta auf die Wange und klopfte Ludger auf die Schulter. »Tanzt noch schön. Bis morgen.«

Jutta ließ los, Ludger nickte. »Zum Frühstück.«

Monika und Jens huschten durch die Tür und blieben einen Moment stehen. Wo waren die Toiletten? Ach ja, weiter den Flur entlang.

Ein paar Minuten später betrat Monika das Zimmer, Jens war schon da und hatte es sich bequem gemacht. Das Fenster stand weit offen. Aus dem Nebenraum drangen Geräusche. Sie lauschten: das lustvolle Stöhnen einer Frau.

»Direkt nebenan«, Jens grinste. »Jutta.«

Ja, das war Jutta. Monika erkannte die Stimme, und obwohl sie noch immer betrunken war, fühlte sie sich peinlich berührt. »Lüften die durch?«

Jens lehnte sich nach rechts aus dem Fenster. »Ja.«

»Dann machen wir unseres zu. Wir fänden das umgekehrt ja auch unangenehm.«

Er schloss die Fensterflügel. Sie lauschten wieder. Von nebenan drang kein Laut mehr.

»Gute Qualität.« Monika kicherte. »Bestimmt doppelt verglast.«

Er nickte. »Wegen der Clayallee. Da ist ja immer viel Verkehr.«

EXPERIMENTE

Am Sonnabendmittag schloss sie hinter der letzten Kundin die Tür ab, bis zum Treffen in Kreuzberg blieben ihr noch anderthalb Stunden.

Sie setzte sich mit einer Käseschrippe und einem Kaffee in den Pausenraum. War das die richtige Entscheidung gewesen? Für Jens, Ludger und Jutta zu bürgen? Aber was sollte groß passieren? Sie hielt jeden der drei für zuverlässig, sicher würden sie immer pünktlich die Miete zahlen, Monikas Bürgschaft wäre also reine Formsache. Und wenn einmal Schluss sein sollte zwischen Jens und Monika? Dann würde sie ihn nicht mehr in seiner Kommune besuchen, aber weiter für die Miete bürgen. Das eine war privat, das andere geschäftlich, also auch kein Problem.

Um viertel nach zwei fuhr sie mit der U-Bahn nach Kreuzberg zum Görlitzer Bahnhof. Sie war nur ein einziges Mal hier gewesen, nämlich 1950 mit ihrer Realschulklasse, als vierzehnjähriger Backfisch. Bis heute erinnerte Monika sich an den Klassenausflug, oder besser gesagt: an die Exkursion. Dieses Wort hatte der Erdkundelehrer gebraucht, denn es war nicht um eine Vergnügungsfahrt gegangen, sondern um anschaulichen Unterricht zum Thema *Wie der Krieg unsere Stadt zerstört hat.* Damals konnte man noch an jeder Straßenecke sehen, wie der Krieg Berlin zerstört hatte, auch im Wedding, wo Monika die Mädchen-Realschule besuchte. Warum der Erdkundelehrer mit den Mädchen trotzdem quer durch die Stadt nach Kreuzberg fuhr, blieb unklar, vielleicht wegen irgendwelcher persönlicher Erinnerungen an den Görlitzer Bahnhof. Im Halbkreis nahmen sie Aufstellung, der Lehrer wies mit seinem Regenschirm auf die schweren Schäden durch die alliierten Luftangriffe. 1950 stand die Zukunft des Gebäudes noch in den Sternen. Die Senatsverwaltung tat sich schwer mit der Entscheidung. Was sollte mit dem einstmals so stattlichen Gründerzeitbau geschehen? Immerhin existierte noch ein Bahnbetrieb, Güter wurden umgeschlagen, Menschen stiegen ein und aus. Ein Jahr später fiel die Entscheidung: Zum letzten Mal hielt hier ein Zug. Doch es waren noch Jahre verstrichen, bis man begonnen hatte, das Gebäude abzureißen. Mittlerweile erinnerten nur noch die letzten Ruinen und der gleichnamige U-Bahn-Haltepunkt an den Görlitzer Bahnhof.

Siebzehn Jahre später ging Monika die Wiener Straße entlang, links die Häuserzeile mit den neuen Fassaden der alten Mietskasernen, rechts das weit gestreckte ehemalige Bahngelände, eine bizarre Landschaft mit Bergen aus Kohle, Schrott und Steinen. Hier wollten Jens, Ludger und Jutta also wohnen. Nicht weil sie die Lage so toll fanden, sondern vor allem wegen der niedrigen Miete. Außerdem lief man nur ein paar Hundert Meter bis zur U-Bahn.

Den oberirdischen Bahnhof hatte man längst stillgelegt, nicht aber den Gleisstrang. Ein Güterzug fuhr vorbei, aber nicht so laut wie befürchtet. Gerade war der Zuglärm verklungen, da hörte Monika hinter sich eine bekannte Stimme. Sie drehte sich um. Jens, Ludger und Jutta kamen gut gelaunt auf sie zu.

»Hallo, meine Schöne! Na, das passt ja.« Jens drückte ihr einen Kuss auf die Lippen. »Ich würde dich ja gern noch mehr herzen und küssen, aber das kommt später.«

Sie lachten.

»Und wo kommt ihr jetzt her? Direkt aus der SDS-Zentrale?«

»Ja, vom *Sit-in* mit Mittagessen«, erklärte Jutta. »Zwar nur Gulaschsuppe aus der Dose, aber die Diskussion war klasse.

Wir wollen beim Senat Druck machen. Damit die Verantwortlichen vom 2. Juni endlich mal die Konsequenzen ziehen müssen. Auch wenn es Benno Ohnesorg nicht wieder lebendig macht.«

»Gibt es dazu schon was Neues?«

Ludger schüttelte den Kopf. »Die reden sich mit der Sommerpause raus. Dass die Regierungsgeschäfte jetzt im September erst mal wieder anlaufen müssen, aber angeblich fällt da bald eine Entscheidung.«

Ein dunkelblaues Mercedes Coupé fuhr vorbei und hielt hundert Meter weiter am Straßenrand.

»B – AZ 712«, stellte Jens fest. »Albrecht Zehnert. Mit dem Herrn sind wir verabredet. Also, ihr Lieben: Rücken gerade, Brust raus. Guter Eindruck schadet nicht.«

»Klar«, Jutta setzte ein Lächeln auf. »Wir wollen ja schließlich was von dem Kapitalistenschwein.«

Ein Mann Mitte fünfzig im grauen Straßenanzug entstieg dem Wagen und blieb vor einem Haus stehen. Keine Minute später schüttelte man Hände.

Zehnert bot ein seriöses Erscheinungsbild. Grau melierter Fassonschnitt, gepflegter Schnäuzer, weißes Hemd, dunkelblaue Krawatte. Als Rechtsanwalt mit eigener Kanzlei konnte er sich einen unlauteren Eindruck kaum leisten.

»Also«, er wies auf die graubraune Fassade, »das Wichtigste zum Haus: Vor zehn Jahren habe ich es gekauft, als Kapitalanlage. Laut statischem Gutachten ist alles stabil, auch die Balkone. Die Bombenschäden sind repariert, die Vorderseite hier habe ich streichen lassen. Im Treppenhaus bleibt vorerst der alte Anstrich, das ist frühestens in fünf Jahren wieder dran. Ich sorge dafür, dass die Technik funktioniert, aber das Haus kriegt keinen Schönheitspreis.«

Ein Mann klarer Worte, eher sachlich als freundlich. Der

strenge Zug um Zehnerts Mund entsprach offenbar seinem Charakter. Aber das musste ja nichts Schlechtes heißen, dachte Monika. Bei solchen Menschen wusste man wenigstens, woran man war.

Jens wagte sich vor. »Weil Sie gerade von Technik sprechen: Die Wohnungen haben alle Kohleöfen? Oder gibt es demnächst eine Zentralheizung?«

»Herr Redecker«, Zehnert seufzte. »Solange wir nicht wissen, wie es mit Westberlin weitergeht, lohnt sich das doch gar nicht. Wenn klar ist, wir sind wieder *ein* Land und *eine* Stadt, dann sähe das anders aus«, er hob die Hand. »Nicht falsch verstehen. Ich bin kein Revanchist. Die ehemaligen Ostgebiete hat Deutschland endgültig verloren, da mache ich mir nichts vor. Aber irgendwann wird die DDR um die Vereinigung mit der Bundesrepublik betteln. Nämlich dann, wenn die mit ihrem Sozialismus wirtschaftlich am Ende sind. Das kann man sich ja gar nicht anders vorstellen.«

Normalerweise würde Jens jetzt widersprechen, Monika sah ihn an. Er schwieg, wahrscheinlich wollte er sich mit dem künftigen Vermieter nicht gleich eine Diskussion liefern.

Doch Zehnert hatte längst verstanden: »Ich weiß, Herr Redecker. In Ihren Studentenkreisen hält man die DDR für einen souveränen Staat, der auf Ewigkeiten existieren wird. Sie glauben nicht an ein baldiges Ende der DDR und die Vereinigung mit der Bundesrepublik. Aber ich sehe das anders: Allein wegen seiner wirtschaftlichen Überlegenheit wird der Westen den Osten in die Knie zwingen. Und wegen dem Freiheitswunsch der Menschen sowieso. Das mag noch zwanzig Jahre dauern, aber es wird passieren. Natürlich nur, falls vorher kein Atomkrieg ausbricht. Jedenfalls: Solange nicht klar ist, wie es weitergeht mit Berlin, lohnt sich hier keine große Investition. Also auch keine Zentralheizung, Herr Redecker. In der Wohnung haben

Sie fließend Warmwasser und einen Telefonanschluss. Das ist doch schon eine Menge Komfort für den Mietpreis.«

Die anderen nickten, Zehnert vertrat eine klare Meinung, und eine weitere Diskussion machte kaum Sinn.

»Die Kohlen hochzuschleppen hat noch keinem geschadet«, fuhr er fort. »Ist doch schön, so ein bisschen Bewegung, wenn Sie die meiste Zeit am Schreibtisch sitzen. Die Öfen funktionieren einwandfrei, und die Miete ist günstig. Na, dann wollen wir mal.«

Im Treppenhaus empfing sie ein berüchtigtes Aroma. Monika hatte nie in einer Mietskaserne der Gründerzeit gelebt, doch sie kannte den Geruch von unzähligen Besuchen bei Verwandten und Freundinnen. In diesen Häusern roch es immer gleich, fand sie: Eine Mischung aus Tapetenkleister, Bohnerwachs, Kohl, Zigarrenrauch und menschlichen Ausdünstungen. Selbst wenn man sämtliche Treppenhausfenster stundenlang offen stehen ließ – es nützte nichts. Der Gestank saß im Mauerwerk. Aber was machte das schon, auf der Treppe hielt sich niemand lange auf.

»Wundern Sie sich nicht, im Moment ist es ruhig. Aber es ist ja auch erst Nachmittag und schönes Wetter, da zieht es die Leute nach draußen. Abends geht es hier lauter zu. Im Haus wohnen ausschließlich Studenten, und die drehen abends alle die Musik auf. Zum Glück ist es überall dieselbe Musik, darum bekomme ich keine Beschwerden.« Mit strengem Zeigefinger wies Zehnert auf den grau marmorierten Boden. »Den habe ich hier vor zehn Jahren verlegen lassen, in Ihrer Wohnung oben übrigens auch. Kein Linoleum mehr, sondern hochwertiger Kunststoff. Keine Fugen, kein mühsames Wachsen und Bohnern, Sie brauchen nur noch Seifenlauge. Ihr Putzplan gilt immer für ein Jahr.«

Sie stiegen knapp neunzig Stufen hinauf in die dritte Etage.

Auf halber Höhe gab es jeweils eine Toilette mit kleinem Handwaschbecken.

»Zwischen dem vierten Geschoss und dem Dachboden liegt auch noch ein Klo. Bei acht Wohnungen teilen sich hier im Durchschnitt sieben Leute eine Toilette. Bei solchen Häusern ist das ein komfortabler Durchschnitt. Für die Sauberkeit sind meine Mieter selbst verantwortlich.« Zehnert schloss die Wohnung auf.

Tatsächlich: Auch hier lag der graue Kunststoffboden. Nicht schön, aber praktisch, dachte Monika. Man konnte ja Teppiche drüberlegen.

»Gucken Sie sich in Ruhe um und überlegen Sie sich das, ich warte solange am Wagen. Wenn Sie die Wohnung wollen, rufen Sie einfach aus dem Fenster, dann besprechen wir die Einzelheiten. Wenn nicht, schließen Sie ab und kommen mit dem Schlüssel runter. Dann verabschieden wir uns.«

Ein bemerkenswert sachlicher Mensch, dachte Monika. Nun gut, bei ihm wusste man wenigstens gleich, woran man war, und als Vermieter gab es sicher schlimmere Typen.

Er ließ die vier allein.

Von einer kleinen Diele aus gingen sie weiter.

»Schade«, meinte Jutta. »Kein Berliner Zimmer.«

Jens nickte. »War ja auch nie großbürgerlich hier, so nah am Bahnhof. Zwar Vorderhaus, aber eben nur Kleinbürgertum. Ein Berliner Zimmer musste man sich leisten können.«

Statt eines großen beheizbaren Raums, von dem alle Wohnungstüren abgingen, gab es bloß einen langen Korridor.

Jens' Zeigefinger ging zur Decke. »Drei Meter achtzig in sämtlichen Räumen. Das ist doch toll.«

»Vor allem toll zu heizen …« Jutta zog den Mund schief. »Ganz besonders, wenn man die Kohlen aus dem Keller hochschleppen muss.«

»Dafür hast du dann ja deine Männer«, tröstete Ludger.

»Na hoffentlich. Und wo ist die Küche? Ich will doch sehen, ob man hier auch schön duschen kann«, sie schob eine Tür mit geriffeltem Glaseinsatz auf. »Na also!«

Der Küchenraum war eingerichtet wie in hunderttausend anderen Berliner Wohnungen auch: eine Spüle aus Steingut, ein Kohleherd, der auch als Heizung diente, daneben ein moderner Gasherd und in der Ecke die nachträglich eingebaute Duschkabine mit buntem Perlonvorhang.

Ludger als künftiger Physiklehrer begutachtete die Technik. »Gasboiler mit Durchlauferhitzer. Immerhin. Da sind wir zumindest nicht eingeschränkt mit dem heißen Wasser.«

»Und die Spüle ist schön groß«, fand Jutta. »Da kann man sich auch gut drin waschen.«

»Aber irgendwo gibt es wohl noch ein Waschbecken.« Jens wies auf die Küchenwand. »Wahrscheinlich in dem Schlafraum. Also insgesamt zwei Becken und eine Dusche, alle mit Warmwasser. Das muss uns reichen.«

Ludger nickte. »Im Wohnheim ist das auch manchmal so, dass die Duschen besetzt sind.«

Monika, die in der Türöffnung stehen geblieben war, beobachte die drei halb amüsiert, halb zweifelnd. Im Wohnheim hatten die Zimmer fließend Wasser und einen modernen Heizkörper mit Thermostat, dazu auf jedem Flur zeitgemäße Toiletten- und Duschanlagen. Wie die meisten Berliner ihres Jahrgangs war Monika ohne Badezimmer aufgewachsen, man hatte sich in der Küche gewaschen, eine Dusche hatte es nicht gegeben, und jeden Sonnabend hatte man zum Baden eine Zinkwanne gefüllt. Erst fünf Jahre nach dem Krieg, mit Beginn des Wirtschaftswunders, hatte das Haus aus den Zwanzigerjahren moderne Bäder bekommen. Und jetzt schaute sie dabei zu, wie drei moderne junge Menschen, gut gebildet, aus bürgerlichen Familien, ohne Not auf diesen Komfort verzichten wollten – zugunsten einer Wohngemeinschaft mit Kohleöfen und Küchendusche. Aber mit sehr viel mehr Platz und Freiheit. Das alte Sprichwort fiel ihr ein: Eigener Herd ist Goldes wert.

Sie gingen weiter in die Zimmer, Ludgers geübter Blick glitt die Fußleisten entlang. »Ungefähr fünf Komma fünf mal vier, gute zwanzig Quadratmeter.«

»Der Balkon ist auch schön groß!« Jutta öffnete die Flügeltür, sie traten hinaus und blickten auf Schrotthalden. Im Hintergrund fuhr ein Güterzug vorbei. »Gar nicht so laut. Und zum Lernen setzen wir uns sowieso nicht hier raus. Das macht ja jeder in seinem Zimmer. Gehen wir mal rüber.«

Auf der anderen Seite des Flurs lagen die drei Schlafzimmer: zwei größere, davon eins mit Waschbecken, das andere mit einem schmalen Balkon. Der dritte Raum war kleiner und dunkler. »Wenn Ludger und ich das große mit dem Waschbecken und das kleine nehmen, dann kriegst du das Balkonzimmer. Das ist dann doch gerecht.«

»Gute Idee. Dazu fällt mir gleich auch noch was ein.« Jens wies auf eine Ecke seines künftigen Zimmers. »Ideal für ein Hochbett. Eins fünfzig mal zwei Meter und darunter eine schöne Lümmel-Couch. Und? Was meint die Frau meines Herzens dazu?«

»Die kriegt Angst«, ulkte Monika. »Jedenfalls, wenn du das selbst zimmerst.«

»Aha, du machst dir wohl Sorgen wegen der Statik. Aber keine Angst. Ein Kommilitone von uns hat Schreiner gelernt. Der versorgt das halbe Semester mit Hochbetten. Der zimmert eins nach dem anderen. Richtig schön und stabil. Bis jetzt gab es wohl noch keinen Liebesunfall.«

»Apropos Unfall«, Jens grinste. »Was hat unser lieber Vermieter eben erzählt? Die Statik im Haus ist in Ordnung? Das probieren wir doch gleich mal aus.«

Zu viert betraten sie den anderen kleinen Balkon und hüpften ein paarmal auf und ab. »Jedenfalls hört man den Mörtel nicht bröseln«, stellte Ludger fest. »Und ein paar Kästen Bier passen auch drauf.«

Sie schauten in den Hinterhof. Die freie Fläche betrug fünfeinhalb Meter im Quadrat, das klassische Format für Mietskasernen bis 1887. Gerade groß genug, um eine Feuerspritze zu wenden. Mehr Licht und Luft hatte man dem arbeitenden Volk nicht zugestanden.

Ludger wandte sich an Monika. »Und, was sagt denn unsere Gönnerin? Wie findest du die Wohnung? Geht das klar mit der Bürgschaft?«

»Von mir aus schon. Wenn ihr euch hier wohlfühlt.«

»Tun wir doch, oder?« Jens sah seine Mitstreiter an und erntete Nicken.

»Wobei: Diesen Zehnert finde ich ziemlich übel, ein richtiger Spekulant. Investiert kaum noch was, zieht aber ordentlich Miete raus, bis das hier total verfällt, und will es dann abreißen. Und bis dahin sind die Grundstückspreise hier so gestiegen, dass er damit so richtig Reibach macht.«

Ludger gab seiner Freundin recht. »Aber andere Vermieter sind ja nicht besser. So funktioniert eben Kapitalismus. Vogel friss oder stirb. Also: Wollen wir oder wollen wir nicht?«

Doch sicher. Sie wollten.

Unten stand Zehnert neben seinem Mercedes und rauchte. Jens rief ihn höflich nach oben. Ein paar Minuten später besprachen sie sich im Wohnungsflur.

»Und Sie übernehmen die Bürgschaft, Frau Ebeling? Als gute Bekannte von Herrn Redecker?«

Aus Zehnerts Stimmlage konnte Monika schließen: Er hatte

längst erkannt, dass sie beide ein Paar waren. Doch das schien ihn nicht zu stören, ihm ging es ums Geld.

»Ich habe mich an eine Auskunftei gewandt, Frau Ebeling. Sie und Ihr Salon genießen einen erstklassigen Leumund«, er wandte sich an die anderen. »Selbstverständlich bekommen Sie keinen Mietvertrag über die gesamte Wohnung, sondern Sie mieten jeweils ein Zimmer mit der Berechtigung, auch die Nebenräume zu nutzen. Die Nebenräume sind in diesem Fall das Wohnzimmer und die Küche. Das muss ich so machen, sonst werde ich noch angezeigt wegen Kuppelei: Eine Frau und zwei Männer, aber die Frau ist nicht mit einem der Männer verheiratet, und verwandt sind Sie auch nicht. Mit der Vermietung einer gemeinsamen Wohnung an Sie würde ich gegen die Sittlichkeit verstoßen. Wenn jemand vorhat, meinen Ruf zu beschädigen, kann der mich anzeigen, und ich lande vor Gericht und sogar noch im Zuchthaus.«

Die anderen nickten, sie kannten das unsägliche Gesetz.

Nun nickte auch Zehnert. »Verehrte Frau Ebeling, ich lasse die drei Mietverträge in Ihren Salon schicken, und Sie kümmern sich bitte um die Unterschriften. Auf Sie als Geschäftsfrau kann ich mich ja sicher verlassen.«

Eine halbe Stunde später im Mollen-Eck luden Jens, Ludger und Jutta ihre Gönnerin ein.

Ludger räusperte sich und ahmte Zehnerts gestrengen Ton nach: »Verehrte Frau Ebeling! Auf Sie als Geschäftsfrau kann ich mich ja sicher verlassen!«

Sie lachten.

Wirt Otto brachte die erste Runde Mollen und nahm die nächste Bestellung auf: viermal Currywurst mit Bratkartoffeln und grünem Salat.

Sobald er sich vom Tisch entfernt hatte, warf Monika ihren

Mitstreitern bedeutungsvolle Blicke zu. Sie steckten die Köpfe zusammen.

»Also«, Monika flüsterte, »beim nächsten Mal würde ich dann doch gern mal dran ziehen. An eurem Joint.«

Was für eine Nachricht! Doch allzu laut durften sie ihre Begeisterung nicht zeigen – nicht mal hier in der linken Studentenkneipe. Man wusste schließlich nie, wer am Nebentisch saß. Verschwörerisch nickend zeigten sie Monika die aufgerichteten Daumen.

Jens zog sie an sich. »Ich freue mich. Und pass mal auf: Du wirst es genießen.«

* * *

Am nächsten Samstagabend fuhr sie wieder mit Jens ins Wohnheim, auch diesmal mit Zahnbürste, frischer Unterwäsche und Morgenmantel, denn sie wollten wieder hier übernachten, allerdings in einem anderen Zimmer.

Schon auf dem Flur empfing sie ein unwiderstehlicher Geruch von Fisch, Olivenöl, Knoblauch und Kräutern.

Ludger lachte. »Wir müssen das demnächst noch mal kochen. Für unsere Kommilitonen, weil die alle sagen, das riecht so gut, sie würden am liebsten gleich mitessen.«

»Und natürlich machen wir das«, fuhr Jutta fort. »Wir müssen ja sowieso unseren Ausstand geben. Und Nachmieter für unsere Zimmer gibt es auch schon.«

Aus Jugoslawien hatten Jutta und Ludger ein wunderbares Fischrezept mitgebracht, die vorgesehenen Goldbrassen hatten sie in Berlin zwar beim besten Willen nicht auftreiben können, aber dafür ein paar schöne Stücke Rotbarschfilet. Dazu gab es einen leichten kroatischen Weißwein, grünen Salat und ein selbst gebackenes Hefebrot.

»Das Brot ist vor allem für die Kräutersoße«, erklärte Ludger. »Die ist so grandios, da darf kein Tropfen übrig bleiben.«

Sie ließen es sich schmecken und diskutierten. Jens, Ludger und Jutta hatten ihre Familien inzwischen vor vollendete Tatsachen gestellt: Sie bildeten eine neue Kommune und damit basta!

Die ersten Reaktionen waren entsetzt ausgefallen. *Denk an deine Zukunft! Du willst Lehrer werden! In so einer Kommune kommt ihr doch gar nicht mehr zum Studieren!*

»Dass Ludger und ich jetzt fest zusammen sind, hat meine Mutter ja noch verstanden«, erzählte Jutta. »Aber warum ich denn gleich mit zwei Männern zusammenziehe, und ich will doch in den Staatsdienst, und die nehmen mich nicht mit so einer unsittlichen Vergangenheit. Dann habe ich ihr erklärt, dass ich laut Vertrag nur ein Zimmer anmiete. Da war meine Mutter einigermaßen beruhigt. Das kann sie dann auch so den Verwandten erzählen, hat sie gemeint.«

Die anderen lachten.

»Ach, Kinders«, Ludger schenkte Wein nach. »Passt mal auf. Wir werden völlig verlottern.«

Jens war wieder in der Wiener Straße gewesen. Die Vormieter kamen mit der Renovierung gut voran. Durch die strahlend weißen Wände wirkte die Wohnung nun noch größer.

»Fast zwanzig Quadratmeter für mich allein«, er geriet ins Schwärmen, »bis jetzt habe ich gerade mal acht.«

Jutta amüsierte sich. »Und du hast auch nur Möbel für acht Quadratmeter. Aber wenn man nicht so viel reinstellt, sieht man ja auch mehr von den schönen weißen Wänden.«

»Falsch! Dazu haben meine Eltern mir schon ihre Meinung gegeigt: Wenn ich unbedingt zu Hause raus will, können sie mich nicht hindern. Aber für meine Miete muss ich selbst aufkommen. Und die Möbel aus meinem Zimmer wollen sie behalten. Die hätten sie schließlich bezahlt, sagen sie, und mein altes Zimmer ist schon verplant.«

»Als Fernsehraum für deine Mutter und deine Oma? Damit dein Vater im Wohnzimmer in Ruhe *Sportschau* gucken kann.«

»Genau. Zu Weihnachten gibt's einen zweiten Fernseher. Einen Farbfernseher natürlich.«

Gerade mal zwei Monate gab es in Westdeutschland Farbfernsehen, die Geräte waren noch teuer, zweitausend Mark oder mehr. Doch das hinderte die Leute nicht daran, drei oder vier Monatslöhne für den Kasten mit den schönen bunten Bildern auszugeben.

»Und ihr bleibt dabei?«, fragte Monika. »In eurer Kommune wird's keinen Flimmerkasten geben?«

»Genau. Der lenkt nur vom richtigen Leben ab.« Jens griente. »Bei der Olympiade nächstes Jahr gehen wir einfach eine Treppe höher oder tiefer und gucken mit den Kollegen. Und wegen der Möblierung fragen wir rum.«

In der Tat hatten sie ein Problem. Keiner der drei besaß eigene Möbel, aber sie wollten hundertzwanzig Quadratmeter ausstatten – für möglichst wenig Geld. In der SDS-Zentrale hatten sie schon einen Aufruf gestartet: Wer gab günstig Gebrauchtmöbel ab? Wer zog in die Bundesrepublik und ließ gern einen Schreibtisch oder Schrank in Berlin zurück?

»Am wichtigsten sind Matratzen«, meinte Jutta. »Die kaufen wir neu und legen sie erst mal auf den Boden. Und die Hochbetten können wir immer noch zimmern lassen, das hat Zeit.«

Sie beendeten die Mahlzeit, vom Fisch und der Soße war nichts übrig geblieben, die zweite Flasche Wein ging zur Neige.

Jens suchte Monikas Blick. »Und, meine Liebe? Du bist immer noch wild entschlossen?«

Sie hob die Brauen. »Natürlich. Also: Wenn ihr auch noch wollt.«

Wollten sie noch? Was für eine Frage! Sie räumten den Tisch ab und gingen hinüber in Ludgers Zimmer. Anders als vor zwei Wochen hatte Monika nicht so viel Wein getrunken, die eigentliche Droge sollte ja noch kommen.

Ludger schaute die Plattensammlung durch. »Hast du einen Wunsch, Monika? Ist ja schließlich ein besonderer Abend für dich.«

»Nimm Heintje«, ulkte Jutta. *»Heidschi bumbeidschi bum, bum.«*

Monika überließ die Auswahl dem Gastgeber, er entschied sich für Jimi Hendrix. »Das passt doch für dein erstes Mal. Ich meine natürlich: dein erstes Mal mit *Gras.«*

Sie lachten, dann wurde es ruhig. Ludger zog die Schachtel unter dem Bett hervor. Seit dem Cevapcici-Abend hatten sie kein Marihuana mehr geraucht.

»Diesmal mit ein bisschen mehr drin, Monika. Damit bei dir nicht alles im Fettgewebe versickert, sondern noch was im Gehirn ankommt.« Geschickt rollte Ludger die Mischung von Tabak und Marihuana ein, zündete die Tüte an und nahm den ersten Zug. »Wirklich tolles Zeug. Gut, dass Jutta und ich beide so gern Gitarre spielen. Da passt ganz schön was rein.«

Sie hatten also noch mehr geschmuggelt als den einen Zellophanbeutel. Heftig riskant, dachte Monika: Jugoslawien – Österreich – Bundesrepublik – DDR – Westberlin. Als junge Leute in einem geliehenen Bulli über so viele Grenzen. Und die beiden Gitarren waren kein sonderlich originelles Versteck. Was, wenn die DDR-Grenzer das Marihuana entdeckt hätten? Vermutlich wären Jutta und Ludger ohne Diskussion im Knast gelandet und da lange geblieben.

Aber warum sollte Monika sich darüber jetzt noch Gedanken machen? Es war alles gut gegangen, sie hatten den Stoff, sie saßen in trauter Runde. Der harzig-süße Geruch breitete sich aus, und wieder fühlte Monika, wie sie sich allein schon davon entspannte. Der Joint ging von Ludger zu Jutta, dann zu Jens, dann zu ihr. Sie hatte oft genug zugesehen, jetzt machte sie es genauso, klemmte sich die Tüte zwischen die Finger, formte mit beiden Händen einen Hohlraum und inhalierte. Ah ja. Es schmeckte anders, als es roch, fand sie. Irgendwie schärfer. Langsam stieß sie den Rauch wieder aus, schloss die Augen, konzentrierte sich. Spürte sie eine Wirkung? Nein. Auch tief unten in ihren Bronchien fühlte es sich nicht anders an als bei einer gewöhnlichen Zigarette.

»Ich merk schon was …« Jutta schenkte Monika ein seliges Lächeln. »Und du?«

»Noch nicht. Ist ja wohl normal beim ersten Mal.«

Die Tüte kreiste weiter. Die anderen gaben sich dem Rausch hin, doch Monika spürte auch nach dem dritten und vierten Zug keine Veränderung.

»Macht ja nichts«, sagte sie leise. »Dann wirkt es bei mir das nächste Mal.«

Jens und Ludger nickten im Takt, doch Jutta schien nicht einverstanden. Auf allen vieren krabbelte sie auf Jens zu. »Lass mich mal«, ihre Stimme klang eigenartig hohl, rau und sanft zugleich. »Das kriegen wir schon.«

Jens sah sie verständnislos an.

»Plätze tauschen«, setzte Jutta nach. »Ich will zu Monika.«

Jens zuckte die Achseln, offenbar begriff er nicht, warum Jutta das wollte, aber er hatte auch nichts dagegen. Er rutschte hinüber zur anderen Matratze und setzte sich neben Ludger, der den nächsten Joint drehte.

Jutta schlang beide Arme um Monika und legte den Kopf auf ihre Schulter. »Du Liebe, du. Du sollst doch auch was merken. Das fühlt sich doch so schön an. Ich helfe dir. Wenn jetzt die Tüte kommt, atmest du tiefer. Das muss runter, ganz runter in die Lunge, ganz tief!« Jutta strich Monika über den Rücken und legte ihre Hände an Monikas Taille. »So weit runter musst du inhalieren. Bis in deine Mitte«, Juttas rechte Hand wanderte in Monikas Nabelgegend. »Dahin atmen, ganz tief.«

Monika spürte den warmen Druck auf ihrem Bauchnabel. Sie sah Jutta an und nickte. Jutta lächelte. Sie beugte den Kopf vor und näher. Monika wollte zurückweichen, doch etwas hielt sie ab, sie starrte auf Juttas Mund, auf die weichen, vollen Lippen. Ein seltsames Gefühl stieg aus Monikas Körpermitte höher, immer höher. Sie sprang auf. Unter den entsetzten Blicken der anderen rannte sie durch den Raum und schaffte es gerade noch, den Metallstöpsel aus dem Abfluss zu ziehen. Dann erbrach sie sich ins Waschbecken, einen riesigen Schwall und gleich den nächsten.

Hinter sich hörte sie erschreckte Schreie, Jens kam von der Seite auf sie zu, mit dem eilig ausgestreckten Arm drängte sie ihn zurück. In Sekundenschnelle schloss sie den Vorhang zur Waschbeckennische. Wieder erbrach sie sich, dann richtete sie sich auf, wischte sich mit einem Handtuch den Mund ab und ließ Wasser ins Becken laufen. Im Moment fühlte sie sich besser, sie konnte es wagen: Mit einem Ruck riss sie den Vorgang zur Seite und die Tür auf, hastete durch den Flur zu den Waschräumen und erreichte in letzter Sekunde die Toilettenschüssel, bevor sich mit dem nächsten Schwall ihr Magen leerte. Dann endlich ließ die Übelkeit nach, sie schöpfte Atem. Sie spülte, reinigte Gesicht und Hände mit Papier und setzte sich auf die Schüssel.

Jutta klopfte an die Kabinentür. »Soll ich helfen?«

Monika hustete, dann fand sie ihre Stimme wieder. »Nein!

Schon gut. Ich komme gleich.« Sie wartete darauf, Schritte zu hören, doch nichts geschah. »Jutta? Bist du noch da?«

»Vielleicht brauchst du ja doch noch Hilfe.«

»Nein, geh ruhig wieder rüber. Ich komme gleich.«

»Sicher?« Juttas Stimme klang bekifft, seltsam hohl und gleichzeitig sanft.

»Ganz bestimmt, ist schon besser, und ist nicht eure Schuld.«

»Gut. Bis gleich dann.«

Monika hörte die Tür und kurz darauf Schritte, die sich entfernten. Sie sammelte ihre Gedanken. Im Toilettenvorraum spülte sie sich den Mund aus und wusch das Gesicht, dann ging sie zurück in Ludgers Zimmer. Das Fenster dort stand weit offen, die kalte, regennasse Luft hatte den Marihuanarauch vertrieben. Monika blickte in besorgte Mienen.

»Macht euch bloß keine Vorwürfe. Ich habe das Zeug freiwillig probiert, ihr könnt nichts dafür.«

»Und jetzt?«, fragte Jens. »Möchtest du nach nebenan und dich ausruhen?«

»Lieb von dir, aber ich nehme mir lieber ein Taxi.«

»Willst du nicht doch lieber hier schlafen? Falls dir wieder schlecht wird?«

Doch Monikas Entschluss stand fest, sie verabschiedete sich.

Er begleitete sie in den Nebenraum, wo noch ihre Tasche stand. »Ich komme mit.«

Auch wenn er sich im Moment zusammenriss, merkte sie, wie bekifft er war. »In den Wedding?«

»Nein, das heißt: Ich könnte natürlich mitkommen. Aber dann nicht zu mir nach Hause«, er kratzte sich am Kopf – eine Verlegenheitsgeste. »Meine Eltern würden mich dann ja so sehen. Also: Ich könnte mit zu dir kommen, aber du willst wohl allein sein.«

»Ja«, sagte sie so freundlich wie möglich. »Nicht weil ich

euch böse bin. Sondern weil ich mich jetzt allein erholen muss.«

»Ist klar«, sagte er schnell. »Aber ich bringe dich wenigstens zum Taxistand.«

»Das sind doch nur hundert Meter.«

»Trotzdem. Ist doch besser. Falls dir gleich noch mal schlecht wird.«

Sie willigte ein, gemeinsam gingen sie über den Wohnheim-Campus, Monika fröstelte, erst vor ein paar Minuten hatte der Regen aufgehört, es roch nach Erde und welken Blättern.

Auf dem Weg schwiegen sie. Worüber hätten sie in dieser Situation auch reden sollen – außer über Belanglosigkeiten. An der Clayallee stand kein Taxi.

»Bestimmt kommt gleich eins vorbei«, meinte Monika. »Das halten wir an.«

»Ach was, das geht einfacher«, er drückte den Hebel der Rufsäule.

Mit seiner normalen Stimmlage und in klaren, geraden Sätzen sprach er mit der Taxizentrale. Die frische Luft tat ihm offenbar gut, er wirkte nicht mehr bekifft.

»Der nächste Wagen ist schon unterwegs«, verkündete die Frau am anderen Ende der Leitung. Jens bedankte sich.

Monika zögerte. Sollte sie ihm doch noch anbieten, bei ihr zu übernachten? Nein, entschied sie. Nach diesem Ereignis musste sie allein sein.

»Übrigens«, meinte er. »Ludger steckt die Sache heftig in den Knochen. Er denkt, er hat zu viel reingetan in die Tüte.«

»Na ja. Er wollte eben, dass ich gleich beim ersten Mal was merke, und das wollte ich ja auch. Für mich ist die Sache damit erledigt, sag ihm das bitte.«

»Mach ich. Und für die Taxifahrt würde ich dir gern was dazugeben. Ist ja weit.«

Sie schüttelte lächelnd den Kopf. »Euer Umzug ist teuer genug.«

Das Taxi kam. Vorsichtshalber hatte sie sich eine Plastiktüte eingesteckt, doch ihr wurde nicht wieder übel, sie vertrug die Fahrt gut und zahlte dem freundlichen Fahrer zwölf Mark.

Wie schön, wieder zu Hause zu sein. Jede Treppenstufe hoch zu ihrer Wohnung ließ sie aufatmen. Ihr Körper hatte ihr ein klares Signal geschickt, dafür war sie dankbar. Nie, nie wieder in ihrem ganzen Leben würde sie Marihuana oder Haschisch oder irgendeine andere illegale Droge anrühren. Das schwor sie sich, und sie würde sich daran halten.

EINZUG

Der September verabschiedete sich mit Hochdruckwetter, schon frühmorgens durchbrachen Sonnenstrahlen den herbstlichen Nebel. Der Spätsommer kehrte zurück, obwohl schon welkes Laub durch die Straßen trieb. Mittags kletterte das Thermometer auf zwanzig Grad, und der Wettermann versprach einen goldenen ersten Oktober. Das Datum fiel auf einen Sonntag, und sonntags herrschte Ruhe. Rechtsanwalt Zehnert nahm es damit genau. Zur Wohnungsübergabe traf man sich am Montagmorgen. Monika als Bürgin durfte nicht fehlen, auch ihr überreichte er einen Satz Schlüssel, dann kassierte er die übliche Monatsmiete Kaution und die Oktobermiete. Man schüttelte Hände, man verabschiedete sich höflich, man ließ die Wohnungstür ins Schloss fallen. Von innen. Endlich! Die pure Freude brach aus. In einer Mischung von Rock 'n' Roll und Ringelreihen tanzten sie durch Küche, Diele, Wohnraum, durch sämtliche Schlafzimmer und wieder zurück.

Es klingelte an der Haustür.

Jutta wunderte sich. »Erwarten wir wen?«

Sie stürmten ans Fenster, vor dem Haus hielt ein alter grauer Käfer.

»Ach, sieh an«, Ludger grinste, »Kollege Ronny ist pünktlich. Jens, kommst du bitte mit runter? Und ihr Mädels bleibt ruhig hier oben, so was ist Männersache.«

Für Jutta und Monika am Fenster bot sich ein Schauspiel: Drei junge Männer hievten einen Kühlschrank von der Rückbank des Käfers durch die Beifahrertür – ohne den Vordersitz auszubauen.

»Kann man mal sehen«, meinte Jutta. »Genau wie Ludger

immer sagt: Alles Schöne im Leben wird noch schöner mit der richtigen Technik.«

Der Käfer fuhr davon, Jens und Ludger trugen den Kühlschrank mit betont lautem Geächze neunzig Stufen hinauf in die Küche. Ihre Freundinnen spendeten Dank und Beifall.

»Unser erstes gemeinsames Möbelstück«, erklärte Ludger. »Gebraucht, aber gut in Schuss. Und dringend nötig bei diesem Wetter. Schon schlimm, wenn man nicht mal im Herbst auf dem Balkon sein Bier kalt kriegt.«

Die anderen lachten. Jutta wollte den Kühlschrank schon anstellen, doch Physiker Ludger belehrte sie: Der Transport habe die Kühlflüssigkeit aufgewirbelt. Sie müsse sich erst setzen, sonst würden Störungen der Zirkulation auftreten. »Aber morgen werfen wir ihn an und feiern mit ein paar schönen kalten Mollen.«

Der Einzug würde kompliziert und anstrengend, so viel war schon sicher. Zwar hatten Jens, Ludger und Jutta genügend preiswerte Möbel gefunden, doch die standen über ganz Westberlin verteilt. Die restliche Woche gurkten sie mit einem geliehenen Bulli durch die Stadt: ein Schreibtisch aus Steglitz, zwei Kommoden aus Neukölln, drei Kisten mit Geschirr, Besteck und weiterem Hausrat aus Reinickendorf. Unter den Studenten im Haus fanden sie viele helfende Hände und starke Arme. Auch Monika lernte nach und nach die übrigen Hausbewohner kennen, schließlich teilten alle dasselbe Schicksal: die Toiletten auf halber Etage, das Treppenhaus als Ort der Begegnung. Wie lange der Plausch unter Nachbarn dauerte, hing stark davon ab, wie dringlich ein anderes Bedürfnis gerade war. Und Vermieter Zehnert hatte recht: Unter den Studenten im Haus herrschte große Übereinstimmung, nicht nur bezüglich des Musikgeschmacks, auch bei der politischen Einstellung. Es ging harmonisch zu.

Monika konnte beim Einzug nur wenig helfen, im Salon nahm die übliche Arbeitswoche ihren Lauf. Gleich am Dienstag trat Petra ihre Lehre an, die Enkelin des Hausmeisters. Sie begann, wie alle Friseusen beginnen: Boden fegen, Becken putzen, Kämme waschen. Sie arbeitete zügig, stellte die richtigen Fragen und blieb durchgehend freundlich. Monika freute sich. Nach einem einzigen Tag ließ sich noch nicht viel sagen, aber offenbar hatte sie auch in diesem Jahr wieder eine gute Hand bewiesen mit der Wahl des Mädchens.

Lydia, mittlerweile ins zweite Lehrjahr aufgerückt, wurde nicht müde zu diskutieren: »Endlich tut sich was im Senat. Ich bin gespannt, wer jetzt Regierender Bürgermeister wird. Albertz war wirklich nicht mehr tragbar. Der hätte doch viel eher zurücktreten müssen nach der Demo vom 2. Juni. Aber bleibt dann doch noch fast vier Monate im Amt. Das muss man sich mal vorstellen, Chefin.«

Monika nickte. Sie war nicht immer Lydias Meinung, doch in diesem Punkt gab sie ihr recht. Außerdem hatte Monika keine Lust, ihre wohlverdiente Pause nur mit diskutieren zu verbringen. In ihrem Unterleib machte sich ein vertrautes Ziehen breit: Die Pille hatte sie zuverlässig geschützt.

* * *

Bis zum Ende der Woche kamen Jens, Ludger und Jutta mit dem Einzug gut voran. Wenn auch noch tausend Kleinigkeiten fehlten: Sie hatten aus den rasch zusammengesammelten Möbeln eine originelle Einrichtung geschaffen. Nun ja, die Sitzgarnitur aus altrosa Plüsch traf nicht jedermanns Geschmack, aber die Polsterung war noch wunderbar elastisch.

»Nur einen schönen Teppich brauchen wir noch«, fand Ludger. »Am besten in einem kräftigen Grasgrün.«

Jutta und Jens nickten voller Überzeugung, nur Monika tat, als müsste sie würgen, und alle vier grinsten.

Die große Einweihungsparty mit Freunden und Nachbarn planten sie für das kommende Wochenende, erst einmal feierten sie zu viert in der Küche, wo jetzt neben der Dusche ein stabiler Holztisch und sechs Stühle standen.

Passend zur Wiener Straße in Berlin gab es Wiener Würstchen mit Bier aus der Kindl-Brauerei, dazu Kartoffelsalat nach Altberliner Rezept.

Nach Marihuana war Jens, Ludger und Jutta an diesem Wochenende nicht zumute. Nicht nur aus Rücksicht auf Monika, sondern weil die Droge nicht zur Gewohnheit werden sollte.

»Wie gesagt«, erklärte Jens. »Nicht das Gras beherrscht uns, sondern umgekehrt.«

Nach dem Abendessen hörten sie Musik, im Wohnzimmer konnte Ludgers Anlage beweisen, was in ihr steckte. Fast hundert Kubikmeter boten Raum für ein wunderbares Klangerlebnis. Als Überraschung brachte er das Debüt-Album einer neuen psychedelischen Band mit: Pink Floyd. »Die machen bestimmt eine ganz tolle Karriere. Das ist regelrecht Kunst.«

Astronomy Domine hieß der erste Titel, es ging also um den Weltraum. Das Intro war wunderbar eingängig, fand Monika, trotz der Pieptöne wie bei einem technischen Gerät. Oder gerade deswegen. Mit solchen Geräuschen tolle Musik zu machen – das war wirklich Kunst.

Zu viert lümmelten sie in der altrosa Couchgarnitur und lauschten dem ungewohnten Sound. Dabei tranken sie ihre Mollen. Ab und zu sah Monika zwischen Jens, Jutta und Ludger hin und her. Vermutlich überlegten alle dasselbe: Zu den sphärischen Klängen passte Marihuana tausendmal besser als Bier. Aber diesen Gedanken wollte offenbar keiner zugeben.

Spät ließen sie es an diesem Abend nicht werden, jedenfalls

nicht im Wohnzimmer. Um halb elf zogen sich die Paare zurück, und Monika verbrachte ihre erste Nacht in Jens' neuer Wohnung. Ab sofort musste er seinen Eltern keine Rechenschaft mehr ablegen, ganz egal, ob Monika nun bei ihm schlief oder er bei ihr. Allein dafür lohnte sich die Bürgschaft, dachte sie und dehnte ihren Besuch ein wenig aus: bis zum Montagmorgen. Jens' neue Matratze, die erst einmal auf dem Boden lag, erwies sich als ausgesprochen bequem. Sie verließen das Zimmer nur, um etwas zu essen oder kurz spazieren zu gehen. Wenn sie hörten, dass Ludger und Jutta die Wohnungstür hinter sich zuzogen, gingen Jens und Monika in die Küche, um zu zweit zu duschen. Die Duschtasse war so klein, dass sie eng zusammenstehen mussten, sehr eng sogar, so eng, dass kaum ein Rinnsal Wasser zwischen sie passte. Also duschten sie lange und bekamen davon Hunger und freuten sich, dass der Kühlschrank und Tisch nur einen Meter weiter standen. Vom Essen wurden sie müde und mussten dringend zurück ins Bett.

Und Monikas Familie? Normalerweise aß sie sonnabends oder sonntags mit ihren Eltern oder Geschwistern. Wenn sie sich ein ganzes Wochenende ohne wohlanständigen Grund nicht blicken ließ, würden Nachfragen kommen, vor allem von ihrer Mutter. Bestimmt ahnte die längst, was los war, auch wenn sie nicht fragte.

Am Montagmorgen mussten Jens, Ludger und Jutta zur Uni. Monika verzichtete auf das gemeinsame Frühstück und fuhr mit der U-Bahn in den Wedding. Zurück in ihrer Wohnung, spülte sie sich unter der Dusche den Geruch der körperlichen Liebe von der Haut. Noch nie in ihrem Leben hatte sie einen Mann so sehr begehrt wie Jens, und noch nie hatte sie sich bei einem Mann so tief in ihre Lust fallen lassen können. »Du hast so wunderbar viel Erfahrung«, sagte Jens ihr manchmal. Anfangs hatte sie sich über das Kompliment nicht freuen können.

Was waren das für Frauen, die in geschlechtlicher Hinsicht viel Erfahrung hatten? Doch wohl alles bloß Schlampen? Zumindest hatte sie das als junges Mädchen so gelernt. Erst der Mann weckte bei einer Frau die sexuellen Bedürfnisse. Und es sollte möglichst nur einen einzigen Mann geben – in ihrem ganzen Leben. Es sei denn, dieser Mann starb, dann durfte sie nach einer gewissen Zeit wieder heiraten und sich mit ihrem neuen Mann geschlechtlich vereinen. Tante Ilse dagegen hatte ihr erklärt, wie dumm und falsch diese Einstellung sei. Und überhaupt: Monika fand, sie lernte von Jens viel mehr als umgekehrt. Noch nie hatte sie einen Mann geliebt, der sich in das körperliche Erleben einer Frau so gut einfühlen konnte.

An diesem Montagmorgen schob sie die Erinnerung an das Liebeswochenende beiseite, steckte die Haare hoch, zog einen Gabardine-Rock und eine adrette Bluse an und machte sich auf den Weg zu ihrer Familie. Ihre Mutter würde Monika heute sicher auf den Mann ansprechen, wegen dem sie das Essen mit der Familie abgesagt hatte, und sie wollte ehrlich darauf antworten, ohne viel zu verraten.

Als Monika die Küche betrat, lächelte Ilse ihr entgegen. Monika beugte sich zum Rollstuhl hinunter und drückte der Tante beide Hände. »Guten Morgen. Hast du denn auch gut geschlafen?«

Tante Ilse baute geistig und körperlich weiter ab, in ihrer Umnachtung kannte sie keine Namen mehr, und sie sprach kaum noch. Ihre wenigen Worte passten meist nicht zur Situation und zeigten bloß, wie weit die Gefäßverkalkung in ihrem Hirn schon fortgeschritten war. Aber nach wie vor wirkte sie zufrieden. Solange sie keine Schmerzen litt oder sich gegen die Schläuche im Arm wehrte, wollten die Ärzte ihre Behandlung fortsetzen.

Ilse erwiderte den Händedruck, sie suchte Monikas Blick

und lächelte unverändert. Was ging in ihr vor? Offenbar konnte sie die Frage nicht begreifen, doch sie freute sich über das vertraute Gesicht.

Mutter Elfie schaltete sich ein. »Na, Ilse, erzähl das ruhig. Du hast doch sehr gut geschlafen. Von zehn bis sieben ohne einen Mucks. Jedenfalls haben wir nichts gehört.« Monikas Eltern schliefen mit Ilse Wand an Wand und hatten sich angewöhnt, mindestens einmal in der Nacht aufzustehen, um nach ihr zu schauen.

»Ach, das ist doch schön, wenn du so gut schläfst«, sagte Monika voller Überzeugung, dabei wusste sie: Dass Ilse so lange und ruhig schlief, lag ebenfalls an der Krankheit. Trotz Dialyse verschlechterten sich die Blutwerte, in ihrem Körper sammelten sich immer mehr Stoffe an, die ein gesunder Mensch über seine Nieren ausschwemmte.

»Dann frühstücken wir erst mal schön zusammen, Tante Ilse. Und dann bringe ich dich ins Krankenhaus. Da warten doch schon die netten Schwestern und Pfleger.« Monika fuhr den Rollstuhl an den gedeckten Tisch. »Möchtest du eine Schrippe? Oder lieber eine Scheibe Brot?«

Manchmal zeigte Ilse auf das, was sie wollte. Heute starrte sie nur lächelnd auf ihren Teller.

Monika nahm eine Schrippe. »Die magst du doch so gern. Schön mit guter Butter und Honig?«

Ilse deutete ein Nicken an. Wegen der Nieren sollte sie eigentlich keine Butter essen, sondern bloß salzarme Margarine. Aber es machte keinen Sinn, ihr jetzt noch den kleinen Genuss zu verbieten.

»Sehr gut. Sollst du haben, Tante!« Monika schmierte ihr die Schrippe und schnitt sie in kleine Stücke. Ilse griff zu. Solange sie regelmäßig aß, musste man zufrieden sein, sagten die Ärzte.

»Gestern hat Ilse auch gut gegessen. Als wir uns hier alle mittags getroffen haben.«

Monika merkte den Unterton in der Stimme ihrer Mutter. Sie nickte und rückte Ilse den Teller zurecht. Die Tante aß in aller Ruhe weiter. Von all dem, was Monika gleich sagen wollte, würde sie nichts begreifen. Sie würde nicht verstehen, dass es um Jens ging, den jungen Mann, mit dem sie selbst noch bei ihrer Abschiedsfeier im Mai anzüglich gescherzt hatte, der nicht lange geblieben war und den sie den Nachmittag über immer wieder erwähnt hatte. Um diesen Jens ging es, doch das wollte Monika ihrer Familie auch weiterhin verschweigen.

»Es tut mir leid, dass ich nicht bei eurem Essen war, Mutti. Aber ich habe einen Mann kennengelernt, und dem habe ich beim Umzug geholfen.«

»Einen Mann«, die Mutter seufzte mit einer Mischung von Vorwurf und Nachsicht. »Wie wir uns das schon gedacht haben. Du hast keine Zeit, aber siehst gut aus. Also geht es dir ja wohl gut.«

Über die Tischplatte hinweg tätschelte sie die Hand ihrer Mutter. »Danke, dass du das sagt. Ja, es geht mir gut.«

»Na dann mal raus mit der Sprache. Wir sind alle gespannt.«

Monika nahm einen Schluck Kaffee. »Er ist sehr nett und gebildet, und er wohnt jetzt in Kreuzberg. Aber mehr möchte ich euch noch nicht sagen. Auch nicht seinen Namen.«

»Nicht mal den Namen?« Die Mutter reagierte verständnislos, Monika hatte es nicht anders erwartet.

»Aber das ist ganz bestimmt nicht böse gemeint. Sondern nur, weil eben noch nicht klar ist, wie es mit uns beiden weitergeht. Also, ob das überhaupt was werden kann.«

Die Mutter erschrak. »Er ist doch wohl nicht …«

»Nein, Mutti. Er ist nicht verheiratet und auch nicht verlobt, und er war es auch nie. Wir wollen es einfach nur langsam angehen lassen. Wir wissen ja nicht, wie lange es hält.«

Monika kannte diesen Blick. Ihre Mutter war entsetzt und enttäuscht zugleich.

»Ich weiß, Mutti. Wenn man möchte, dass es länger hält, muss man was dafür tun. Und ich bin einunddreißig und sollte wissen, ob ein Mann der Richtige für mich ist.«

Ihre Mutter schenkte Kaffee nach. »Und warum sagst du uns den Namen nicht? Wir posaunen das ja schließlich nicht rum.«

»Weiß ich doch. Und ihr kennt ihn nicht, also zerbrecht euch nicht die Köpfe.« *Ihr habt nur schon mal von ihm gehört, im Mai bei Ilses Abschiedsfeier im Salon. Nur die Tante kennt ihn, aber die erinnert sich ja an nichts mehr.* So hätte der Satz weitergehen können, doch stattdessen sagte Monika: »Ach Mutti, ihr müsst mir einfach mal vertrauen. Er ist ganz bestimmt ein anständiger Kerl, und ich lasse mich auf nichts ein, was mir schadet.«

»Aber die ganz große Liebe ist es nicht, oder was?«

»Nein, Mutti, wohl nicht.« Monika seufzte. »Aber schön ist es trotzdem.«

Jetzt seufzte auch ihre Mutter. »Na ja. Es ist dein Leben, Kind. Du musst wissen, was gut für dich ist.«

»Genau, und das weiß ich doch auch, Mutti.« Monika reichte den Brotkorb an. »Und nun erzähl du doch mal. Wie geht's denn Heidrun? Alles in Ordnung?«

»Ja, bestens, es kann jeden Tag bei ihr losgehen!« Voller Freude erzählte Monikas Mutter von der bevorstehenden Niederkunft. Das siebte Enkelkind für Karl und Elfie. Alle tippten auf einen Jungen, dann würde wieder zahlenmäßiger Gleichstand herrschen in Peters Familie.

Während Ilse versonnen ihre Schrippe aß, plauderten Monika und ihre Mutter weiter. Es tat sich ja so viel bei den Ebelings. Am Sonntag wollte Monikas jüngste Schwester Almuth ihren neunzehnten Geburtstag feiern, und wenn Heidrun und Peter erst mal ihr viertes Kind hätten, dann würden Horst und Maria bestimmt auch noch mal an Nachwuchs denken, und für nächstes Jahr standen Renates und Almuths Hochzeiten an.

Nach dem Frühstück brachte Monika die Tante zur Dialyse. Im Grunde reine Routine. Seit vierzehn Jahre alle zwei bis drei Tage. Wie oft hatte Monika sie montags hingebracht und meist auch wieder abgeholt. Bestimmt ein paar Hundert Mal. Doch in letzter Zeit fiel Monika der Weg in die Klinik immer schwerer. Eine Wehmut überkam sie. Wie lange würde Ilse noch bei ihnen sein? Sie selbst hatte ja vorausgesagt, es sei ihr letzter Sommer, und es sah danach aus, als würde sie recht behalten.

»Bis nachher, Tantchen. Ich hole dich ab.«

Monika ging traurig zurück in ihre Wohnung. Vielleicht hätte sie besser etwas unternommen, wäre schwimmen gegangen oder einkaufen. Doch sie konnte sich zu nichts aufraffen.

Bis vor ein paar Stunden hatte sie in Jens' Armen gelegen. Danach hatte sie gründlich geduscht und frische Sachen angezogen, trotzdem kam es ihr so vor, also trüge sie noch den Duft ihrer gemeinsamen Liebe auf ihrer Haut. Jens' Geruch hatte sich tief in ihr Gedächtnis gebrannt.

Sie überflog die Tageszeitung, eine Sonderbeilage brachte einen ausführlichen Bericht über die bevorstehende Winter-Olympiade in Grenoble, doch aufs Lesen konnte Monika sich im Moment nicht konzentrieren. Sie legte die Langspielplatte von Simon and Garfunkel auf. *»And then she'll be a true love of mine.«* Während sie ihre Küche putzte, dachte sie an die Wohnung von Jens, Jutta und Ludger. Dort gab es kein leeres

Zimmer mehr, und die drei würden Monika sicher nicht fragen. Aber trotzdem: Hätte sie die Möglichkeit gehabt – sie wäre liebend gern mit eingezogen.

* * *

Am nächsten Sonnabend sollte die Eröffnungsparty für die neue Wohnung steigen. Ganz zwanglos, wer kam, der kam, und wer noch jemanden mitbringen wollte: herzlich gern. Und bitte keine großen Geschenke, lieber eine Schüssel Salat oder einen halben Kasten Bier.

Am Sonnabendmittag schloss Monika den Salon ab und atmete durch: Geschafft! Die Woche war anstrengend gewesen, und sie sehnte sich nach einem Nachmittag in Jens' Armen, bevor dann abends die Party beginnen würde. Doch bevor sie zur Wohnung nach Kreuzberg fuhr, verwandelte sie sich: von der stets adretten selbstständigen Friseurmeisterin zu der Geliebten eines jungen SDS-Studenten. Sie tauschte Rock und Bluse gegen engen Pulli und Jeans, löste die Hochsteckfrisur und schminkte sich ab. In seinem Bett brauchte sie kein Makeup, und für heute Abend würden ein kleiner Lidstrich und etwas Wimperntusche reichen. Einige SDSler, Männer wie Frauen, sahen in dekorativer Kosmetik ein Mittel der Unterdrückung: Frauen würden genötigt, sich maskenhaft zu verstellen, um einem von Männern aufgezwungenen Schönheitsideal zu entsprechen. Doch die meisten linken Studenten fanden, ein leichtes Make-up könne Ausdruck weiblicher Selbstbestimmung sein.

Als sie in die Wohnung kam, las Jens in der Küche Zeitung. »Jutta und Ludger halten Mittagsschlaf. Und das sollten wir auch dringend tun.«

Monika war ganz seiner Meinung. Auf Jens' neuer Matratze

verbrachten die beiden keinen ruhigen, aber einen erholsamen Nachmittag.

Nach der ausgiebigen Siesta trafen sich alle vier im Wohnzimmer, Ludger wischte mit einem Tuch den Staub vom Plattenspieler. Er wollte für die passende Musik sorgen, nicht nur mit seiner Sammlung psychedelischer Alben, sondern auch mit den neusten Hits aus Radiosendungen, die er regelmäßig auf seinem Tonbandgerät mitschnitt. Damit kein betrunkener Tänzer gegen die teure Stereoanlage fallen konnte, wollte er vor dem Regal eine Sperrzone aus Tischen und Stühlen aufbauen.

»Kann man mal sehen. Tief drinnen ist er ein richtiger Kleinbürger. Aber na ja. Solange die Musik nicht spießig ist …« Jutta wandte sich Monika zu. »Lassen wir die Jungs mal machen. Wir beide kümmern uns ums Essen. Mal sehen, wie viel die anderen so beisteuern.«

Das Bauernsalat-Rezept stammte aus Jugoslawien. Während Jutta Paprika schnitt, formte Monika einen Mett-Igel: Nase und Augen aus schwarzen Oliven, Stacheln aus Gemüsezwiebel-Streifen. Seinen natürlichen Lebensraum fand er in einem Bett aus gehackter Petersilie.

Als erste Gäste kam eine Gruppe Kommilitonen aus dem Wohnheim an der Clayallee, einige davon kannte Monika schon. Sie brachten ein paar Flaschen mit: Rotwein, Sekt und Pernod – aber nichts zu essen. Kurz danach klingelten Nachbarn aus dem ersten Stock, im Gepäck eine Riesenschüssel Nudelsalat.

Dann ging es Schlag auf Schlag, Monika pendelte zwischen Haustür und Küche, stellte die mitgebrachten Speisen aufs Büfett und bot Getränke an.

»Musst du aber nicht allein machen«, meinte Jens, »da können wir drei uns doch auch drum kümmern.« Doch kaum hatte er das ausgesprochen, verwickelte ihn schon der nächste Gast in ein Gespräch.

»Knorke, eure Wohnung. Toll, dass ihr die bekommen habt«, lautete es von allen Seiten. Besonders viel Anklang fanden die beiden Balkone – wohl auch wegen der Bierkästen.

Ludgers Tonband spielte die Rolling Stones: *Let's Spend The Night Together.* In der Küche spülte Monika den ersten Stapel schmutziger Teller. Bei den vielen Gästen hätte man Pappteller gut gebrauchen können, aber daran hatte keiner gedacht.

»Darf ich bitten, gnädiges Fräulein?« Lachend zog Jens sie von der Spüle weg ins Wohnzimmer. Die billigen Teppiche standen aufgerollt in einer Ecke. Auf der freien Fläche zwischen altrosa Couchgarnitur und Kiefernregal tummelten sich die Paare. Jens sang lauthals mit und sah sie herausfordernd an. Als Antwort erntete er einen Kuss.

Sie tanzten noch ein paar Titel, dann gingen sie auf den Balkon. Hier diskutierten ein paar Studienkollegen mit einer Flasche Bier in der Hand. Es ging um ein Problem an der Uni, so viel bekam Monika mit, irgendwas zur Reformierung der Lehrpläne.

Eine junge Frau, an deren Namen Monika sich nicht mehr erinnerte, deutete auf eine Flasche Sekt, die neben den Bierkästen stand. »Die habe ich mitgebracht. Machen wir die auf?«

Natürlich machten sie die auf, was denn sonst? Monika holte Gläser.

»Wer hat Lust auf Sekt?«, rief die junge Frau quer durchs Wohnzimmer.

Ein paar Frauen kamen noch mit auf den Balkon.

»Deckung!« Jens' Warnung war nicht nötig. Er öffnete die Flasche formvollendet mit leisem Zischen. Die Frauen jubelten trotzdem. Er schenkte ein, die Männer blieben lieber beim Bier. Mit erhobenen Gläsern schauten sie quer über die Straßen. Die Halden von Schutt, Schrott und Kohle glitzerten im Mondlicht. Ein Nachtwächter drehte auf einem Fahrrad seine Runde über den alten Güterbahnhof.

»Na, wenn das keine Aussicht ist«, rief Bernd, ein Nachbar aus dem Haus. »Hipp, hipp, hurra! Auf die Wiener Straße!«

Die anderen stimmten ein. Dann redeten die Männer wieder über Hochschulpolitik.

»Monika, du studierst aber nicht, oder?«, fragte Tilla, die junge Frau mit der Sektflasche.

Monika erzählte vom Salon, und weil die Frauen es genauer wissen wollten, auch davon, wie Jens und sie einander kennengelernt hatten.

»Also durch Jens' Oma und Monikas Tante?« Die weiblichen Partygäste amüsierten sich. »Ist ja witzig. Verrückte Geschichte. Na, wo die Liebe eben hinfällt. Darauf noch mal prost!«

Monika brachte die gebrauchten Gläser zurück in die Küche. Am Büfett hatten die Gäste gut zugelangt, drei Salatschüsseln waren schon leer, höchste Zeit für Nachschub. Sie heizte den Backofen vor. Fünfzig Toasts in einem Durchgang – dafür hatte sie sich von den Nachbarn ein paar Bleche geliehen.

Tilla half, und auch Angela, eine Kommilitonin von Jutta, gesellte sich dazu. In Windeseile butterten sie Dutzende von Weißbrotscheiben, belegten sie mit gekochtem Schinken, Ananas aus der Dose, Gouda und genau über dem Ananasloch die Cocktailkirsche.

Keine zehn Minuten später zog ein wunderbarer Duft durch die Wohnung. »Toast Hawaii!«, rief Monika in den Flur. Ein halbes Dutzend der Leckereien stellte sie für sich und ihre Helferinnen beiseite.

Kaum standen die heißen Backbleche auf dem Tisch, strömten die anderen in die Küche. Jens nickte Monika zu. »Gleich tanzen wir aber noch mal.«

Sie lächelte. »Na sicher.«

Zusammen mit Jutta ging er zurück in Ludgers Zimmer, um sich dort weiter mit ihren Gästen die Köpfe heiß zu reden. Die meisten waren SDS-Mitglieder oder standen dem Studentenbund nahe.

Angela, Tilla und Monika aßen in der Küche, drei Stühle dienten zum Sitzen, die anderen drei als Ablage. Zu den Toasts leerten sie eine Flasche Rotwein. Aus dem Wohnzimmer schallte Pink Floyd, Disc Jockey Ludger nutzte die gefräßige Stille für eine psychedelische Einlage. Gleich gäbe es bestimmt wieder was zum Tanzen, dachte Monika.

Zu dritt sprachen sie über ihre Pläne. Tilla als künftige Diplom-Psychologin wollte sich auf Arbeitspsychologie spezialisieren. »Schlimm, wie es in vielen Betrieben noch zugeht. Dieses ganze herrschaftliche Denken wie in der Nazizeit. Nach oben buckeln und nach unten treten.«

Monika erinnerte sich an ihre Gespräche mit Clemens über Oswalt Kolle. Der Journalist und Sohn eines Psychiaters hatte ja ein Buch über Betriebspsychologie geschrieben. Und sein nächstes, *Das Wunder der Liebe,* würde von Sexualität handeln.

Tilla staunte. »Und das weißt du schon? Obwohl das Buch erst nächstes Jahr erscheint?«

Monika erzählte von Clemens und seinem Kollegen, der mit Oswalt Kolle befreundet war. Angela nickte anerkennend.

Eine halbe Stunde später wollten die drei Frauen zurück ins Wohnzimmer, aber immer mehr Gäste brachten ihre schmutzigen Teller in die Küche.

»Müssen wir spülen?«, fragte Angela. »Oder habt ihr noch genug saubere?«

»Leider nicht«, Monika ließ heißes Wasser ins Becken laufen.

»All you need is love«, die Beatles drangen bis in die Küche. Monika, Tilla und Angela trällerten mit, spülten und trockneten ab.

Danach gingen sie ins Wohnzimmer. Aus den Boxen erklang Manfred Mann: *»Ha! Ha! Said the Clown.«*

Monika sah sich um und konnte Jens nicht entdecken, auch nicht auf dem Balkon. Hinter dem Schutzwall aus Tischen und Stühlen bediente Ludger die Anlage. Sie beugte sich zu ihm.

»Weißt du, wo Jens ist?«

»Nebenan, die diskutieren da irgendwas.«

Monika ging zurück auf den Flur, die Tür zu Ludgers Zimmer stand offen. Auf Matratzen und Kissen hatten es sich die Gäste gemütlich gemacht. »Bourgeoise Kleinfamilie und imperialistischer Herrschaftsanspruch«, so viel schnappte Monika vom Gespräch auf.

Angela, die mitdiskutierte, kam an die Tür. »Setz dich doch zu uns, Monika. Ich muss nur kurz zum Klo, bin gleich wieder da«, sie ging aus der Wohnung und die Treppe hinunter.

»Ach so, lieb von euch, nein«, sagte Monika. »Ich wollte eigentlich nur fragen, wo Jens ist. Oder Jutta?«

»Nebenan«, sagte Bernd. »Geh einfach rein.«

Die Tür zu Juttas Zimmer war zu. Monika drückte die Klinke herunter, schob die Tür auf und blieb stehen – starr vor Schreck. Etwa ein halbes Dutzend Leute, darunter Jutta und Jens, ließen einen Joint kreisen. Eine Wolke Marihuanarauch schlug Monika entgegen.

»Ach, Liebes«, Jens blickte ihr entgegen. »Du möchtest ja bestimmt nicht mitmachen, sonst hätte ich dir Bescheid gesagt.«

Ist schon okay, wollte sie sagen, macht ihr ruhig. Doch dazu reichte die Zeit nicht, ihr wurde übel, sie schlug die Tür von außen zu, griff sich den Kunststoffeimer, der als Schirmständer diente, ließ die Schirme auf den Boden fallen und rannte aus der Tür die Treppe hinunter.

Sie schaffte es nicht bis zur Toilette, mitten auf der Treppe übergab sie sich in den Eimer, einmal, zweimal und ein dritter Schwall.

Hinter ihr kam Jens die Treppe heruntergeschossen. »Monika! Meine Güte!« Mit einem Arm fasste er sie um die Taille, mit der anderen hielt er ihre langen Haare zurück, während sie sich wieder und wieder in den Eimer erbrach.

Ein paar Stufen unter ihnen kam Angela aus der Toilette, das Türblatt war nicht dick, sie hatte alles mit angehört und nahm die Sache offenbar gelassen. »Och je. Kann ich irgendwie helfen?«

Monika schüttelte den Kopf.

Jens übernahm: »Danke, Angela. Wir kommen schon klar.«

»Aber sagt Bescheid, wenn wir was tun können.« Angela ging zurück in die Wohnung.

Monika verschwand mit dem Eimer im Toilettenraum.

»Schließ nicht ab«, mahnte Jens. »Ich warte hier.«

Sie ließ sich Wasser durch den Mund laufen. Es ging ihr besser, körperlich zumindest, seelisch noch längst nicht: Warum zum Teufel schon wieder? Anders als vor drei Wochen hatte sie diesmal nicht mitgeraucht, aber trotzdem die Übelkeit. Sie entleerte ihre Blase, wusch den Eimer aus und kehrte zu Jens zurück.

»Und? Besser?«

»Ja. Das war bloß die Erinnerung. Ich ertrage den Geruch nicht.« Sie wollte Jens keinen Vorwurf machen und auch nicht den Gästen.

»Am besten gehe ich erst mal allein hoch und gucke nach«, meinte er, »ob die da auch ordentlich lüften. Nach Kiffen ist denen bestimmt nicht mehr zumute.«

Doch ihr Entschluss stand fest. »Bring mir einfach meine Jacke und Tasche, ich möchte nach Hause«, sie sagte das freundlich, er sollte nicht denken, sie sei sauer auf ihn. Dabei war sie das ja, zumindest ein bisschen. Er hätte ihr vorher Bescheid sagen können, dass er mit den anderen kiffen wollte. Einfach bloß aus Rücksicht, dann hätte sie um das Zimmer einen großen Bogen machen können.

»Du kannst aber doch hier im Haus schlafen«, schlug er jetzt vor. »Bei den Nachbarn. Und wenn es dir heute Nacht wieder besser geht, kommst du einfach zu mir ins Bett. Wäre doch schön.«

»Nein, ich muss in mein eigenes Bett, ich brauche Ruhe. Grüß die anderen von mir, viel Spaß noch.«

Jens seufzte. So schuldbewusst, wie er sie ansah, hätte sie jetzt mit einer Entschuldigung gerechnet. Oder wenigstens mit einer Frage: *Bist du mir böse, Monika?* Aber nichts dergleichen kam. Stattdessen meinte er: »Wolfgang ist mit seinem Auto da und trinkt nicht viel. Ich frage, ob er dich bringt.«

»Ja gern«, sagte Monika, dabei hätte sie lieber ein Taxi genommen, aber sie wollte die Sache nicht noch komplizierter machen.

Er ging in die Wohnung und kam ein paar Minuten später zurück: mit Monikas Jacke und Tasche und mit Wolfgang, der nicht so nüchtern wirkte wie angenommen. Aber immerhin hatte er nicht mitgekifft, und beim Alkoholpegel lag er wohl noch unter der erlaubten eins Komma fünf Promille. Gemeinsam gingen sie hinunter zur Straße.

»Soll ich mitfahren?«, fragte Jens. »Dann könnte ich dich noch hochbringen, in deine Wohnung.«

Und sonst?, dachte sie. Würde er sich jetzt endlich bei ihr entschuldigen? Weil er gekifft hatte, ohne ihr vorher Bescheid zu sagen? Obwohl er sich hätte denken können, wie sehr sie den Geruch verabscheute nach dem Ereignis von vor drei Wochen?

»Nein, du musst mich nicht bringen.« Monikas Umarmung fiel kurz aus. »Lieb von dir, aber bleib besser bei deinen Gästen.«

»Gut. Aber dann rufe ich morgen früh an.«

»Ja klar«, sie küsste ihn auf die Wange und stieg in den hellblauen VW-Variant.

Wolfgang, ein Physikstudent mit wucherndem schwarzem Vollbart, erwies sich als einfühlsamer Autofahrer – trotz Alkohol oder gerade deswegen. Unterwegs erzähle er von Experimenten in Strömungslehre, seinem Spezialgebiet. Er schrieb seine Diplomarbeit über Grundlagenforschung für die Gewinnung von Windenergie, denn darin liege die Zukunft. Monika tat interessiert. Es war nett, dass er sie nach Hause brachte, und sie fühlte sich auch schon viel besser.

WIRRUNGEN

Als sie sich schlafen legte, ging es ihr noch gut, doch mitten in der Nacht wachte sie mit Übelkeit auf und würgte Galle. Doch die Erleichterung hielt nicht an, über die nächsten Stunden erbrach sie sich immer wieder. Auch frische Luft und eine Wärmflasche halfen nicht. Wenn sie sich aufrichtete, wurde ihr schwindlig, ihr Kreislauf machte nicht mehr mit. Konnte sie überhaupt noch allein bleiben? Hier in ihrer Wohnung? Sollte sie besser ihre Eltern anrufen? Ihr Vater käme sicher sofort und nähme sie mit zu sich, und ihre Mutter würde sie betüdeln, aber genau wissen wollen, was passiert war. Wo hatte die Tochter sich so heftig den Magen verdorben? Etwa bei ihrem Freund, dessen Namen sie verschwieg?

Nein, noch wollte Monika ihre Eltern nicht um Hilfe bitten. Sie hielt durch. Immerhin gelutschte Schokolade vertrug ihr Magen. Als der Schwindel nachließ, erneuerte sie die Wärmflasche und legte sich wieder hin. Sie schlief bis halb zehn. Als sie vorsichtig aufstand, wurde ihr übel, wieder spuckte sie Galle.

Jens rief aus seiner Wohngemeinschaft an, um zu fragen, wie es ihr ging.

Sie antwortete wahrheitsgemäß. »Aber was richtig Schlimmes ist das bestimmt nicht.«

»Und du willst immer noch nicht zum Arzt?«

»Ach was. Doch nicht deswegen.«

»Und der Geburtstag von deiner Schwester? Gehst du da nachher hin?«

Ach ja. Almuths Geburtstag. Den hätte Monika fast vergessen. »Weiß ich noch nicht. Nur, wenn es mir besser geht.«

»Dann lass dich vorher lieber untersuchen. Vielleicht ist das ja ein Virus. Nicht, dass du die anderen ansteckst. Deine Schwägerin ist doch schwanger, oder?«

Er hatte ja recht, Monika zeigte Einsicht. »Okay. Dann gehe ich gleich in die Notambulanz.«

»Gut. Soll ich mich heute Nachmittag noch mal melden?«

»Wahrscheinlich bin ich dann ja bei meiner Familie. Ich rufe dich spätestens morgen Abend an, und wenn du nichts von mir hörst, ist alles in Ordnung.«

Sie legten auf, und sie ließ sich das nächste Stück Schokolade auf der Zunge zergehen. Es funktionierte, die Übelkeit kam nicht wieder. Sie duschte, putzte Zähne und zog frische Wäsche an. Mit dem Krankenschein vom neuen Quartal machte sie sich auf den Weg in die Städtischen Kliniken.

»Guten Morgen, Frau Ebeling«, eine Schwester aus der Dialyse-Abteilung arbeitete heute in der Notambulanz. »Diesmal ohne Ihre Tante?«

Monika schilderte ihre Beschwerden.

Die Schwester nickte. »Diensthabender Internist ist heute Dr. Schikowski, den kennen Sie ja auch. Nehmen Sie Platz, dauert wahrscheinlich nicht lange.«

Schikowski also. Er gehörte zu den jüngsten Ärzten hier und hatte erst vor ein paar Monaten sein Examen gemacht. Aber nun gut. In schwierigen Fällen würde er sicher seinen Oberarzt holen.

Monika setzte sich ins Wartezimmer und blätterte in einer Zeitschrift, es ging ihr gut, keine Spur mehr von der Übelkeit.

»Frau Ebeling bitte zur Untersuchung.« Die Schwester führte sie in einen Raum und wies auf die Liege. »Nehmen Sie Platz. Und ich muss wohl nicht dabei sein. Das schaffen Sie beide auch ohne mich.«

Es war nicht selbstverständlich, dass ein Arzt eine Patientin ohne Beisein einer Helferin untersuchte, Monika wertete es als ein Zeichen von Vertrauen.

Schikowski kam herein, hochgewachsen, hager und mit Nickelbrille. Er wirkte nicht gerade wie ein Arzt, fand sie, eher wie ein großer Junge, aber bestimmt brachte er gute Zeugnisse mit, sonst hätte er die Stelle hier nicht bekommen.

Während sie sich freimachte, schilderte sie ihre Beschwerden. Er stand ja unter Schweigepflicht, also blieb sie bei der Wahrheit: Vor drei Wochen hatte sie zum ersten Mal Marihuana geraucht und schon nach wenigen Zügen heftig erbrochen. Gestern auf einer Feier hatte sie sich allein durch den Geruch erneut übergeben müssen. Abgesehen von wenigen ruhigen Stunden hatte die Übelkeit bis zum Morgen angehalten.

Dass Marihuanakonsum strafbar war, schien den Arzt nicht zu interessieren. Er stellte noch ein paar Fragen zur medizinischen Vorgeschichte, dann untersuchte er Monikas Bauchorgane, hörte Herz und Lunge ab und schaute ihr in den Rachen.

Sie zog sich wieder an, er füllte eine Karteikarte aus. »Setzen Sie sich bitte noch mal, wir bereden das in Ruhe.«

Sie nahm am Schreibtisch Platz.

»Frau Ebeling«, er starrte auf die Karte. »Abgesehen vom druckschmerzhaften Oberbauch kann ich nichts Krankhaftes feststellen. Sie haben fettig gegessen, verschiedene Alkoholika getrunken und waren dann noch diesem Geruch ausgesetzt, gegen den Sie eine Abneigung haben. Alles spricht für eine Magenverstimmung. Nach einem Infekt sieht es nicht aus, sonst hätten Sie wohl auch Darmbeschwerden, und der ganze Verlauf wäre anders.«

Monika atmete auf. »Danke, Herr Doktor.«

Doch Schikowski war noch nicht fertig: »Ich rate Ihnen allerdings zu einer weiteren Untersuchung, nämlich beim Frauenarzt.«

Sie stutzte, beim Frauenarzt war sie doch vor nicht mal zwei Monaten gewesen, das hatte sie gerade erzählt. »Sie meinen wegen der Pille? Weil die ja auch auf den Magen schlagen kann?«

Er blickte von der Karteikarte auf. »Ja und nein, Frau Ebeling. Es ist komplizierter. Sie hatten Ihre letzte Periode vor zehn Tagen?«

»Genau«, sagte sie mit Nachdruck. »Schwanger kann ich nicht sein.«

»Und Sie nehmen das Anovlar seit Anfang September? Also jetzt im zweiten Zyklus?«

»Ja. Und ich habe das immer ganz pünktlich eingenommen. Immer vor dem Schlafengehen zwischen zehn und elf Uhr.«

»Und bei der Blutung vorletzte Woche? Ist Ihnen da etwas aufgefallen?«

Monika musste nicht überlegen. »Dass sie etwas schwächer war als sonst. Aber das ist bei der Pille ja normal, steht doch auch im Beipackzettel.«

Er nickte wieder. Seine flache Hand glitt über die Schreibtischplatte. »Wer ist denn Ihr Frauenarzt?«

»Dr. Clemens Kemberg in Zehlendorf, ich bin mit seiner Frau befreundet.«

»Bestens, also gehen Sie gleich morgen hin.«

»Sie meinen, wegen der letzten Blutung?«

»Ja. Weil sie so schwach war, sollte das abgeklärt werden. Im Medikamentenzettel steht zwar, nach dem ersten Einnahmemonat kann die Blutung schwach sein oder ganz ausbleiben. Dann soll die Patientin trotzdem mit der nächsten Packung anfangen, weil auch bei ausbleibender oder schwacher Blutung höchstwahrscheinlich keine Schwangerschaft vorliegt. Aber das gilt natürlich nur, falls das Medikament ganz regelmäßig genommen wurde.«

»Aber das habe ich doch getan, immer zur gleichen Zeit!« Monika bemühte sich, höflich zu bleiben. Dieser Dr. Schikowski war noch sehr jung. Und er war kein Frauenarzt, sondern Internist.

»Frau Ebeling«, für einen Moment nahm er seine Brille ab und kniff die Augen zusammen. »Es geht also um den einen Tag vor drei Wochen. Sie haben Marihuana probiert und sich dann übergeben.«

»Ja. Anschließend ging es mir wieder gut, ich bin nach Hause gefahren und habe um elf abends das Anovlar genommen. So wie immer. Und danach habe ich ja nicht mehr gebrochen.«

Schikowski nickte. »Aber Ihre Magenschleimhaut war noch belastet. Möglicherweise wurden die Wirkstoffe nicht vollständig aufgenommen.«

Monika erstarrte. Darauf wollte dieser Jungspund also hinaus? Dass sie schwanger sein könnte? Nein! Auf gar keinen Fall! Sie schüttelte den Kopf.

»Frau Ebeling«, seine Stimme wurde mild. »Es mag für einen medizinischen Laien verwirrend sein. Aber wie gesagt: Ich rate zur gynäkologischen Abklärung.«

In Monika stieg Wut hoch über diesen Schnösel, doch sie beherrschte sich, sie wollte hier keine Szene machen. »Also angenommen, das wäre so, also ich wäre …«, sie brachte das Wort nicht über die Lippen. »Dann hätte ich doch gar keine Blutung gehabt. Aber ich hatte eine, wenn auch bloß schwach.«

Schikowski nickte wieder. »Das versuche ich gerade zu erklären. Die Blutung spräche nicht gegen eine Schwangerschaft, und die Schwangerschaft kann trotz der Blutung noch intakt sein.«

»Und die Übelkeit letzte Nacht? Das ist dann doch keine Magenverstimmung?«

»Es kann beides sein, Frau Ebeling: eine Reaktion auf das fettige Essen oder eine ganz normale Schwangerschaftsübelkeit. Eine Abneigung gegen bestimmte Gerüche ist bei werdenden Müttern häufig. Lassen Sie sich also untersuchen.«

Sie schüttelte sich, ihr war heiß und kalt zugleich. »Dann mache ich das, danke.« Beim Aufstehen überkam sie ein leichter Schwindel, sie hielt sich für einen Moment an der Tischplatte fest. »Aber morgen früh bringe ich erst mal meine Tante hierher, zur Dialyse.«

Schikowski verstand. »Natürlich, Frau Ebeling. Und keine Sorge: Wir nehmen unsere Schweigepflicht sehr ernst.«

Monika machte sich auf den Heimweg. Sie konnte sich auf nichts mehr konzentrieren, nicht auf den Straßenverkehr, nicht auf Leute, die ihr entgegenkamen. Einen Nachbarn nahm sie erst wahr, als er sie freundlich grüßte. Sie entschuldigte sich und wünschte noch einen schönen Sonntag.

Nein!, sagte sie sich wieder und wieder. Neinneinnein! Das konnte nicht sein. Dieser Schikowski irrte sich, sie hatte doch alles richtig gemacht mit der Einnahme, und jetzt ging es ihr doch gut – körperlich jedenfalls. Sie hatte gestern durcheinandergetrunken und fettig gegessen, vom Marihuanageruch war ihr schlecht geworden, und das Unwohlsein hatte die Nacht über angehalten, so was kam doch vor. So ein Unsinn, was Schikowski behauptete. Und wie gut, dass sie mit Sonja und Clemens befreundet war. Sie atmete durch und rief in Zehlendorf an.

Clemens war mit den Kindern auf einem Herbstfest in Lübars, aber Sonja hatte Zeit. Sie hörte ihrer aufgebrachten

Freundin zu, die von einem unfähigen jungen Arzt erzählte, der sie ohne vernünftigen Grund in große Sorge versetzt hatte.

Sonja blieb ruhig. »Ich verstehe das richtig? Der Verdacht ist rein theoretisch? Es gibt keine klaren Zeichen dafür, dass du schwanger bist?«

»Das ist es ja gerade. Trotzdem tut der so, als wüsste er Bescheid. Nur wegen dieser einzigen Pille, die eventuell nicht gewirkt hat. Obwohl ich sie nicht erbrochen habe.«

»Hm. Aber mal angenommen, du wärst tatsächlich schwanger. Dann ja wohl höchstens seit drei Wochen. Da bringt eine gynäkologische Untersuchung noch nicht viel. Clemens kann schließlich nicht reingucken in deine Gebärmutter.«

»Und was soll ich machen?«

»Einen Froschtest. Manchmal ist der auch schon in dem frühen Stadium positiv. Je nachdem, wie konzentriert das Schwangerschaftshormon im Morgenurin ist. Dein Urin wird dem Frosch injiziert, und bei einer ausreichend hohen Hormonmenge, reagiert er mit Samenbildung.«

Nein!, hätte Monika gern in die Sprechmuschel gerufen. Der Frosch reagiert nicht! Bestimmt nicht! Doch sie riss sich zusammen. Sonja gab sich so viel Mühe mit ihr.

Die beiden verabschiedeten sich und legten auf. Monika starrte auf die Wählscheibe. Sollte sie Jens anrufen? Nein, lieber nicht. Nicht wegen einer so vagen Vermutung.

Und jetzt? Sie fühlte in sich hinein. Kam die Übelkeit wieder? Wenn ihr jetzt wieder schlecht wäre, hätte sie für den Nachmittag eine Entschuldigung. Dann brauchte sie wegen ärztlich bestätigter Magenverstimmung nicht zur Familienfeier. Aber eigentlich wollte sie ja hin. Das lenkte sie wenigstens ab.

Es ging auf zwölf Uhr zu, sie legte sich ins Bett. Bei den vielen Grübeleien könnte sie vermutlich sowieso nicht schlafen, dachte sie noch, doch ihre Müdigkeit siegte, sie schlummerte ein. Um halb zwei wachte sie auf – die Übelkeit war nicht wiedergekommen. Na also, dachte sie, wohl doch nur falscher Alarm. Eine Stunde später machte sie sich auf den Weg zur Geburtstagsfeier, Mutter Elfie freute sich.

»Almuth ist noch mit Ralf bei seinen Eltern, die kommen aber bestimmt gleich alle.«

»Und Vati?«

»Der hilft noch bei Horst und Helene im Garten. Soll ja endlich alles winterfest sein. Und Ilse hält noch ihr Nickerchen. Aber ist normal, wenn sie so viel schläft, sagen die Ärzte.«

Monika nickte. Ilses Blutwerte verschlechterten sich von Woche zu Woche. Es würde nicht mehr lange dauern, dann hätte die Dialyse keinen Sinn mehr.

»Ich kann mich ja schon mal um die Tische kümmern«, sie strich ihrer Mutter eine Strähne aus der Stirn. »Oder wollen wir dich erst ein bisschen schnieke machen? Ich meine natürlich: noch schnieker?«

Ihre Mutter lachte. »Mach mal, wenn da noch was zu retten ist.«

Für Lockenwickler und Trockenhaube reichte die Zeit nicht mehr, Monika griff zu Föhn und Rundbürste. Frisch frisiert ging Monikas Mutter zu Ilse, um ihr beim Ankleiden zu helfen.

Mit zwanzig Personen wollten sie feiern, in der Küche und im angrenzenden Wohnzimmer. Über dem Couchtisch lagen als Schutz eine dicke Decke und ein Wachstuch, hier durften heute die Kinder sitzen. Die Erwachsenen kamen an den Küchentisch und an einen Campingtisch. Monika deckte die Kaffeetafel: für die Großen das Goldrand-Geschirr zu Besteck aus echtem Silber, für die Kleinen buntes Pappgeschirr und Plastikgabeln. Sie schnitt Torten auf, schlug Sahne, bereitete die Kaffeefilter vor und stellte sie auf die Warmhaltekannen. Wie oft hatte sie das alles schon gemacht? Hier in dieser Wohnung? Für die Feiern mit der Familie? Wohl mehr als hundert Mal. Obwohl sie seit über zehn Jahren ihre eigene Wohnung hatte, waren ihre Eltern immer noch ihr eigentliches Zuhause. Bei den Ebelings gab es feste Familienbande, nicht aus Zwang, fand Monika, sondern aus dem ehrlichen Gefühl von Gemeinschaft. Und heute? Mit diesem Verdacht, der sie belastete? Sie wollte versuchen, sich nichts anmerken zu lassen. Aber natürlich musste sie ständig daran denken. Wie denn auch nicht zwischen all den Verwandten inklusive sechs Nichten und Neffen und der hochschwangeren Heidrun?

Mutter Elfie schaute aus dem Fenster. »Sie kommen!«

Monika nickte – mit flauem Gefühl im Bauch. Sie redete sich gut zu. Da musste sie nun mal durch, am besten gab sie sich wie immer.

Ein paar Minuten später trafen sie ein: Monikas Vater, ihr Bruder Horst, seine Heidrun und die drei Kinder. Unter dem Hängerchen im Matrosen-Look wölbte sich Heidruns Kugelbauch. Drei kräftigen Kindern hatte Heidrun schon das Leben geschenkt – auf natürlichem Geburtsweg. Kaum zu glauben, wie diese zierliche Person das schaffte. Zwischendurch erlangte sie immer wieder ihr Fliegengewicht samt Wespentaille. Mutter Natur hatte da eben ganz eigene Methoden.

Monika begrüßte die Schwägerin so herzlich wie gewohnt.

»Ich habe ja schon gedacht, ich könnte heute nicht mitfeiern«, strahlend klopfte Heidrun sich auf den Bauch. »Aber der Knirps hier nimmt Rücksicht auf seine Tante Almuth. Dass die beiden sich mit den Geburtstagen später nicht in die Quere kommen.«

Monikas Mutter hob schmunzelnd den Zeigefinger: »Warte mal ab, Heidrun. Beim Vierten kann es schnell gehen, vielleicht schafft das Kerlchen es noch vor Mitternacht.«

Alle lachten. Nach und nach trafen die übrigen Gäste ein und endlich auch das Geburtstagskind, zusammen mit ihrem Verlobten und seinen Eltern. Almuth ließ sich beklatschen und hochleben – genau neunzehnmal hoben die Männer den Stuhl Richtung Zimmerdecke, juchzend klammerte sich Almuth an die Armlehnen. Dann bekam sie endlich ihr Geschenk. Die Familie hatte zusammengelegt, dreihundert Mark für Almuths Führerschein. Sie paukte schon die Theorie, im Frühjahr sollten die Fahrstunden folgen.

Monika lachte mit, dabei war sie mit den Gedanken ganz woanders. Ab und zu schaute sie verstohlen auf Heidruns Bauch. Konnte sie sich das für sich selbst vorstellen? Auf keinen Fall! Sie hatte nie Kinder gewollt. Und falls sie jetzt doch …? Nein! Sie wollte lieber nicht daran denken.

Vielleicht waren Monikas Blicke doch nicht diskret genug gewesen. Als sie der Schwägerin zwischen Küche und Bad zufällig im Flur begegnete, nahm Heidrun Monikas Hand und legte sie in Magenhöhe flach auf den Kugelbauch. »Ich kriege doch mit, wie du mich anguckst. Stimmt schon, so dick war ich bei den anderen dreien nicht. Aber es sind trotzdem keine Zwillinge. Bloß ein normal großes Baby. Sechs oder sieben Pfund, sagt mein Arzt. Und er strampelt gerade, fühlst du?«

Heidrun hatte ihre Schwägerin schon öfter den schwangeren Bauch fühlen lassen, und Monika war davon jedes Mal beeindruckt gewesen. Doch heute hätte sie ihre Hand am liebsten weggezogen – und tat es selbstverständlich nicht.

»Genau mit den Füßen gegen deine Hand.« Heidrun amüsierte sich. »Er trifft jedenfalls gut. Vielleicht wird er ja mal Fußballer.«

»Bestimmt. Und zwar ein richtiger Profi!« Monika freute sich mit. Heidrun und Peter hatten sich das Kind gewünscht, sie führten eine glückliche Ehe, ihre drei Großen konnten das Geschwisterchen kaum erwarten, alles war in bester Ordnung. Bei Monika dagegen lag ein Missgeschick vor, ein ungünstiger Umstand bei der Verhütung, ein biologisches Versehen, das sie schnellstens rückgängig machen wollte. Und falls sie tatsächlich so einen stecknadelkopfgroßen Zellhaufen in ihrer Gebärmutter trüge: Daraus würde kein Kind entstehen. Monika hatte sich entschieden.

* * *

Am Montag stellte sie den Wecker aus und blieb noch ein paar Minuten liegen. Schmerzte ihr Magen? War ihr schlecht? Nein, keine Spur von Morgenübelkeit, also schon mal kein Hinweis auf eine Schwangerschaft.

Auf der Fahrt nach Zehlendorf starrte Monika aus dem Fenster, die Tasche auf ihrem Schoß hielt sie mit beiden Händen fest. Dreimal hatte sie das kleine Honigglas ausgespült und dann mit Morgenurin befüllt.

Sie stieg aus, und einen Moment lang zögerte sie. Was, wenn sie jetzt auf den anderen Bahnsteig hinüberginge und zurückführe? Ohne Urintest und weitere Untersuchung. Aber das würde ihr nichts nützen. Sie musste den Verdacht so schnell wie möglich ausräumen. Also dann.

Die Apotheke lag zwischen dem S-Bahnhof und Clemens' Praxis, sie hatte hier schon ein paarmal ihre Rezepte eingelöst.

»Und Sie wollen den Test nach der Galli-Mainini-Methode mit einem Frosch?«, fragte der nette Apotheker. »Moderner wäre ja der Hormontest mit Duogynon? Sie nehmen einfach ein paar Tabletten, und wenn dann keine Blutung einsetzt, heißt das, Sie sind schwanger. Die Kosten übernimmt die Krankenkasse, und wir bräuchten kein Labor.«

»Aber davon hält Herr Dr. Kemberg nicht viel, darüber habe ich gestern noch mit seiner Frau gesprochen. Die Folgen vom Duogynon sind wohl noch nicht richtig untersucht.«

Der Apotheker ging nicht darauf ein, sondern nickte bloß. »Dann also der Frosch. Wir arbeiten mit einem Speziallabor zusammen, wo die Tiere gehalten werden. Bis Mittwoch wissen wir sicher, ob die Männchen Samen produzieren. Wir leiten den Befund dann an Dr. Kemberg weiter.«

Monika bedankte sich und ging weiter zur Praxis.

Sprechstundenhilfe Ulla führte sie direkt in einen der Behandlungsräume. »Mensch, Mädchen. Clemens hat mir das ja schon erzählt. Da nimmst du die Pille und trotzdem noch so was. Nun mach dich mal nicht verrückt. Er ist noch nebenan, aber er kommt gleich. Und ich muss wieder nach vorne, wir sehen uns nachher.«

Monika nahm Platz. Ach, die gute Ulla. Nach so vielen Jahren als Krankenschwester und Hebamme hatte sie wohl schon viele Frauen erlebt, die nicht gewusst hatten, ob sie schwanger waren. Und bestimmt auch viele, die kein Kind gewollt hatten, auf keinen Fall. Jedenfalls nicht zu diesem Zeitpunkt von diesem Mann.

Monikas Blick glitt über den Schreibtisch, neben der Lampe stand ein Foto von Sonja, Andi und Silke. Obwohl es nicht seine eigenen waren, hatte Clemens die beiden Kinder fest ins Herz geschlossen. Wäre er nicht unfruchtbar, hätten Sonja und er so gern noch gemeinsame Kinder gehabt. Monika spürte den Stich in ihrer Seele. Aber so war das nun mal. Manche Frauen freuten sich über eine Schwangerschaft und andere nicht.

Lange musste sie nicht warten, Clemens kam mit seiner Untersuchungshelferin. »Wir schauen erst mal, Monika, und dann reden wir in Ruhe.«

Hinter einem Paravent zog sie Schuhe, Strumpfhose und Schlüpfer aus. Nach der Untersuchung verließ die Helferin den Raum.

Clemens kam gleich zur Sache. »Es ist noch sehr früh, Monika. Da lässt sich noch nicht viel sagen.«

Sie sah ihn irritiert an. *Noch nicht viel?* Was hieß das genau?

»Deine letzte Untersuchung war ja erst vor zwei Monaten«, fuhr er fort, »daran erinnere ich mich gut. Und deine Gebärmutter ist zumindest nicht kleiner als vor zwei Monaten, möglicherweise etwas größer. Und deine äußeren Geschlechtsorgane erscheinen leicht violett, das spricht für eine sehr gute Durchblutung.«

Sie verstand. Sie schloss die Augen. Ein kalter Schauer durchfuhr sie. Nein! Bitte nicht!

»Für sichere klinische Anzeichen ist es einfach noch zu früh, Monika. Diese Veränderungen müssen gar nichts bedeuten. Aber mein internistischer Kollege hat recht. Nach heftigem Erbrechen kann die Magenschleimhaut gereizt sein und den Wirkstoff möglicherweise nicht so gut aufnehmen.«

»Aber das war doch nur eine einzige Pille, nur eine einzige«, sie verfiel in einen Ton, den sie selbst nicht an sich mochte. Clemens sollte sie nicht für hysterisch halten, sie räusperte sich. »Alle anderen Tage habe ich die ganz regelmäßig genommen. Immer zur selben Zeit. Und diese eine ja auch, bloß dass ich vorher gebrochen hatte, aber die Pille selbst ist dringeblieben.«

»Ich verstehe schon, Monika. Nur war es dein erster Einnahmemonat, die erste Packung nach einer langen Pillenpause. Da wirkt das Anovlar zwar auch sicher, aber der Eisprung wird nicht zwangsläufig unterdrückt.«

Sie zog die Stirn kraus. »Aber die Frauen werden bei der ersten Packung doch nicht reihenweise schwanger?«

»Natürlich nicht. Die Hormone wirken ja auf mehrfache Weise empfängnishemmend. Sie verschließen zum Beispiel auch den Muttermund durch ein natürliches Sekret, sodass die Samenzellen nicht durchkommen. Aber wenn dein Magen die Hormone nicht richtig aufnimmt, wird die Verhütung unsicher. Wir müssen abwarten.«

»Und das Anovlar soll ich weiternehmen?«

»Unbedingt. Falls du nicht schwanger bist, brauchst du weiter den Schutz. Und falls du doch schwanger bist, schadet das Anovlar dem Embryo nicht, jedenfalls nicht im Frühstadium.«

Sie nickte. Es war ein Nicken aus Verzweiflung. Sie sah Clemens an auf eine Weise, die er ganz sicher verstand. *Hilf mir!*, sagte ihr Blick. *Wenn ich wirklich schwanger bin, mach was dagegen!* Doch sie sprach die Bitte nicht aus. Sie kannte ja seine Meinung: Die künstliche Einleitung einer Fehlgeburt lehnte Clemens ab, außer in medizinischen Notlagen. *Wir leben in einem reichen Land, und viele Paare möchten ein Kind adoptieren. Es gibt keinen Grund, einen werdenden Menschen zu töten.* Diese Haltung vertrat er felsenfest.

Clemens hatte Monika für die Untersuchung nicht warten lassen und sich Zeit genommen. Dass er nichts Genaues sagen konnte, war nicht seine Schuld. Sie bedankte sich.

»Gern geschehen, Monika. Ruf Mittwochmittag hier an, dann besprechen wir das.«

Mittwoch! Noch zwei Tage bis zum Test-Ergebnis. Wie sollte sie es nur aushalten bis dahin? Und vor allem: Was wollte sie

Jens in der Zwischenzeit erzählen? Am besten noch gar nichts. Bis zum Abend blieb ihr Zeit nachzudenken, dann wollte sie ihn wieder anrufen, das hatte sie versprochen.

Und jetzt? Was sollte sie anfangen mit diesem Nachmittag? Sie konnte sich auf nichts konzentrieren und hatte auf nichts Lust. Ihre Gedanken kreisten. Es war unwahrscheinlich, aber nur mal angenommen … Wann wäre dann …? Neun Monate und eine Woche musste man auszählen, das wusste sie. Im Telefonbuch stand der Kalender für das kommende Jahr. Sie rechnete. Mitte Juni also. Und wie viel Zeit hätte sie noch, um …? Natürlich wollte sie es so schnell wie möglich hinter sich bringen. Aber sie musste sich ja erst mal erkundigen. Ganz diskret natürlich. Nach einer seriösen Adresse. Von einem richtigen Arzt, keinem Kurpfuscher. Aber von wem bekam sie die Adresse? Von Sonja auf keinen Fall, das stand schon mal fest. Sollte sie eine andere Freundin fragen? Nein, lieber nicht. Es war noch so früh, bisher gab es ja nur den Verdacht, da sollte sie sich doch nicht verrückt machen. Doch heute Nachmittag fiele ihr zu Hause bloß die Decke auf den Kopf, sie nahm sich eine Kittelschürze aus dem Schrank und ging in ihren Salon.

Die Glasregale im Kassenraum hatten es bitter nötig. Normalerweise ließ sie das ihre Mädchen machen, aber die hatten in den letzten Wochen so viel anderes zu tun gehabt, da musste die Chefin eben selbst mal ran. Monika holte die Leiter aus dem Abstellraum, dazu Wasser mit einem Schuss Spiritus, ein Staubtuch, ein Fensterleder und reichlich Zeitungspapier zum Trockenwischen. Und während sie wischte und wienerte, putzte und polierte, dachte sie an Jens.

Mittwoch. Also übermorgen. Dann bekäme sie das Ergebnis, und ganz egal, wie es ausfiele, sie müsste danach so schnell wie möglich mit ihm sprechen.

Nach zwei Stunden glänzten die Regale, sie räumte Parfums, Nagellacke und Lippenstifte wieder ein und brachte die Leiter zurück in die Kammer. Es war zwanzig nach sechs, gerade noch rechtzeitig, um unterwegs kurz einzukaufen: ein Toastbrot, ein halbes Pfund gute Butter, eine Dose Lachs-Ersatz und eine Tube Sahnemeerrettich.

Zurück zu Hause, legte sie die Sachen in den Kühlschrank. Es war Viertel nach sechs, und sie hatte versprochen, Jens anzurufen. Aber was sollte sie ihm erzählen? Nein, die Wahrheit auf keinen Fall. Dann lieber eine Notlüge. Sie wählte die Nummer der Wohngemeinschaft.

»Mir war heute noch den ganzen Tag schlecht«, sie legte viel Zärtlichkeit in ihre Stimme, er sollte keinen Verdacht schöpfen. »Ich brauche einfach noch ein paar Tage Ruhe.«

»Ach so?« Er klang tatsächlich besorgt. »Dann kannst du morgen also gar nicht arbeiten?«

»Doch. Das heißt: Ich will es versuchen. Ich kann meine Mannschaft ja schlecht hängen lassen.«

»Aber deine Gesundheit ist wichtiger als der Salon. Und deine Annelore schafft das doch auch mal ein paar Tage ohne dich.«

»Natürlich. Wenn ich nicht arbeiten kann, bleibe ich zu Hause. Ich gebe dir ganz bestimmt Bescheid, spätestens Donnerstag, und bis zum Wochenende bin ich sicher wieder auf dem Damm.«

Er schien beruhigt, sie legten auf.

Monika seufzte, sie fühlte sich nicht wohl mit der Lüge, aber Hunger hatte sie trotzdem. Sie aß den Lachsersatz auf gebuttertem Brot, trank zwei Gläser süße Limonade und legte sich auf die Couch vor den Fernseher. Im Dritten Programm gab es Reisetipps für den Skiurlaub. Monika mochte weder Schnee noch Kälte, ihr wäre im Leben nicht eingefallen, in Winterurlaub zu fahren, sie schaute die Sendung trotzdem. Um Viertel nach acht schaltete sie um aufs Erste. Robert Lembke fragte *Was bin ich?*.

* * *

Keine Übelkeit. Auch am nächsten Morgen nicht. Wenn ihr etwas schwer im Magen lag, dann nur der Verdacht von Clemens und diesem Schikowski. Wahrscheinlich irrten sich alle beide. Den Fisch von gestern Abend hatte Monika wunderbar vertragen, ihr Magen hatte sich beruhigt, eigentlich war alles wieder in Ordnung. Eigentlich. Noch war sie nicht auf der sicheren Seite, noch bestand der Verdacht, und erst einmal musste sie diesen Dienstag hinter sich bringen, ohne sich etwas anmerken zu lassen. Um zwanzig nach sieben war sie im Salon, kurz darauf brachte der Bote vom Lesezirkel die neuste Klatschpresse. Mit einem frisch gebrühten Kaffee setzte Monika sich ins Büro und schlug die erste Zeitschrift auf: Dank der Hippie-Bewegung zogen auch im Herbst kräftige Farben in deutsche Kleiderschränke ein. Warum sollte man in der kalten Jahreszeit immer nur Schwarz, Grau und Braun tragen? Wie wäre es denn mit Flaschengrün, Ocker, Burgunderrot oder Preußisch Blau? Monika wusste nicht, ob sie sich in diesem Winter überhaupt ein neues Teil zulegen wollte, eigentlich hing bei ihr genug im Schrank, sie blätterte weiter. Die Fernsehserie *Raumpatrouille* stand hoch im Kurs, Monika interessierte sich zwar nicht für die Abenteuer des Raumschiffs Orion, trotzdem las sie einen Artikel über Eva Pflug, die weibliche Hauptfigur an der Seite von Dietmar Schönherr. Ein schicker Mann. Seit zwei Jahren war er ja mit der dänischen Sängerin Vivi Bach verheiratet, und jetzt warteten alle darauf, dass die beiden endlich Nachwuchs bekamen. Monika hörte, wie jemand die Tür aufschloss. Sie legte die Zeitschrift beiseite und ging Annelore entgegen.

Wie immer tauschten sie sich über das Wochenende aus, und wie immer verschwieg Monika ihre Beziehung zu Jens. Stattdessen erzählte sie von Almuths Geburtstagsfeier und von Schwägerin Heidrun, die jeden Tag ihr viertes Kind erwartete.

Annelore hatte Heidrun auf dem großen Kaffeeklatsch im Mai kennengelernt. »Grüß sie schön von mir, und ich drücke der ganzen Familie natürlich fest die Daumen.«

»Danke dir, richte ich aus. Heidrun ist guter Dinge. Es hat bei drei Kindern gut geklappt, da wird es beim vierten wohl auch glattgehen.« Monika stutzte. »Obwohl: Ab dem vierten ist es wohl gefährlich. Die Gebärmutter zieht sich dann offenbar nicht mehr so leicht zusammen, und die Frau verblutet.«

»Was?!« Annelore erschrak. »Du denkst, Heidrun wird verbluten? Ernsthaft?«

Monika schüttelte verwirrt den Kopf. »Entschuldigung, Annelore. Ich bin noch nicht ganz wach heute Morgen. Nein, natürlich denke ich das nicht, dass Heidrun verblutet. So klein, wie sie ist, so zäh ist sie auch. Und sie geht ja auch ins Krankenhaus, da können die notfalls ganz schnell eingreifen.«

Annelore zog die Stirn kraus. »Und wie hast du das eben gemeint? Mit dem Verbluten?«

»Ach, nur so ganz allgemein, darüber habe ich neulich was gelesen. Die erste Geburt ist für eine Mutter immer ein großes Risiko, und dann wird es ab der vierten eben wieder etwas gefährlicher. Und die zweite und dritte ist wohl am einfachsten.«

»Na, dann habe ich ja alles richtig gemacht. Dass ich nach

der dritten aufgehört habe.« Annelore schmunzelte. Sie und ihr Ewald hatten ihre Kinder früh und in rascher Folge bekommen, alle drei waren schon aus dem Haus. Deswegen konnte Annelore auch ganztags arbeiten – und natürlich, weil Ewald regelmäßig im Haushalt half. So einen Mann konnte eine Frau sich wirklich nur wünschen.

Der Tag nahm seinen gewohnten Gang, Monika konzentrierte sich auf die Arbeit, und in der Mittagspause verwickelte Lydia sie wieder in politische Diskussionen.

Den Abend verbrachte Monika allein vor dem Fernseher. Um zehn schaltete sie das Gerät aus, dabei fühlte sie sich noch längst nicht müde. Ob sie überhaupt zur Ruhe käme heute Nacht? Sollte sie eine Schlaftablette nehmen? Sie musste an den Contergan-Skandal denken. Gerade mal zehn Jahre lagen die ersten Fälle zurück: Die Pharmafirma hatte Contergan ausdrücklich bei Schlafstörungen in der Schwangerschaft empfohlen. Dann waren die ersten Kinder mit fehlenden oder stark verkürzten Gliedmaßen auf die Welt gekommen – schon durch eine einzige Tablette. An der Ursache bestand kein Zweifel, doch die Firma bestritt bis heute den Zusammenhang.

Monika konnte das egal sein, falls sie tatsächlich schwanger wäre, würde sie sofort etwas dagegen unternehmen. Trotzdem verzichtete sie auf die Schlaftablette und trank eine warme Milch mit Honig. Es half nicht. Die Grübeleien ließen sie nicht los, erst am frühen Morgen schlief sie ein.

Um Viertel vor sechs schellte ihr Wecker, und sie wäre am liebsten liegen geblieben und hätte sich die Bettdecke über den Kopf gezogen, im Tiefschlaf bis zum Mittag. Denn dann erst sollte sie in der Praxis anrufen, so hatte Clemens ihr das gesagt.

Aber vom Salon aus konnte sie das Telefonat nicht führen,

und bei dieser heiklen Sache wollte sie auch nicht in eine Telefonzelle.

Als Chefin konnte Monika ihre Pausen selbst bestimmen. Um halb zwölf hastete sie aus dem Salon, kaufte ein paar Lebensmittel ein, kehrte in die Wohnung zurück, warf ihre Jacke über einen Stuhl und wählte die Nummer nach Zehlendorf.

Ulla nahm ab. »Tag, Moni-Mädchen. Clemens ist mitten in einer Untersuchung. Aber wenn du jetzt zu Hause bist, kann er dich doch gleich zurückrufen, oder?«

»Ja gerne, danke.« Monika legte den Hörer auf, ihre Hand zitterte. Sie kannte Ulla seit fünfzehn Jahren, sie konnte den Klang von Ullas Stimme einschätzen und die Art, sich auszudrücken. Und sie spürte: Die altgediente Hebamme und Krankenschwester wusste Bescheid. Über den Froschtest und darüber, was das für Monika bedeuten würde. Nämlich nichts Gutes.

Das Zittern von Monikas Hand ging auf den ganzen Körper über, für einen Moment wurde ihr schwarz vor Augen, und sie musste sich zwingen, am Telefon sitzen zu bleiben. Als ein paar Minuten später Clemens anrief, kam es ihr vor, als würde sie nicht mit dem Mann ihrer besten Freundin sprechen, sondern mit einem Wildfremden. Irgendjemandem, der ihr sachlich eine Information weitergab, die nichts mit ihr zu tun hatte, die sie so schnell wie möglich vergessen wollte.

»Der Frosch hat auf deinen Urin hin Samen gebildet. Du bist schwanger, Monika.« Er wartete ihre Reaktion nicht ab. »Komm doch Montag in die Praxis, dann stellen wir dir den Mutterpass aus. Oder möchtest du erst mal mit Sonja sprechen? Dann ruft sie dich heute Abend an.«

Sie räusperte sich. »Ja. Wenn Sonja bitte anruft. So um halb acht oder später.«

»Ach klar. Das macht sie bestimmt gern. Und Montag sehen wir beide uns, Monika.«

Clemens sagte das in aller Freundlichkeit, und trotzdem spürte Monika: Er wollte den Anruf so schnell wie möglich beenden. Er wusste, sie wollte kein Kind, sie wollte so schnell wie möglich etwas dagegen unternehmen, und um ihr das auszureden, schickte er Sonja vor. Aber sollte Monika das in diesem Moment mit ihm diskutieren? Nein, das machte bestimmt keinen Sinn.

»Danke, Clemens, dann komme ich Montag.«

»Sehr gut. Und Sonja meldet sich heute Abend.«

Sie legten auf, Monika brach in Tränen aus. Sie musste sich beherrschen, nicht laut aufzuschreien – weniger aus Verzweiflung, mehr aus Zorn. Und weiter? Monika musste zurück in den Salon und so tun, als wäre nichts Besonderes geschehen in dieser Mittagspause. Und vor allem: Ihre Angestellten und Kunden durften ihr nichts ansehen.

Sie ging ins Bad. Auf der schmalen Ablage über dem Waschbecken stand der Patschuli-Flakon von Jens' Kalifornienreise, das Parfumöl war zur Hälfte aufgebraucht. Wütend griff Monika das Fläschchen und war versucht, es mit voller Wucht auf den Fliesenboden zu donnern, aber dann hätte das ganze Badezimmer danach gestunken. Monika mochte den Geruch nicht mehr, er erinnerte sie an den von Marihuana. Sie pfefferte das Parfum in den Müll, puderte sich das Gesicht und überstand mit viel Routine und noch mehr Disziplin den restlichen Arbeitstag. Immerhin: Die anderen merkten ihr nichts an.

Um zwanzig nach sieben kehrte sie in ihre Wohnung zurück, kurz darauf rief Sonja an.

Monika kam sofort zur Sache – so besonnen wie möglich, aber in aller Deutlichkeit. »Clemens und du, ihr wisst genau, dass ich kein Kind will. Es war ein Verhütungsunfall, und der lässt sich rückgängig machen. Wenn Clemens mir nicht selbst helfen kann, dann soll er mir bitte einen Kollegen nennen. Einen, der das ordentlich macht.«

Sie hatte erwartet, Sonja würde jetzt auf sie einreden und an ihr Gewissen appellieren: dass es andere Wege gebe, bessere, und dass Monika doch noch mal in Ruhe über alles nachdenken möge. Zusammen mit Clemens. Oder mit ihren Eltern. Oder mit ihren Brüdern und Schwägerinnen, wo ein Kind mehr doch kein Problem darstelle.

Doch stattdessen sagte Sonja: »Ich verstehe dich, aber das bereden wir nicht am Telefon. Clemens hat vorhin übrigens vergessen, dir was zu sagen. Nämlich, dass du jetzt deine Pille absetzen musst. Ab heute nimmst du keine mehr, es kann nämlich sein, dass es dadurch zur Fehlgeburt kommt. Auf ganz natürlichem Weg.«

Monika horchte auf. »Und wann? Ich meine: Wie lange ...?«

Sonja hatte schon verstanden. »Spätestens nach drei bis vier Tagen, und die Wahrscheinlichkeit ist auch nicht besonders groß. Aber es kann eben passieren, das sollst du wissen.«

»Danke. Dann warte ich ab.«

»Gut. Und du machst bitte keinen Blödsinn.«

»Tue ich nicht. Ich verspreche, dass ich mit Jens drüber rede und zu keinem Kurpfuscher gehe. Ich komme Montag in die Praxis, in Ordnung?«

»In Ordnung. Und wenn du möchtest, können wir beide uns vorher auch noch mal treffen, in aller Ruhe.«

Sollte Monika darauf eingehen? Nein, entschied sie. So gern sie Sonja auch hatte: In diesem Moment konnte die Freundin ihr nicht weiterhelfen.

»Lieb von dir, aber das möchte ich nicht. Und sei mir bitte nicht böse.«

»Bin ich nicht.« Sonja klang nicht überzeugend. »Dann kommst du Montag in die Praxis. Versprochen?«

»Fest versprochen. Grüß Clemens noch mal.«

Sie legten auf. So hatte Monika sich noch nie von ihrer Freundin verabschiedet. So kühl und sachlich. Sie hatte Sonjas Enttäuschung bemerkt, und trotzdem abgelehnt, in Ruhe mit ihr zu reden. Denn umgekehrt war Monika von Sonja enttäuscht. Warum gab die Freundin ihr nicht einfach eine Adresse? Von einem guten Arzt, der ihr diskret half? In so einem frühen Stadium war das mit dem richtigen Wissen doch sicher kein Problem.

Aber eine Chance blieb noch: Gestern hatte sie zum letzten Mal die Pille genommen, jetzt musste sie sie absetzen. Ihr Körper würde dadurch in eine Art Hormonentzug geraten, so viel hatte sie verstanden. Nach drei bis vier Tagen käme es zur Fehlgeburt. Vielleicht. Aber diesem *Vielleicht* könnte sie vielleicht nachhelfen, zumindest konnte sie es versuchen. Manche Frauen schreckten ja vor nichts zurück, wenn es darum ging, eine Fehlgeburt auszulösen. Eine Bekannte von ihr war nachts in eine Turnhalle geschlichen und aus großer Höhe auf einen Stapel Matten gesprungen, eine andere hatte sich von ihrem Freund hinten auf dem Motorrad über Huckelpisten fahren lassen, um den Unterleib durchzuschütteln. In beiden Fällen hatte es nichts genutzt, aber grundsätzlich waren das wohl keine schlechten Methoden, wenn auch riskant für die eigene Gesundheit. Manche Frauen nahmen starke Abführmittel oder tranken giftigen Kräutersud und setzten dabei ihr eigenes Leben aufs Spiel. So weit wollte Monika nicht gehen, aber ein heißes Vollbad konnte sie riskieren, solange sie sich nicht verbrühte oder ohnmächtig würde. Sie drehte den Heißwasserstrahl auf und gab zwei Kappen Fichtennadelessenz dazu, unter dem Schaum hielt sich die Hitze länger. Das Badethermometer zeigte fünfundvierzig Grad, Monika fühlte mit einem Fuß vor, ja, das passte. Langsam ließ sie sich in die Wanne gleiten, legte den Kopf auf dem Gummipolster ab und schloss die Augen. Die Hitze brannte auf der Haut und belastete den Kreislauf – entspannen konnte sie sich nicht, aber darum ging es ja. Ihr Körper sollte merken, dass etwas nicht in Ordnung war, dass ihm für eine Schwangerschaft die Kraft fehlte. Monika ertrug das Bad länger als gedacht, fast eine halbe Stunde blieb sie in der Wanne und spürte in sich hinein. Bekam sie Schmerzen? Färbte sich das Wasser rot? Nein. Vermutlich setzte die Wirkung erst später ein, überlegte sie. Vielleicht brauchte sie einfach mehr Geduld. Doch sosehr sie auch hoffte – sie hoffte vergebens.

SÄURE

Für den Donnerstagabend hatte sie versprochen, Jens anzurufen. Aber was sollte sie ihm sagen? Von der Schwangerschaft noch nichts, beschloss sie. Dann musste eben noch mal die Notlüge von der Magenverstimmung herhalten.

»Und wie geht's dir?«, fragte er. »Hat dein Magen sich erholt?«

»Noch nicht ganz, ich quäle mich so durch die Woche, aber es wird besser, ich kann schon wieder normal essen.«

Sie verabredeten sich für den Sonnabend, nach dem Telefonat ließ Monika sich wieder ein heißes Bad ein, doch auch das blieb ohne die gewünschte Wirkung. Keine Blutung, keine Schmerzen, nicht das geringste Zeichen einer Fehlgeburt.

Am Freitagnachmittag, sie blondierte gerade einer Kundin den Haaransatz, kam Lydia in die Kabine. »Ihre Mutter ist am Telefon, Chefin. Ob Sie wohl kurz mit Ihnen sprechen kann, sie hat eine schöne Nachricht.«

Monika entschuldigte sich bei der Kundin und ging ans Telefon.

»Unser kleiner Matthias ist da«, verkündete ihre Mutter. »Heidrun ist noch im Kreißsaal, aber es ist wohl alles in Ordnung, sagt Peter. Und der Kleine ist ein richtiger Wonneproppen, fast acht Pfund. Sonntag treffen wir uns alle bei uns zum Kaffee, und dann gehen wir Erwachsenen kurz rüber ins Krankenhaus zum Besuch. Du kommst doch auch?«

Monika brauchte nicht zu überlegen. »Ja, klar komme ich. Siebenfache Tante, da kann ich doch wohl stolz sein.«

»Eben!«, ihre Mutter sagte das mit Nachdruck. Vermutlich

hatte sie Angst gehabt, Monika könnte den Besuch ablehnen, weil ihr der neue Freund wichtiger war.

»Ich muss das kleine Kerlchen doch kennenlernen«, fügte Monika rasch hinzu. »Und erst mal ganz herzlichen Glückwunsch an Heidrun und Peter, ich freue mich wirklich für die beiden.«

Ihre Mutter verabschiedete sich, und Monika hätte jubeln können. Ach wie schön, also war bei Heidrun und dem Kind alles gut gegangen, und die Verwandten hatten recht gehabt mit ihrer Ahnung: Nach einer Tochter, einem Sohn und einer weiteren Tochter hatten Heidrun und Peter mit dem zweiten Sohn ihr perfektes Kleeblatt.

Abends nahm sie erneut ein heißes Vollbad – das dritte in drei Tagen –, wieder ohne die ersehnte Wirkung. Sie konnte das nicht länger aufschieben, sie musste endlich mit Jens reden. Der hielt es offenbar nicht mal für nötig, sich für die unangekündigte Kifferei zu entschuldigen.

Am Samstagnachmittag machte sie sich auf den Weg in die Wiener Straße. Sie hatte sich bisher immer darauf gefreut, Jens zu sehen, heute war das anders. Jeder Schritt ließ ihren Ärger wachsen, mit gemischten Gefühlen schloss sie die Wohnungstür auf.

Er kam ihr im Flur entgegen, sie machte ihm nichts vor, schon an ihrer Miene konnte er erkennen, dass etwas nicht in Ordnung war.

»Dann geht's dir also nicht besser?«, fragte er nach einem kurzen Kuss. »Immer noch der Magen? Aber du warst doch beim Arzt?«

»Ja, genau. Sonntag.« Sie blieb ruhig. Er sollte zunächst mal merken, wie sehr er sie enttäuscht hatte. Dass sie immer noch sauer auf ihn war, würde er dann ja wohl ziemlich schnell begreifen.

»Und über die Party Sonnabend müssen wir sprechen und dann über noch was«

»Ach so?« Seine Miene wurde ernst, doch er fragte nicht gleich nach, sondern wies in Richtung Küche. »Möchtest du einen Tee? Jutta und Ludger sind noch in der Stadt unterwegs, Besorgungen machen.«

Sie wunderte sich. »Es ist fast vier. Die Geschäfte sind längst zu.«

»Ja, die beiden kommen bestimmt gleich zurück. Also Tee? Kamille?«

Eigentlich wollte sie lieber einen Kaffee, aber sie hatte es ja angeblich immer noch am Magen. Sie nahm am Küchentisch Platz, Jens setzte Wasser auf.

»Und?«, fragte er fürsorglich. »Gibt es noch was von den Ärzten? Wollen die dich noch mal untersuchen?«

»Vielleicht«, sagte sie und log nicht. »Aber erst mal müssen wir was anderes klären. Wegen dem Marihuana auf der Party letzten Sonnabend.«

Er zuckte zusammen. »Aha? Und weswegen genau?«

Sie hätte nicht geglaubt, dass ihr kurzer Satz ihn so erschrecken würde. »Weil mir davon so schlecht geworden ist, allein von dem Geruch.«

Er atmete auf. »Ach deswegen. Und ich dachte schon …«

»Was?«

Er lachte auf. »Na, die schlimmsten Dinge: Dass unser Kiffen aufgeflogen ist, und demnächst steht die Polizei hier in der Wohnung. Dass Jutta, Ludger und ich eine Anzeige bekommen und dann nie mehr in den Staatsdienst können. Dann wäre es aus mit unserer schönen Lehrerkarriere.«

Was für ein blödes Missverständnis. Jetzt musste auch Monika lachen. »Nein, keine Angst, ich habe euch nicht bei der Polizei verpetzt.« Sie wurde wieder ernst. »Aber letzten Sonnabend habe ich eins nicht verstanden: Warum hast du mir nicht Bescheid gesagt, dass ihr kiffen wollt? Dann wäre ich gar nicht erst in Juttas Zimmer gekommen und hätte den Geruch nicht in die Nase gekriegt.«

Er fing sofort an, sich zu verteidigen. »Ja, wir hätten dir das vorher sagen können. Aber es konnte doch nun keiner wissen, dass du so empfindlich reagierst. Dass dir schon beim Geruch derartig schlecht wird. Und deine Kotzerei kann ja auch am Sekt gelegen haben. Oder dem Mett-Igel. Oder dem Toast Hawaii mit Rotwein. Du hast ganz schön reingehauen an dem Abend.« Er legte den Deckel auf die Kanne, gerade hatte er sich in Rage geredet, nun wurde er milder. »Der Tee muss zehn Minuten ziehen.«

Monika war blass geworden, sie schwieg mit starrer Miene. Das dachte er also über die ganze Sache: Er hatte nichts ahnen können von ihrer Abscheu gegen den Marihuanageruch, er hatte keine Rücksicht nehmen müssen, und sie hatte sich einfach bloß überfressen. Sie kochte vor Wut. *Ich bin schwanger!*, hätte sie ihm gern entgegengeschleudert. *Schwanger von dir!* Doch in dem Moment hörte sie, wie die Wohnungstür aufging, Jutta und Ludger kamen zurück. Jens deutete Monika an zu schweigen, sie nickte. Ein paar Sekunden später standen seine Mitbewohner in der Küche.

Jutta sah die Kanne mit dem Kamillentee. »Och je, Monika. Dein Magen ist immer noch nicht in Ordnung? Sieht man dir auch an, du bist blass.«

»So schlimm ist das nicht mehr, aber ich bin noch vorsichtig. Darum trinke ich lieber keinen Kaffee.«

»Hat Jens dir denn schon alles erklärt?«, fragte Jutta. »Dass wir dich um einen Gefallen bitten möchten?«

»Nein. Was denn?«

Jens machte eine abwehrende Geste. »Ist vielleicht doch

nicht so wichtig. Beziehungsweise noch zu früh für Monika.«

Monika legte die Stirn in Falten. Offenbar hatte auch die anderen seine Antwort irritiert.

»Wie? Noch zu früh?« Ludger wandte sich an Monika. »Du willst heute doch hierbleiben? Also geht es deinem Magen wieder besser. Ich meine: Nicht so schlecht, dass du im Moment nur zu Hause schlafen kannst?«

Irritiert sah sie zwischen den dreien hin und her. »Nein, so schlimm ist das nicht mehr. Also: Ich kann hier übernachten.«

»Jens, dann könnte Monika das doch machen, oder?«

Monika verstand immer weniger. »Was kann ich machen, Jutta?«

»Ach so? Ihr habt noch gar nicht darüber gesprochen?«

Jens hob beschwichtigend die Hände. »Entschuldigung. Wir beide mussten noch was anderes bereden.«

»Aber ich bin schon sehr gespannt«, den ironischen Unterton konnte Monika sich nicht verkneifen. »Was ich angeblich machen kann, wenn ich hier übernachte.«

»Gut. Dann übernehme ich mal die Erklärung, so als Naturwissenschaftler.«

Sie horchte auf. »Also was Physikalisches?«

Die anderen lachten.

Ludger schüttelte den Kopf. »Nicht ganz. Eher was Psychologisches. Und keine Angst, Monika, du sollst nicht mitmachen. Das ist nämlich genau Sinn der Sache. Dass du *nicht* mitmachst.«

Sie verstand immer weniger. Ein psychologisches Experiment?

»Keine Angst, Monika, es hat nichts mit Marihuana zu tun, du musst keinen fiesen Rauch einatmen, es ist sozusagen geruchlos.« Mit leuchtenden Augen zog Ludger ein Fläschchen aus seiner Hosentasche. »Beste Laborqualität. Keine Beimischung, sondern genau so, wie die Psychiater das auch verwenden für ihre klinischen Versuche.«

Jens stieß staunend Luft aus den Wangen. »Laborqualität? Wo habt ihr das denn aufgetrieben?«

»Betriebsgeheimnis!«, frohlockte Jutta. »Man muss eben die richtigen Kommilitonen kennen.«

Monika starrte auf die Flasche, das Etikett trug nur eine Nummer.

»*Acid*«, erklärte Ludger. »Säure. Lysergsäurediäthylamid. LSD. Bis letztes Jahr in den USA frei verkäuflich, und dann leider verboten. Aber das Verbot ist rein politisch, Monika. Genau wie das Verbot hier bei uns.«

Monika begriff. Die drei wollten LSD nehmen, einen Trip schmeißen, so nannte man das wohl, das meinte Ludger also mit seinem »psychologischen Experiment«. Sie sah Jens herausfordernd an. »In Kalifornien hast du das nie ausprobiert. Und hier in Deutschland ist das also in Ordnung?«

Er nickte ernst. »Weil das für mich eine wichtige Erfahrung ist. Und in Kalifornien habe ich es nur deswegen nicht gemacht, weil ich da als Ausländer keinen Ärger mit der Polizei haben wollte. Nicht weil ich Angst vor der Droge habe.«

»LSD ist ja eine natürliche Substanz, ein Wirkstoff aus einem Pilz, ein Mutterkorn-Alkaloid.«

Monika verstand nicht viel von Chemie. Aber sie verstand, wohin Ludger gerade steuerte. Und sie wollte das nicht einfach so hinnehmen. »Aha? Ein ganz natürlicher Pilz? So ähnlich wie ein Champignon?«

Auf ihren scharfen Ton reagierte Ludger bemerkenswert gelassen, aber er wollte ja auch Lehrer werden. »Nein, selbstredend kein Champignon, sondern ein Getreidepilz, also ein botanischer Schmarotzer.«

»Hört sich ungesund an.«

»Nicht wirklich. LSD erzeugt Halluzinationen, vergiftet aber nicht den Gesamtorganismus.«

»Gut zu wissen. Nicht den ganzen Organismus, sondern nur das Gehirn.«

Ludger blieb geduldig. »Die Halluzinationen haben langfristig einen positiven Effekt. Sie erweitern das Bewusstsein und ermöglichen es der Persönlichkeit, sich zu entwickeln. Besser als jede Psychoanalyse. LSD aktiviert Hirnbereiche, die man bisher nicht nutzen konnte, man wird ausgeglichener und friedfertiger. Und das im Grunde ohne Risiko.«

Mit ihrem heftigen Kopfschütteln brachte sie Ludger nun doch ans Ende seiner Geduld. Sein Ton wurde spitz. »Du scheinst ja viel zu wissen, Monika.«

Statt ihm zu antworten, schaute sie Jens und Jutta an.

»Ihr beide seid doch auch Akademiker. Wie findet ihr das denn, was Ludger uns hier gerade erzählt?«

Jens' Miene war erstarrt, offenbar hatte er mit so viel Widerstand nicht gerechnet.

»Monika, nun lass Ludger doch wenigstens ausreden«, versuchte Jutta zu vermitteln. »Das ist doch auch eine Frage der Fairness.«

»Ach ja, die Fairness, Jutta. Dann fragen wir doch mal, wie fair das ist, wenn Ludger uns hier weismachen will, LSD sei ohne Risiko. Was ist denn mit den vielen Leuten, die in der Psychiatrie landen? Weil sie Horror-Halluzinationen kriegen? Obwohl sie schon seit Wochen kein LSD mehr genommen haben? Weil LSD was im Gehirn verstellt und sie regelrecht verrückt werden?« Monika redete sich in Rage – völlig zu Recht, wie sie fand. Ludger verharmloste eine gefährliche Droge. Er bürdete Monika eine Verantwortung auf, die sie nicht übernehmen wollte. »Ich habe längst verstanden, was ihr von mir wollt. Ich lese nämlich auch Zeitung. Sogar längere Artikel. Und nun soll ich für euch den *Tripsitter* machen. Aufpassen, damit ihr die große Erleuchtung kriegt und viele schöne bunte Bilder seht oder gleich das göttliche Licht, auch wenn ihr sonst nicht an Gott glaubt. Und ich soll dabei immer schön die Platten wechseln mit der psychedelischen Musik. Und wenn ihr denkt, ihr könnt fliegen, dann soll ich aufpassen, dass ihr nicht aus dem Fenster springt. Dafür braucht ihr nämlich die spießige Monika. Ansonsten kapiert die ja gar nicht, wie toll Drogen sind. Und fängt gleich an zu kotzen, wenn sie nur ein bisschen Marihuana riecht. Aber als *Tripsitter* ist sie gut genug.« Sie zeigte auf das LSD. »Wenn jetzt die Polizei reinkäme, würden wir doch wohl alle schnurstracks in den Knast wandern, oder?« Ihr fordernder Blick traf Jens. »Und darum hast du dich eben so erschreckt. Als ich vom Marihuana gesprochen habe, hast du Angst gekriegt, jemand hätte euch verpfiffen.«

»Monika …«

Sie ließ ihn nicht ausreden. »Jens, du wolltest im Sommer zwei Monate Pause von mir. Ich habe sie dir gegeben. Und jetzt will ich eine Pause von dir, keine zwei Monate, sondern nur zwei Wochen. Und ihr drei findet bestimmt einen Dummen, der auf euch aufpasst. Dann kippt ihr euch das LSD in den Tee und werdet zu friedfertigen Menschen. Aber bitte richtig schön friedfertig! So friedfertig, dass ihr mich nicht mehr mit in eure Experimente reinzieht.«

Monika sprang auf. Sie hätte angenommen, dass Jens sofort hinter ihr hereilen würde, doch sie stand schon mit Tasche und Mantel an der Tür, als Jens ihr in den Flur folgte.

»Liebes! Nun beruhige dich doch erst mal!«

Sie sah ihm nicht ins Gesicht. »In zwei Wochen melde ich mich. Versprochen.« Sollte sie die Tür zuknallen? Ach, damit hätte sie sich nur lächerlich gemacht. Sie zog das Türblatt leise ins Schloss. Eine halbe Treppe tiefer blieb sie stehen und horchte, aus der Wohnung war nichts zu hören.

Die Wiener Straße entlang hastete sie zur Bahn. Hätte sie sich das selbst zugetraut? So schlagfertig zu sein und so klar und gerade und konsequent? Dass sie das konnte, hatte sie bis eben nicht gewusst. Sie straffte die Schultern. Den dreien hatte sie es ordentlich gegeben. Ludger, diesem Besserwisser. Jutta, dieser Zimtzicke. Und Jens, diesem selbstgerechten Schnösel. Ach Jens! Seine Kalifornienreise, die Hippies, die Drogen, erst Marihuana, jetzt LSD, dieses psychedelische Gequatsche mit der Bewusstseinserweiterung. Von der einen auf die andere Sekunde brach Monika in Tränen aus, so unerwartet heftig, dass sie stehen bleiben musste. Ein junger Mann, der ihr zufällig entgegenkam, fragte, ob er helfen könne. Sie lehnte dankend ab, putzte sich die Nase und ging weiter. Die Tränen ließ sie einfach laufen, und es war ihr egal, wie die Menschen sie ansahen: neugierig oder mitleidig oder schadenfroh. Doch ein paar Minuten später schlug Monikas Stimmung schon wieder um. So enttäuscht, wie sie eben noch gewesen war, spürte sie jetzt wieder die Wut. In der U-Bahn starrte sie auf die vorbeiziehenden Tunnelwände, und eins wusste sie mit letzter Sicherheit: Sie musste die Schwangerschaft beenden – so bald wie möglich. Aber nur in seltenen Ausnahmefällen galt eine Abtreibung als legal: Wenn die Frau wegen der Schwangerschaft in Lebensgefahr schwebte. Oder wenn das Kind höchstwahrscheinlich nicht lebensfähig wäre. Oder wenn die Schwangerschaft durch eine polizeilich bestätigte Vergewaltigung zustande gekommen war und bei der Mutter deswegen eine schwere seelische Beeinträchtigung vorlag, vor allem im Sinne einer Selbstmordgefahr.

Monika seufzte. Seit Anfang des Jahrhunderts hatte es politische Vorstöße gegeben, den Paragrafen 218 zu liberalisieren. In der Kaiserzeit und der Weimarer Republik waren die Bestrebungen immer wieder an den kirchennahen Parteien gescheitert. Während der Nazidiktatur war jede öffentliche Diskussion darüber ein Tabu gewesen. Hitlers Regime brauchte Kinder, die Mädchen als Mütter für künftige Generationen von Ariern, die Knaben als Kanonenfutter. Auf Abtreibung stand die Todesstrafe. Mit Gründung der Bundesrepublik Deutschland wurde das Strafrecht zwar reformiert, doch bis heute drohten der Frau und ihrem Engelmacher langjährige Haft. In der katholischen Kirche galt jeder Schwangerschaftsabbruch als Inbegriff der Todsünde, auf die ewiges Höllenfeuer folgte. Die Politiker in CDU und CSU glaubten zwar nicht unbedingt an die Hölle, vertraten ansonsten aber die gleiche Haltung. *Lieber ein Kind auf dem Kissen als ein Kind auf dem Gewissen,* lautete der gängige Satz.

Die Studentenbewegung rückte den Paragrafen 218 wieder in den Mittelpunkt der gesellschaftlichen Diskussion. Junge Frauen schlossen sich zusammen, um für mehr Selbstbestimmung zu kämpfen. Doch solange in Bonn die konservativen Parteien das Sagen hatten, standen die Chancen schlecht.

Monika kannte Frauen, die hinter vorgehaltener Hand vom illegalen Eingriff erzählten. *Es ist grauenvoll,* hieß es immer wieder. *Mit einem Bein stehst du im Gefängnis und mit dem anderen im Grab.* Doch das änderte nichts an Monikas Entschluss. Ja, sie würde sich strafbar machen, gegen die Gesetze konnte sie nichts unternehmen, aber sie würde nicht mit einem Bein im Grab stehen. Sie fände bestimmt einen Arzt, der den Eingriff sachgerecht vornähme.

Und was war mit Jens? Die Wut kochte wieder in ihr hoch. Nein, ihre unerwünschte Schwangerschaft machte sie ihm nicht zum Vorwurf. Sie hatte ihm ja gesagt, durch die Pille sei sie geschützt. Aber jetzt? Nach dem heftigen Streit eben? Sollte sie ihm überhaupt von der Schwangerschaft erzählen? Vor dem Eingriff bestimmt nicht mehr, beschloss sie. Und hinterher? Aber könnte sie ihn dann überhaupt noch lieben?

Es klingelte an der Tür. Monika zuckte zusammen. Jens! Das war er bestimmt! Das musste er sein! Sie ärgerte sich über sich selbst. Erst vor einer Stunde hatte sie wutentbrannt seine Wohnung verlassen, und jetzt freute sie sich, wenn er hinter ihr herkam? Aber vielleicht täuschte sie sich ja auch, und jemand anders hatte geklingelt. Sie drückte den Türöffner und ging ins Treppenhaus.

Es war tatsächlich Jens. Im ersten Stock blieb er stehen und winkte zu ihr hoch, dann drückte er sich mit schmachtendem Blick beide Hände auf die Brust. Aha. Er hatte also etwas begriffen. Grüßend hob sie die Hand, doch so leicht, wie er sich das jetzt offenbar vorstellte, würde sie es ihm nicht machen. Heute Abend würde sie ihm von der Schwangerschaft erzählen, und wie es überhaupt mit ihnen weiterginge, stand im Moment noch in den Sternen.

Keine Minute später standen sie sich im Wohnungsflur gegenüber, sie hatte die Arme verschränkt und sah ihn herausfordernd an. Sie wollte es ihm nicht leicht machen, das begriff er sofort.

»Monika, wir möchten uns alle drei bei dir entschuldigen, Jutta, Ludger und ich. Und wenn du die zwei Wochen Pause von mir unbedingt willst, verstehe ich das, dann gehe ich wieder, aber lieber würde ich die Sache sofort klären. Und keine Angst, ich habe das LSD nicht genommen, darauf hatten wir vorhin alle drei keine Lust mehr.«

Nein, sie nahm die Entschuldigung nicht gleich an, und sie

erzählte auch nicht sofort von der Schwangerschaft. »Komm ins Wohnzimmer, und dann reden wir in Ruhe.«

Ihre kühle Reaktion irritierte ihn sichtlich, er setzte neu an: »Das war nicht in Ordnung, dass wir dich letzten Sonnabend nicht vorgewarnt haben wegen des Marihuanas. Und beim LSD hätten wir dich natürlich auch viel früher fragen sollen, ob du beim Trip auf uns aufpasst.«

Sie wartete ein paar Sekunden ab. Wollte er noch mehr zu dem Thema sagen? Nein, offenbar wartete er auf ihre Antwort.

»Ja«, sagte sie so sachlich wie möglich. »Das sehe ich auch so. Aber ich verstehe dich jetzt richtig: Ihr wollt das LSD immer noch nehmen?«

»Sicher. Weil uns diese Erfahrung eben wichtig ist. Aber wir ziehen dich da nicht mit rein, versprochen. Das machen wir irgendwann, wenn du nicht da bist.«

»Ach so? Und ihr glaubt, mir ist das egal, ob mein Freund LSD nimmt und vielleicht demnächst in die Psychiatrie eingeliefert wird wegen irgendwelcher Horrortrips? Solange ich nicht mitmachen muss, geht mir das am Hintern vorbei? Das denkt ihr über mich?«

Er seufzte. »Monika. Bitte versteh das doch. Darf ich dir das alles noch mal erklären?«

»Bitte schön.«

»Gut«, er sprach nicht gleich weiter. Offenbar überlegte er, wie er ansetzen sollte. »Also das LSD: Timothy Leary ist ja immerhin Psychologe an der Harvard-Universität, also ein ernster Wissenschaftler, und wir dürfen uns seinen Ideen nicht verschließen. Durch halluzinatorische Bewusstseinserweiterung könnten seelische Krankheiten geheilt werden. Die Menschen würden viel liebevoller miteinander umgehen, damit wären wir ganz nah dran am Weltfrieden.«

»Ach ja? Und die Leute, die durch LSD verrückt werden, die haben einfach Pech gehabt? Wenn sie nicht im Weltfrieden landen, sondern in der Klapsmühle?«

»Monika!« Jens stöhnte auf, für einen Moment lag etwas Abschätziges in seinem Blick, doch dann begannen seine Augen zu leuchten. »Monika, da geht es um etwas absolut Großes. Da dürfen wir nicht mehr so spießbürgerlich denken, damit wir endlich aus diesem piefigdeutschen Mief und Muff rauskommen, diesem ganzen kranken Erbe der Nazizeit.«

»Und die Kommune 1 ist da euer Vorbild? Drogen und freie Liebe?«

Jens schien ihren spöttischen Unterton nicht zu bemerken, oder er ging darüber hinweg. Die großen Ideen nahmen ihn gefangen. »Noch nicht, Monika. So weit wie die Kommune 1 sind wir noch nicht, Ludger, Jutta und ich. Aber wir wollen uns weiter aus den gesellschaftlichen Fesseln lösen und eine größere Gemeinschaft gründen, ein basisdemokratisches Gegenmodell zur Kleinfamilie. Ein paar Leute aus der Nachbarschaft machen mit, das haben sie schon gesagt. Und wir müssen unsere Sexualität anders begreifen, viel umfassender und erhabener. Wir müssen sie als wunderbare Möglichkeit sehen, unsere lustvollsten und schönsten Gefühle auf vielseitige Weise miteinander zu teilen, und dabei geht es doch vor allem ums rein Menschliche. Wenn wir das begreifen, gibt es auch gar keinen Grund mehr, eifersüchtig zu sein.«

Sie starrte ihn an. Hatte er das wirklich gesagt? War das der Jens, den sie seit vier Monaten kannte? Von dem sie heute Morgen noch behauptet hätte, dass sie ihn liebte? Sie begann zu zittern, zuerst an Armen und Beinen, dann am ganzen Körper. Ein Sturzbach von Tränen brach aus ihr hervor.

Jens erschrak. »Monika! Ich meinte das nur ganz allgemein. Ich will dich doch zu nichts zwingen. Wenn du mit anderen Menschen keinen Sex haben möchtest, dann lässt du es eben.«

Er zog sie zu sich auf das Sofa und schloss sie in die Arme. Dann endlich brachte sie es heraus. Zwischen Schluchzen und Tränenwischen erzählte sie von der Übelkeit, der entzündeten Magenschleimhaut, der Vermutung des Arztes in der Notambulanz, der Untersuchung bei Clemens und dem Froschtest.

»Montag gehe ich zu Clemens«, presste sie hervor, »und der gibt mir eine Adresse, und dann ist es schnell vorbei.«

»Gut. Also, ich meine: Wenn das deine freie Entscheidung ist, dann ist es gut.«

»Ja sicher. Selbstverständlich ist das meine freie Entscheidung. Ich wollte nie ein Kind.« Sie suchte seinen Blick. »Und du willst doch auch keins, oder?«

»Nein, ich will auch nicht. Und es tut mir leid, dass es passiert ist. Den Eingriff kann ich dir nicht abnehmen, aber ich helfe dir. Damit du es so gut wie möglich hinter dich bringst.«

Sie nickte. Was hatte sie erwartet? Dass er sich über die Nachricht freuen würde? Dass er sich sofort mit ihr verlobte und ewige Treue schwor trotz der neun Jahre, die zwischen ihnen lagen? Nein, so naiv war sie nicht. Er wollte dieses Kind genauso wenig wie sie. Sie lagen eng beieinander auf dem Sofa und schwiegen, Monika weinte leise, er strich ihr durchs Haar.

»Clemens gibt dir die Adresse von einem guten Kollegen? Bestimmt?«

»Ja. Sonja hat das am Telefon angedeutet.«

»Okay. Und sonst ruf mich sofort an. Jutta kennt da ein paar Frauen im SDS, die mieten einen Bus und machen Fahrten in die Niederlande, in eine Klinik direkt hinter der Grenze.«

»Danke.«

Sie schwiegen wieder, nach einer Weile fragte er: »Und dein Entschluss steht ganz fest?«

Monika wunderte sich. »Hast du irgendwelche Zweifel?«

»Nein, nicht wirklich. Ich meine: Du wolltest ja nie ein Kind, aber jetzt, wo es tatsächlich passiert ist, siehst du das vielleicht anders.«

»Bestimmt nicht. Sonja hat das auch schon gefragt.«

»Ach so? Sie meint, du solltest es bekommen?«

»Ja. Und dass meine Mutter sich bestimmt freut, wenn sie sich um das Kind kümmern kann. Vor allem jetzt, wo Tante Ilse nicht mehr lange lebt. Und dann sind da ja auch noch meine Schwägerinnen, da könnte mein Kind doch tagsüber hin. Aber ich habe mich nie nach einem eigenen Kind gesehnt. Ich liebe doch meinen Beruf, und ich krieg doch kein Kind, das dann andere Leute für mich großziehen müssen.«

Er küsste sie behutsam. »Wir sind uns da doch völlig einig. Diese ganze bürgerliche Spießigkeit, die grausame Enge in den Köpfen. Immer bloß die Kleinfamilie, andere Lebensmodelle sind gar nicht denkbar. Aber so können gar keine glücklichen und freien Menschen heranwachsen. Das Problem liegt im System. Das Einzige, was ich mir vorstellen kann, falls du deine Meinung noch änderst: In der Kommune 1 leben ja auch Kinder, die werden von allen zusammen erzogen. Ohne diese geistige Enge mit Papa und Mama, sondern mit ganz viel Gemeinschaftssinn. Bestimmt fänden wir noch andere interessierte Leute. Wir könnten einen Kinderladen aufmachen und später vielleicht sogar eine private Schule oder ein Internat.«

Monika wurde schwindelig. Das war es also. Darum hatte er sie eben gefragt, ob sie das Kind vielleicht doch bekommen wolle. Nicht, weil er sie liebte, sondern für seine große politische Idee. Sie stand vom Sofa auf, ihre Stimme bebte.

»Du willst ein Kind für irgendwelche Erziehungsexperimente? Damit du als großer Pädagoge berühmt wirst und jeden Tag in der Zeitung stehst? So wie die Leute von der Kommune 1?«

»Entschuldige, ich habe einfach nur ein bisschen weitergedacht.« Er stand auf und machte einen Schritt auf sie zu, da wies ihr Zeigefinger schon zur Tür.

»Raus!«

Jens sah sie irritiert an, sie rührte sich nicht.

»Wie du willst. Aber wirf mir bloß nicht vor, ich hätte dich zur Abtreibung gezwungen.« Er nahm seine Jacke. »Und ruf mich an, sobald du den Termin hast.«

»Raus!«, wiederholte sie, wenn auch nicht mehr so laut.

Sie sahen sich nicht mehr in die Augen. Er ging, und zum zweiten Mal an diesem Tag hätte sie gern eine Tür zugeknallt. Doch sie beherrschte sich, schon wegen der Nachbarn. Dann legte sie sich ins Bett und weinte, bis sie einschlief.

In der Nacht wachte sie mehrmals auf, mit immer denselben Bildern im Kopf. Die unglückseligen Szenen am Küchentisch in der Wiener Straße. Jens' anschließender Besuch, der im grauenvollen Streit geendet hatte. Wieder und wieder weinte sie, schlief darüber ein, aber sobald sie aus einem Traum erwachte, kamen ihr erneut die Tränen. Erst am frühen Morgen schlief sie ein paar Stunden ohne Unterbrechung, kroch um elf Uhr aus dem Bett, aß einen Marmeladentoast und legte sich wieder hin.

Später ging sie zu ihren Eltern. Ihr war mulmig zumute vor diesem Besuch, doch sie hätte sich auch nicht davor drücken wollen. Nach und nach trafen sie ein: Monikas Geschwister, ihre Schwägerin Maria, die Verlobten ihrer Schwestern und die sechs ersten Nichten und Neffen. Nach dem Kaffeetrinken machten sie sich auf den Weg in die Städtischen Kliniken – alle außer Tante Ilse, die neuerdings fast den ganzen Tag schlief, und auch die Kinder durften nicht mit. Um die Babys vor Kinderkrankheiten zu schützen, galt für Besucher der Wöchnerinnenstation ein Mindestalter von vierzehn Jahren. Eine Nachbarin passte solange in der Wohnung auf Ilse und die Kinder auf.

»Das siebte«, auf dem kurzen Fußweg rieb Monikas Vater sich immer wieder die Hände. »Sieben wunderbare Enkel. Ich bin ja schon gespannt aufs achte, am besten gleich nächstes Jahr!« Er nickte Horst und Maria zu. »Das kommt dann selbstredend von euch. Ihr seid immerhin schon verheiratet, meine drei Töchter müssen ja erst mal unter die Haube.«

Monika lachte mit, so gut sie konnte.

In der Klinik teilte Heidrun sich das Zimmer mit fünf weiteren Wöchnerinnen.

»Darfst du denn schon aufstehen?«, fragte Elfie. »Nur zwei Tage nach der Geburt?«

»Ach klar, soll ich sogar. Angeblich ist das gut für die Venen.«

Gemeinsam gingen sie in den Flur vor dem Säuglingszimmer. Wie immer zur Besuchszeit war die Jalousie vor der großen Glasscheibe hochgezogen.

Eine Schwester steckte den Kopf aus der Tür. »Familie Ebeling, nehme ich an.«

Karl freute sich. »Das haben Sie gut erkannt. Mein Enkel sieht mir also ähnlich!«

Die Krankenschwester lachte mit. Sie ging ins Säuglingszimmer zurück und holte den jüngsten Spross aus seinem Bettchen. Durch die Scheibe durften Oma, Opa, Mama, Papa, Onkel und Tanten ihn ausgiebig bewundern, er schlief einfach weiter. Ein ganz besonders hübsches Kind, lautete die einhellige Meinung. So ein schöner runder Kopf, und die Wangen richtig voll und proper.

Monika freute sich mit. Sie würde den kleinen Matthias lieben, wie sie alle ihre Neffen und Nichten liebte. Mit dem, was gerade in ihrem Unterleib passierte, hatte das hier nichts zu tun. *Schwangerschaftsprodukt,* dieses Wort aus einem Konversationslexikon fiel ihr ein. In ihr befand sich eine erbsengroße Ansammlung von Zellen. Eine biologische Möglichkeit für die Entwicklung eines Kindes, so sah sie das, aber noch lange kein Mensch.

* * *

Genau so erklärte sie es auch Clemens, der sie am nächsten Tag in seiner Praxis untersuchte.

»Alles bestens, Monika. Und dass du nach Absetzen des Anovlar keine Blutung mehr bekommen hast, ist ein gutes Zeichen. Der Embryo hat sich stabil eingenistet, dein ganzer Körper stellt sich auf die Schwangerschaft ein. Und eigentlich müsste ich dir jetzt Blut abnehmen und einen Mutterpass ausstellen. Aber vermutlich möchtest du das nicht?«

Monika kannte die kleinen hellblauen Hefte von ihren Schwägerinnen. »Nein danke, ich habe mich ja schon entschieden. Und ich fühle mich auch gar nicht schwanger. Mir ist überhaupt nicht mehr übel.«

Clemens nickte verhalten. »Und mit deinem Freund hast du gesprochen?«

Sie erzählte vom letzten Sonnabend, vom LSD-Rausch, den Jens unbedingt erleben wollte, von seinen Schwärmereien über die Bewusstseinserweiterung und die Kommune mit der freien Liebe. »Ich hätte nie gedacht, dass er dem mal derartig verfallen würde, der macht diese Ideen ja schon zur Religion. Im Grunde ist es aus zwischen uns beiden, auch wenn wir noch nicht richtig Schluss gemacht haben. Wir wollen beide kein Kind, und nun hilf mir bitte.«

Es fiel Clemens schwer. Sie spürte, wie sehr er gegen sein Gewissen handelte. »Du bekommst eine Adresse. Ich schicke normalerweise nur sehr junge Mädchen hin, Vierzehn- oder Fünfzehnjährige, denen man eine Schwangerschaft seelisch nicht zumuten kann. Und sogar die frage ich noch, ob sie das Kind nicht lieber zur Welt bringen und adoptieren lassen wollen. Wenn ich bei dir eine Ausnahme mache, dann weil du Sonjas beste Freundin bist.«

Er nannte ihr eine HNO-Praxis in Wilmersdorf, die Telefonnummer sollte sie selbst nachschlagen.

Sie verstand nicht. »Ein Hals-Nasen-Ohren-Arzt? Warum denn kein Gynäkologe?«

»Weil das nicht so einfach ist, Monika. Ich möchte meinen guten Namen nicht gefährden. Ich habe ja nicht nur die Praxis hier, sondern auch die Dozentur an der Uniklinik. Und was die Frage künstlich eingeleiteter Fehlgeburten betrifft: Da sind die Westberliner Frauenärzte sich nicht immer grün. Es gibt viele, die das überhaupt nicht gerne machen, und sie tun es trotzdem, weil sich gutes Geld damit verdienen lässt. So viel, dass sie das Risiko eingehen, obwohl jederzeit die Polizei in der Praxis stehen könnte. Und ich mache es eben nicht. Weil ich denke, der Paragraf 218 ergibt Sinn. Es gibt inzwischen sehr sichere Verhütungsmittel, und wir leben im Wohlstand. Eine Frau in Not kann sich an die Wohlfahrt wenden. Und wenn sie tatsächlich so arm und so krank ist, dass sie oder das Kind oder beide die Schwangerschaft nicht durchstehen würden, dann kann sie den Abort aus medizinischen Gründen vornehmen lassen.«

»Bestimmt nicht in katholischen Kliniken«, wandte Monika ein.

»Es gibt genug andere Krankenhäuser. Wo die Chefärzte das liberaler sehen und so einer armen Frau helfen, mit dem

Gesetz auf ihrer Seite. Aber wenn eine Frau gesund ist und im Wohlstand lebt, dann sollte sie dieses Kind doch leben lassen, es kann doch nichts dafür. Das ist meine Meinung«, er sog scharf die Luft ein, als er Monika ansah. »Wenn ich dir jetzt die Adresse gebe, dann weil es noch so früh ist in deiner Schwangerschaft. Erst vier Wochen gerechnet vom Eisprung. Und weil Kollege Kellhusen ein anständiger Kerl ist. Der wirft mir nicht vor, dass ich selbst keine Abbrüche mache, sondern die Patientinnen weiterschicke.«

»Und warum macht der das als HNO-Arzt? Wegen des Geldes?«

»Vor allem aus Überzeugung. Er hat zu viele Frauen an verpfuschten Abbrüchen sterben sehen, sagt er. Und als HNO-Arzt kann er natürlich mit Operationsbesteck umgehen, noch mit viel feinerem als wir Frauenärzte. Ruf an und sag, du bist Privatpatientin und kommst auf meine Empfehlung. Und du bittest um einen Termin wegen komplizierter Polypen. Das ist das Schlüsselwort.«

»Komplizierte Polypen«, wiederholte Monika. »Das kann ich mir merken. Und dann bekomme ich einen Termin?«

»Ja, mittwochs- oder freitagsnachmittags. Selbstredend operiert er hauptsächlich im HNO-Bereich, das andere macht er zwischendurch. Aber trotzdem medizinisch fachgerecht.«

»Und wann kann ich danach wieder arbeiten? Falls alles gut verläuft?«

»Theoretisch schon nach ein paar Stunden. Aber du solltest dich schonen, wenigstens für einen Tag.« Clemens stellte ihr ein Privatrezept aus. »Ein Schmerzmittel auf Morphium-Basis. Nach dem Eingriff höchstens zwei Tabletten alle sechs Stunden. Wenn du trotzdem noch Schmerzen hast, rufst du mich sofort an. Und nimm um Himmels willen kein Aspirin, das erhöht die Blutungsneigung.«

Monika bedankte sich, er nickte seufzend. Sie hatte ihm viel abverlangt.

Zurück in ihrer Wohnung, suchte sie die Nummer aus dem Telefonbuch. Dr. Kellhusen in der Pommerschen Straße, direkt am Preußenpark. Fünfhundert Mark sollte der Eingriff kosten. Eine Menge Geld, aber dafür arbeitete er nach hohem Standard: geschultes Personal, sterilisierte Instrumente und eine Lachgas-Narkose. Nicht zu vergessen das Schweigegeld. Für ihre absolute Diskretion zahlte Kellhusen seinen Angestellten jeden Monat etwas extra. Das sei üblich in der Branche, hatte Clemens erklärt.

Sie wählte die Nummer, es meldete sich eine freundliche Frauenstimme.

»Mein Name ist Ebeling, ich leide an komplizierten Polypen.«

»Wir haben Mittwoch einen Termin frei bekommen«, sagte die Frau gleichbleibend freundlich. »Also übermorgen. Sechzehn Uhr dreißig, würde Ihnen das passen? Und bitte vier Stunden vorher nicht mehr essen oder trinken, wegen der Narkose.«

Übermorgen schon. Monika spürte ihren Puls bis in die Stirn, sie sagte zu und legte auf.

Fünfhundert Mark. In bar. So viel hatte Monika nicht im Haus, und vom Geschäftskonto wollte sie die Summe nicht abheben. Sie holte ihr Sparbuch aus dem Kleiderschrank und ging zur Filiale ihrer Hausbank.

Herr Schrade, ein älterer Angestellter mit einem dicken goldenen Ehering, zahlte ihr fünf blaue Scheine aus und legte das Sparbuch in den Druckautomaten.

»Bitte sehr, Fräulein Ebeling, sehr gerne. Bestimmt erfüllen Sie sich damit einen schönen Wunsch.« Er lächelte sie erwartungsvoll an.

Sie rettete sich in eine Lüge. »Ja. Meine Freundin und ihr Mann haben gerade ihren Skiurlaub gebucht. Über Weihnachten. Und ich komme mit.«

»Na, das ist doch ein guter Grund zum Geldausgeben. Dann wünsche ich schon mal gute Erholung.«

Sie bedankte sich und verließ die Bank. Herr Schrade war für sein gutes Gedächtnis bekannt, vermutlich würde er sie im Januar fragen, wie der Urlaub gewesen war. Dann müsste sie sich etwas ausdenken.

Sie schlief schlecht in dieser Nacht und auch in der nächsten. Das hatte sie nicht anders erwartet vor so einem Eingriff. Doch ihr Entschluss stand fest.

FRAUENSACHE

Wie jeden Mittwoch betrat sie um Viertel nach sieben den Salon. Um drei, wenn alle aus der Mittagspause zurück wären, wollte sie sich wegen Magenschmerzen bei Annelore krankmelden. Annelore würde Verständnis haben. Dann wollte Monika nach Hause gehen, duschen, frische Unterwäsche anziehen und nach Wilmersdorf fahren. So weit der Plan.

Doch es kam anders.

»Chefin? Frau Kemberg-Vogt ist am Telefon und möchte Sie kurz sprechen.« Lydia wies auf die frisch eingedrehte Dauerwelle von Monikas Kundin. »Soll ich hier weitermachen? Fixieren und antrocknen?«

»Das ist nett, Lydia. Vielen Dank!« Monika eilte in den Kassenraum.

»Ich weiß, du kannst im Moment nicht sprechen, darum hör mir einfach zu.« Sonja klang ernst. »Ich habe ja noch keinen Feierabend, aber ich bin kurz mal rausgegangen zur Telefonzelle vor dem Rathaus.«

»Das ist nett von dir, Sonja. Was gibt es?«, fragte Monika so unbefangen wie möglich, ihre Kundinnen im Warteraum konnten sie hören.

»Clemens hat eben einen Anruf bekommen, dein Termin heute ist abgesagt. Die Polizei hat in der HNO-Praxis alles durchsucht, jetzt ist da geschlossen, und wie es weitergeht, weiß zurzeit keiner.«

Nein! Bitte nicht! Monika hätte aufschreien können vor Wut und Enttäuschung, sie beherrschte sich. »Aha«, entgegnete sie freundlich. »Gibt es denn noch eine andere Möglichkeit?«

»Das bereden wir heute Abend in Ruhe, aber nicht am Telefon. Komm doch zum Essen vorbei. Viertel nach sieben, schaffst du das?«

»Ja, das kann ich einrichten. Vielen Dank, Sonja. Auf Wiederhören.«

Monika kniff die Augen zusammen, um nicht loszuheulen. So sehr hatte sie gehofft, an diesem Abend alles hinter sich zu haben, und nun war sie keinen Schritt weiter. Sie konnte nur hoffen, dass Clemens ihr einen anderen Kollegen nennen würde. Mit aufgesetztem Lächeln ging sie zurück an ihre Arbeit.

Abends bat sie Annelore, die letzte Kundin zu übernehmen, und fuhr direkt vom Salon nach Zehlendorf ins schmucke Häuschen der Familie Kemberg-Vogt.

»Clemens ist noch auf Fortbildung, aber er kommt gleich.« Sonja führte ihre Freundin in die Küche und schloss die Tür, von diesem Gespräch durften die Kinder nichts mitbekommen.

Was Monika dann erfuhr, machte sie sprachlos: Clemens' Telefone wurden möglicherweise von der Polizei abgehört, nicht nur in der Praxis, sondern auch sein Privatanschluss.

»Aber er macht solche Eingriffe doch gar nicht. Er hält sich streng an die Vorschriften.«

»Trotzdem. Die Polizei glaubt das erst, wenn sie sich selbst überzeugt hat. Und weil immer mehr Studentinnen immer öfter gegen den Paragrafen 218 protestieren, bläst der Innenminister zur Hexenjagd. Gegen alle Ärzte, die verdächtig erscheinen …« Während sie Servierplatten mit Brot, Aufschnitt und Mixed Pickles belegte, erzählte Sonja weiter: Polizistinnen gaben sich als schwangere Patientinnen aus, auf der Suche nach denen, die illegale Eingriffe vornahmen. So war es wohl auch bei Kellhusen gewesen. »Dabei ist er als HNO-Arzt ja zunächst mal unverdächtig. Aber irgendwas muss durchgesickert sein. Sei froh, dass du nicht schon gestern deinen Termin hattest, sonst hätte die Polizei dich vielleicht sogar festgenommen. Jedenfalls ist im Moment nicht klar, wann Kellhusen seine Praxis wieder aufmachen darf.«

»Obwohl es eine HNO-Praxis ist?«

»Umso schlimmer für ihn. Er hat illegale Eingriffe durchgeführt und die auch noch in einem fremden Fachgebiet. Die Ärztekammer wertet das als ganz besonders kriminell. Wenn er Pech hat, verliert er seine ärztliche Zulassung.«

Monika erschrak. »Also darf er gar nicht mehr arbeiten? Also auch nicht nächste Woche oder so?«

»Ach, Mensch, du Arme. Das hattest du also gehofft? Dass dein Termin einfach bloß ein paar Tage verschoben wird?«

»Ja sicher«, Monika brach die Stimme, sie schluckte gegen ihre Tränen an. »Ich will das doch endlich hinter mir haben.«

»Na ja. Vielleicht weiß Clemens gleich schon was Neues. Was ist denn eigentlich mit deiner jungen Liebe? Clemens hat erzählt, Jens und du habt euch heftig gestritten.«

»Kann man wohl sagen!« Monika schüttete der Freundin das Herz aus. »Ich hätte von Anfang an auf dich hören sollen. Du hattest den richtigen Riecher.«

»Vielleicht«, mehr sagte Sonja nicht dazu, denn Clemens schloss die Haustür auf.

Die Frauen gingen ihm entgegen, Andi und Silke kamen aus ihren Zimmern. Ein paar Minuten später saßen alle zusammen am liebevoll gedeckten Tisch, zu den belegten Broten gab es Hagebuttentee und Malzbier. Die Kinder erzählten von der Schule, vom Sportverein und Klavierunterricht.

»Tante Monika, bestell Lydia bitte ganz viele Grüße«, bat Silke. »Sie soll nächstes Jahr wieder mit uns in Urlaub fahren, ihre Mutter natürlich auch.«

Als die Kinder fertig gegessen hatten, erlaubte Sonja ihnen aufzustehen. »Wir müssen mit Tante Monika noch etwas Wichtiges besprechen.«

Silke und Andi wischten sich Münder und Hände mit Servietten ab, standen auf, schoben ihre Stühle an den Tisch und verließen den Raum. Die Tür fiel leise ins Schloss.

»Wirklich lieb, die beiden …« Monika räusperte sich. »Ihr seid so eine wunderbare Familie, und ihr hättet gern noch mehr Kinder, aber könnt keine mehr bekommen, was mir sehr leidtut. Und nun sitzen wir hier und bereden, dass ich kein Kind will. Dafür bin ich euch sehr dankbar, also dass ihr so viel Verständnis für mich habt.«

Seufzend tauschten sie Blicke, seufzend schüttelte Clemens den Kopf. »Ich muss dich enttäuschen, Monika. Nach dem, was ich noch so gehört habe, heute Morgen am Telefon und eben bei der Fortbildung in den Pausen.«

»Nicht?«, fragte Monika leise. »Keine andere Adresse?«

»Zumindest jetzt nicht. Die Kollegen sind sehr vorsichtig geworden. Die Polizei holt gerade zum Rundumschlag aus. Übrigens nicht nur hier bei uns, sondern im ganzen Bundesgebiet. Wann die Praxis Kellhusen wieder aufmacht, ist wohl noch unklar, die haben alle Akten mitgenommen. Zum Glück ist er sehr diskret vorgegangen bei diesen speziellen Patientinnen. Wahrscheinlich kann man ihm nichts Illegales nachweisen. Aber auch wenn er wieder aufmachen darf: Solche Eingriffe macht der so schnell nicht mehr, der lässt erst mal Gras über die Sache wachsen.«

»Und wo soll ich jetzt hin?«

»Im Moment weiß ich es nicht, Monika. Ich nehme an, in ein paar Wochen hat sich die Lage beruhigt. Aber vorher?«, er zuckte die Achseln. »Und du kennst meine Einstellung. Aus tiefster Seele würde ich sagen: Sieh es als einen Wink des

Schicksals und denk noch mal drüber nach. Du hast Eltern, die dich unterstützen würden, und deine Geschwister, deine Schwägerinnen.«

Sie schüttelte den Kopf, wieder kamen ihr die Tränen. »Aber ich muss doch arbeiten. Jens kann doch gar keinen Unterhalt zahlen. Und wenn ein Kind schon ohne Vater aufwachsen muss, dann muss doch wenigstens die Mutter da sein.«

»Ach Monika«, Clemens seufzte. »Du bist so verzweifelt, und es tut mir wirklich leid, aber ich kann nicht einfach die Kollegen für dich abtelefonieren. Dann heißt es: Der Kemberg will das nicht selbst machen, aber wir sollen das riskieren und wissen nicht mal, ob uns morgen die Polizei festnimmt. Du könntest natürlich nach England oder Holland fahren, wo es legal ist. Da könnte ich dir sogar Kliniken nennen.«

»Und was würde das kosten?«

»In den Niederlanden ungefähr fünfhundert und in England tausend Mark. Allein für den Eingriff. Und zusätzlich die Reisekosten.«

Sie nickte. Ihr fiel ein, was Jens erzählt hatte, von den Abtreibungstouren quer durch die DDR und die Bundesrepublik in eine Klinik hinter der deutsch-niederländischen Grenze. Hengelo oder wie der Ort hieß. Dreißig Frauen in einem Bus, auf der Rückfahrt alle mit blutender Gebärmutter. Sie sprach Clemens nicht darauf an. Bestimmt wusste er von diesen Fahrten und würde ihr entschieden abraten.

»Ich halte die Ohren offen, Monika. Wenn mir noch eine Idee kommt, gebe ich dir Bescheid.« Clemens' Unterton ließ keinen Zweifel: Er hegte immer noch die Hoffnung, sie würde das Kind behalten.

Monika stand auf. »Entschuldigt bitte. Es ist sehr unhöflich, wenn ich jetzt gehe. Glaubt bitte nicht, ich bin undankbar. Ich weiß, dass ihr mir helfen wollt, und für diese ganzen Polizeidurchsuchungen könnt ihr nichts.« Sie nickte Clemens zu. »Dann warte ich auf deine Nachricht. Möglichst bald bitte, ich ertrage das nicht länger.«

»Ich höre mich um und sage Bescheid. Aber du machst solange bitte nichts Unvernünftiges.«

Sie nickte und verabschiedete sich von den Kindern. Die Familie begleitete sie zur Tür.

»Und besuch uns bald wieder«, gab Silke ihr mit auf den Weg.

Durch Dunkelheit und Regen hastete Monika zur U-Bahn, vorbei am Uni-Campus mit den Studentenheimen. Viereinhalb Wochen lag das erst zurück, da hatte Monika hier mit den anderen gefeiert. Heute könnte sie sich dafür verfluchen.

Sie dachte an Jutta. Ob die heute noch sauer auf sie war? Nach dieser Riesendiskussion über das LSD? Aber da hatte sie ja noch nichts von Monikas Schwangerschaft gewusst. Bestimmt beurteilte sie den Streit heute anders.

Vor dem U-Bahnhof stand hell beleuchtet eine Telefonzelle, Monika faltete ihren Schirm zusammen, kramte einen Groschen hervor und wählte die Nummer.

Jutta war gleich am Apparat. »Jens hat schon erzählt, dass du dich vielleicht bei mir meldest.«

Sie war also nicht mehr sauer, Monika fasste Mut: »Ich bin gerade unterwegs, von Zehlendorf zurück nach Hause. Darf ich noch vorbeikommen? So in einer halben Stunde?«

»Klar, das passt prima. Ludger und Jens sind beim SDS.«

Mit der Zeitangabe lag Monika daneben, zweimal musste sie umsteigen, jedes Mal fuhr ihr eine Bahn vor der Nase weg, erst um halb elf erreichte sie die Wiener Straße.

Jutta stand lächelnd in der Wohnungstür. »Keine Minute zu spät, ich bin gerade mit meinem Referat fertig geworden, das muss ich morgen halten.«

Sie setzten sich. Monika gab weiter, was sie eben von Clemens erfahren hatte.

»Das ist ja unglaublich!« Jutta riss Augen und Ohren auf. »Wobei: Man muss es glauben, denn genau so funktioniert das in unserem Staat. Wir Frauen protestieren gegen ein Gesetz aus der Kaiserzeit. Ein Gesetz, das uns unterdrückt und das in anderen Ländern längst reformiert ist. Aber was macht unser Staat? Er unterdrückt uns noch mehr. Jetzt sind also die Ärzte dran. Ausgerechnet die, die den Frauen in Not helfen. Es geht immer nur um Macht. Und zwar um die Macht der Polizei und der reaktionären Politiker und der Kirche, besonders natürlich der katholischen. Und jetzt möchtest du was von mir wissen? Wegen der Fahrten nach Holland?«

»Ja. Wann da die nächste ist.«

»Freitag in drei Wochen.«

»Das weißt du so genau?«

»Ich kenne die Frauen, die das organisieren. Diese Fahrten finden einmal im Monat statt, immer freitags, und die letzte war gerade vergangene Woche.«

»Und kennst du noch mehr? Noch andere Leute, die solche Fahrten organisieren?«

»Nein, aber du kannst natürlich auch privat nach Hengelo fahren. Aber nur mit Termin, du musst dich ein paar Wochen vorher anmelden. Zeitlich würdest du damit also nichts gewinnen. Wie schnell muss es denn sein bei dir?«

»So schnell wie möglich.«

»Es ist bei dir aber noch nicht Ende dritter Monat, oder?«

»Noch längst nicht. Aber ich ertrage das nicht mehr, dieses Gefühl, da wächst was …«

»Das kann ich verstehen. Ginge mir auch so.«

»Hast du denn …?«, wagte Monika sich vor. »Ich meine: Warst du auch mal in der Situation?«

Jutta nahm ihr die Frage nicht übel. »Nein, der Kelch ist bis jetzt an mir vorbeigegangen, und ich hoffe, es bleibt so. Ich bin eine fleißige Pillenschluckerin«, sie hob beschwichtigend die Hand. »Du hast das Anovlar ja auch ganz regelmäßig genommen, bei dir war das einfach nur ein blödes Zusammenspiel der Ereignisse, ein Unfall eben. Also, wenn du so schnell wie möglich einen Termin willst, dann gehst du am besten zu unseren Schneiderinnen. Da waren schon ein paar Kommilitoninnen aus unserer SDS-Gruppe.«

Hatte Monika sich verhört? »Die Frauen, die das machen, sind Schneiderinnen?«

»Berta und Else Pachulke, ihre Männer waren Brüder und sind beide im Krieg gefallen. Berta und Else haben eine kleine Änderungsschneiderei in Moabit. Und nebenbei helfen sie eben auch Frauen.«

»Also sind das Engelmacherinnen? Ohne medizinische Ausbildung? Machen die das etwa mit der Stricknadel?« Monika hatte von der riskanten Methode gehört. Mit langen Nadeln versuchten Scharlatane, die Fruchtblase anzustechen, und durchstachen oft versehentlich die Gebärmutterwand. Wenn die Frau dann nicht schnell genug operiert wurde und Antibiotika bekam, starb sie qualvoll an einer Bauchfellentzündung.

»Die Pachulkes nehmen keine Nadel«, erklärte Jutta. »Die arbeiten mit einer sanften Methode. Ohne Ausschabung und ohne Narkose, das ist beides nicht nötig. Sie schieben einfach nur einen dünnen Schlauch in den Muttermund und lassen Seifenlauge einlaufen. Nach ein oder zwei Tagen stößt die Gebärmutter dann ihren Inhalt aus.«

Von dieser Methode hatte Monika gehört. »Aber wenn die Lauge in ein Blutgefäß gerät, gibt es eine Embolie, und daran kann man sterben.«

»Ja, dagegen haben die Pachulkes sich etwas ausgedacht: Die lassen die Lauge ganz langsam einfließen, ohne Klistierspritze, dafür mit Schwerkraft. Die Frau liegt auf Matratzen auf dem Boden, die Beine hochgezogen in Schlaufen. Durch den kleinen Schlauch fließt die Seifenlauge dann wie von selbst in die Gebärmutter, fast ohne Verletzung. Und wenn kein größeres Blutgefäß angestochen wird, kann es auch keine Embolie geben.«

»Und du kennst Frauen, die das haben machen lassen?«

»Ja, und die sagen, der Eingriff selbst war fast schmerzlos. Nur nachher der Abgang, das hat schon wehgetan. Ist ja auch logisch, wenn die Gebärmutter sich so heftig zusammenzieht. Aber mit ein paar stärkeren Schmerztabletten ließ sich das ganz gut überstehen. In den Fällen, die ich kenne, gab es jedenfalls keine Schwierigkeiten. Zwei von den Frauen haben ein paar Jahre später ihre Wunschkinder gekriegt, ohne Komplikationen.«

»Hm«, Monika überlegte. Konnte es wirklich so einfach sein? So problemlos?

»Spätestens zwei Tage nach der Seifenlauge sollte der Abgang kommen«, erklärte Jutta weiter. »Dann muss man zum Arzt und sich ein bisschen dumm stellen: dass man vielleicht eine Fehlgeburt hatte, es aber nicht genau weiß.«

»Und der Arzt merkt nichts? Von der Seife?«

»Eher nicht. Na ja, erfahrene Ärzte ahnen vielleicht was, aber im Grunde sieht alles so aus wie nach einem natürlichen Abgang.«

»Man handelt sich also keine Strafanzeige ein?«

»Genau. Das ist noch ein Vorteil dieser Methode. Aber versteh mich richtig, Monika: Ich will dafür keine Reklame machen. Ich sage dir das nur, falls du nicht dreieinhalb Wochen warten willst bis zur nächsten Fahrt nach Holland.«

»Und du? Würdest du zu diesen Pachulkes gehen?«

»Ja. Falls ich keine andere Möglichkeit hätte. Ach, Monika. Es müsste einfach eine Pille geben. Ein paar Tabletten, die man nimmt, und dann kommt die Fehlgeburt. Oder wenn man schon operiert werden muss, dann wenigstens ohne diese scharfen Werkzeuge. Dieser schreckliche Paragraf muss endlich reformiert werden. Aber so, wie es in diesem Staat aussieht, dauert das bestimmt noch. Vielleicht gibt es das alles, wenn wir alte Frauen sind. Und selbst nichts mehr davon haben.«

Monika lachte zynisch. »Dann kann ich wenigstens noch meinen Nichten und Großnichten erzählen, wie gut sie es haben im Vergleich zu uns.«

»Und wie wir für unsere Rechte gekämpft haben!« Jutta seufzte. »Noch was anderes: Darf ich Jens denn eigentlich von deinem Besuch jetzt erzählen?«

»Sicher. Er will mir ja sogar helfen, wenn ich den Termin habe.«

Jutta hatte den Unterton verstanden. »Und du willst seine Hilfe nicht annehmen.«

»Genau. Ich denke, das wird nichts mehr mit uns beiden. Oder was meinst du?«

»Keine Ahnung. Ich will mich da nicht einmischen, aber er hat von eurem Streit erzählt. Dass du wenig Verständnis hast für seine Ideen. Wie man anders zusammenleben kann, ohne Kleinfamilie und ohne reaktionäre Repression.«

Ohne reaktionäre Repression, dafür mit Marihuana und LSD, dieser Satz ging Monika durch den Kopf, doch sie sagte ihn nicht laut, um Jutta nicht zu kränken.

»Aber diese vordenkerischen Ideen bedeuten Jens viel, das ist für ihn existenziell«, fuhr Jutta fort. »Und für Ludger und mich auch. Du siehst das anders, und daran scheitert es eben zwischen dir und Jens.«

Monika gelang es, sachlich zu bleiben. »Jens und ich reden sicher noch mal darüber, aber du kannst ihm gern schon bestellen, dass er mir nicht helfen muss. Ich melde mich, wenn ich die Sache hinter mir habe. Und dir vielen Dank, Jutta.«

Zum Abschied umarmten sie sich kurz, dann trat Monika den Heimweg an, durch Dunkelheit und dichten kalten Regen.

Wie hätte sie einschlafen können nach einem Abend mit so viel Enttäuschung, Bitterkeit und Trauer? Erst am frühen Morgen überwältigte sie die Müdigkeit, ihr Körper nahm sich ein paar Stunden Schlaf. Mit dem Weckerklingeln rappelte sie sich aus dem Bett. Und jetzt? Sollte sie zur Arbeit gehen wie immer? Nein. Sie wollte nicht noch drei Wochen auf die nächste Fahrt in die Niederlande warten und auch nicht hoffen, dass Clemens ihr vielleicht doch noch die Adresse von einem Berliner Kollegen geben würde. Sie musste etwas unternehmen, und zwar sofort.

Sie frühstückte, machte sich fertig, und fuhr die kurze U-Bahn-Strecke nach Moabit. An der Turmstraße stieg sie aus und brauchte einen Moment, um sich zu orientieren. Die meisten Fahrgäste nahmen den östlichen Bahnhofsausgang zu den Gerichten und der Justizvollzugsanstalt, doch Monika musste Richtung Westen. Die Änderungsschneiderei lag nach ein paar Hundert Metern auf der rechten Straßenseite, Monika blieb vorerst auf der linken. Dabei waren Else und Berta Pachulke wohl noch nie ins Blickfeld der Polizei geraten. Frauen in Not wussten ihre diskrete und sorgfältige Arbeit zu würdigen, hatte Jutta erzählt. Man gab diese Adresse nur an durch und durch vertrauenswürdige Personen weiter, unter dem Siegel der absoluten Verschwiegenheit. Trotzdem blieb Monika vorsichtig. Im Dämmerlicht des aufziehenden Morgens warf sie regelmäßig einen Blick quer über die stark befahrene Straße. Den Pachulke-Frauen gehörte das Haus an der Turmstraße, auch das hatte Jutta erzählt. Die beiden Schwägerinnen lebten im ersten Stock und vermieteten die übrigen Wohnungen zu einem auffallend günstigen Preis. Ihre Mieter sollten schließlich keine Fragen stellen, wenn wieder einmal eine geschwächt wirkende junge Frau vom Hinterausgang des Hauses durch die Toreinfahrt zur Straße ging und sich dort abholen ließ.

Zwischen der Emdener Straße und der Waldstraße lag die Schneiderei, weit konnte es nicht mehr sein. Eine Turmuhr schlug halb acht, Monika sah, wie auf der gegenüberliegenden Straßenseite hinter einer Ladenscheibe das Licht anging. Dort musste es sein, auch das gehörte zur Tarnung: Der Ladenraum mit dem breiten Fenster war schön sauber und ordentlich, die Damen Pachulke adrett und verbindlich – da ahnte doch niemand, was in den Hinterzimmern geschah. Monika überquerte einen Zebrastreifen, keine Minute später blickte sie in den hell erleuchteten Raum. Längs der Wände lauter Schränke, Kleiderstangen und Regale, in der Ecke eine Umkleidekabine, seitlich ein Nähmaschinentisch, vorn ein Tresen mit Registrierkasse. So stellte man sich eine gut eingerichtete Schneiderei vor. Von den Inhaberinnen war nichts zu sehen, dabei öffneten sie jeden Werktag um halb acht, auch das hatte Jutta erzählt.

Monika drückte die Klinke, die Tür gab nicht nach, doch da trat schon eine kleine untersetzte Frau mit grauem Dutt durch einen Vorhang an der Ladenrückwand, schloss auf und bat Monika herein. Die Türglocke tönte auffallend laut, und ein Gedanke fuhr Monika durch den Kopf: Diese Lautstärke war nötig. Wenn die Pachulkes in den Hinterzimmern ihrem Nebengewerbe nachgingen, mussten sie unbedingt hören, wenn jemand den Laden betrat.

»Sie wünschen bitte?« Die Frau mochte Mitte fünfzig sein, über ihrem dunkelgrauen Wollkleid trug sie eine hellgraue

Kittelschürze. Sie hätte gar nicht fragen müssen. Monika fühlte sich sofort durchschaut von diesen Augen, die sich im Grauton kaum vom Kleid oder Haar unterschieden. Nach zwanzig Jahren in ihrem Metier hatte die Frau wohl ein Gespür dafür entwickelt, welche Kundinnen mit welchen Wünschen zu ihr kamen. Sie lächelte. Ein echtes Lächeln, so kam es Monika vor. Die erste Begegnung mit der Engelmacherin hatte Monika sich schlimmer vorgestellt.

»Mein Sonntagskleid ist aufgerissen …« Diesen Schlüsselsatz hatte Jutta ihr zum Abschied noch eingebläut. »Wann kann ich das Kleid bitte bringen?«

Die Frau lächelte weiter, jetzt mit einem Ausdruck von Selbstzufriedenheit. *Dachte ich's mir doch,* sagte dieses Lächeln. »Sie kommen auf Empfehlung?«

»Ja. Von den Studentinnen im SDS.«

»Nette junge Frauen. Wann haben Sie sich Ihr Kleid denn aufgerissen?«

Monika verstand. Es ging um die Dauer ihrer Schwangerschaft, gerechnet von der letzten normalen Regelblutung. »Vor knapp zwei Monaten.«

»Gut. Und wann wollen Sie es bringen?«

»So bald wie möglich.«

»Machen wir. Ich bin Else. Sagen Sie mir einen Vornamen, das muss auch nicht der echte sein. Und keine Angst, wir sind im Moment unter uns.«

»Ich heiße Monika. Ganz echt.«

Else Pachulke verzog den Mund. »Das spricht für Sie. Und ich wette, Sie machen so was zum ersten Mal?«

»Ja. Und ich bin auch zum ersten Mal schwanger.«

»Spricht ja für Sie in Ihrem Alter und so hübsch, wie Sie sind. Ein Flittchen sind Sie schon mal nicht, das habe ich gleich gemerkt.«

Monika wusste nicht, ob sie sich über den Satz freuen sollte, sie ging darüber hinweg.

Else blätterte in einem Kalender. »Montag halb zehn?«

»Also jetzt Montag, in vier Tagen schon? Ja, das passt. Gut sogar.«

»Na bestens. Jetzt zeige ich Ihnen unsere hintere Schneiderstube.« Else führte Monika durch den Vorhang in einen Flur. Hinter einer Tür lag ein Raum, der eingerichtet war wie vorn der Laden, allerdings ohne Verkaufstresen. »Wir können immer sagen: Hier ist unsere zweite Nähstube, darum nehmen wir manchmal unsere Kundinnen mit nach hinten. Zwei Schneiderinnen brauchen eben zwei Räume, das kapiert jeder, da kriegt keiner einen bösen Verdacht. Meine Schwägerin Berta lernen Sie übrigens Montag kennen.«

»Also machen Sie das nicht selbst?«

»Berta hat dünnere und längere Finger als ich. Das ist wichtig, wenn wir den Schlauch einschieben.«

Oh. So genau mochte Monika sich das gar nicht vorstellen. Sie nickte betreten.

»Tja, Kindchen. Kenne ich. Alle Frauen haben Angst davor. Aber die Natur ist nun mal, wie sie ist, davor kann man sich nicht drücken. Sie wollen das Kind nicht, dann soll Ihnen auch klar sein, wie wir das machen. Wir verletzen so wenig Gewebe wie möglich, aber ein Spaziergang wird das trotzdem nicht für Sie. Und jetzt bitte das Geschäftliche.«

Auch darauf hatte Jutta sie vorbereitet. Monika überreichte einen Umschlag mit zweihundert Mark, die Pachulkes kassierten schon bei Anmeldung. Würde Monika sich doch noch anders entscheiden, könnte sie zwei Werktage vorher absagen und das Geld zurückbekommen.

Else zählte die Scheine nach und ließ sie unter ihrer Kittelschürze verschwinden. »Verbindlichen Dank. Und jetzt noch was: Den Raum, wo wir das machen, sehen Sie erst, wenn es so weit ist, das ist unsere eiserne Regel. Aber was anderes zeigen wir Ihnen, das ist ganz wichtig, also gut merken!« Sie führte Monika an drei geschlossenen Türen vorbei zum Ende des Flurs und zog eine Metalltür auf. »Unser Hof. Mit der Seifenlauge im Bauch müssen Sie ja erst mal liegen, dann lassen wir Sie aufstehen, und hier gehen Sie dann raus, nach rechts in die Einfahrt und durch zur Straße. Und genau an der Stelle soll dann jemand stehen und Sie in Empfang nehmen. Wir rechnen immer zwei Stunden, für Sie also um halb zwölf.«

Monika zögerte. Jens' Hilfe hatte sie abgelehnt, und jemand anderen wollte sie nicht bitten. »Und wenn mich keiner abholt? Wenn ich alleine nach Hause fahren will? Ginge das auch?«

»Mir egal.« Else Pachulke hob kurz die Hände und ließ sie wieder sinken. »Wir reparieren Ihnen das Kleid. Was danach ist, dafür halten Sie selbst den Kopf hin. Aber ansonsten: Immer alles schön stiekum. Denken Sie dran. Wenn meine Schwägerin und ich in der grünen Minna landen, dann können wir hier keiner Frau mehr helfen. Auch Ihnen nicht, wenn Sie noch mal kommen müssen.«

Noch mal? Um Himmels willen! So weit wollte Monika es auf keinen Fall kommen lassen, das hatte sie sich fest vorgenommen, doch an Else Pachulkes Miene konnte sie ablesen: Ungewöhnlich wäre das keineswegs. Viele Frauen hatten mehr als eine Abtreibung hinter sich.

»Sie können sich auf mich verlassen. Ich werde pünktlich da sein und nichts verraten, schon im eigenen Interesse.«

Die Schneiderin nickte. »Glaube ich Ihnen, so wirken Sie nämlich auch. Dann ist so weit alles besprochen.«

»Vielen Dank!« Monika wandte sich zur Tür, doch Else hielt sie zurück.

»Nicht da lang, den Hinterausgang benutzen wir bloß nach dem Eingriff. Heute gehen Sie bitte vorne raus. Sie haben ja erst mal nur wegen Ihrem Riss im Kleid gefragt.«

Sie gingen zurück, wieder an den geschlossenen Türen vorbei, und Monika fragte sich, hinter welcher Tür wohl dieser spezielle Behandlungsraum lag. Zu gern hätte Monika einen Blick hineingeworfen, doch da hatten die Pachulkes ihre eiserne Regel. Sie atmete tief ein. Roch es irgendwo nach Desinfektionsmittel? Nein, allenfalls nach Bohnerwachs.

Zurück im Ladenraum, fragte sie: »Darf ich wohl ganz kurz meine Kollegin anrufen? Die macht sich sonst Sorgen, ist bloß ein Ortsgespräch.«

»Und das geht nicht von der Zelle draußen?«

»Nein. Dann hört man ja durch die Leitung, dass ich nicht von zu Hause telefoniere, aber genau das soll meine Kollegin denken. Ich müsste nämlich eigentlich schon auf der Arbeit sein.«

»Hach ja, hach ja«, Else Pachulke verschränkte die stämmigen Arme vor der Brust und nickte. »Die hohen Herren Politiker mit ihren Paragrafen machen uns Frauen das Leben schwer, und wir werden zu Verbrecherinnen erklärt und müssen unsere liebsten Menschen anlügen, damit keiner was mitkriegt. Eine ungerechte Welt ist das. Na, dann rufen Sie mal Ihre Kollegin an.«

Monika wählte die Nummer vom Salon und entschuldigte sich bei Annelore, sie habe verschlafen und brauche noch eine halbe Stunde.

Nachdem sie aufgelegt hätte, nickte Else Pachulke. »Also Montag halb zehn.« Sie sagte das so gelassen, als würde sie Monika zur Kleider-Anprobe bestellen. Aber so sah sie das eben nach zwanzig Jahren in diesem speziellen Geschäft.

Auf der Rückfahrt in den Wedding versuchte Monika, ihre

Gefühle in ruhigere Bahnen zu lenken. Es würde schon alles gut gehen, das sagte sie sich immer wieder. Um zwanzig nach acht erreichte sie den Salon. Die Kundinnen amüsierten sich. So, so, die Chefin hatte also verschlafen. Fast unvorstellbar, so zuverlässig, wie Fräulein Ebeling doch sonst immer war.

Monika lachte mit. »Ich werde alt und schwerhörig, ich muss wohl meinen Wecker lauter stellen.«

Der Arbeitstag verlief wie jeder andere – von außen betrachtet. In Gedanken blieb Monika bei Else Pachulke und ihrer Schneiderei. Ja. Doch. Sie hielt die Pachulkes für vertrauenswürdig und erfahren. Allein schon wegen der schonenden Methode mit der Seifenlauge. Und Juttas Kommilitoninnen, die dort gewesen waren, hatten ja auch alles gut überstanden.

Um Viertel nach sieben schloss sie den Salon ab und ging nach Hause. Noch vier Nächte und drei Tage bis zum Montagmorgen. Vor dem Wochenende graute ihr. Was sollte sie anfangen mit der vielen Zeit? Sich mit Jens zu treffen stand außer Frage. Nach dem Streit hatten sie sich noch nicht ausgesprochen, doch es war vorbei, sie lehnte seine Hilfe ab und wollte ihn vor dem Eingriff ganz bestimmt nicht mehr sehen. Und Sonja? Die hatte Monika eindringlich gewarnt, zu einem Engelmacher zu gehen. Wann wollte sie Sonja davon erzählen? Erst nachher, entschied sie, wenn alles hinter ihr liegen würde.

Wie also sollte Monika das Wochenende hinter sich bringen? Sonntagmittag erwarteten ihre Eltern sie zum Essen, und zum Kaffee hatten sich auch Monikas Schwestern angemeldet. Danach blieben noch fünfzehn Stunden bis zum Eingriff, und die würde Monika auch noch überstehen, notfalls mit einer Schlaftablette. Bliebe da noch ein Problem wegen Tante Ilse. Monika behalf sich mit einer Notlüge: Ihr Freund sei dieses

Wochenende zu Besuch bei seinen Eltern, darum habe sie am Sonnabend und Sonntag Zeit, sich um Ilse zu kümmern. Doch am Montag müsse bitte jemand anders die Tante zur Dialyse bringen.

Am Sonntagnachmittag half Monika der Tante, sich fertig zu machen. »Bei dem wunderbaren Wetter fahren wir ein bisschen zu unserer Bank. Du weißt doch, die Holzbank am Leopoldplatz, wo man so schön zu unserem Salon rübergucken kann.«

Aus Ilses Gesicht ließ sich nichts ablesen, Monika redete weiter. Auch wenn ihre Tante den Sinn nicht verstand, hörte sie doch die freundliche Stimme.

In strahlender Novembersonne schoben sie los, einen knappen Kilometer bis zur Grünanlage. Monika stellte den Rollstuhl dicht neben die Bank und setzte sich.

»Das ist unser Salon. Den hast du damals gegründet, und ich arbeite da bestimmt noch ganz lange, mindestens bis ich sechzig bin, aber vielleicht sogar länger, weil ich unseren Beruf so gernhabe. Und guck mal, unser Name steht über dem Schaufenster. *Salon Ebeling*«, Monika streckte ihren Arm neben dem Kopf der Tante aus. »Da drüben. Da.«

Die Miene der Tante blieb reglos.

»Ach, du Liebe«, Monika nahm ihre Hand. »Ist doch schön, wie wir hier sitzen. Die Sonne scheint, ich kann dir was erzählen, und du hörst mir zu«, sie senkte die Stimme, im kleinen Park waren reichlich Leute unterwegs. »Vor einem halben Jahr haben wir deinen Abschied gefeiert, mit einem ganz großen Kaffeeklatsch, den hattest du dir gewünscht. Und Jens hat dir einen Riesenstrauß gelber Rosen gebracht, darüber hast du dich gefreut. Du wolltest ihn sogar heiraten. Das hast du natürlich nur zum Spaß gesagt, aber so haben Jens und ich uns kennengelernt. Am Anfang war es schön, aber nun nicht mehr, mit uns beiden ist Schluss, aber das macht nichts, denn das Leben geht weiter.«

Monika sprach gleichbleibend ruhig und freundlich, es ging ja bloß darum, dass Ilse die warme Stimme hörte. Und trotzdem: Als Monika vom traurigen Ende mit Jens erzählte, kamen ihr selbst die Tränen. Sie wechselte das Thema und berichtete vom Salon, von den Kolleginnen und Kundinnen, und dabei stellte sie sich vor, wie wunderbar es wäre, die gesunde Ilse zurückzubekommen, diese hübsche, patente Frau mit ihrem Humor und ihrem Verstand und ihrem großen Herzen. Wenn es diese Ilse noch gäbe, könnte Monika sich ihr anvertrauen. Bestimmt hätte sie Verständnis dafür, dass Monika kein Kind wollte. Ilse selbst war nie schwanger gewesen, manchmal hatte sie das erwähnt, und Monika sah keinen Grund, daran zu zweifeln.

In Wolldecken gehüllt, saßen sie noch lange im Park. Die Herbstsonne zauberte zwar keine Regung in Ilses Gesicht, doch Monika war sich sicher: Die Tante genoss den kleinen Ausflug. Auf dem Rückweg nickte sie im Rollstuhl ein, ihre Kraft reichte noch für das gemeinsame Abendbrot, dann ließ sie sich von Monika ins Bett bringen.

Zurück in ihrer eigenen Wohnung, nahm Monika eine Tablette und sank in einen traumlosen Schlaf. Ihr Wecker klingelte um kurz vor acht. Sie stand auf, duschte und frühstückte. Bis jetzt hätte es ein normaler Montag sein können. Ein Montag, den sie mit Einkäufen verbrachte oder sich mittags mit Sonja zum Essen traf. Doch dieser Montag würde anders verlaufen, und er würde sich tief in ihr Gedächtnis brennen. Sie wollte etwas beenden, das eigentlich nie hätte beginnen dürfen. Seit vier Wochen, seit der Einweihungsparty in der Wiener Straße, hatte sie nicht mehr erbrechen müssen oder unter Morgenübelkeit gelitten. Es hatte sich immer nur so angefühlt, als würde jeden Moment die nächste Blutung kommen, und genau dafür würde Monika jetzt sorgen: dass endlich wieder eine Blutung kam.

Um zwanzig nach neun betrat sie grüßend die Schneiderei – wie eine ganz normale Kundin. Else Pachulke nickte ihr zu und wandte sich wieder an eine ältere Frau, die ihren Rock zum Ändern brachte.

»Bis Donnerstag ist der fertig, Sie zahlen beim Abholen.«

Die Kundin bedankte sich und ging.

»Na, Monika, dann mal zu Ihnen …« Else musterte sie von oben bis unten. »Weiß wie Spucke. Na ja. Wir kriegen das schon hin. Kommen Sie durch.«

Durch den Vorhang traten sie in den rückwärtigen Flur, unwillkürlich blieb Monika stehen und horchte. Was war das? Weinte da jemand? Kein Zweifel. Aus einem der Räume drang heftiges Schluchzen.

Else wies auf die geschlossene Tür. »Das Fräulein hat es gerade hinter sich. So was muss man erst mal verkraften«, sie sah Monika herausfordernd an. »Aber deswegen machen Sie jetzt nicht kehrt, oder? Ich habe Ihnen ja gesagt, das wird kein Zuckerschlecken.«

Monika erstarrte. Dies war also der Moment, wo sie noch anders entscheiden könnte. Doch das wollte sie nicht. »Nein, ich bleibe dabei. Und man kann ja auch verstehen, wenn eine Frau danach weint.«

»Genauso muss man das sehen. Dann bitte hier«, Else öffnete eine Tür, und da standen sie nun, in diesem ganz speziellen Zimmer. Monika hatte es sich deutlich größer vorgestellt. Vielleicht war hier früher ein Lagerraum gewesen, denn es gab kein Fenster, sondern bloß einen verschließbaren Lüftungsschacht. Das schneeweiße Laken über der Bodenmatratze verströmte den Duft von Weichspüler, an den Schmalseiten des Raums standen Lampen, wie man sie aus Fotostudios kannte. Die Strahler waren auf den oberen Teil der weiß getünchten Wände gerichtet, so entstand ein gleichmäßiges, indirektes Licht. Über der Matratze hingen an Seilen die gepolsterten Beinschlaufen. Monikas Blick glitt zu den Deckenhaken. Schlachter benutzten solche Haken für ein frisch getötetes Schwein, um ihm mit einem einzigen langen Schnitt den Bauch aufzuschlitzen.

»Jede Frau kriegt hier Angst«, erklärte Else Pachulke. »Ist eben kein gemütliches Wohnzimmer. Aber was wir machen, ist auch nicht gemütlich, und das helle Licht brauchen wir, damit wir ordentlich arbeiten können. Legen Sie sich noch nicht hin, meine Schwägerin wirft erst mal einen Blick auf Sie.«

Ohne nähere Erklärung hastete Else aus dem Raum und schloss die Tür hinter sich. Monika kniff die Augen zusammen. Nein, sie wollte diesen Raum nicht näher betrachten. *Augen zu und durch!* Das musste jetzt ihre Devise sein. Und noch ein Satz fiel ihr ein. *Grausamkeiten muss man sofort erledigen!* Warum zum Teufel ließen die Pachulkes sie hier warten? Mussten sie sich vielleicht um die Frau nebenan kümmern, die so herzzerreißend weinte? Monika öffnete einen Spaltbreit die Tür und lauschte, das Schluchzen war noch zu hören. Dann erklangen eilige Schritte, Monika schloss die Tür und trat einen Schritt zurück.

Berta Pachulke kam zu ihr, an die sechzig, weißblond, schlanker und einen halben Kopf größer als die Schwägerin. Sie stellte sich nicht vor, grüßte kurz und zeigte auf Monikas Rock. »Bitte mal die Strumpfhose und Schlüpfer bis zur Leiste runterziehen, und dann den Rock festhalten, ich gucke mir das erst mal von außen an.«

Monika gehorchte.

Berta drückte auf dem Unterbauch herum. »Seit wann sind Sie schwanger?«

»Am 23. September hat mein Magen eine Pille nicht richtig aufgenommen.« Monika erklärte die näheren Umstände.

»Ah ja«, direkt über dem Schambein drückte Berta fester. »Sechs Wochen. Passt von der Größe.«

Monika wunderte sich. Eine Gebärmutter ließ sich nur dann durch die Bauchdecke tasten, wenn die Muskulatur darüber entspannt war, wenn die Frau also lag. So hatte Clemens ihr das während einer Untersuchung erklärt. Eine Untersuchung im Stehen war höchstens ein paar Wochen vor der Geburt sinnvoll, um den oberen Rand der Gebärmutter zu beurteilen. Was Berta Pachulke da machte, verstand Monika nicht, doch sie schwieg.

»Ich kümmere mich noch kurz um eine Kundin …« Berta hastete aus der Tür.

In den wenigen Sekunden zwischen Öffnen und Schließen hörte Monika wieder das Schluchzen. Sie warf einen Blick in den Flur, zu sehen war niemand. Bis zum Nebenraum waren es keine drei Meter, Monika drückte die Klinke herunter, schob die Tür auf – und unterdrückte einen Schrei. Auf einem Feldbett unter einer dunklen Decke lag, das Gesicht zur Wand gedreht, ein junges Mädchen. Bis ans Kinn hatte sie sich das Laken gezogen, die Haut ihrer tränennassen Wangen hob sich kaum ab vom umgebenden Weiß, in wirren Strähnen hingen ihr die halblangen Haare über der Schläfe – Haare, die Monika schon oft geschnitten hatte.

»Lydia!«

»Chefin!« Lydia drehte sich um und stutzte. »Haben die Sie etwa angerufen? Aber die haben doch gar nicht Ihre Nummer?«

Monika versuchte zu begreifen. »Nein, Lydia, mich hat keiner angerufen.«

»Aber warum sind Sie hier?«

»Später, das bereden wir später.« Monika zog sich einen Hocker heran und strich ihr über das Haar.

»Ich habe es Detlef nicht gesagt«, sagte Lydia da, »auch meiner Mutter nicht, keinem. Ich wollte das allein schaffen.«

Unter Tränen und mit zitternder Stimme erzählte sie: Lange waren sie und Detlef bloß Kameraden gewesen, doch dann hatten sie zweimal miteinander geschlafen und verhütet. Dann, beim dritten Mal, hatte Detlef vergessen, ein Präservativ mitzunehmen und versprochen aufzupassen. Lydia ließ sich darauf ein, doch er verhielt sich nicht wie geplant, und sie wurde schwanger. Sie wollte mit niemandem darüber reden, den sie kannte. Stattdessen ging sie zu den SDS-Frauen und ließ sich die Adresse von den Pachulkes geben. Am letzten Freitag meldete sie sich bei Monika krank, angeblich wegen Grippe. Ihre Mutter ging zur Arbeit, kurz darauf fuhr Lydia zu Berta Pachulke, um den Eingriff vornehmen zu lassen. Doch die Seifenlauge hatte nicht zum Abgang geführt, darum war am Sonntagmorgen ein zweiter Versuch erfolgt. Und weil auch der nichts gebracht hatte, war sie heute zum dritten Mal hier. Diesmal hatte Berta Pachulke zur spitzen Nadel gegriffen und die Fruchthöhle durchstochen.

»Jetzt blutet es stark. Das soll es ja auch, aber es tut so weh.«

»Und die Pachulkes? Die tun nichts?«

»Die sagen, jemand soll mich abholen kommen. Jemand, dem ich vertraue und der die Polizei nicht einschaltet. Und dass die Blutung wohl gleich aufhört, ich war ja erst im zweiten Monat. Aber ich habe es doch keinem gesagt, darum soll mich jetzt auch keiner abholen.«

Monika fackelte nicht lange, mit einem Ruck zog sie die Decke beiseite. Den Rock hochgeschlagen, die Strumpfhose und den Schlüpfer heruntergezogen bis zu den Knöcheln lag Lydia mit dem Unterkörper auf einem Berg von Kissen, im Schritt ein blutdurchtränktes Stoffbündel.

Monika erstarrte. »Lydia!«

»Chefin, bitte! Bitte nicht in die Klinik. Dann geben die Ärzte der Polizei Bescheid.«

Aber da rannte Monika schon aus dem Zimmer, riss die Tür zur hinteren Nähstube auf, stürzte zum Telefon, wählte die 112 und gab die Adresse durch. »Da ist eine Einfahrt, rechts vom Schaufenster, fahren Sie in den Hof. Eine Fehlgeburt. Das Mädchen verblutet.«

Sie hastete zurück in den Flur – und Berta Pachulke direkt in die Arme.

Die Wangen gerötet vom Zorn, den Arm zur Hoftür ausgestreckt, baute die Schneiderin sich vor ihr auf. »Nimm die andere mit! Und dann raus! Alle beide!«

»Der Rettungswagen kommt sofort, solange kann sie doch …«

Aber da stand Berta schon vor Lydias Feldbett, und für einen Moment sah es aus, als wollte sie auf das Mädchen einschlagen.

Lydia schrie auf.

Berta schlug nicht, doch sie schrie zurück: »Ruhe jetzt, sonst landen wir alle im Knast! Auch die Schlampen vom SDS mit den Bälgern in ihren Bäuchen!« Hektisch entfernte sie das blutige Bündel, stopfte Lydia saubere Stofffetzen zwischen die Beine und riss ihr Schlüpfer und Strumpfhose hoch. »Raus! Du kannst laufen.«

Lydias weiter Rock reichte bis über die Knie. Von außen war nichts zu erkennen.

»Kannst du laufen, Lydia?«, fragte Monika. »Bestimmt?«

Das Mädchen nickte.

»Gut. Und lass dir nicht Bange machen, Clemens spricht

mit den Klinikärzten, die holen schon keine Polizei.« Monika legte sich Lydias Arm über die Schulter und umklammerte ihre Hüfte.

Ihre Wange an die von Monika geschmiegt, setzte Lydia Schritt vor Schritt.

Berta Pachulke eilte voraus und riss die Hoftür auf. »Das geht auch schneller!«

Doch Lydia kam nur langsam voran, und Monika wollte nicht an ihr herumzerren.

»Und kein Wort! Zu keinem!« Berta Pachulke knallte die Tür hinter ihnen zu.

Eine Schrecksekunde lang sackten Lydia die Beine weg, Monika fing sie auf, führte sie die kleine Treppe hinunter bis in den Hof und ließ sie langsam auf die Stufen sinken. Beide atmeten auf. Das wäre geschafft. Sie saßen.

»Ist zwar blöd jetzt, aber da ist noch was Wichtiges: Gleich im Krankenwagen oder im Krankenhaus, wenn die Leute fragen, dann sagst du, du hast versucht, deine Mutter zu erreichen, und das hat nicht geklappt. Und darum hast du mich angerufen. Ich war zu Hause und bin gleich gekommen. Kannst du das bitte so machen?«

»Klar, Chefin, ich verstehe …« Kaum hatte sie den Satz beendet, verzog sie das Gesicht und stöhnte, und im nächsten Moment schrie sie laut auf, die Tränen schossen ihr ins Gesicht, ihr Oberkörper kippte nach hinten. Im allerletzten Moment fing Monika sie auf, sonst wäre sie mit ihrem Kopf gegen die Stahltür geknallt.

»Lydia!« Sie hob Lydias Rock hoch und erstarrte, ein Blutschwall ergoss sich über die Stufe. Ihr Lehrmädchen schrie nicht mehr, sie war bewusstlos. Monika strich ihr über die schweißnasse, kalte Stirn und fühlte den Puls, Lydias Herz ging so schnell, dass Monika die Schläge kaum noch zählen konnte. Um ein Haar hätte sie ebenfalls geschrien, doch da hörte sie die Sirene und starrte zur Einfahrt. Die Sirene wurde lauter, dann ganz laut, ein Rotkreuz-Bulli fuhr in den Hof.

Innerhalb von zwei Minuten lag Lydia im Wagen auf der Behandlungstrage, den Unterkörper hochgelagert auf einem Keilkissen. Der Sanitäter, ein bulliger Kerl mit raspelkurzen Haaren, herrschte Monika an. »Sie nehmen den Klappsitz da! Sind Sie die Mutter?« Offenbar hielt er seinen Ton für angemessen.

Monika blieb ruhig. »Fräulein Kleinschmidt ist meine Angestellte. Sie hat mich angerufen, und ich bin sofort gekommen. Sie hat noch mehr Blut verloren. Die Tücher wurden eben noch gewechselt.«

»Aha? Und wer hat die gewechselt?« Seine riesigen Hände zurrten die Blutdruckmanschette um Lydias Oberarm. »Doch wohl irgend so ein Kurpfuscher, oder? Ein Engelmacher?«

Monika nickte. »Sie hat keinem was gesagt, der Mutter nicht, ihrem Freund nicht und mir auch nicht.«

Die Erklärung schien ihn nicht zu interessieren. Mit kantigen Bewegungen maß er Puls und Blutdruck. »Kurz vorm Schock und selbst dran schuld.« So barsch er war, so schnell war er auch. Keine Minute später lag Lydia an der Infusion.

»Ist nur Kochsalz. Wahrscheinlich braucht sie Fremdblut, weil sie auch nach innen blutet, ins kleine Becken. Das schneiden die Ärzte gleich erst mal auf. Und seien Sie bloß froh, dass wir nicht die Polizei holen. Ich würde das sofort tun, aber das ist Sache vom Chefarzt.«

Ob Lydia mitbekam, was dieser Kerl da von sich gab? Sie hielt ihre Augen geschlossen und atmete gleichmäßig. Ob sie bei Bewusstsein war, schien den Sanitäter nicht zu kümmern. In der Infusionsflasche sank der Spiegel. Monika verstand nicht viel von Medizin, doch das begriff sie: Lydias Kreislauf arbeitete, ihr Herz transportierte die Salzlösung weiter.

»Sie sind also die Chefin?«, blaffte er Monika an. »Und eine Mutter gibt es auch?«

»Die muss arbeiten. Ihr Mann ist schon früh gestorben, an einer alten Kriegsverletzung, da war das Mädchen erst zwei.«

Die tragischen Umstände stimmten den Sanitäter nicht milder, im Gegenteil. »Und Sie als Chefin arbeiten nicht? Oder bloß nicht um diese Uhrzeit?«

»Wir haben jeden Montag geschlossen, Fräulein Kleinschmidt ist mein Lehrling.«

»Aha. Friseuse also. Na, das sagt viel.«

Mit gesenktem Blick kontrollierte er den Venenzugang, Monika schloss die Augen und atmete durch.

Sie erreichten das Krankenhaus, der Sanitäter riss die Wagentür auf und rief einem herbeieilenden Arzt ein paar Fachbegriffe zu. Lydia müsse in den OP, und man solle Blutkonserven vorbereiten, so viel verstand Monika. Sie starrte Lydia hinterher, ein Pfleger rollte sie auf einer Liege zur Operation. Der Sanitäter schloss am Bulli die Schiebetür und stieg in die Fahrerkabine.

Monika sprach ihn an. »Nun sagen Sie doch bitte mal was. Wie stehen denn ihre Chancen?«

Wie zu erwarten fiel seine Antwort ruppig aus: »Ich bin nicht der liebe Gott. Haben Sie überhaupt eine Ahnung, wie viele Frauen wir nach so einer Sache einsammeln müssen? Die meisten von denen kommen durch. Sind ja alle noch jung. Aber passt gefälligst besser auf eure Töchter auf! Und auf eure Lehrmädchen!« Er zog die Beifahrertür zu und gab seinem Kollegen ein Zeichen, der Rettungswagen setzte sich wieder in Bewegung.

Eine Krankenschwester nahm Monika beiseite. »Gehen Sie

erst mal zur Aufnahme und rufen Sie die Mutter an, wir brauchen dringend ihre Unterschrift. Und dann können Sie vor dem OP warten.«

Monika ließ sich den Weg ins Aufnahmebüro beschreiben.

Sie hatte Dörthe durch Sonja kennengelernt. Karin, die Schwester von Sonjas verstorbenem ersten Mann, war Dörthes Vermieterin.

Monika erreichte Dörthe am Arbeitsplatz und beschränkte sich auf das Wichtigste: Lydia werde gerade als Notfall operiert. Dörthe solle so schnell wie möglich kommen. Alles Weitere lieber nicht am Telefon, sondern unter vier Augen.

Ob Dörthe ahnte, worum es ging? Vermutlich schon. Sie arbeitete in einer Großbank am Breitscheidplatz. Wenn sie sofort ein Taxi nähme und gut durch den Verkehr käme, könnte sie in einer Viertelstunde da sein.

Schon nach zwölf Minuten trat sie durch die Pforte und schaute sich verzweifelt um. Monika eilte ihr entgegen, zog sie zur Seite und schilderte in knappen Worten, was passiert war. Sie log Dörthe nicht an. »Wir haben die Adresse beide von den Frauen im SDS bekommen, unabhängig voneinander, aber dass wir uns bei diesen Schneiderinnen getroffen haben, war reiner Zufall. Und wenn Lydia nicht so laut geweint hätte, dann hätte ich sie wahrscheinlich gar nicht gefunden. Wir hatten Glück im Unglück.«

Dörthe nickte mit versteinerter Miene, und wieder einmal staunte Monika über die Frauen der Familie Kleinschmidt.

Nicht jammern, sondern handeln!, diesen Grundsatz hatte Lydia von ihrer Mutter übernommen.

»Ich soll noch was unterschreiben? Für Lydias Behandlung?«

»Das hat bestimmt noch ein paar Minuten Zeit.«

»Aber es ist doch wichtig. Wo muss ich hin?«

Im Aufnahmebüro unterschrieb Dörthe ein paar Formblätter, dann gingen sie zur OP-Abteilung und setzten sich weitab von den anderen Wartenden auf eine Bank.

Vermutlich lag es daran, dass sie im Moment nichts anderes tun konnte, als die Nachricht der Ärzte abzuwarten: Dörthe kamen nun doch die Tränen, offenbar war es ihr peinlich, sie griff sofort nach einem Taschentuch. »Weißt du, Monika, meine Eltern haben mir damals einen guten Rat gegeben, und ich habe nicht auf sie gehört. Nach Heinz' Tod hätte ich mit Lydia zu ihnen zurückziehen sollen, da wäre so was nicht passiert.«

Monika kannte die Geschichte: Dörthe stammte aus einer kleinen Stadt bei Stuttgart. Die Bank, bei der Dörthe und Heinz gearbeitet hatten, hatte nach dem Krieg für sämtliche Mitarbeiter eine riesige Betriebsfeier organisiert. Dörthe Holzapfel lernte den zehn Jahre älteren Heinz Kleinschmidt kennen, die beiden heirateten schon nach einem halben Jahr, und sie zog zu ihm nach Berlin. 1951 krönte Lydias Geburt ihre Liebe, doch das Schicksal nahm eine tragische Wendung. Heinz' alter Bauchschuss hatte nicht aufgehört zu eitern, zwei Jahre später war er an einer Blutvergiftung gestorben.

Monika fasste ihre Hand. »Du hast Lydia ganz wunderbar erzogen, und von dieser Meinung bringt mich nichts und niemand ab. Auch jetzt nicht.«

Dörthe nickte. Sie schwiegen. Seite an Seite saßen sie auf der Bank, die Köpfe an eine harte Betonwand gelehnt, und warteten.

Erst nach fast zwei Stunden kam ein Arzt auf sie zu. Lydia hatte über einen Liter Blut verloren, doch sie war über den Berg.

Der Tag hatte ihr die letzte Kraft geraubt. Trotz aller Erleichterung über Lydias Rettung kam es Monika vor, als könnte sie in all der Erschütterung keinen klaren Gedanken mehr fassen. Dörthe blieb noch in der Klinik. Bei der Verlegung vom Aufwachraum auf die Station könne sie Lydia kurz sehen, versprachen die Ärzte. »Aber bitte nur eine einzelne Person. Nur Sie als Mutter.«

Monika trat aus dem düsteren Krankenhaus in strahlende Herbstsonne. Eine Sonne, so schön wie am Tag zuvor. Doch Monika war zu aufgewühlt. An diesem Nachmittag fehlte ihr die Kraft für eine Spazierfahrt mit ihrer Tante. Sie kehrte in ihre Wohnung zurück und fühlte sich zu nichts mehr fähig, außer zu einer Sache, die ihr auf der Seele brannte. Sie rief in Zehlendorf an und erzählte, was passiert war, ließ nichts aus, beschönigte nichts.

Sonja brauchte ein paar Sekunden, um den ersten Schreck zu überwinden. Sie ließ keinen Zweifel daran, wie sehr sie mit Monika mitfühlte, doch gleich danach setzte sie zur Tirade an, und Monika ließ eine eiskalte Dusche von Vorwürfen über sich ergehen. Sie widersprach nicht, die Freundin hatte ja recht.

»Und bevor du wieder irgendwelchen Blödsinn machst«, schloss Sonja den Redeschwall, »redest du gefälligst noch mal mit Clemens.«

Monikas Antwort kam ungerührt: »Ich rede mit ihm, verlass dich drauf. Das geht auch gar nicht anders. Ich werde das Kind nämlich bekommen.«

HOFFNUNG

Von Monikas Schwangerschaft brauchten ihre Angestellten noch nichts zu wissen, das hatte Zeit. Und von Lydias Abort? Mit Lydias Mutter hatte Monika eine Vereinbarung getroffen, sie hielt sich daran: Lydia hatte eine Fehlgeburt, es gab Komplikationen, doch inzwischen geht es ihr schon besser.

Die Kolleginnen trauten ihren Ohren kaum. Ausgerechnet die kluge und umsichtige Lydia war schwanger gewesen? Von wem denn? Ach so, von diesem Detlef. Dann stimmte es also gar nicht, was sie immer erzählt hatte? Die beiden waren nicht bloß gute Kameraden?

Lehrmädchen Hildegard hakte nach. »Das Kind war bestimmt nicht geplant, oder?«

»Nein, sicher nicht. Aber Lydia hat das Kind auf natürliche Weise verloren. Spontanabort nennt man das, die Ärzte haben das bestätigt. Lydias Körper ist wohl noch nicht reif genug und hat die Schwangerschaft abgestoßen.«

Auf ihre Angestellten konnte Monika sich verlassen. Einige Kundinnen fragten nach Lydia und bedauerten sehr, dass sie mit ihrer Mutter so kurzfristig hatte umziehen müssen.

Am Abend telefonierte Clemens mit dem gynäkologischen Chefarzt in Moabit, die beiden kannten sich aus einer Fortbildung, anschließend rief er bei Monika an. »Das Krankenhaus wird die Sache juristisch nicht verfolgen. Vor allem, weil Lydia noch so jung ist. Aber der Chefarzt erwartet von Lydia und Dörthe absolute Verschwiegenheit. Im Grunde macht er sich strafbar, wenn er den Abort nicht meldet.«

Monika fiel ein Stein vom Herzen – einerseits. Andererseits

blieb das Unbehagen: »Und die Pachulkes? Die machen einfach so weiter?«

»Das werden sie wohl. Natürlich könnte man sie anonym bei der Polizei anzeigen, aber was würde das bringen. Solange sich die Gesetze nicht ändern, werden Frauen in Not auch weiter zu Engelmacherinnen gehen. Zu den Pachulkes oder zu anderen.«

»Stimmt es denn, was die gesagt haben: dass man die Seifenlauge nicht einfach drin lassen darf? Dass man nachhelfen muss, wenn die Schwangerschaft sich durch die Lauge nicht löst?«

»Ja, das stimmt. Und ganz ehrlich: Abgesehen von der Emboliegefahr ist die Methode mit der Seifenlauge relativ sicher. Aber es funktioniert eben nicht immer, und dann braucht die Frau eine richtige Ausschabung, kein Rumgestochere mit einer Nadel.« Clemens wechselte die Tonlage. »Und jetzt, Monika, sprechen wir über was anderes, und zwar etwas sehr Schönes. Ich freue mich wirklich. Die Umstände waren zwar tragisch, aber es ist großartig, dass du dich für das Kind entschieden hast. Du wirst es keine Sekunde bereuen.«

Er sagte das mit einer solchen Herzlichkeit, dass ihr die Tränen kamen. Sie versprach, demnächst zur Untersuchung zu kommen.

Gerade als sie aufgelegt hatte, ging erneut das Telefon. Dörthe rief an. Lydia ging es immer besser, und sie würde wohl auch noch gesunde Kinder bekommen können, meinten die Ärzte. Am Mittwochnachmittag nahm Monika sich zwei Stunden frei und fuhr zusammen mit Dörthe ins Moabiter Krankenhaus. Fünfzig Stunden nach der Operation wirkte Lydia schon wieder erstaunlich rege.

»Ich habe ja auch zwei Blutkonserven bekommen«, erzählte sie und begann zu flüstern. »Was ist denn jetzt mit Ihrem Baby? Das bekommen Sie doch, oder?«

Monika nickte lächelnd.

»Das ist gut, Chefin. Sie sind ja schließlich auch eine erwachsene Frau und verdienen eigenes Geld. Da ist es doch schön, wenn Sie ein Kind bekommen.«

»Danke, Lydia, das ist sehr nett von dir.«

»Na sicher, Chefin, ist doch schließlich wahr.«

»Sehr nett ist es trotzdem.« Von ihrer Mutter erntete Lydia einen dicken Schmatzer.

Aber so liebevoll, wie Dörthe am Krankenbett mit ihrer Tochter auch umging: Wenn es um Lydias Zukunft ging, machte die Mutter Nägel mit Köpfen. Sie kündigte noch in derselben Woche ihre Stelle in der Bank am Breitscheidplatz, rief ein paar alte Bekannte an und bekam nach drei Tagen die Zusage: Im Januar konnte sie in ihrer Heimatstadt als Sekretärin in einer Versicherung anfangen, und für Lydia sollte es noch schneller gehen. Sobald sie wieder ganz gesund wäre, würde sie noch vor ihrer Mutter zu ihren Großeltern ziehen und ihre Lehre beim Damenfriseur Gaebele fortsetzen, einem grundsoliden, alteingesessenen Betrieb, wie Dörthe betonte.

Monika war Dörthe menschlich nähergekommen, als sie Seite an Seite auf der harten Bank vor dem OP um Lydias Leben gebangt hatten. Sie verstand Dörthes Sorgen um ihr einziges Kind, doch die Hektik, mit der Dörthe jetzt den Umzug vorantrieb, fand sie überzogen. Es wirkte wie eine Flucht, nur schnell weg aus Berlin, weg von Detlef, Lydia sollte ihn nicht wiedersehen, ihre Meinung spielte keine Rolle. Monika musste unbedingt mit Lydia sprechen – allein und in Ruhe.

Am Sonnabend machte sich Monika erneut auf ins Krankenhaus. Die Besuchszeit begann um vierzehn Uhr, schon eine Viertelstunde früher überreichte Monika am Pflegezimmer ein Päckchen Bohnenkaffee und erntete das Lächeln einer Krankenschwester. Lydia durfte aufstehen, in einer kleinen Sitzecke am Ende des Flurs konnten sie ungestört reden. Und wieder einmal staunte Monika über diese ungewöhnliche junge Frau.

»Schwäbisch Hall wird schrecklich für mich«, sagte Lydia ohne Umschweife. »Ich bin doch eine Stadtpflanze, und da unten kennen die wahrscheinlich nicht mal Vidal Sassoon, die können bestimmt nur altmodische Dauerwellen. Aber ich muss ja nun mal mit. Immerhin hat meine Mutter ihren Verwandten nichts von der Abtreibung erzählt. Nur, dass ich mich wie verrückt in Detlef verliebt hätte und der kein guter Umgang für mich sei, weil er eigentlich lieber studieren wolle und dann beim SDS mitdemonstrieren.«

»Und das glauben deine Verwandten? Ich meine, dass wirklich nicht mehr dahintersteckt, wenn deine Mutter jetzt so schnell mit dir wegzieht?«

»Klar glauben die das. Seit mein Vater tot ist, warten die bloß drauf, dass meine Mutter nach Schwaben zurückkommt. Berlin ist doch ein Sündenpfuhl. Wenn sie jetzt hart durchgreift bei ihrer Tochter, finden die das gut. Da muss sie doch streng sein, sehr streng sogar, weil mein Vater das ja nicht mehr übernehmen kann.«

»Und du und Detlef? Habt ihr wenigstens miteinander geredet?«

»Hat meine Mutter verboten. Wir dürfen nicht mal telefonieren. Sie hat seine Eltern angerufen, und die haben ihm alles erzählt, und er war bestimmt auch völlig schockiert.«

Monika schüttelte den Kopf. Welchen Sinn hatte das, den Kontakt völlig zu verbieten? Gerade nach dem, was passiert war, sollten sich die beiden jungen Leute wenigstens aussprechen. »Aber das lasst ihr euch doch wahrscheinlich nicht gefallen? Irgendeine Möglichkeit findet ihr da wohl?«

»Ja klar, wenn ich hier aus der Klinik komme, fahre ich sofort zum SDS und gebe einen Brief für ihn ab, das kann meine Mutter mir schlecht verbieten. Und dass wir uns durch und durch und von ganzem Herzen lieben, dagegen können unsere Eltern sowieso nichts machen.«

»Ach so? Ihr liebt euch also noch?«

Vielleicht hatte Monika ein wenig zu ungläubig gefragt, Lydia lachte. »Natürlich, Chefin, was dachten Sie denn? Dass wir damit aufhören? Nur wegen dieser blöden Abtreibung?«

»Könnte doch sein, bei dem, was passiert ist. Dass du jetzt böse auf ihn bist.«

»Warum sollte ich? Es war ja auch meine Schuld. Wir hatten kein Präservativ dabei, und ich hätte Nein sagen sollen, denn wir wollten absolut kein Kind. Also, jetzt noch nicht. Ich muss ja wenigstens die Lehre abschließen. Aber später wollen wir natürlich Kinder, und wenn ich nach der Sache jetzt keine eigenen kriegen kann, dann will ich bestimmt welche adoptieren.« Lydia legte den Kopf schief. »Und was ist mit Ihnen, Chefin? Also, wenn ich fragen darf: Sind Sie denn nicht mehr mit dem Mann zusammen? Mit dem Vater von Ihrem Kind?«

»Nein. Wir sind nicht mehr zusammen. Das ist sehr schade, und deswegen wollte ich zuerst auch kein Kind.«

»Ach so. Darf ich denn noch was dazu fragen?«

Was kam jetzt? Ahnte Lydia etwa, dass Monika mit Jens Redecker zusammen gewesen war? Doch die Frage ging in eine andere Richtung.

»Mal angenommen, das wäre jetzt nicht so abgelaufen, also dass Sie mein lautes Weinen gehört haben und dann zu mir in das Zimmer gekommen sind, dann hätten Sie doch auch abgetrieben, oder?«

»Das hätte ich. Es war ja schon alles vorbereitet.«

»Dann ist es doch gut, wie es jetzt gekommen ist. Auch wenn das ganz schlimm für mich war.«

»Ja, Lydia.« Monika nahm ihr Lehrmädchen in die Arme. »Und ich wünsche dir ganz, ganz viel Glück für dein ganzes Leben, mit deinem Detlef, den du so liebst. Oder vielleicht auch mit einem anderen Mann. Jedenfalls bei allem, was du dir im Leben vornimmst.«

»Das wünsche ich Ihnen auch, Chefin. In fünf Jahren bin ich volljährig, dann komme ich nach Berlin zurück, und vielleicht auch schon eher. Falls mir meine Mutter erlaubt, dass ich Detlef schon vor einundzwanzig heirate.«

»Sehr gut, Lydia. Und dann gucken wir mal, ob du nicht wieder bei mir im Salon anfängst. Also, wenn du das möchtest.«

»Ganz bestimmt, Chefin. Und falls ich doch noch mein Abitur mache, dann kann ich bei Ihnen ja vielleicht ein paar Stunden aushelfen und was für mein Studium verdienen. Aber vorher mache ich in jedem Fall meine Lehre zu Ende.«

Den verpfuschten Eingriff, den riskanten Blutverlust und die Operation hatte Lydia offenbar verkraftet, nicht nur körperlich, sondern auch seelisch. Ihren Detlef liebte sie immer noch, und sie schmiedete große Pläne. Bei alldem wirkte sie keineswegs naiv, sie meinte es ernst.

Zurück in ihrer Wohnung, rief Monika bei Jens an.

»Ich würde gern Montagabend bei dir vorbeikommen. Falls du da bist.«

Er wirkte erleichtert. »Dann hast du es also hinter dir? Wie war's denn?«

»Das erzähl ich dir unter vier Augen. Ist sieben Uhr okay? Bist du dann von der Uni zurück?«

»Das schon, aber ich habe hier zu tun, wir bauen um, kannst du dir angucken.«

»Gut«, sagte sie. »Ich bin dann auch schnell wieder weg.«

* * *

Am Montagmorgen fuhr sie in die Praxis und ließ sich gründlich untersuchen.

»Alles bestens.« Clemens schrieb die ersten Ergebnisse in den Mutterpass. »Deine Gebärmutter hat sich vergrößert, wie sie soll, das spricht schon mal für ein normales Wachstum des Kindes. Ruf Freitag an, bis dahin haben wir auch die Blutergebnisse, die tragen wir dann noch ein.« Zusammen mit einem Eisen- und Folsäure-Rezept überreichte er ihr das kleine hellblaue Heft. »Dein Embryo hat sich gut festgesetzt. Wahrscheinlich will er bleiben.«

»Aber schwanger fühle ich mich immer noch nicht.«

Er lachte. »Musst du auch nicht. Bis Mitte Juni ist noch Zeit, und wenn dann die Wehen kommen, merkst du das schon.«

Abends fuhr sie nach Kreuzberg. Vor gerade mal sechs Wochen waren Jens, Jutta und Ludger in die Wiener Straße gezogen, und doch kam es Monika vor wie eine kleine Ewigkeit. So viel hatte sich seitdem ereignet. Die Zeit vorher – im Grunde war das ein altes Leben, das sie hinter sich gelassen hatte.

Obwohl sie den Schlüssel dabeihatte, klingelte sie.

In einem staubigen Blaumann begrüßte Jens sie in der Wohnungstür.

»Den Durchbruch haben wir schon«, er wies hinter sich auf ein großes Wandloch zum Flur der Nachbarwohnung, niemand war zu sehen. »Jutta und Ludger sind übrigens beim SDS und bereiten eine Demo vor. Gegen die Rechtsbeugung im Kurras-Prozess, da läuft ja das Hauptverfahren.«

Monika hatte davon gelesen. Der Todesschütze von Benno Ohnesorg sollte sich nach einem halben Jahr endlich seiner Verantwortung stellen, aber schon im Vorfeld gab es scharfe Kritik. Das Gericht ließ eine Anklage wegen Totschlags oder Mordes gar nicht erst zu, Karl-Heinz Kurras konnte höchstens noch wegen fahrlässiger Tötung zur Rechenschaft gezogen werden. Dagegen erhob sich heftiger Protest durch die Studenten: Schon jetzt werde deutlich, wie sehr die Justiz von der Politik beeinflusst sei. Das widerspreche der demokratischen Gewaltenteilung.

»Und du machst da nicht mit? Bei der Vorbereitung für die Demo?«

»Würde ich gern, aber der Umbau ist erst mal wichtiger. Damit wir endlich eine richtige Sechser-Kommune bekommen, alle zusammen in einer großen Wohnung.«

»Also ihr drei und dann drei auf der anderen Seite?«

»Genau. Die sind ganz frisch eingezogen. Zehnert hat den Durchbruch erlaubt, wenn wir den Umbau selbst bezahlen. Aber die Miete hat er natürlich erhöht, die Wohnung für uns sechs kostet dann hundert Mark im Monat.«

»Aha!«

Jens hatte ihren Unterton verstanden. »Keine Angst wegen deiner Bürgschaft. Das Geld für die Miete kriegen wir rein. Gestern hat schon ein Journalist angefragt, wegen einer Fotoreportage: Kommunengründung in Berlin.«

»Sogar mit Fotos?«

»Ja klar. Wenn schon, denn schon. Möchtest du die anderen drei denn mal kennenlernen?«

Eigentlich nicht, dachte Monika, doch sie nickte.

Sie stiegen durch das Wandloch. Nebenan in der Küche saßen drei Frauen beim Tee, alle um die zwanzig, eine hübscher als die andere. Monika setzte ein Lächeln auf.

»Das sind Betty, Ulrike und Gundel«, erklärte Jens. »Und das ist Monika.«

Die drei lächelten zurück, es wirkte bemüht, vermutlich wussten sie vom Liebesende und vielleicht auch von Monikas geplanter Abtreibung.

Die braun gelockte Gundel wies auf die Kanne. »Möchtest du auch einen Tee?«

»Vielen Dank, aber ich bleibe nicht lange.« Monika sah Jens herausfordernd an. »Wir beide müssen nur kurz was besprechen.«

Die Antwort schien ihn zu überraschen. Aber was hatte er erwartet? Dass sie sich zu ihnen setzte und in aller Harmonie einen Jasmintee schlürfte?

»Du hast ja recht, wir beide reden.«

Monika nickte in die Damenrunde. »Dann also tschüs und alles Gute. Ich bin gespannt auf die Reportage. Das werden bestimmt schöne Fotos mit euch.« Sie sagte das freundlich und wusste doch genau: Jens hatte die Spitze verstanden.

Sie gingen in sein Zimmer. Monika überreichte ihm den Wohnungsschlüssel. »Könnt ihr bestimmt gut gebrauchen. Und du wolltest ja wissen, ob ich diese Sache hinter mir habe.«

»Ja«, er wurde ernst. »Hast du das denn gut überstanden?«

»Na ja«, sie wich seinem Blick aus. »Jedenfalls wünsche ich jeder Frau, dass ihr so was erspart bleibt.«

Er antwortete nicht gleich. »Also hattest du starke Schmerzen?«

»Körperlich nicht. Seelisch schon.« Monika erzählte vom Besuch bei den Pachulkes und von der lebensbedrohlich verletzten jungen Frau, für die sie gegen den Widerstand der Engelmacherinnen den Rettungswagen gerufen hatte. Dass es sich um Lydia handelte, verschwieg sie, davon brauchte Jens nichts zu erfahren, aber ansonsten ließ sie nichts aus. Sie erwähnte das viele Blut genau wie den Schockzustand und die Notoperation.

Seine Miene versteinerte sich. »Dann war das ja keine gute Adresse, die Jutta dir gegeben hat.«

»Kann man wohl sagen. Richte ihr das bitte aus. Sie soll da um Himmels willen niemanden mehr hinschicken.«

Er nickte, und sie begriff: Das ganz Entscheidende hatte er noch nicht verstanden. Offenbar kam ihm überhaupt nicht in den Sinn, dass sie das Kind nun doch behalten wollte. »Und was machst du jetzt? Fährst du doch noch nach Holland?«

»Nein, Jens, das tue ich nicht.«

»Ach so? Wo gehst du denn dann hin?«

Sie schüttelte verständnislos den Kopf. Also musste sie ihn tatsächlich erst mit der Nase darauf stoßen, bis er begriff. »Ich gehe in ein Krankenhaus, Jens, hier in Berlin. Und zwar in Juni. In den Kreißsaal. Ich werde das Kind nämlich bekommen.« Sie sah ihn unverwandt an. Sie sah, wie ihm das Blut aus dem Gesicht wich und er nach den richtigen Worten suchte.

»Das ist auch eine Freiheit«, setzte sie nach. »Meine Freiheit zu entscheiden, dass ich nicht abtreibe. Und glaub bloß nicht, ich lasse das Kind hier in deiner Kommune. Beim Jugendamt gebe ich dich als Vater an. Falls du das bestreitest, machst du einen Test, und du wirst für das Kind Unterhalt bezahlen. Spätestens, wenn du ein richtiges Einkommen hast. Darauf werde ich dich verklagen.« Sie wandte sich zur Tür. »Es war mal schön mit uns beiden, dafür danke ich dir, aber jetzt ist eben Schluss.«

Er schwieg, sie ging, er kam ihr nicht nach, und sie musste nicht einmal weinen. Es war vorbei.

* * *

Monika arbeitete sich durch die Woche, spürte ab und zu in sich hinein und fühlte sich immer noch nicht schwanger. Aus dem Labor kam das Ergebnis ihrer Blutuntersuchung. »Sehr schöne Werte, Frau Ebeling, wie aus dem Bilderbuch.«

Monika bedankte sich. Rechnerisch war sie in der neunten

Woche, also schon im dritten Monat, sie kündigte sich bei ihren Eltern zum Sonnabendnachmittagskaffee an.

Mutter Elfie hakte nach. »Dann hat dein Freund am Wochenende schon wieder keine Zeit für dich?«

»Hat er nicht und braucht er auch nicht zu haben, wir sind nämlich auseinander, Mutti.«

»Ach so. Na gut, das hast du ja auch schon erzählt, dass es wohl nicht lange gehen wird mit euch beiden, aber schade ist es trotzdem, oder?«

»Und nun ist es eben so, und ist doch schön, wenn ich wieder mehr Zeit für euch habe, besonders für Tante Ilse.«

»Ja, Mädchen«, die Mutter lachte. »Weil Sonnabend nämlich auch Peter und Heidrun kommen, mit allen vier Kindern, auch mit dem ganz Lütten.«

Der ganz Lütte. Monikas Vorfahren mütterlicherseits stammten aus Schleswig-Holstein, einige Ausdrücke hatten sich gehalten.

Und nun? Sollte Monika sich mit der Ankündigung noch zurückhalten? Weil gerade ein anderes Baby da war? Ach was, dachte sie. Jetzt erst recht.

Am Sonnabend wartete sie ab, bis die drei älteren Kinder auf den Spielplatz gegangen waren, dann verkündete sie die große Neuigkeit. »Und fragt mich bloß nicht, ob ich heirate. Das tue ich nämlich ganz bestimmt nicht. Ich wünsche mir dieses Kind. Ledige Mutter hin oder her.«

Ganz so einfach war es dann doch nicht. In den ersten Sekunden starrten sie alle ungläubig an: ein uneheliches Kind. Ausgerechnet Monika. Von ihr hätte man das mit Abstand am wenigsten erwartet. Dann schlug Vater Karl mit der Faust auf den Tisch. »Das wäre ja wohl gelacht! Wir haben schon so viele kleine Ebelings groß gekriegt. Dann schaffen wir das bei dem Würmchen ja wohl auch. Mit oder ohne Vater!«

Die Verlegenheit war gebrochen. Alle gratulierten Monika von Herzen.

Matthias meldete sich zart wimmernd aus seinem Körbchen.

»Nun nimm ihn mal«, meinte Heidrun, »dann kannst du schon mal ein bisschen üben.«

Monika ließ sich von der Schwägerin das Baby überreichen. Eigentlich keine fremde Situation. Monika hatte alle ihre Nichten und Neffen von klein auf herumgetragen. Aber dass sie in nicht einmal acht Monaten ihr eigenes Kind im Arm halten würde – an den Gedanken musste sie sich noch gewöhnen.

Doch je länger sie den Kleinen betrachtete, umso sicherer fühlte sie sich mit ihrer Entscheidung. Ja. Aus tiefster Seele: Ja!

»Und dein ehemaliger Freund?«, fragte ihre Mutter später am Nachmittag. »Verrätst du uns denn endlich, wer das ist? Wenigstens den Vornamen?«

»Das hat Zeit, Mutti. Aber keine Sorge. Er stammt aus einer anständigen und gesunden Familie. Und der Salon läuft natürlich weiter, auch wenn ich in Babypause bin.«

»Dann musst du für die Zeit einen Meister anstellen?«

»Ja klar, aber das kriege ich schon hin. Ich habe ja auch noch Ersparnisse.«

Mutter Elfie nickte beruhigt.

* * *

Am letzten Dienstag im November um kurz vor acht brachte Lydia zum Ausstand eine Schwarzwälder Kirschtorte in den Salon. Noch am selben Morgen sollte ihr Zug nach Schwäbisch Hall fahren, ihre Großeltern freuten sich schon. Mutter Dörthe, die nicht so schnell aus ihrem Arbeitsvertrag kam, wollte Ende Dezember nachziehen.

Erst vor ein paar Tagen war Lydia aus dem Krankenhaus gekommen, und alle staunten: Sie sah wieder aus wie das blühende Leben. Nach der kleinen Abschiedsrunde bat Monika sie zu sich ins Büro und überreichte das beste Zeugnis, das sie je einem Lehrling ausgestellt hatte.

»Jetzt habe ich keinen mehr, mit dem ich hier ordentlich über Politik diskutieren kann. Vor allem keinen mit einem so guten Riecher.«

Es war klar, worauf Monika anspielte. Karl-Heinz Kurras, der Todesschütze von Benno Ohnesorg, war vom Landgericht Moabit freigesprochen worden. Die Richter folgten einem psychiatrischen Gutachten, wonach Kurras beim Abfeuern des Schusses möglicherweise nicht mehr im Vollbesitz seiner geistigen Kräfte gewesen sein könnte. Dass der Polizist Kurras als bester Schütze der Westberliner Polizei galt und ein ausgesprochener Waffennarr war, hielt der Psychiater in seinem Gutachten für nebensächlich. Gegen den Freispruch wollten der Staatsanwalt und der Vater von Benno Ohnesorg mit seinem Anwalt Otto Schily in Revision gehen.

Als um acht Uhr die ersten Kundinnen vor dem Laden standen, verabschiedete Monika sich von diesem ganz besonderen Lehrmädchen. Lydia würde zurückkehren nach Berlin. Sie wolle in keiner anderen Stadt leben, sagte sie immer wieder, und was Lydia sagte, das meinte sie auch. Aber jetzt musste sie erst mal ins Schwäbische und in den grundsoliden Damensalon vom Ehepaar Gaebele. Dort sollte sie ihre Lehre weiterführen – mit vielen Dauerwellen und Duttfrisuren.

Im Salon Ebeling nahm die Arbeit ihren gewohnten Lauf, Monika telefonierte mit der Handwerkskammer. Vor April konnte sie keinen neuen Lehrling bekommen, doch zwei ihrer Teilzeitkräfte erklärten sich bereit, vorübergehend auch dienstags und mittwochs auszuhelfen.

Der Dezember brachte die ersten Schneeschauer, in diesem Jahr gab es eine kurze Adventszeit, der vierte Advent fiel auf den Heiligabend. Am elften Dezember, einem Montag, wollte Monika ihre Tante nachmittags von der Dialyse abholen, da bat der Oberarzt sie in sein Büro: Ilses Blutwerte waren so schlecht, dass die Weiterbehandlung an der künstlichen Niere keinen Sinn mehr machte. »Nehmen Sie Ihre Tante mit nach Hause, in den nächsten Tagen wird sie weiter eindämmern. Vielleicht will Ihre Familie dabei sein, wenn sie für immer einschläft, dann sollten Sie am Krankenbett wachen. Aber medizinisch nötig ist es nicht.«

Der Arzt kam mit in den Behandlungsraum, um sich zu verabschieden. Als er sie ansprach, wandte Ilse ihm den Kopf zu, doch ihr Gesicht zeigte keine Regung.

Monika schob den Rollstuhl nach Hause – zum allerletzten Mal. Über Jahre hatte sie sich auf diesen Tag vorbereitet, sie weinte nicht. Erst als sie Ilse zum Nachmittagsschlaf ins Bett gebracht hatte und sich an den Küchentisch setzte, ließ sie ihren Tränen freien Lauf.

»Wir haben alles getan, was wir konnten«, tröstete Mutter Elfie. »Und nun ist es eben so weit. Wir müssen sie gehen lassen.«

Während der nächsten beiden Tage verbrachte Monika die Abende am Bett der Tante, bei der nächtlichen Krankenwache wechselten sich ihre Eltern und Geschwister ab. Drei Tage später rief Monikas Vater im Salon an und verkündete die traurige Nachricht. Friseurmeisterin Ilse Ebeling war im Alter von neunundvierzig Jahren für immer eingeschlafen. Zur Trauerfeier am folgenden Montag kamen zweihundert Menschen, und immer wieder hieß es, Ilse sei ein ganz besonderer Mensch gewesen, mit einer starken Persönlichkeit.

Eine starke Persönlichkeit wird nicht tablettensüchtig,

dachte Monika, doch das sagte sie nicht laut. Die äußeren Umstände, der Krieg und der Tod ihres geliebten Gerald, waren selbst für Ilse zu viel gewesen. Deswegen die Kopfschmerzen, deswegen die Medikamente.

Für den Rest des Jahres hätte Monika den Salon gern geschlossen, doch gerade zu den Festtagen machte sie den meisten Umsatz. Bis zum Heiligabend herrschte Hochbetrieb, am 27. ging es weiter, und am 30. Dezember, einem Sonnabend, arbeiteten sie bis weit in den Nachmittag an den Festfrisuren ihrer Kundinnen. Mit Haarnetzen und Schaumstoffwicklern gut geschützt, würde die Pracht dann bis zum Silvesterball halten.

Monika sank jeden Abend um neun Uhr ins Bett. Trotzdem machte ihr die viele Arbeit nichts aus. Ihre Schwangerschaft verlief schöner als im Bilderbuch – so formulierte Clemens das bei der nächsten Untersuchung.

»Keine Übelkeit, keine Wassereinlagerungen, keine Spannungsgefühle. Ich kann zwar nicht reingucken in deinen Bauch, Monika, aber im Moment spricht alles für eine kerngesunde Schwangerschaft mit einem kerngesunden Baby. Und 1968 wird sowieso ein ganz besonderer Jahrgang. Dein Kind kann später mal stolz drauf sein.«

Clemens sagte das nicht ins Blaue hinein. Ein Wind der Veränderung durchströmte die Berliner Luft. Die westliche Gesellschaft müsse sich bewähren, schrieb die liberale Presse. Mit den Studentenprotesten sei eine Zeitenwende gekommen, der Demokratie drohe eine Zerreißprobe. Was 1967 begonnen habe, setze sich 1968 fort, für die junge Bundesrepublik wichtige Jahre der Entscheidung, die in die Geschichtsbücher eingehen würden.

Das alles mochte stimmen, doch Monikas Müdigkeit überwog ihr politisches Interesse. Sogar am Silvesterabend verabschiedete sie sich früh von der Familienfeier und stopfte sich zu Hause gewachste Watte in die Ohren. 1968 würde bestimmt noch aufregend genug, da konnte sie die ersten Stunden ruhig verschlafen.

Das neue Jahr begann, wie das alte geendet hatte: mit Kaltregen und Graupel. So wunderbar die Berliner Sommer auch sein mochten, so unangenehm konnten die Winter werden. Die nasse Kälte kroch in die Seelen, nur mit heißem Grünkohl und der einen oder anderen Molle ließ sich das Wetter ertragen.

Am 2. Januar, einem Dienstag, stand Monika morgens vor dem Spiegel und drehte sich ins Profil. Dass sie allein vom Festessen zugelegt hatte, würden ihr die Kolleginnen kaum glauben. Bisher konnte sie ihr Bäuchlein noch gut unter dem rosaroten Kasack verstecken, doch bald wäre damit Schluss, dann brauchte sie weite Hängerchen. Zwei Tage später, als auch alle Teilzeitkräfte im Dienst waren, nutzte sie die Frühbesprechung, um die Neuigkeit zu verkünden.

»Und dass das gleich klar ist: Vom Vater des Kindes habe ich mich längst getrennt und werde auch nicht wieder mit ihm zusammenkommen. Ich werde das Kind allein großziehen beziehungsweise mithilfe meiner Familie. Wer keine Chefin mit unehelichem Kind haben will, der muss eben kündigen.«

Monika hatte ihre Worte gut gewählt, die Kolleginnen lachten, staunten und wünschten ihr alles Gute. Bei dieser wunderbaren Familie sei das doch wohl kein Problem. Ein uneheliches Kind sei schließlich keine Schande, jedenfalls dann nicht, wenn die Familie der Mutter hinter ihr stehe, und das sei bei den Ebelings ja zum Glück so.

»Und hier im Salon?«, fragte Annelore später unter vier Augen. »Wie kriegen wir das hin?«

Monika erklärte ihre Pläne. Als Selbstständige standen ihr

die sechs Wochen Mutterschutz vor der Geburt nicht zu. Falls es ihr gut ginge, wollte sie bis kurz vorher arbeiten, sich dann aber für den Rest des Jahres freinehmen und eine Meisterin einstellen. Dafür würde sie ihre gesamten Rücklagen opfern müssen, doch das war es allemal wert. Und 1969 wollte sie weiterarbeiten, zumindest halbtags. Annelore nickte beruhigt, der Salon Ebeling mit seiner einzigartigen Chefin würde also weiterbestehen.

Das Jahr 1968 nahm den erwarteten Anlauf. Anfangs wehte der Wind der politischen Veränderung noch recht mild, doch das sollte sich im Februar ändern. An der Technischen Universität fand ein internationaler Vietnam-Kongress statt, gefolgt von den heftigsten Protestaktionen, die Westberlin je erlebt hatte. Die Studenten zogen Parallelen: Wenn es um imperialistische Unterdrückung von Gesellschaften ging, stellte der Vietnamkrieg ja nur die Spitze des Eisbergs dar. Die USA verteidigten mit brutalster Gewalt ihren Herrschaftsanspruch im südostasiatischen Raum, und an deutschen Universitäten setzten konservative Kräfte alles daran, ihren Machtanspruch zu sichern. Noch immer waren die Lehrpläne geprägt vom Gedankengut der Kaiserzeit und des Nationalsozialismus. Professoren, die sich mit »Magnifizenz« und »Spektabilität« anreden ließen, erstickten schon im Keim jeden demokratischen Reformversuch. Ein Satz machte die Runde: *Unter den Talaren der Muff von tausend Jahren* – ein heftiger Seitenhieb auf die schwarzen Talare der reaktionären Akademiker und auf Hitlers Tausendjähriges Reich.

Wenn Monika abends die Fernsehbilder der protestierenden Studenten sah, versuchte sie, unter den vielen Hundert Gesichtern das von Jens auszumachen. Nein, sie sehnte sich nicht nach ihm. Er war nicht der Mann, mit dem sie ihr Leben verbringen wollte, er hätte es von Anfang an nicht sein können, und heute wünschte sie sich, sie hätte das eher erkannt. Inzwischen konnte sie das Kind in ihrem Bauch fühlen, ihre Handflächen folgten seinen zarten Bewegungen. Wie schön wäre es, dieses unbeschreibliche Glück mit einem Mann zu teilen. Doch es war nun mal, wie es war, davon ließ sie sich die Vorfreude auf ihr Kind nicht verderben.

Die Protestzüge der Studenten wurden größer, lauter und gewaltbereiter. Im Gegenzug hetzten Springer-Blätter und rechtsnationale Zeitungen immer stärker gegen die faulen Möchtegern-Akademiker, gegen Hippies und Gammler, die den anständigen Bürgern auf der Tasche lagen, obwohl sie ihr Lebtag nie gearbeitet hatten, und die mit ihrer Randale den Staat an den Rand eines Bürgerkriegs trieben. Es gab diese Sätze, die Reporter nicht selbst über die Lippen brachten, aber bei Fernsehinterviews auf der Straße sprachen es einige Männer kühn aus: »Unter Adolf hätte es das nicht gegeben. Der hätte nicht lange gefackelt, der hätte das ganze faule Pack sofort ins Arbeitslager geschickt. Oder am besten gleich Rübe ab.«

Dann überschlugen sich die Ereignisse: Am 4. April erschoss ein Rassist den US-Bürgerrechtler und Friedensnobelpreisträger Martin Luther King. Genau eine Woche später, am Gründonnerstag, wurde Rudi Dutschke zum Opfer eines Anschlags. Ein junger Gelegenheitsarbeiter hatte sich von den Artikeln in einer rechtsradikalen Zeitung aufhetzen lassen. Er fing Dutschke vor der SDS-Zentrale am Kurfürstendamm ab und feuerte drei Schüsse auf Brust und Kopf. Dutschke überlebte schwerstverletzt, die Welle der Gewalt eskalierte weiter. Über Ostern erlebte Westberlin die schwersten Demonstrationen seiner Geschichte. Protestierende Studenten und ein Riesenaufgebot von Polizisten lieferten sich Straßenschlacht um Straßenschlacht. Steine flogen gegen Wasserwerfer, parkende Autos gerieten in Brand. Es verging kein Tag, an dem nicht

Hunderte Verletzte in die Westberliner Kliniken eingeliefert wurden. Die CDU-geführte Bonner Regierung forderte Notstandsgesetze, um die Rechte der Demonstranten einzuschränken und die Macht der Polizei weiter zu stärken.

Sonnabends feierte Monika im Schrebergarten ihren zweiunddreißigsten Geburtstag nach. Die Ebelings saßen am Transistorradio und konnten nur die Köpfe schütteln. Vater Karl stöhnte auf. »Man wollte ja nicht glauben, dass die alten Nazis in der Politik noch so viel zu sagen haben. Aber was da jetzt passiert, das öffnet einem doch wohl die Augen.«

Am Ostermontag ließen die Proteste nach. Monika bat ihre Friseusen am nächsten Morgen um Zurückhaltung. Wenn eine Kundin unbedingt über Politik sprechen wollte, lenkte man sie am besten sanft auf ein anderes Thema: Der Frühling war doch so schön. Die wunderbare Sonne, die bunten Blumen. Und bis zum Sommer war es ja auch nicht mehr weit. Wohin sollte die Reise denn diesmal gehen?

Die Hochzeitsreise von Monikas Schwestern und Schwägern würde nach Norderney gehen, so viel stand schon fest. Geheiratet wurde nur standesamtlich, aber trotzdem ganz in Weiß. Feiern wollte man im Vereinshaus der Schrebergärtner, denn für den letzten Freitag im Mai versprach der Wettergott herrlichsten Sonnenschein. Renate und Almuth ließen sich im Salon der großen Schwester die Brautfrisuren zaubern – gekrönt von Kränzen aus zartrosa Seidenblüten.

Almuth lehnte ihren Kopf zurück und lachte. »Dein Bauch ist eine richtig prima Kopfstütze.«

Es stimmte. In den letzten Wochen hatte Monikas Leib einen gewaltigen Schuss nach vorn gemacht. Wenn sie sich in Unterwäsche vor den Spiegel stellte, konnte sie über den eigenen Umfang nur staunen. Doch sie fühlte sich wohl, stellte sich einen Rollhocker in die Kabine und arbeitete weiter.

Am 11. Juni, einem Sonntag, setzten frühmorgens die Wehen ein, ihr Bruder Horst fuhr sie in die Uni-Klinik nach Zehlendorf. Clemens hatte hier Belegbetten – für seine Privatpatientinnen und selbstverständlich auch für die beste Freundin seiner Frau. Und noch eine besondere Ehre wurde Monika zuteil. Was Ulla sonst immer ablehnte, tat sie nun doch: Sie begleitete auf ihre alten Tage noch mal eine Geburt. »Ich bin nicht mehr die Jüngste, aber du ja auch nicht. Mit zweiunddreißig Jahren das erste Kind. Das dauert. Aber wir schaffen das, und zwar auf natürlichem Wege. Glaub bloß nicht, dass ich dich hier unters Messer lasse.«

Ulla sollte recht behalten. Es dauerte. Sonja saß am Kopfende auf einem Hocker und half Monika, richtig zu atmen.

»Du weißt ja«, setzte Ulla nach. »Wenn du nicht mehr kannst, kriegst du Lachgas. Aber Milliarden Frauen vor dir haben das ohne geschafft. Trau dir ruhig was zu, Mädchen.«

Doch als der Abend kam, hielt Monika die Schmerzen nicht mehr aus. Eine Klinik-Hebamme brachte das Lachgasgerät, Monika bekam einen Nasenaufsatz in die Hand gedrückt und konnte die Betäubung selbst dosieren, das Gas dämpfte den Schmerz und hob die Stimmung. Ulla und Clemens nickten zufrieden. Der Muttermund weitete sich, es ging voran.

Dann war es so weit. Pünktlich zur *Tagesschau* erblickte sie das Licht der Welt. Gesa. Stolze einundfünfzig Zentimeter, gute sechs Pfund.

»Alles dran am Kind!«, verkündete Ulla. Sie musste sich noch um die Nachgeburt kümmern, doch auch das verlief glatt.

»Und alles drin im Kind!«, ergänzte Clemens nach der Untersuchung des Babys. »Herz schlägt, Lunge atmet, Darm grummelt. Dann also Glückwunsch!«

Monika ließ sich aufs Herzlichste umarmen, eine Viertelstunde später bekam sie das Töchterchen gebadet und gewickelt in den Arm gelegt. Gesa. Gesa Ebeling. Im Schein der Kreißsaallampe schimmerte ihr Haar tief dunkelrot.

»Wie bei Tante Ilse«, flüsterte Monika.

Die anderen nickten, und allen standen Tränen in den Augen.

Am übernächsten Montag durften Mutter und Tochter nach Hause, neben Monikas Bett stand die Familienwiege. Matthias mit seinen sieben Monaten wechselte ins Kinderbettchen und räumte die Wiege für seine kleine Cousine.

Monika hatte sich nach der Geburt rasch erholt, Mutter Elfie kam jeden Tag und übernahm die Hausarbeit, aber schon nach ein paar Wochen konnte Monika sich gut allein um alles kümmern. Vom Jugendamt kam Post. Herr Jens Redecker hatte die Vaterschaft über das Kind Gesa Ebeling anerkannt, die Kindsmutter konnte den Kindsunterhalt nun gerichtlich erstreiten. Und noch etwas stand in dem Schreiben: Die Vormundschaft über das uneheliche Kind blieb beim Jugendamt, doch der ledigen Mutter wurde die Erziehungsberechtigung einstweilig zuerkannt. Aufgrund ihres Alters und ihres Berufsstands ging das Jugendamt von der Erziehungsfähigkeit aus, eine amtliche Fürsorgerin wollte dies aber kurzfristig durch einen unangekündigten Besuch überprüfen.

Monika atmete auf, sie durfte die Unterschriften für Gesas Belange also selbst leisten und musste deswegen nicht jedes Mal zum Jugendamt. In der kommenden Woche verklagte sie Jens auf Unterhaltszahlung. Mit dem gerichtlichen Titel, den sie so erstritt, ließe sich auch noch viel später Jens' Gehalt pfänden, aber vielleicht würde er ja auch freiwillig zahlen.

Bisher hatte er sich nicht bei ihr gemeldet. Etwa aus Angst? Wartete er darauf, dass sie den ersten Schritt tat? Oder legte er keinen Wert darauf, seine Tochter zu sehen? Egal, dachte Monika. Das würde sich schon noch ergeben. Oder auch nicht.

Die Fürsorgerin kam und war mit dem Zustand von Kind, Mutter und Wohnung höchst zufrieden. »Sie sind eine tüchtige Person, Frau Ebeling. Da wäre es schön, wenn Ihr Kind doch noch einen Vater bekäme. Sollten Sie einen anderen Mann als den Kindsvater ehelichen, müsste für eine Adoption dessen Einverständnis eingeholt werden.«

Monika bedankte sich für die Information.

Du wirst es keine Sekunde bereuen. Diese Worte hatte Clemens ihr mit auf den Weg gegeben, als Monika sich dafür entschieden hatte, ihr Kind zu bekommen. Clemens hatte recht! Und wie! Für Monika begannen die wundervollsten Jahre ihres Lebens. Mutter Elfie bot an, die erste Zeit bei Tochter und Enkelin zu übernachten, doch das erwies sich als nicht nötig. In letzter Zeit war es modern geworden, von Anfang an Fläschchen zu geben, Monika hingegen entschied sich fürs Stillen – und das konnte ihr sowieso niemand abnehmen. Und selbst wenn sie verheiratet gewesen wäre: Welcher Vater wechselte schon gern die Windeln? Sie lehnte das Angebot ihrer Mutter dankend ab. Mochte es auch anstrengend sein, Monika fühlte sich selig wie nie, und offenbar ging ihr Glück auf Gesa über, sie gedieh gut und schlief nachts schon bald fünf Stunden am Stück. Und oft, ganz oft, hielt Monika ihr Kind wonnevoll im Arm und konnte sich nicht sattsehen an diesem neuen kleinen Menschen. Wem sah Gesa eigentlich ähnlich? Von ebelingscher Seite hatte sie das kastanienbraune Haar und die Augen, die sich von Blau langsam nach Braun einfärbten. Aber sonst? Manchmal entdeckte Monika in Gesas Kinnpartie Ähnlichkeit zu Jens, doch sobald Gesa den Mund verzog, verschwand diese wieder. Gesa war Gesa, und sie war gesund, allein darauf kam es an.

Diese Gedanken ihrer Mutter kümmerten Gesa wenig, es störte sie auch nicht, dass Opa Karl und Oma Elfie sie immer und immer wieder fotografierten, weil sie so begeistert waren von der kleinen Enkeltochter mit dem kastanienbraunen Haar. Ob sie später mal den Salon weiterführen würde? Aber vielleicht würde sie auch lieber studieren wie so viele junge Frauen neuerdings. Ach egal, bis dahin blieb noch viel Zeit. Mama Monika schnitt Artikel aus Zeitungen und klebte sie zusammen mit den Babyfotos in ein Album. Kein Zweifel: Das Jahr 1968 würde als Wendepunkt in die deutsche Geschichte eingehen, und wenn Gesa eines Tages fragen würde, könnte Monika mit ihr die Erinnerungen teilen. Es war viel geschehen, damals in Berlin.

Ende

QUELLEN

Zu den Ereignissen des 2. Juni 1967 in Westberlin gibt es eine Fülle von Fachliteratur und Dokumentationen. Nach persönlichen Gesichtspunkten habe ich für meine Recherchen ein Buch und zwei Filme herangezogen:

Uwe Soukup, Der 2. Juni 1967 – Ein Schuss, der die Republik veränderte, Transit Verlag Berlin 2017

Roman Brodmann, Der Polizeistaatsbesuch – Beobachtungen unter deutschen Gastgebern, Dokumentarfilm, Süddeutscher Rundfunk 1967

Klaus Gietinger, Wie starb Benno Ohnesorg? – Der 2. Juni 1967, Dokumentarfilm, Rundfunk Berlin-Brandenburg 2017

Berlin im Frühjahr 2019
Corinna Mell

»Ein sehr emotionaler und historisch interessanter Roman, der uns die Geschichte junger Frauen in Berlin Anfang der 50er-Jahre anhand der 16-jährigen Sonja näherbringt.«
Super Freizeit

Corinna Mell

MARIENFELDE

Roman

1952 besucht die 16-jährige Sonja eine Bräuteschule am Wannsee. Sie möchte dem Wunsch ihrer Eltern folgen und eine gute Ehefrau und Mutter werden. Doch ihr Onkel, der sich im Osten Berlins für ein freies, gerechteres Deutschland einsetzt, zeigt ihr andere Perspektiven. Dann aber wird Sonja Zeugin der Niederschlagung des Arbeiteraufstands vom 17. Juni 1953 und flüchtet zutiefst geschockt zurück nach Westberlin.

Wenige Jahre später beginnt sie als verheiratete Frau, sich im Notaufnahmelager Marienfelde für DDR-Exilanten einzusetzen – sehr zum Missfallen ihres Ehemanns. Sonja muss sich nun entscheiden, welchen Weg sie gehen will …

DROEMER